A. M. OLLIKAINEN
TEAM HELSINKI – Die Tote im Container

A. M. Ollikainen

TEAM HELSINKI

DIE TOTE IM CONTAINER

KRIMINALROMAN

Übersetzung aus dem Finnischen von
Gabriele Schrey-Vasara

LÜBBE

Die Bastei Lübbe AG verfolgt eine nachhaltige Buchproduktion. Wir verwenden Papiere aus nachhaltiger Forstwirtschaft und verzichten darauf, Bücher einzeln in Folie zu verpacken. Wir stellen unsere Bücher in Deutschland und Europa (EU) her und arbeiten mit den Druckereien kontinuierlich an einer positiven Ökobilanz.

Dieser Titel ist auch als E-Book erschienen

Titel der finnischen Originalausgabe:
»Kontti«

Für die Originalausgabe:
Copyright © 2021 by A.M. Ollikainen
Original edition published by Otava Publishers, 2021
German edition published by arrangement with Aki Ollikainen, Milla Ollikainen and Elina Ahlback Literary Agency, Helsinki, Finland.

Für die deutschsprachige Ausgabe:
Copyright © 2022 by Bastei Lübbe AG, Köln
Textredaktion: Frauke Meier, Hannover
Umschlaggestaltung: Massimo Peter-Bille
unter Verwendung von Motiven von © shutterstock: Jojje | Yanchous
Satz: hanseatenSatz-bremen, Bremen
Gesetzt aus der Adobe Garamond Pro
Druck und Einband: GGP Media GmbH, Pößneck

Printed in Germany
ISBN 978-3-7857-2794-2

1 2 3 4 5

Sie finden uns im Internet unter luebbe.de
Bitte beachten Sie auch: lesejury.de

JANUAR

In der abgasgeschwängerten Luft scheint die Morgensonne zu flimmern. Sie überzieht das Vorstadtviertel mit schmutzig gelbem Licht und schiebt einen unsauberen Mann um die Ecke des Einkaufszentrums auf die Hauptstraße.

Für die schneidende Kälte ist der Mann viel zu leicht gekleidet. Die zerknitterte aschgraue Anzugjacke und die Hose, die ihre Bügelfalten verloren hat, sind mit kleinen und größeren Flecken übersät, über deren Ursprung man lieber nicht nachdenkt. Selbst der aufmerksamste Passant würde nicht vermuten, dass der Anzug, den nicht einmal das Recyclingzentrum nehmen würde, vor einiger Zeit eine vierstellige Summe gekostet hat.

Der Mann taumelt durch einen Nebel, der sich nur langsam lichtet. Er begreift, dass er eine fremde Straße entlanggeht. Sonst begreift er eine Weile kaum etwas. Er hat die Dunstschwaden in seinen Kopf gesogen, wo erst dann Platz für Gedanken frei wird, wenn der Nebel mit den schweren Atemzügen in die Frostluft ausgedünstet ist.

Als Erstes kommen ihm Dinge in den Sinn, die er nicht weiß: wo er ist, woher er kommt, wie lange er schon gegangen ist – er ist sich nicht einmal sicher, wer er ist. Seine Umgebung will einfach keine feste Form annehmen, sie wogt und schwankt. Gerade so, als würde der Autofokus einer Kamera keinen Fixpunkt finden.

Der Mann lehnt sich an das kalte Schaufenster des Supermarkts. Eine widerwärtige Geruchsmischung aus Urin, Magensäure und Alkohol dringt ihm in die Nase. Im Fenster sieht er, dass sein Spiegelbild die Handfläche gegen seine Hand drückt. Aber das Spiegelbild scheint ihm fremd.

Die Gestalt in der Fensterscheibe hat seine Gesichtszüge, aber die Augäpfel, die zwischen den geschwollenen Lidern hervorlugen, sind gerötet, als hätte jemand Glassplitter hineingerieben. Auf dem Kopf des Spiegelbilds sitzt eine Mütze mit dem Logo einer Bank, die schon vor Jahren pleitegegangen ist.

Er war auf dem Sofa einer schäbigen Zweizimmerwohnung aufgewacht. Durch die angelehnte Schlafzimmertür drangen gedämpfte Geräusche, die andeuteten, dass sich dort etwas bewegte. Im Doppelbett schliefen zwei Menschen, die der Mann nicht erkannte. Sie gehörten zur falschen Gesellschaftsschicht. Zwischen den leeren Flaschen auf dem Küchentisch fand der Mann eine nur halb ausgetrunkene Flasche Finnland-Schnaps. Er nahm einen großen Schluck und steckte die Flasche in seine Manteltasche.

Er hatte mit Calvados, XO-Cognac und rauchigem Whisky angefangen. Das ist allerdings schon lange her – Tage, vielleicht Wochen. Je klarer die Getränke wurden, desto verschwommener wurde sein Zeitgefühl. Den Bartstoppeln nach könnte man auf eine ungefähr neuntägige Sauftour schließen.

Seine Hand, die an der Fensterscheibe liegt, ist vom Frost gerötet. Die Fingergelenke sind geschwollen und lassen sich nicht geradebiegen, obwohl er seine ganze Willenskraft darauf konzentriert. Plötzlich merkt der Mann, wie kalt ihm ist. Das ist kein Wunder, denn er hat seinen Mantel gerade eben in eine Mülltonne gestopft, weil ein falsch gelenkter Harnstrahl die Mantelschöße durchnässt hat.

Der Mann versucht Kontakt zu den Vorbeigehenden aufzunehmen, um Hilfe zu bitten, begreift aber bald, dass er keine verständlichen Worte hervorbringt, geschweige denn einen ganzen Satz. Er sieht Menschen an einer Bushaltestelle und will zu ihnen gehen, doch die Beine gehorchen ihm nicht. Sie tragen ihn erst seitwärts, dann geht jedes in eine andere Richtung, und schließlich, als er schon fast bei der überdachten Haltestelle ist, werfen sie ihn auf die Knie.

Man reicht ihm Blumen. Der Strauß ist viel zu bunt und wirkt deshalb knallig. Das verletzt ihn ein wenig, denn er hat einen Blick für Ästhetik. Dennoch flüstert er der jungen Frau im Kostüm lächelnd einen Dank zu. Er legt die Blumen auf das Rednerpult, beugt sich zum Mikrofon, ohne den Blick vom Publikum abzuwenden, und spricht das Zauberwort: Mitgefühl.

Die Menschen an der Haltestelle treten einen Schritt zurück. Sie schauen beflissen weg, und in der Luft hängt ein lautloser Seufzer der Erleichterung, als der Stadtbus sie endlich aufsammelt.

Ich bin Hannes Lehmusoja, erinnert sich der Mann auf einmal. Ich bin ein erfolgreicher Geschäftsmann, ein internationaler Wohltäter. Ein Mäzen zeitgenössischer Kunst. Im selben Moment versagt sein Schließmuskel, und er spürt, wie eine dicke, warme Flüssigkeit zwischen seine Arschbacken rinnt. Das gibt ihm die Kraft, das erste erkennbare Wort hervorzupressen: Scheiße.

Hannes entdeckt einen kleinen Park auf der anderen Straßenseite. Er sammelt seine Kräfte und steht auf. Die Hände auf die Oberschenkel gestützt, beginnt er die Straße zu überqueren.

Mitten auf der Fahrspur bleibt Hannes stehen. Seine Sinne werden eine Spur klarer. Er hört Bremsen quietschen. Ein Lastwagen hält zwei Meter vor ihm. Er betrachtet das Volvo-Zeichen am Kühler. Ich habe auch einen Volvo, denkt er. Er schafft es, die Hände von den Oberschenkeln zu lösen, richtet sich auf und geht mit schleppenden Schritten weiter. Als er auf die zweite Fahrspur tritt, rauscht vor ihm etwas vorbei, ein Auto, natürlich ist es ein Auto, und es streift ihn beinahe, er spürt den Luftstrom durch den dünnen Stoff seines Hemdes. Jemand hupt, es ist der Fahrer des Lasters, der sich nicht mit Hupen begnügt, sondern das Fenster herunterdreht, den Oberkörper nach draußen streckt und losbrüllt. Hannes wird aus den Worten nicht schlau. Er wankt vorwärts, wäre beinahe über einen Pflasterstein gestolpert, bleibt wie durch ein Wunder auf den Beinen und peilt eine Parkbank an, auf die er sich fallen lässt.

Mitgefühl. Und dann das zweite Zauberwort, die Zwillingsschwester des Mitgefühls: *Solidarität.*

Wenn man eine Rede hält, ist es wichtig, Blickkontakt zu suchen, seine Worte an irgendwen im Publikum zu richten. So bleibt die intime Stimmung erhalten. So schafft man den Eindruck, dass man nicht auf allgemeiner Ebene zur großen Masse spricht, sondern jeden Anwesenden persönlich anredet. Man kann die Blickrichtung wechseln, aber nicht zu oft.

Es wird oft behauptet, echte Solidarität könne man nur für eine begrenzte Gruppe von Menschen empfinden.

Hannes verwendet in seiner Rede ungern das Passiv, das hier war ein Ausrutscher. Ein Stilfehler. Er legt eine Pause ein und schaut dem Zuhörer tief in die Augen. Die blicken unter einer fest zugebundenen Pelzmütze ängstlich zurück. Ein Kindergesicht. Das Kind entfernt sich einen Schritt. Jemand stubst Hannes vorsichtig an die Schulter.

»Alles in Ordnung? Soll ich einen Krankenwagen rufen?«

Hannes hebt die Hand. Damit will er den Zuhörern signalisieren, dass die Pause eingeplant ist, kein Blackout.

»Ich werde ... abgeholt.«

»Ganz sicher?«

»Nur eine kleine Pause.«

Die Frau und das Kind gehen weiter. Sie blicken immer wieder über die Schulter. Die Frau hat ihr Handy aus der Handtasche geholt, steckt es aber wieder ein.

Hannes sieht ihnen nach. Die Pause zieht sich in die Länge,

er muss schnell zu seiner Rede zurückfinden. War ihm gerade kalt? Jetzt nicht mehr. Er möchte nur hier sitzen. Er muss eine Rede halten, muss das interdisziplinäre Kunstprojekt Mitgefühl lancieren, das von der Stiftung finanziert wird, die seinen Namen trägt. Er fängt ein neues Augenpaar im Publikum ein.

Worauf können wir die Solidarität begrenzen, fragt Hannes das Eichhörnchen im Winterfell. *Auf die Familie? Auf das engere Umfeld? Endet sie an den Grenzen des Nationalstaats? Kann sich ein echtes Solidaritätsgefühl nur auf Menschen unserer Art richten, auf diejenigen, mit denen wir uns identifizieren können? Endet die Solidarität am Meeresufer? Müssten nicht gerade wir Finnen aus der Geschichte gelernt haben, dass Gewässer uns nicht trennen, sondern im Gegenteil entfernt voneinander lebende Menschengruppen verbinden?*

Das Eichhörnchen legt den Kopf schräg, und Hannes ahmt die Bewegung instinktiv nach.

Genügt als Ausgangspunkt des Mitgefühls nicht der kleinste gemeinsame Faktor? Die Tatsache, dass wir, unabhängig von Nationalität, Hautfarbe, Alter und Geschlecht, alle Menschen sind? Du und ich, wir sind gleichartig, sagt Hannes und blickt dem Eichhörnchen tief in die dunklen Augen.

Das Eichhörnchen schrickt auf, hüpft auf den Schneewall und springt über den Schnee zu einer bereiften Birke.

Hannes blickt ihm nach. Er sieht einen schmalen Pfad, der an der Birke vorbeiführt, steht auf und folgt dem Eichhörnchen. Er kommt an einem Rosenstrauch vorbei, auf dem der Schnee sich so verklumpt hat, dass er einem großen Blumenkohl gleicht.

Jetzt ist ihm überhaupt nicht mehr kalt. Im Gegenteil, es ist warm, er fühlt sich wohl. Er liebt das Klima auf dieser Seite des Äquators. Liebt es, seit er zum ersten Mal hier war. Wenn er wegreisen musste, hat er sich immer zurückgesehnt.

Der kleine Affe, dem er gefolgt ist, sitzt auf dem Ast einer

Akazie und beobachtet ihn neugierig. Hannes setzt sich in den Schatten des Busches.

Das hier ist seine geistige Heimat, seine Seelenlandschaft. Der tiefblaue Himmel, die Kumuluswolken, die über dem südlichen Atlantik entstanden sind und langsam vom Ozean her über die Savanne wandern. Eine gleichmäßige Landschaft, hier und da schöne Akazien. Jetzt würde er gern eine Antilope sehen, die in ihrem Schatten herumstreift.

Hannes schaut zum Himmel. Die Sonne, die gerade noch blass unter einem seltsamen Schleier schimmerte, ist nun klar umrissen und ockergelb. Ihr Licht blendet Hannes.

Er ahnt eine Antilope in der Umgebung.

Sie nähert sich ihm.

Er sieht sie nicht, spürt ihre Anwesenheit aber intensiv. Schließlich zeichnet sich ihr Gesicht ab. Es ist schwarz-weiß, doch dann merkt Hannes, dass das Fell vom Gesicht abgefallen ist.

Das Weiße ist Knochen, und aus dem Schädel der Antilope starren ihn große schwarze Eichhörnchenaugen an.

MAI

Der Prozess begann um neun Uhr am Morgen nach dem Maifeiertag. Trotzdem wirkte niemand im Gerichtssaal verkatert.

Der Frühling war spät dran, er hatte auch hier auf sich warten lassen, und die von der Jahreszeit vergessene Stadt wirkte von Tag zu Tag trauriger, geradezu beleidigt. An bewölkten Tagen sahen die Betonfassaden der Häuser so trübsinnig aus wie das Gesicht eines Arbeiters, der gerade entlassen wurde.

Am Vorabend des Ersten Mai hatte sich die Sonne kurz blicken lassen, doch dann war Schneeregen gefallen, und der nachfolgende freie Tag war auch nicht schöner geworden. Solche Feiertage liebte die Polizei.

Oder zumindest die Polizisten, die im Dienst waren.

Der junge Schutzmann an der Tür hatte die Daumen in die Taschen seiner Uniformhose gesteckt. Die Tür war geschlossen, und der einzige Fotograf, der sich herbemüht hatte, war aus dem Saal geschickt worden. Der jugendliche Angeklagte saß der Richterin gegenüber, einen halben Meter tiefer, am vordersten Tisch, mit gesenktem Kopf, die Kapuze ins Gesicht gezogen.

Die Richterin, eine Frau mittleren Alters mit straffem Haarknoten, hielt ihren Gesichtsausdruck sorgfältig unter Kontrolle. In ihrer Position konnte sie sich kein mitleidiges Mienenspiel leisten.

Die Kapuze des Angeklagten reichte bis über die Nase, aber dass er kindliche Gesichtszüge besaß, konnte man allein schon am Kinn erkennen, das ganz hell und glatt war.

In der Gerichtsverhandlung waren für niemanden Überraschungen zu erwarten. Es ging um ein Gewaltverbrechen, das kaum auch nur durchschnittliche Aufmerksamkeit erregte, schwerlich interessant und in keiner Weise speziell – ein simpler Totschlag, der nichts enthielt, wofür die Abendzeitungen eine ganze Seite reservierten oder worüber in Realzeit getwittert würde.

Hinten im Saal saßen der Kriminalreporter eines Provinzblattes und der Mitarbeiter einer Abendzeitung, deren Mienen dienstliches Interesse signalisierten. Die Nachricht über das Urteil würde höchstens zwei Spalten füllen und der Prozess höchstens zwei Tage dauern.

Der Angeklagte hatte kein Geständnis abgelegt, hatte aber seiner Aussage nach keinerlei Erinnerung an den Tatzeitraum und konnte auch nicht beweisen, dass er anderswo gewesen war. Das Opfer war ein bekannter Kleinkrimineller, mehrfach vorbestraft für Drogendelikte. Der Anklage zufolge hatte der 21-jährige Mann, der sich unter seiner Kapuze versteckte, das Opfer erstochen, um ihm das Amphetamin abzunehmen, das die Polizei später in der Brusttasche des Angeklagten gefunden hatte. Die Stichwaffe war am Tatort in der Mietwohnung des Opfers gefunden worden und wies Fingerabdrücke des Angeklagten auf, an dessen Kleidung zudem das Blut des Opfers festgestellt werden konnte.

Es hatte keinerlei Mühe erfordert, den Täter zu finden, denn er hatte nahezu bewusstlos im Schlafzimmer des Opfers gelegen. Das Opfer, das im Wohnzimmer zu Boden gegangen war, hatte selbst noch den Notruf alarmiert, war aber gestorben, bevor Hilfe kam.

Plötzlich nahm der Angeklagte die Kapuze ab, als hätte ihm jemand befohlen, den Kopf zu entblößen und sich vor Gericht demütig zu zeigen.

Die Augen, die nun sichtbar wurden, waren die eines Kindes, das bei einer Missetat ertappt wurde, vor Scham aber noch nicht bereit war, seine Schuld einzugestehen, obwohl ihm klar war, dass die Erwachsenen Bescheid wussten.

Niemand im spärlichen Publikum machte den Eindruck, der Vater, die Mutter oder die Freundin des Täters zu sein. Die ehemalige Lebensgefährtin des Opfers war dagegen auch früher im Gerichtssaal gewesen, als das Opfer noch auf der Anklagebank gesessen hatte. Ein Mädchen, das sich in den bösen Jungen verliebt und mit aller Kraft versucht hatte, aus ihrer Jugendliebe einen tauglichen Vater für die beiden gemeinsamen Kinder zu machen, die inzwischen das Schulalter erreicht hatten. Als ihre Kräfte angesichts der unmöglichen Aufgabe versiegt waren, hatte die junge Frau den leichteren Weg der Alleinerziehenden gewählt, aber ein freundschaftliches Verhältnis zu ihrem Ex beibehalten, damit die Kinder einen Vater hatten.

Nun hatten sie keinen mehr. Ihr Vater war nur noch ein Name auf dem Stein in der Ecke des Friedhofs, wo er vor zwei Wochen beerdigt worden war.

Neben der Ex-Gattin saß die Schwester des Opfers, die beiden Frauen hielten sich an der Hand. Ihre Augen waren verweint. Die Kinder des Opfers hatte man immerhin nicht in den Gerichtssaal mitgenommen, und auch seine Mutter war nicht anwesend.

Die Mütter von Mordopfern erkannte man immer, die Trauer zerfraß ihr Fleisch und hinterließ dunkle Schatten unter den Augen, die vielleicht nie mehr verschwinden würden. Auch diese Junkies hatten fast immer Angehörige – jemanden, der ihnen nachtrauerte.

Die Sonne strahlte plötzlich durch die Fenster hoch oben in der Seitenwand, und die Deckenlampen warfen raumschiffartige Schatten an die Täfelung der gegenüberliegenden Wand. Unvermutet sah alles anders aus, auch die Menschen, als hätte das Licht ihnen ein Zeichen gegeben, auf das sie schon lange gewartet hatten.

In der linken hinteren Ecke des Saals saß eine Frau mit einer großen, billig aussehenden Sonnenbrille. Sie hockte mit hängenden Schultern da, als würde sie sich bemühen, nicht aufzufallen. Ihr schwarzer Pagenkopf war viel zu dick und glatt, um echt zu sein. Auch sah die Perücke billig aus, wie aus dem Angebot eines Sexshops. Die Frau saß reglos da, und aus ihrer Kopfhaltung konnte man nicht schließen, wohin sie blickte.

Die Richterin warf einen Blick auf ihre Papiere und klopfte mit dem Hammer auf den Tisch. Der junge Staatsanwalt hatte bereits eine offizielle Miene aufgesetzt, bald würde er zu Wort kommen.

Die Frau mit der Perücke schreckte bei dem Hammerschlag auf. Sie hatte die Augen geschlossen gehalten, seit der mittelalte, dickbäuchige Fotograf mit seiner Arbeit begonnen hatte, und auf das leise Rattern der Kamera gelauscht. Es klang im Gerichtssaal immer gleich, wie ein Regen von spitzen Pfeilen, dem die Angeklagten schutzlos ausgesetzt waren.

Von schräg hinten sah sie den dunkelgrauen Hoodie und den gesenkten Kopf des Angeklagten, die unter der Kapuze zum Vorschein gekommenen Haare, die dieselbe Farbe hatten wie eine Landstraße nach dem Regen. Die Hände des jungen Mannes lagen auf dem Tisch, dann hob sich seine Rechte und zog die Kapuze wieder über den Kopf. Die Frau erhaschte einen kurzen Blick auf eine unter dem Ärmel verborgene, bläuliche Tätowierung. Aber die Haut am Handrücken war sauber und glatt.

Der Staatsanwalt begann sein Plädoyer, die Frau hörte ihm zu, wie man dem Pfarrer bei einer Beerdigung zuhört, ohne sich etwas einzuprägen. Abgesehen von ihr und diesem Wesen mit der Kapuze waren alle in diesem Saal Außenstehende, die ein Ritual vollzogen und nur ihre Arbeit taten, oder Trauernde, deren Los auf andere Weise schwer war als das der Frau und des Kapuzenburschen. Der Gerichtssaal war nach finnischem Brauch schmucklos, aber in seiner stillen Art ehrwürdig, ein wenig wie ein Gemeindesaal, und die Vollzieher des Rituals sprachen auch dann zurückhaltend, wenn das Verbrechen besonders brutal oder widerlich oder ekelerregend war. So blieb alles im Lot, das Böse wurde auf ein Gestell gesetzt, begutachtet und dann abgeheftet. Persönliche Tragödien reduzierten sich in diesem Saal zu Angelegenheiten, zu Aufgaben, die in der Dienstzeit erledigt wurden.

Die Kopfhaut der Frau begann zu jucken, doch sie wagte nicht, sich zu kratzen. Ihre langen, dicken Haare schmorten unter der Perücke. Sie wusste, dass die Perücke lächerlich aussah, hatte aber das Risiko gescheut, erkannt zu werden. Oder vielleicht hatte sie sich nur in eine andere verwandeln wollen, damit all das, was so schwer zu tragen war, ihr nicht zu nahe kam.

Dennoch hatte sie nicht fortbleiben können.

Sie blickte wieder von schräg hinten auf den glatten Handrücken, stellte sich die Hand kleiner und rundlicher vor, stellte sich vor, wie sie warm und weich in ihrer eigenen Hand lag. So, wie sie sie in Erinnerung hatte.

Das war einundzwanzig Jahre her.

Sie begriff, dass sie ein anderer Mensch sein würde, wenn sie diesen Saal verließ.

TEIL I

1

Wo bin ich?

Die Frage schoss ihr durch den Kopf, noch bevor sie die Augen aufgeschlagen hatte, an der Grenze zwischen Schlaf und Wachsein.

Eigentlich war es eher ein Gefühl als eine Frage, gerade so, als wäre es ihr gelungen, etwas Abscheuliches aus ihren Gedanken zu vertreiben, aber das Gefühl wäre zurückgeblieben.

Allmählich, gleitend, wurde sie sich ihrer Umgebung bewusst, und sie atmete langsam durch die Nase. Zuerst war es ganz still. Dann glaubte sie, Möwengeschrei zu hören, das gleichzeitig von nah und fern kam, wie aus einer anderen Welt. Die Vögel waren nur mit Mühe zu hören, und sie war sich nicht sicher, ob sie sich die Geräusche nur einbildete.

Sie öffnete die Augen. Die Angst rumorte in ihrem Bauch, instinktiv.

Es war völlig dunkel.

Sie hielt die Hand vor ihre Augen, bewegte sie und mühte sich ab, um die Bewegung zu sehen, eine Form zu erkennen, die ihre Hand sein könnte. Dann hob sie den Kopf von der Unterlage. Es war eine Art Matratze ohne Kopfkissen.

In diesem Land war es ihrer Meinung nach unnatürlich hell gewesen, und jetzt war es unnatürlich dunkel. War es Nacht oder Tag? Einen Augenblick lang fürchtete sie, sie wäre blind geworden, doch bald begriff sie, dass sie die Dunkelheit sah. Sie schwamm vor ihr wie das Meer, tief und bodenlos.

Vielleicht schlief sie noch und träumte nur, sie wäre aufgewacht. Solche Träume hatte sie gelegentlich gehabt; zuerst Träume, in denen sie eine unwiderrufliche böse Tat begangen hatte, etwas so Entsetzliches, dass es ihr beim Aufwachen erschien, als wäre es wirklich geschehen – dabei war sie in Wirklichkeit nur aus einem Albtraum in den nächsten geglitten. Darauf folgte immer Entsetzen, ein Aufschrecken und schließlich die befreiende Erkenntnis, dass alles tatsächlich nur ein Traum gewesen war.

Die Frau legte ihren Kopf wieder auf die Matratze und versuchte an etwas Angenehmes zu denken, das ihre Gedanken aus dieser Situation trug und sie wieder in die Traumwelt fallen ließ, aus der sie in ihrem Bett erwachen würde, wenn die Sonnenstrahlen über den Fußboden gewandert waren und ihr Gesicht erreicht hatten. Aber die Rückkehr in die Geborgenheit des Traums blieb aus, und sie konnte sich auf nichts konzentrieren.

Das war kein Traum, sie war wach.

Vergeblich suchte sie mit dem Blick nach einem Fixpunkt in der Dunkelheit. Doch da war weder ein fahler Streifen unter der Tür noch Phosphorlinien eines Weckers oder das Licht des Handys.

Das Handy, wo ist es?

Die Frau tastete sich vorsichtig ab. Sie lag auf dem Rücken und war vollständig bekleidet, eine dünne Hemdbluse, darunter ein Top, dazu Jeans und Stoffschuhe ohne Socken.

Das Handy müsste in der Handtasche sein, in dem kleinen Lederbeutel, in dem außerdem gerade noch das winzige Portemonnaie und die Zigaretten Platz fanden. Sie tastete die Unterlage ab. Es war eine schmale Matratze für eine Person, ihre Hand berührte schon bald den Fußboden.

Der Boden fühlte sich seltsam an, zu kühl. Überhaupt war die merkwürdige Mischung aus Kühle und Muffigkeit beklemmend. Die Frau ließ ihre Hand weitergleiten, strich dann mit den Fingern über den Boden auf der anderen Seite der Matratze. Er war nicht aus Beton, wie sie zuerst geglaubt hatte, sondern aus irgendeinem Metall, dessen Lackierung ungleichmäßig verschlissen war.

Die Handtasche lag weder auf der einen noch auf der anderen Seite der Matratze. Da war nur diese widerliche Fläche, feucht und irgendwie dreckig.

Jetzt war die Frau vollkommen wach. In ihrer Brust kribbelte es, ihr Hals schnürte sich zusammen. Die Augen gewöhnten sich überhaupt nicht an die Dunkelheit, kein einziger Gegenstand nahm langsam Gestalt an. In diesen Raum kam ganz einfach kein Licht. War sie bei irgendwem im Keller?

Sie bemühte sich, gleichmäßig zu atmen und ihre letzte Erinnerung vor dem Erwachen wiederzufinden.

Das Treffen in der schattigen Ecke eines Parks.

Alle gesagten Worte – und gezeigten Bilder. Die Frau ging sie in Gedanken durch. Sie erinnerte sich deutlich an jedes Bild.

Sie erinnerte sich an die Erleichterung und an die unendliche Müdigkeit, die ihr folgte.

An die Dankbarkeit, mit der sie die Wasserflasche angenommen hatte.

Die Flasche war voll gewesen, aber war sie auch ungeöffnet?

Sie hätte auf ihre Mutter hören sollen. Wenn man zu weit weggeht, weiß man selbst nicht mehr, wer man ist.

Man ist isoliert wie ein Spaziergänger im All, der sich zu weit vom Mutterschiff entfernt hat.

Can you hear me, Major Tom?

Warum fiel ihr der Song gerade jetzt ein? Jedenfalls gab er ihr neue Kraft.

Vielleicht hatte sie ganz umsonst Teufel in diese Finsternis gemalt. Vielleicht war sie nur ohnmächtig geworden, und man hatte sie zum Ausruhen an irgendeinen ruhigen Ort gebracht.

Die Frau setzte sich auf und hätte im selben Moment beinahe das Bewusstsein verloren. Hinter ihren Augen blitzte es, im Kopf spürte sie einen bösen Schwindel, als hätte jemand in ihrem Gehirn Fechtübungen gemacht. Sie schnappte im Dunkeln nach Luft.

Das war kein normaler Kopfschmerz, das begriff sie sofort.

Panik überkam sie, sie kämpfte sich auf die Beine und schwenkte die Arme durch die Dunkelheit, machte ein paar tastende Schritte, trat mit dem Fuß auf den Boden neben der Matratze.

Tum.

Sie erstarrte und versuchte zu verstehen, was das dumpfe Geräusch bedeutete.

Sie stampfte noch einmal mit demselben Fuß auf den Boden, diesmal erheblich fester.

Tum.
Tum tum tum.

2

Tum tum tum.

Tum tum tum tum.

Das Echo des letzten Schlags verhallte in der Sporthalle, als der Ball auf Paulas Hand ruhte, in der Schale, die die Finger ihrer Rechten bildeten.

Die linke Hand hob sich, um den Ball seitlich zu stützen. Dann leicht in die Knie gehen, Absprung, Arme strecken, Handgelenk drehen und mit den Fingern Rückwärtsdrall geben. Über die einzelnen Elemente des Wurfs brauchte sie nicht nachzudenken, sie waren ins Muskelgedächtnis eingebrannt.

Der Ball begann seinen Flug hinter der Dreipunktelinie und flog durch den Korb, ohne den Ring zu berühren.

»All net!«, rief Karhu anerkennend. Er schnürte sich gerade am Spielfeldrand die Schuhe.

Alle anderen hatten Verspätung. Oder besser gesagt, sie glaubten, es würde reichen, wenn sie zur vereinbarten Zeit in der Umkleide waren.

»Das Training beginnt nicht in der Umkleide, sondern auf dem Feld«, hatte Paula einmal zu Hartikainen gesagt.

Der hatte daraufhin eine Geschichte aus seiner Rekrutenzeit vom Stapel gelassen, die nicht lustig war, sondern bloß ein oberfauler Witz. Kaum zu glauben, dass der Mann früher komplizierte Wirtschaftsverbrechen untersucht hatte.

Allerdings spielte Hartikainen gut, was man nicht von jedem in der Mannschaft sagen konnte. Paula hatte es schon vor Jahren aufgegeben, Technikübungen anzubieten oder andere Versuche zu machen, um die Kollegen in der Amateurmannschaft zu trainieren. Die meisten von ihnen waren Männer, denen Ratschläge noch verhasster waren als das demütigende Erlebnis, einer Frau im Sport unterlegen zu sein.

Paula holte den Ball mit langsamen, übertrieben schweren Basketballerschritten und dribbelte abwechselnd mit der linken und der rechten Hand, während sie sich rückwärts zur Freiwurflinie bewegte. Das Geräusch, das der Ball beim Aufprallen machte, kreiste durch die fensterlose, kahle Turnhalle, die im jahreszeitlosen Licht der Neonröhren lag, das alle Farben blass und die Menschen grau machte.

Paula hatte nahezu ihre ganze Jugend unter mehr oder weniger hellen Neonröhren in den engen Turnhallen maroder Schulen auf dem Land verbracht. Bei Turnieren hatte sie die Hallen großer Schulen in den Städten kennengelernt, in denen sie anfangs gar kein Gespür für die Größe des Spielfelds bekommen hatte, weil es nicht bis zu den Wänden reichte.

Zwar drang kein Sonnenlicht in die Halle, doch die Klimaanlage konnte nicht darüber hinwegtäuschen, dass es draußen heiß war. Schon seit vielen Tagen, und die Wettervorhersage versprach auch für den Rest der Woche Hitze.

Wenn es an Mittsommer so heiß ist, werden viele ertrinken, dachte Paula und bereitete sich auf den nächsten Wurf vor.

Tum tum tum.

Tum tum tum tum.

Sieben Aufpraller vor dem Freiwurf. Immer sieben. Eine Routine, die so tief im Rückenmark saß, dass Paula nicht dagegen ankam.

Sie ging leicht in die Knie, sprang hoch und streckte den Arm aus.

»Gwendoline!«

Das war Hartikainen.

Sein Ruf durchschnitt die Luft genau in dem Moment, als Paula den Ball losließ. Er kam nur ganz wenig von seiner Bahn ab, aber doch genug, um den Rand des Korbes zu treffen und abzuprallen.

»Winter is coming«, sagte sie, ohne sich ihren Ärger anmerken zu lassen, und drehte sich um.

Hartikainen platzte mit einer unpassenden Antwort heraus.

»Wenn er doch käme. Diese Hitze hält doch keiner mehr aus. Hier drinnen ist man wenigstens eine Weile von der verdammten Sonne abgeschottet. Ich wünsch mir bloß, dass es bald anfängt zu regnen und bis zum Urlaub nicht mehr aufhört«, jammerte er und wischte sich den nicht vorhandenen Schweiß von der sonnenverbrannten Stirn.

Er hatte Paula nach der hochgewachsenen Schauspielerin seiner Lieblingsserie getauft. Paula hatte daraufhin versucht, *Game of Thrones* zu schauen, konnte sich für die Fantasy aber nicht begeistern. Sie hatte nie verstanden, wieso erfundene Welten interessanter sein sollten als die reale. Selbst die schrecklichste Grausamkeit in einer irrealen Welt berührte einen nicht so wie wirkliches, erlebtes oder mögliches Leid, ob es nun Fakt oder Fiktion war.

Nun kamen weitere Spieler herein, Leute aus verschiedenen Abteilungen der Helsinkier Polizei. Diesmal nur Männer, obwohl außer Paula noch ein paar weitere Frauen in der Mannschaft waren.

Paula kannte jeden mit Namen und wusste auch, welche Schwächen jeder Einzelne auf dem Spielfeld hatte; wer schnell, aber im Umgang mit dem Ball miserabel war, wer immer zum Korb wollte, aber nie traf, wem man den Ball wegnehmen konnte wie einem Kind.

Als Letzter kam Aki Renko aus der Umkleide. Paula hätte beinahe laut aufgestöhnt.

Renko war nicht nur ein grauenhafter Spieler, sondern auch

viel zu redselig für Paulas Geschmack. Besonders ätzend war, dass sein Redefluss selbst auf dem Spielfeld nicht unbedingt versiegte. Und jetzt kam er direkt auf sie zu.

Paula wandte sich ab, um den Ball zu holen, aber irgendjemand war ihr zuvorgekommen. Der Ball flog in hohem Bogen über sie hinweg ans andere Ende der Halle, direkt zu Hartikainen, der einen Dreier warf.

»Toll, Hartsu!«, rief Paula.

»Guter Wurf«, lobte Renko. »Ich hab noch nie einen Dreier geschafft.«

»Aha. Na, irgendwann klappt es schon.«

»Vielleicht könntest du mir irgendwann beibringen, besser zu werfen.«

»Vielleicht.«

»Wo wir doch jetzt Partner sind.«

»Ja«, antwortete Paula. Erst dann ging ihr auf, was Renko gerade gesagt hatte. »Wieso denn Partner?«

»Wir übernehmen Mittsommer.«

»Wir beide?«

»Ja«, sagte Renko.

Paula hatte bereitwillig zugestimmt, an Mittsommer zu arbeiten, weil sie gerade erst aus einer zweimonatigen Beurlaubung zurück war. Renko hatte der Chef allerdings nicht erwähnt, als er sie gebeten hatte, den Dienst zu übernehmen.

Renko merkte offenbar, dass Paula von der Nachricht nicht begeistert war, trotzdem wirkte er nicht verärgert, also bemühte Paula sich, eine freundlichere Miene aufzusetzen.

»Fein, dann sehen wir uns also«, sagte sie und lief ans andere Ende der Halle, um den Ball zu holen, den Hartikainen ins Netz geworfen hatte.

»Das ist bloß eine vorübergehende Regelung«, erklärte Renko, der sich an ihre Fersen heftete. »Es gibt zu wenig Leute.«

Das hatte Paula sich schon gedacht, denn Renko und sie arbeiteten nicht im selben Team und hatten noch nie gemeinsam ermittelt.

»Wahrscheinlich passiert an Mittsommer sowieso nichts«, fuhr Renko fort. »Es scheint zwar gutes Wetter zu geben, da hat die Schupo bestimmt genug zu tun, aber bei dieser Hitze plant wohl keiner einen Mord …«

Glaubt er etwa, mein Hinterkopf würde ihm antworten, dachte Paula.

Ihr brach der Schweiß aus, in der Halle war es wirklich heiß. Vielleicht war die Klimaanlage kaputt. Als Paula den Ball aufhob und sich umdrehte, stand Renko breit lächelnd vor ihr.

»Die Schwarzen gegen die anderen«, rief sie über seinen Kopf hinweg.

Fünf hatten ein schwarzes Hemd an, fünf irgendeine andere Farbe. Paulas Vorschlag war ganz vernünftig. Er passte ihr allerdings auch gut in den Kram, denn sie trug ein schwarzes T-Shirt, Renko ein hellblaues.

»Vier gegen vier. Einer zum Auswechseln«, verkündete sie, und Renko trabte gefügig zum Spielfeldrand und setzte sich auf die Bank.

»Gut«, sagte Paula unwillkürlich. »Gut, legen wir los! Die Schwarzen fangen in der Richtung an. Mann-Mann-Verteidigung, sucht euch die Gegenspieler aus. Ich übernehme Karhu.«

Karhu hieß eigentlich ganz anders, aber er hatte beim Sonderkommando *Karhu* gearbeitet, als er zu Paulas Basketball-Gruppe gestoßen war. Als er später in die Mordkommission versetzt worden war, hatte Hartikainen ihn kurzerhand umgetauft.

Paula hatte Gefallen an Karhu gefunden und dazu beigetragen, dass er in die Mordkommission berufen wurde.

Mit seinen fast zwei Metern überragte Karhu Paula um rund zehn Zentimeter, wirkte aber noch größer, als er war. Seine Bewegungen schienen immer durchdacht. Wenn der Ball das

Board traf, riss er zwar nicht als Erster die Arme hoch, schaffte es aber durch gutes Timing fast immer, in Ballbesitz zu kommen.

Paula war zufrieden, dass Karhu auf der Gegenseite spielte. So wurde sie ernsthaft herausgefordert und konnte sich über Erfolge umso mehr freuen.

Hartikainen – im schwarzen Hemd – warf Paula den Ball zu. Sie trat an die Grundlinie und gab den Ball an Hartikainen zurück, der daran ging, ihn nach vorn zu bringen. Paula sprintete los, überholte Hartikainen und scherte zum Korb. Der Pass landete genau an der richtigen Stelle, Paula brauchte ihn nur in den Korb zu befördern.

»Danke«, rief sie Hartikainen zu und rannte in die Verteidigungszone. Karhu brachte den Ball schnell über die Mittellinie, Paula lief ihm entgegen. Karhu gab an den Rand ab und stürmte selbst in die andere Richtung, Paula schloss hautnah zu ihm auf, ließ den Ball nicht aus den Augen, blieb dicht an Karhu dran und versuchte, seine Bewegungen zu erahnen.

Sie spürte, wie ihr Körper funktionierte und sich streckte. Er hatte alle Bewegungsabläufe gespeichert. Nachdem sie als Jugendliche plötzlich in die Höhe geschossen war, hatte sie zuerst wieder lernen müssen, ihren Körper zu beherrschen. Allmählich hatte sie gewagt, sich zu ihrer vollen Größe aufzurichten, die Arme auszustrecken und sich mit den Beinen vom Boden abzustoßen. Sie hatte ihren für ein Mädchen seltsam großen Körper nicht mehr als Feind empfunden, sondern als einen starken Teil ihrer selbst. Seither geriet jeglicher Kummer beim Spielen in Vergessenheit, sie dachte keine Sekunde darüber nach, wie sie aussah, und alles außerhalb des Spiels verlor an Bedeutung – Vergangenes und Künftiges. Zwar hatte sie ihre Sportkarriere schon in jungen Jahren aufgeben müssen, doch das Bedürfnis danach war immer noch stark.

Jetzt versuchte Karhu, durch ein Täuschungsmanöver an ihr vorbeizukommen. Paula ahnte seine Absicht und kam ihm zuvor. Karhu stolperte über seine eigenen Füße, schwankte und verzog das Gesicht, stürzte zum Glück aber nicht. Der Ball knallte gegen die Wand.

»Wechsel«, rief Karhu und humpelte zur Bank.

Seine Stelle nahm Renko ein, gegen den Paula nun also verteidigen musste, und offenbar würde Renko gegen sie verteidigen. Jedenfalls nahm er neben ihr Aufstellung, unternahm aber keinen Versuch zu verhindern, dass sie Hartikainens Pass auffing, sondern zog sich hinter die Mittellinie zurück. Nach seiner Meinung begann das Spiel erst im eigenen Verteidigungsraum; er hielt es wohl für unhöflich, den Gegner vorher zu behelligen.

Paula dribbelte, während Renko anderthalb Meter vor ihr stand und die Arme schwenkte, als würde er bei der Märchengymnastik einen im Wind schwankenden Baum darstellen.

Paula verstand sich darauf, das Spiel zu leiten. Sie hatte es nicht nötig, den anderen Anweisungen zuzubrüllen, sondern brachte sie mit kleinen Gesten dazu, sich so zu bewegen, wie sie es wollte. Davon hatte sie schon in den Juniorenmannschaften geträumt und zu ihrer Freude und Verwunderung festgestellt, dass ihre Methode in der Hobbymannschaft der Bullen funktionierte.

Hartikainen löste sich von seinem Verteidiger und machte einen Screen vor Renko. Paula schaffte es, an Renko vorbeizukommen. Sie warf den Ball dem Kollegen zu, der unter dem Korb stand, aber nur den Rand traf. Er schnappte sich den Ball jedoch und passte ihn zu Paula zurück.

Wieder tauchte Renko vor ihr auf. Jetzt wirkte er wie ein zitternder Busch. Paula wollte zum Korb, sie machte einen kleinen Ausfallschritt nach rechts und versuchte dann, links an Renko vorbeizukommen. Renko konnte jedoch nicht so schnell auf das Täuschungsmanöver reagieren, sondern lief aus Versehen genau in die richtige Richtung. Er schlug Paula den Ball aus der

Hand und streifte dabei ihre Finger. Als Hartikainen daraufhin »Fehler« brüllte, hob er brav die Hände.

Paula ärgerte sich, sie hätte das Spiel lieber weiterlaufen lassen. Der Schlag auf die Finger war minimal gewesen, und sie bevorzugte ein hartes Spiel an den Grenzen der Regeln. Außerdem zollte sie Renko Anerkennung dafür, dass er es geschafft hatte, sie zu überraschen.

Als Renko den Ball nach oben brachte, ließ Paula ihm absichtlich Raum. Renko gab frühzeitig ab, als wollte er eine Situation vermeiden, in der er eine rasche Entscheidung treffen und handeln musste. Gleich darauf landete der Ball jedoch wieder in seinen Händen. Er stand nah an der Freiwurflinie und fand keine freie Richtung für einen Pass.

Paula sah Renkos verängstigte Miene. Er warf den Ball, der das Rückbrett traf, abprallte und im Korb landete. Renko jubelte.

Paula musste lächeln. Sie dachte daran, wie körperliche Anstrengung sich in Genuss verwandelte, wenn Körper und Geist unter dem Einfluss von Endorphin zu einem Ganzen verschmolzen. Aber das Beste war immer der Moment, in dem man sah, dass man in einem wichtigen Spiel einen Treffer erzielt hatte. Ein prickelndes Gefühl, das sich irgendwo im Unterleib ausbreitete.

Mit den Jahren war es allerdings fast verschwunden. Nur eine Art Nachhall war geblieben.

3

Die Frau schrie. Der Schrei prallte zurück und geisterte durch die dreidimensionale Finsternis, bis er schließlich verstummte, nachdem er oft genug an dieselben unsichtbaren Wände gestoßen war.

Die Frau machte zwei Schritte zur Seite, vorsichtig, denn sie wollte das dumpfe Geräusch nicht wieder hören. Dann hob sie die Hand und streckte sie aus. Ihre Finger berührten eine Wand.

Zuerst verspürte sie Erleichterung. Der Raum bekam so etwas wie eine Dimension, sie befand sich nicht in einer grenzenlosen Dunkelheit. Aber als sie die Wand abtastete, schwappte die Furcht wieder hoch.

Die Wand fühlte sich genauso an wie der Boden. Metallisch.

Mit den Fingerspitzen folgte sie der Wand. Bald kam sie an eine Ecke. Sie drehte sich und ging weiter, die nächste Ecke folgte schon nach fünf Schritten, wieder eine Drehung, nun ging sie schneller, irgendwo musste eine Tür sein, bald würde sie aus diesem seltsamen Raum entkommen, und dann würde sich alles klären.

Eine Ecke, eine Drehung nach rechts. Und fast sofort stießen ihre Finger auf eine Art Fuge in der Wand.

Sie fuhr mit der Hand an der Fuge auf und ab, dann über die Wand neben der Fuge. Keine Klinke, nichts. Also ging sie weiter, vielleicht war die Tür doch auf der anderen Seite. Sie tastete die Wand mit beiden Händen ab, entschlossen und systematisch, so vollständig wie möglich. Es war eine Art Wellblech.

Erneut traf ihre Hand auf eine Fuge. Sie fuhr darüber und stellte fest, dass sie eine Runde durch den ganzen Raum gemacht hatte, es war dieselbe Fuge, und auch jetzt fand sie nichts, womit man die Tür hätte öffnen können.

Sie suchte nach einer vernünftigen Erklärung für ihre Wahrnehmungen.

Ein dröhnender Fußboden.

Wände aus Wellblech.

Eine Tür, die sich von innen nicht öffnen ließ.

Eine Tür, die sich nicht öffnen ließ.

War es nicht gefährlich, sie in einen Raum einzuschließen, dessen Tür man nicht von innen öffnen konnte? Wer würde so etwas tun?

An einem heißen Tag könnte sie schnell verdursten. Wie ein Kind, das man im Auto zurückgelassen hat, oder ein Hund oder …

Oder wie Flüchtlinge in einem Container.

Der Gedanke war so ungeheuerlich, dass er nur langsam Einlass in ihr Bewusstsein fand.

Ich bin in einem Container.

Sie war in einer Metallkiste eingesperrt.

Vorsichtig trat die Frau ein paar Schritte zurück. Sie stieß gegen die Matratze, setzte sich hin, um nachzudenken, und bemühte sich mit aller Kraft, die Panik zu zügeln.

Here am I sitting in a tin can.

War sie entführt worden? Würde man sie in irgendein anderes Land bringen und als Hure verkaufen, sie gefangen halten und irgendwann umbringen?

In ihrem Kopf dröhnte es, ihr wurde übel. Verzweifelt suchte sie nach angenehmeren Erklärungen für ihre Lage.

Draußen polterte etwas.

Die Frau sprang auf und horchte. Ein weiteres Poltern, diesmal näher an der Tür.

Wenn das der Entführer war, musste sie jetzt möglichst leise sein, in die Ecke neben der Tür gehen und darauf warten, dass sie geöffnet wurde. Aber wenn es irgendein Unbeteiligter war, wenn sie in einem von Hunderten Containern im Hafen steckte und dies ihre einzige Chance war, nach draußen zu gelangen?

Der Wunsch, rauszukommen, wuchs ins Unerträgliche, er überstieg jedes Urteilsvermögen. Die Frau schlug gegen die Wand neben der Tür und schrie, es war ein wortloses Brüllen, sie wollte nur raus hier, raus und ans Licht.

Sie wollte Sonne, dieselbe Sonne, die zu Hause schien, wenn auch ganz anders.

Inmitten ihres Geheuls hörte sie irgendwo unten etwas klappern. Dann drang Licht herein. Die Frau tastete sich zu der Stelle. Unten, in der Nähe der Ecke, war eine Art Luke. Sie ging in die Knie und betrachtete die Öffnung, sie war klein und rund, die Frau schob ihr Gesicht ganz dicht davor, und wenn das Licht ihr auch in die Augen stach, weckte es doch eine unbändige Hoffnung. Sie schrie erneut, diesmal mit heller Stimme, hier ist ein Mensch, *human*, öffnet die Tür, ich will raus, hier ist ein Mensch!

Plötzlich verschwand das Licht wieder. Die Luke war geschlossen. Die Frau sah nichts mehr und führte erschrocken die Hand an die Luke heran. Ihre Finger stießen gegen einen runden Gegenstand aus Metall, der durch das Loch geschoben worden war.

Es war das Ende eines Rohrs, und in dem Moment, als ihr das klar wurde, begann Wasser aus dem Rohr zu strömen. Mit voller Kraft.

Sie kreischte auf, rutschte zur Seite und saß nun auf dem Boden, der schon von Wasser bedeckt war, ihre Schuhe und ihre Hose waren im Nu durchnässt.

Das Wasser war kalt. Und es wurde ständig mehr. Sie spürte, wie es um ihre Beine wirbelte.

Sie begriff von all dem nur eins: Bald würde sie sterben.

Der Container würde sich mit Wasser füllen, und wenn er voll war, würde sie tot sein.

Bald würde sie in diesem Container treiben wie eine Ratte, die sich in eine Fischreuse verirrt hat.

Nie mehr würde sie die Sonne sehen.

Nicht die Sonne, nicht ihre Mutter.

And I'm floating in a most peculiar way.
And the stars look very different today.

4

Die Last der Sonne lag schwer auf den Schultern der Stadt. Alle bewegten sich langsam, als wollten sie verhindern, dass die Hitze ihnen auf den Kopf krachte und alles unter sich begrub.

Aki Renko wartete an der Bushaltestelle. Er trug Jeans-Shorts, Turnschuhe und ein schwarzes T-Shirt mit der Aufschrift *System Of A Down*.

Mit seinen etwas zu langen Haaren und seiner Sonnenbrille sah er nicht unbedingt wie ein Polizist aus, sondern eher wie jemand, auf den die Polizei ein Auge hat.

»Warst du auf dem Weg zu einem Festival?«, fragte Paula, als Renko hereinschlüpfte, kaum dass der Wagen hielt.

»In Parikkala war gestern der heißeste Tag des Sommers«, antwortete Renko.

Paula fuhr zurück auf die Autobahn, mit verkniffenem Gesicht, obwohl ihr der Freizeitlook ihres Kollegen völlig egal war. Sie merkte, dass Renko sie ansah; vermutlich überlegte er, wie ernst er ihren Kommentar nehmen sollte. Paula hütete sich, ihm einen Hinweis zu geben. Sie hielt den Blick auf die Straße geheftet und verzog keine Miene. Es war besser, Typen wie Renko ein bisschen zu verunsichern. Sonst fingen sie an, sich Freiheiten herauszunehmen und die Grenzen des zulässigen Benehmens zu überschreiten.

»Ich war mit meiner Frau einkaufen, als dein Anruf kam. Du hättest warten müssen, wenn ich mich umgezogen hätte. Was ist dir lieber, dass ich zu spät komme oder dass ich falsch gekleidet bin?«

Die Frage klang so aufrichtig, dass Paula beschloss, Gnade walten zu lassen.

»Besser pünktlich«, sagte sie.

Renko entspannte sich sofort, schob die Sonnenbrille auf die Stirn und streckte seine Beine aus.

»Einen tollen Saab hast du, die werden heute gar nicht mehr gebaut. Eine Schande, dass sie Saab aus Schweden nach China verkauft haben. Auch wenn ich nichts gegen die Chinesen hab. Oder besser gesagt, ich hab mehr gegen die Schweden als gegen die Chinesen. Ist das ein Neun-fünf der zweiten Generation?«

»Mehr als zehn Jahre alt.« Paula umging die Frage, weil sie die Antwort nicht wusste.

Autos hatten sie nie interessiert – sie hatte nicht einmal mit dem Gedanken gespielt, die alte Karre gegen eine neue einzutauschen. Ihr Vater hatte ihr den Saab zu einem Spottpreis verkauft, als sie nach ihrer letzten Scheidung umgezogen war.

»Was hast du gegen die Schweden?«, fragte sie.

»Mats Sundin. Die letzte Minute. Das erste Eishockeyspiel im Fernsehen, an das ich mich erinnere. Mein Vater hat geweint, ich hatte Angst.«

Paula lachte auf. Auch sie hatte sich das Spiel mit ihrem Vater angeschaut. Ihr Vater hatte allerdings mit höhnischer Überheblichkeit reagiert, nachdem er bis zum Schluss immer wieder gesagt hatte, das wird ja doch nichts. Macht euch nichts vor. Was hab ich gesagt. Geweint hatte er erst Jahre später, als die Finnen gewannen.

Der Urlaubsverkehr hatte schon abgenommen. Paula lenkte den Wagen abrupt über zwei Fahrspuren auf die Ausfahrt und von dort auf die Umgehungsstraße Richtung Westen.

»Der Meldung nach befindet sich die Leiche auf einem

Grundstück, das der Lehmus-Stiftung gehört. Weißt du, was für eine Stiftung das ist?«, fragte sie.

»Keine Ahnung«, sagte Renko.

»Guck mal bei Google.«

Renko angelte das Handy aus der Tasche seiner Shorts und öffnete den Webbrowser.

»›Die Lehmus-Stiftung ist eine gemeinnützige Stiftung‹ bla, bla, bla …«, begann er, nachdem er die Webseite gefunden hatte. »›Die Stiftung vergibt Stipendien an Künstler sowie für die Forschung über Entwicklungsländer und internationale Projekte. Sie verwirklicht auch eigene künstlerische und gesellschaftspolitische Projekte. Wir wollen eine bessere Welt aufbauen‹ bla, bla, bla …«

»Lies auch die Blablas«, unterbrach Paula.

»Okay, sorry. ›Wir wollen eine bessere Welt aufbauen, indem wir das Wissen über und das Verständnis für die in den Entwicklungsländern bestehenden Probleme und deren Ursachen erweitern und auch unseren Beitrag zu ihrer Lösung leisten.‹ Entwicklungsländer«, wiederholte Renko langsam. »Das Wort habe ich immer als seltsam empfunden. Es schreibt nicht nur fest, dass man in diesen Ländern der Entwicklung nachhinkt, sondern diktiert auch von außen, dass sie …«

»Wer hat die Stiftung gegründet?«, fragte Paula ungeduldig.

»Moment, die Kontaktdaten … Die Vorstandsvorsitzende der Stiftung ist Mai Rinne, die Vizevorsitzende Elina Lehmusoja.«

»Lehmusoja? Den Namen habe ich schon mal gehört.«

»›Die Lehmus-Stiftung wurde im Jahr zweitausend von Hannes Lehmusoja gegründet. Er wollte einen Teil der Erträge der Lehmus-Unternehmensgruppe für gemeinnützige Zwecke einsetzen‹«, las Renko vor.

»Lehmusoja, Lehmus-Unternehmensgruppe, Lehmus-Stiftung«, wiederholte Paula. »Klingt ziemlich familienzentriert.«

»Es ist auch ein Familienunternehmen, der Geschäftsführer ist derzeit ein gewisser Juhana Lehmusoja. Vielleicht der Sohn von Hannes?«

»Was machen die Unternehmen?«

»Hier ist ein Link auf deren Seite … Baugewerbe und Infrastruktur.«

»Infrastruktur.«

»Ja. Warum hat man eigentlich keine finnische Entsprechung für das Wort erfunden? Infrastruktur, das geht einem Finnen nicht so leicht über die Zunge. Aber andererseits, was wäre denn das passende Wort für etwas, das alles bedeutet, worüber und womit alles Mögliche sich zu allen möglichen Zielen bewegt, Autos, Menschen, Abwässer, Daten, Strom, Züge. Schiffe, Laster, Lebensmittel, Waren, und dann gibt es noch die soziale Infrasruktur …«

»Infrastruktur. Muss ich an der nächsten Abzweigung links abbiegen?«, fragte Paula, um Renkos Monolog zu stoppen.

Auf die Umgehungsstraße war eine gut gepflegte, aber schmale Landstraße gefolgt, die sich durch sonnenbeschienenes Ackerland schlängelte. Nun machte sie einen scharfen Bogen nach rechts und tauchte in das Zwielicht eines dichten Laubwalds ein. Die Kreuzung, von der der Weg zur Villa der Lehmus-Stiftung abging, kam erst im allerletzten Moment in Sicht.

Auf der anderen Straßenseite stand kurz vor der Kreuzung die Zugmaschine eines Lasters mit leerem Anhänger. Der LKW versperrte die Fahrspur fast völlig; um an ihm vorbeizukommen, musste man auf die Gegenspur ausweichen, ohne den Gegenverkehr sehen zu können.

»Schreib die Nummer auf«, wies Paula Renko an, der sich immer noch seinem Handy widmete.

Renko schrak auf, beugte sich vor, um das Nummernschild zu sehen, und wiederholte die Nummer so lange, bis er sie auf seinem Handy gespeichert hatte.

»Linden«, rief Renko erfreut, als Paula auf den Sandweg abbog.

Der Weg war tatsächlich von alten, knorrigen Laubbäumen gesäumt.

»Bist du sicher?«, fragte Paula.

»Was?«

»Dass es Linden sind.«

»Ziemlich sicher«, sagte Renko und drückte sich fast die Nase am Fenster platt. »Auf die muss man im Park achten, von denen tropft nämlich die Kacke von Blattläusen.«

»Huch, wie schrecklich«, konterte Paula sarkastisch.

»Die da sind allerdings so alt, dass selbst der alte Fabrikbesitzer sie nicht gepflanzt haben kann. Vielleicht waren die Linden schon vor den Lehmusojas hier.«

Hinter der nächsten Kurve begann die kurze Gerade zur Villa der Lehmus-Stiftung. An ihrem Ende stand ein großes weißes Holzhaus, rechts davon schimmerte das Meer. Die Linden am Wegrand endeten schon in der Mitte der Gerade bei einem Zaun mit einem Tor aus Metall. Dahinter führte der Weg durch einen gepflegten Garten weiter zum Haupteingang der Villa, vor dem man ein rundes Blumenbeet bewundern konnte.

Vor dem geschlossenen Tor stand ein blauer, im Sonnenlicht schimmernder Seecontainer, hinter ihm ein Streifenwagen. In einer Ausbuchtung auf einer Seite der Zufahrt parkten ein zweisitziges rotes Cabriolet und ein massiger schwarzer City Jeep.

Paula hielt in reichlichem Abstand von dem Streifenwagen.

»Das Reden übernehme ich«, sagte sie zu Renko, bevor sie ausstieg.

Unter der letzten Linde neben dem Tor standen zwei Streifenbeamte, die ihre Uniformjacken ausgezogen hatten, und ein etwa sechzigjähriger Mann in blauem Overall.

»Der Blattlauskacke-Club«, murmelte Renko hinter Paula.

Sie lächelte immer noch darüber, als sie den jungen Polizisten und dem Mann im Overall die Hand gab. Der Mann sagte, er sei der Verwalter der Immobilien der Lehmus-Stiftung. Er hatte um zehn Uhr vormittags einen Anruf bekommen, als die Lehmusojas zur Villa gekommen waren, wo sie Mittsommer feiern wollten.

Der Geschäftsführer Juhana Lehmusoja hatte den Container als Eigentum des Lehmus-Unternehmens identifiziert und den Verwalter beauftragt, ihn sofort abzutransportieren.

»Die Leiche ist im Container«, berichtete einer der beiden Streifenbeamten und versicherte, sie hätten nichts angerührt. Den Container hatten außer dem Verwalter nur die Notfallsanitäter betreten, die festgestellt hatten, dass Wiederbelebungsversuche sinnlos waren.

»Ich habe die Tür aufgemacht, weil da was rauströpfelte. Ich konnte ja nicht ahnen, dass er voller Wasser war«, beeilte sich der Verwalter zu erklären.

»Voller Wasser«, wiederholte Renko langsam. »Warum denn bloß?«

Der Overall des Verwalters war vorne von der Taille abwärts klatschnass. Paula hob die Hand, um alle zum Schweigen zu bringen, und ordnete ihre Gedanken.

»Gehört der Laster an der Kreuzung Ihnen?«, fragte sie den Verwalter.

»Ja. Oder vielmehr der Firma.«

»Okay. Geben Sie ihm den Schlüssel«, sagte Paula und nickte zu dem einen Polizisten hin. »Fahr ihn an eine weniger gefährliche Stelle und komm zu Fuß zurück. Und du sperrst ein Gebiet von fünf Metern rund um den Container ab«, wies sie den anderen Streifenbeamten an. »Sind die Lehmusojas dadrinnen?« Der Verwalter nickte.

»Am Strand, vermute ich. Sie wissen wohl noch gar nichts von der Leiche.«

»Umso besser. Sie können gleich alles von Anfang an erzählen.« Paula bat Renko, den Verwalter ein Stück weiter wegzuführen und ihn zu befragen. Dann holte sie eine Taschenlampe aus ihrem Wagen und näherte sich vorsichtig der angelehnten Tür des Containers.

An der Vorderseite des Containers war der Weg bis weit hinter das Tor nass, und ein Stück weiter im Garten hatte sich das Wasser in einer Senke im Rasen zu einer Pfütze gesammelt, so groß wie ein Planschbecken.

Der Container hatte eine Doppeltür, deren einer Flügel von außen verriegelt war. Paula spähte durch die offene Hälfte hinein und achtete darauf, nichts zu berühren.

Die Leiche lag hinten im Container. Die Sanitäter hatten sie vermutlich auf den Rücken gedreht. Paula schaltete ihre Taschenlampe ein und richtete sie auf die Leiche.

Die Frau trug leichte Sommerkleidung. Der Container enthielt keinerlei Waren, aber mitten auf dem Fußboden lag eine nasse Matratze.

Paula zog sich ein Stück von der Tür zurück und betrachtete die Villa, die in der Mittagssonne badete. Mit ihren Gartenwegen und runden Blumenbeeten wirkte sie wie ein Herrenhof aus alten Zeiten. Man konnte sich gut vorstellen, wie sich am Eingang die Bediensteten aufreihten und auf die Kutschen mit den Herrschaften warteten.

Der glänzende Container am Tor der Villa hätte ebenso gut ein Raumschiff sein können, das den Leuten vom Herrenhof einen Besucher von einem anderen Planeten gebracht hatte.

5

Renko hatte dem Verwalter den Beifahrersitz in Paulas Wagen angeboten und lehnte an der offenen Tür.

»Die Lehmusojas haben den Herrenhof im Jahr zweitausend gekauft, als die Stiftung gegründet wurde«, sagte er und straffte sich, als er Paulas Blick bemerkte.

»Ich habe mich von Anfang an darum gekümmert«, erklärte der Verwalter und stieg aus.

»Sie wurden also heute früh angerufen?«, fragte Paula. Sie nickte Renko zu, der daraufhin das Handy hervorholte, um sich Notizen zu machen.

»Ja, gegen zehn. Die genaue Uhrzeit weiß ich nicht mehr, aber ich war um Viertel vor elf hier. Ich musste den Laster von der Geschäftsstelle holen, das hat ein bisschen gedauert.«

»Und der Anrufer war Juhana Lehmusoja?«

»Ja. Er war … nicht besonders gut gelaunt, sagen wir es so.«

»Wegen dem Container?«

»Genau. Der hätte natürlich nicht hier stehen sollen. Aber es ist unser Container. Die Vermietung dieser Dinger war von Anfang an ein Teil der Geschäftstätigkeit der Lehmus-Unternehmensgruppe, heute natürlich nur noch ein ganz kleiner Teil. An den Containern stehen Nummern, an denen man …«

»Ich weiß«, unterbrach Paula ihn. »Was hat Lehmusoja gesagt?«

»Nur, dass hier ein … ein verdammter Container steht, so hat er sich ausgedrückt, ein verdammter Container, der sofort abgeholt werden muss. Und er hat gefragt, ob ich weiß, warum der hier ist.«

»Hat er nicht in den Container geguckt?«

»Er hatte ihn nicht aufgekriegt und dachte, er wäre abgeschlossen. Aber der Riegel steckte nur irgendwie fest. Ich habe ihn selbst auch kaum aufgekriegt.«

»Warum haben Sie den Container überhaupt geöffnet?«

Der Verwalter wirkte verdutzt, und Paula milderte ihre Frage durch so etwas wie ein Lächeln.

»Ich musste doch wissen, ob er leer war oder nicht, bevor ich es wagen konnte, ihn aufzuladen. Und es ist ja unser Container. Oder der des Unternehmens.«

»Waren zu dem Zeitpunkt andere Leute hier?«

»Zum Glück nicht. So ist außer mir keiner nass geworden«, sagte der Verwalter, blickte auf seine Hose und dann auf den Vordersitz des Saab, auf dem ein dunkler Fleck zu sehen war. Er zuckte bedauernd die Achseln, doch Paula winkte ab. Der nasse Beifahrersitz war in erster Linie ein Problem für den Beifahrer, also für Renko.

»Sie haben also die Tür geöffnet, und das Wasser ist herausgeschossen. Und dann?«

»Ich habe sofort versucht, die Tür wieder zuzudrücken, aber das ging natürlich nicht. Und dann fing sie an zu poltern. Die Leiche. Sie ist bestimmt da rumgewirbelt und gegen die Wände geprallt.«

Der Verwalter verstummte, und Renkos Finger, der auf dem Handy getippt hatte, verharrte mitten in der Bewegung. Als hätten sie sich abgesprochen, legten sie eine Schweigeminute ein.

Irgendwie war diese Frau also in einen Container der Lehmus-Unternehmensgruppe geraten, der ans Tor der Sommervilla der Familienstiftung gebracht worden war. Da es im Container eine Matratze gab, war die Frau vielleicht eine längere Zeit dort gewesen, bevor der Container mit Wasser gefüllt wurde. Womöglich hatte man sie vor dem Einsperren betäubt.

»Es war übrigens Meerwasser, ich hab einen Schwall in den Mund gekriegt«, sagte der Verwalter.

»Wann waren Sie zuletzt hier?«, fragte Paula.

»Gestern am Vormittag zum Rasenmähen, weil ich wusste, dass die Lehmusojas herkommen würden. Gleichzeitig habe ich auch das Haus inspiziert. Hier war niemand, mir ist nichts Ungewöhnliches aufgefallen.«

»Haben Sie die Leiche berührt?«

»Nein, aber ich bin zu ihr hingegangen. Man sah ihr gleich an, dass sie tot war«, antwortete der Verwalter. Es klang fast, als wollte er sich entschuldigen, was völlig unnötig war.

Der Verwalter hatte den Notruf gewählt, und sowohl die Polizei als auch der Rettungswagen waren innerhalb von zehn Minuten eingetroffen.

»Und denen da haben Sie nichts davon gesagt?«, fragte Renko verwundert und deutete auf die Villa. Paula wiederum wunderte sich darüber, dass Renko so lange den Mund gehalten hatte.

Der Verwalter gestand mit verlegener Miene, er habe den Lehmusojas das Mittsommerfest nicht verderben wollen.

»Und ich dachte mir, ich könnte vorher eine Pumpe holen und das Wasser aus dem Rasen saugen, damit er nicht noch weiter absackt.«

Paula schnaubte unwillkürlich, dabei hatte der Verwalter natürlich seine Arbeit im Kopf, wie sie ja auch.

»Hier tut vorläufig außer der Polizei niemand irgendwas. Das ganze Gebiet muss untersucht werden«, erklärte Paula. Der Verwalter sah sie entsetzt an.

Der Streifenpolizist, der den Laster umgeparkt hatte, war an die Kreuzung zurückgekehrt. Paula bat Renko, den Verwalter zu ihm zu bringen. Der Kollege sollte ihm den Schlüssel aushändigen und ihm erklären, wo der Laster stand.

»Dann darf ich also gehen?«

»Ja. Bleiben Sie erreichbar, wir werden Ihre DNA und Ihre Fingerabdrücke brauchen. Und ich bitte Sie, mit niemandem über die Sache zu reden, nicht mit den Medien, nicht einmal mit den Lehmusojas. Das übernehmen wir.«

Der Verwalter nickte betrübt und ging mit Renko davon.

Der zweite Streifenbeamte hatte unter Zuhilfenahme der Lindenstämme das Absperrband um den Container gezogen. Paula bat ihn, den Streifenwagen an die Landstraße zu fahren.

»Die Leute am Strand müssen weggebracht werden. Sorgst du bitte mit deinem Kollegen dafür, dass nur der Rechtsmediziner und die KTU auf den Sandweg einbiegen können.«

»Der Doktor scheint schon zu kommen«, sagte der Streifenpolizist.

Renko und der Verwalter wichen unter die Bäume aus, als der schwarze Mercedes des Rechtsmediziners über den Sandweg rollte, langsam wie ein Leichenwagen. Paula bedeutete dem Rechtsmediziner, seinen Wagen neben den Autos der Lehmusojas in der Ausbuchtung zu parken.

»Soll ich den Schutzanzug anziehen?«, fragte Renko. Er war im Laufschritt von der Kreuzung zurückgekehrt und schnaufte ein wenig.

Paula nickte und öffnete den Kofferraum. Jetzt hätte auch sie gern Shorts getragen oder gleich einen Bikini. Im Schutzanzug würde es schnell unangenehm werden, der heißeste Moment des Tages rückte näher.

In der direkten Umgebung des Containers hatten sich vor ihnen mindestens der Verwalter, die beiden Polizisten und die Sanitäter aufgehalten. Und natürlich die zuvor eingetroffenen Mittsommerfeiernden, wie viele es auch sein mochten. Außerdem hatten der Verwalter und die Sanitäter den Container betreten. Die Sandspuren auf dem Fußboden hatten erst entstehen können, nachdem das Wasser aus dem Container abgeflossen war, sie stammten also vermutlich von den Sanitätern. Ein Teil der Spuren war jedenfalls schon verwischt.

Nachdem sie ihre Schutzkleidung angelegt hatten, gingen Paula und Renko einmal um den Container herum. Er war von außen völlig sauber, der Lack sah aus wie neu. Auf dem Boden rund um den Container gab es ebenfalls nichts Auffälliges. Aber an der unteren Ecke der verriegelten Tür auf der Vorderseite befand sich eine Art Ventil, durch das wahrscheinlich das Wasser hineingepumpt worden war. Auf der Erde vor dem Ventil waren Spuren zu sehen, als hätte irgendetwas den Weg aufgekratzt.

»Das ergibt keinen Sinn«, sagte Renko. »Eine total komplizierte Art, jemanden umzubringen. Warum sollte sich irgendwer so viel Arbeit machen?«

Paula drehte sich um und betrachtete das Meer, das zwischen dem Herrenhof und dem Wald schimmerte. Bis zum Ufer waren es schätzungsweise hundert Meter, vielleicht etwas mehr. Wahrscheinlich war das Wasser aus dem Meer in den Container gepumpt worden, andere Möglichkeiten gab es eigentlich nicht. Dafür war ein ziemlich langer Schlauch erforderlich gewesen, selbst dann, wenn der oder die Täter den Schlauch auf dem kürzesten Weg ans Ufer gezogen hatten, durch den Garten und an der Hausecke vorbei.

Während Paula das Gebäude musterte, kamen hinter ihm zwei Männer hervor, ein großer und ein mittelgroßer. In ihren weißen Hemden und Shorts sahen sie aus wie Tennisspieler. Beide blieben abrupt stehen, dann rannte der Kleinere mit lautem Gebrüll auf sie zu.

Paula straffte sich und ging durch das Tor in den Garten. Der kleinere Mann rannte weiter, doch davon ließ sie sich nicht beirren. Ihr Instinkt sagte ihr, dass dieser Mann nicht der mächtigere der beiden war.

Als Erster wird immer der Soldat mit dem niedrigen Rang ins Feuer geschickt.

Der kleinere Mann hieß Lauri Aro. Er streckte seine Hand aus, noch bevor er vor Paula Halt machte, zog sie dann aber zurück, als ihm klar wurde, dass Paula ihm mit ihren Schutzhandschuhen nicht die Hand schütteln würde. Er nannte seinen Namen mitten in einem langen Satz, in dem es um die riesige Pfütze auf dem ansonsten untadeligen Rasen ging und um den Schaden, den sie anrichtete.

Außerdem wollte er wissen, was passiert war, wer Paula war, wer die Verantwortung für all das trug, warum ein Streifenwagen vor dem Grundstück stand, wo der Verwalter steckte und warum der Container entgegen der Anordnung nicht weggebracht worden war.

Paula hörte ihm zu, musterte gleichzeitig aber den großen Mann, der ruhig durch den Garten gegangen und in einiger Entfernung stehen geblieben war, ohne sich vorzustellen. Er trug eine schwarze Sonnenbrille und schien die Pfütze in Augenschein zu nehmen, doch Paula hatte den Eindruck, dass er in Wahrheit sie und ihren Kollegen betrachtete.

»Ich bin Kriminalkommissarin Paula Pihlaja«, sagte sie, als Aro sie endlich zu Wort kommen ließ. »Dies hier ist ein Tatort, daher muss ich Sie bitten, Abstand zu halten.«

Lauri Aro öffnete den Mund, schloss ihn aber gleich wieder und sah erneut Paula an, dann Renko. Erst jetzt schien er zu begreifen, was ihre weißen Schutzanzüge bedeuten könnten.

Auch der große Mann tat nicht mehr so, als würde er auf die Pfütze starren. Er nahm die Sonnenbrille ab und hängte sie in den Hemdkragen. Aro ging zu ihm zurück, beugte sich vor und sagte etwas. Dann drehte er sich um, setzte eine offizielle Miene auf und wartete darauf, dass die Kommissarin zu ihnen kam.

Paula kam es vor, als wäre sie gerade von einer Bittstellerin zur Ebenbürtigen geworden.

»Das hier ist Juhana Lehmusoja, der Geschäftsführer der Lehmusoja-Unternehmensgruppe«, sagte Aro. »Und ich bin, wie gesagt, Lauri Aro, der Jurist der Lehmusoja-Unternehmensgruppe und Berater der Stiftung.«

Juhana Lehmusoja taxierte Paula.

Für große Männer schien die Begegnung mit Paula in aller Regel problematischer zu sein als für kleine, die sie offenbar als eine Art Kuriosität abtaten. Große Männer waren, ohne sich dessen bewusst zu sein, daran gewöhnt, Frauen von oben herab anzusehen, und auch diejenigen, die Frauen für ebenbürtig hielten, gerieten unwillkürlich in Verwirrung, wenn eine Frau sie auf gleicher Höhe ansah.

Juhana stellte keine Ausnahme dar. Einen Augenblick lang lächelte er beinahe, wurde aber schnell wieder ernst.

Allem Anschein nach achtete er gut auf sein Erscheinungsbild, wie es Unternehmensführer heutzutage tun mussten, um überzeugend zu wirken – sein Bauch war vollkommen straff, und die Haare waren offenbar frisch geschnitten.

Gut in Form, aber kein Ausdauersportler, schätzte Paula, auch wenn er vermutlich Tennis spielte. Vielleicht trieb er außerdem noch Kampfsport.

»Was ist denn passiert?«, fragte der Mann mit angenehmer, tiefer Stimme.

»Leider können wir uns dazu vorläufig nicht äußern. Wer ist außer Ihnen beiden hier?«

»Meine Frau Elina, meine Tochter Ella und die Vorsitzende der Lehmus-Stiftung, Mai Rinne. Meine Mutter und mein Sohn kommen am Nachmittag.«

»Sie müssen ihnen sofort mitteilen, dass sie nicht kommen können, und auch Sie müssen bald abfahren. Bitte gehen Sie zunächst zurück und warten, bis wir Sie holen. Und seien Sie doch so gut, gehen Sie dort an der anderen Hausseite vorbei. Kriminalhauptmeister Aki Renko begleitet Sie«, sagte Paula.

Renko grüßte die Männer kaum hörbar. Vermutlich hätte er lieber den Container untersucht, als Leute aus der besseren Gesellschaft zu hüten.

»Geh mit jedem einzeln durch, wo sie sich seit gestern Vormittag, als der Container mit Sicherheit noch nicht hier war, aufgehalten haben. Fang mit den Frauen an«, sagte Paula leise, als Lehmusoja und Aro ihnen den Rücken zugekehrt hatten. »Ich möchte nicht, dass sie unbeaufsichtigt miteinander reden, nachdem sie von der Leiche erfahren haben.«

»Könnte nicht einer von den beiden Blauveilchen Wache halten?«, wandte Renko ein. »Ich hab doch schon den Schutzanzug an.«

»Blauveilchen? Du hast wohl zu viel Donald Duck gelesen. Auf diese Art geht es schneller, und ich möchte die Leute möglichst bald hier weghaben. Nimm die Gespräche auf Video auf, wenn sie es erlauben. Und lass sie nicht zu nah ans Wasser gehen. Das Ufer muss auch untersucht werden.«

Renko folgte den Männern wortlos. Paula schauderte bei dem Gedanken, ihn die Aufgabe allein erledigen zu lassen. Aber es war wohl nicht anzunehmen, dass jemand aus der Führung der Stiftung oder des Unternehmens sich selbst den Weg zur Villa mit einem Leichencontainer versperrt hatte. Wahrscheinlich würden sie kaum Licht auf die Angelegenheit werfen können.

Andererseits gehörte der Container dem Unternehmen. Das konnte natürlich ein Zufall sein, da die Firma ihre Container ja vermietete. Sicher würde Juhana Lehmusoja erklären können, wie es möglich war, dass der Container – sei es absichtlich oder versehentlich – hier gelandet war.

War die Frau zu dem Zeitpunkt schon darin gewesen, oder hatte man sie auf anderen Wegen hergebracht und erst hier in den Container gesperrt?

An der Kreuzung bogen zwei unmarkierte Polizeifahrzeuge

in die Zufahrt ein. Die technische Untersuchung konnte zum Glück schnell beginnen, obwohl es Mittsommer war.

Paula zog die Atemschutzmaske vors Gesicht, schaltete die Taschenlampe ein und betrat den Container.

6

Die Frau war um die dreißig, dunkelhäutig und langhaarig. Ihre Haare waren zu einer Art Knoten zusammengesteckt, der in den Nacken gerutscht war. Falls sie geschminkt gewesen war, hatte das Meerwasser das Make-up weggespült.

Die nassen Kleider der Frau waren alltäglich, aber sauber, die weißen Stoffschuhe sahen neu aus. Sie trug keinen Schmuck, auch keinen Ehering.

Der Rechtsmediziner war mit seiner Arbeit schnell fertig. Er drehte die Leiche nicht einmal um, denn die genauere äußerliche Untersuchung würde erst im Leichenschauhaus stattfinden. In diesem Stadium hatte es den Anschein, dass die Leiche keine Spuren von Gewalteinwirkung aufwies. Die wahrscheinliche Todesursache war Ertrinken, der Tod war vor mindestens sechs Stunden eingetreten.

Vermutlich war die Frau betäubt oder mit vorgehaltener Waffe in den Container gezwungen worden, denn es gab keine Anzeichen für physischen Zwang oder Gegenwehr.

»Aber schau dir mal die Fingernägel an«, sagte der Rechtsmediziner.

Paula ging in die Hocke und hob vorsichtig die Hand der Frau an. Sie hatte lange, türkis lackierte Fingernägel. Zumindest hatte sie die gehabt, denn sie waren, mit Ausnahme von dem am Daumen, alle abgebrochen.

Am Zeigefinger fehlte sogar der ganze Nagel.

Paula drehte sich der Magen um. Sie war zwar an Leichen

gewöhnt, aber die Vorstellung, dass ein kompletter Nagel abgerissen wurde, war grauenvoll.

Die abgerissenen Nägel deuteten allerdings auf etwas noch viel Grauenvolleres hin.

»Sie war bei Bewusstsein oder ist spätestens dann aufgewacht, als das Wasser reingepumpt wurde«, sagte Paula leise.

Der Rechtsmediziner brummte zustimmend und machte sich zum Aufbruch bereit. Er war ein alter Mann, der stets sorgfältig arbeitete, aber in einer anderen Welt zu leben schien, wie in einer Blase. Vielleicht war das seine Art, die Toten fernzuhalten, aber gleichzeitig vertrieb er so auch die Lebenden.

»Die Leiche muss so schnell wie möglich identifiziert werden«, sagte Paula. Der Arzt nickte.

»Ich obduziere sie morgen früh.«

Paula begleitete ihn zur Tür des Containers, vor der bereits zwei technische Ermittler mit ihrer Ausrüstung warteten. Paula bat sie, die Tür zu schließen und erst wieder zu öffnen, wenn sie klopfte. Einer der beiden drückte die Tür zu, ohne Fragen zu stellen. Sie hatten Verständnis dafür, dass Paula den Tatort zuerst allein untersuchen wollte, um sich ganz auf ihre Beobachtungen konzentrieren zu können.

Paula hörte ein Poltern an der Tür, als an der Außenseite der Riegel vorgeschoben wurde.

Sie begann bei der Öffnung in der unteren Ecke, durch die das Wasser hereingepumpt worden war. Das Loch hatte einen Durchmesser von circa fünfzehn Zentimetern. Der Metallring an der Innenseite schimmerte im Licht der Taschenlampe, er wirkte neuer als der Container. Eine vergleichbare Konstruktion hatte Paula bisher noch in keinem Seecontainer gesehen.

Sie ließ den Lichtstrahl von Wand zu Wand über den Boden streifen, aber im Vorderteil des Containers war nichts. Sie ging um die Matratze herum und beleuchtete den Fußboden und die Wände neben der Leiche, dann die Decke, doch alle Flächen waren leer und sauber.

Die Matratze, die das sinkende Wasser in die Mitte des Raums getragen hatte, sah billig aus. Der karierte Bezug war einigermaßen sauber, bedeckte aber nur einen Teil der Matratze, an beiden Enden war ein Streifen Schaumstoff zu sehen. Solche Matratzen fand man in verlassenen Lagern oder in vergessenen Abstellkammern auf dem Dachboden. Der Fußboden war rund um die Matratze immer noch nass, sie war vermutlich geschwommen, hatte dabei aber auch Wasser aufgesaugt.

Paula schob die Matratze mit dem Fuß beiseite, hob sie an und kippte sie gegen die Wand. Dann richtete sie die Taschenlampe auf die Pfütze, die sich unter der Matratze gebildet hatte. Auf ihrem Grund glitzerte ein türkisfarbener Fingernagel.

Wieder drehte sich Paula der Magen um. Der Nagel war äußerst säuberlich im Ganzen abgerissen. Er sah unwirklich aus, wie ein künstlicher Nagel. Allem Anschein nach waren die Fingernägel des Opfers jedoch echt.

Paula knipste ihre Taschenlampe aus. Die plötzliche Finsternis war brutal. In ihrem Blickfeld schwebte noch ein Abglanz des Lichtstrahls. Paula war sich nicht sicher, ob sie die Augen geschlossen hatte. Verschwand der Abglanz in den Winkeln des Containers, oder starrte sie in die Dunkelheit in ihrem Kopf, die sich zu drehen begann, zum Wirbel wurde, zu einem Tunnel, an dessen Ende es kein Licht gab?

Ihr war plötzlich unangenehm bewusst, dass in dieser Dunkelheit, an diesem Ort, ganz nah bei ihr, ein toter Mensch lag.

Eine tote junge Frau.

Paula presste die Hände auf die Ohren und hörte das leise Rauschen ihres Blutes, das zu einer wilden Brandung anschwoll. Sie war nicht allein, der Wirbel formte sich zu einer Frau in Todesangst, die versuchte, die immer dichter werdende Finsternis wegzuschieben. Die Fremde im Dunkeln geriet in Panik, ihr Körper verwandelte sich in Entsetzen, das auf Paula überging, sich in ihrem Körper einnistete, in der Lunge Schutz suchte und Paula dadurch den Atem raubte. Sie bekam keine Luft. Jetzt waren ihre Augen definitiv offen, Paula starrte in die Dunkelheit. Sie sah es, das Dunkel. Es hatte keine Ränder. Man entkam ihm nicht, es saugte sie in seine Tiefe.

Paula atmete so heftig ein, dass das Röcheln im leeren Container widerhallte.

Sie stand reglos da und lauschte auf ihre Atemzüge, die allmählich gleichmäßiger wurden. Ansonsten war es im Container völlig still, sie nahm keinerlei Geräusche von außen wahr.

Die Leiche musste schleunigst identifiziert werden. Das war der erste Schritt auf dem Weg zur Wahrheit, und Paula hatte die Angewohnheit, systematisch vorzugehen, ohne unnötige und vor allem ohne verfrühte Spekulationen. Aber im Allgemeinen passten die Informationsbröckchen fast nahtlos zusammen. Morde waren selten originell, und meist konnte man schon am Tatort auf das Motiv schließen.

Das hier war etwas ganz anderes.

Paula schloss die Augen erneut, sammelte in Gedanken die Fakten und versuchte, sie als nackte Tatsachen zu betrachten.

Opfer: eine relativ junge Schwarze.

Todesursache: Ertrinken.

Tatwaffe: ein Seecontainer.

Ort: die Villa der Lehmus-Stiftung.

Wenn man nur die Tatsache betrachtete, dass die Leiche in einem Container gefunden worden war, entstand ein bestimmtes Bild. Diese Bilder hatte man schon seit Jahren in den Nachrichten gesehen, aber sie waren nicht in Finnland aufgenommen worden: Migranten, die von Menschenschmugglern in Containern zurückgelassen wurden. In den schlimmsten Fällen waren Dutzende von Toten gefunden worden.

Aber im Allgemeinen waren sie erstickt, weil in dem luftdichten, vollgestopften Container der Sauerstoff ausgegangen war.

Bei der Kombination von Ertrinken, Container und ethnischer Herkunft des Opfers kam Paula als Erstes das Mittelmeer in den Sinn, das für Tausende, die aus Afrika nach Europa strebten, zum Grab geworden war. Aber hier war nicht das Mittelmeer, und aus der Hautfarbe des Opfers konnte man keine Schlüsse ziehen. Die Frau konnte ebenso gut Finnin sein.

Auch die Kombination Frau und Container war möglich, und dann veränderte sich das Bild erneut. Hatte man der Frau sexuelle Gewalt angetan? Äußere Anzeichen dafür gab es nicht, und die Frau war voll bekleidet.

Aber dann war da noch die Lehmus-Stiftung und ihre Villa. Und Juhana Lehmusoja, der Chef des Unternehmens, dem der Container gehörte. Dieser Teil schien am allerwenigsten ins Bild zu passen.

War es trotzdem der wichtigste?

Paula begriff, dass sie eine falsche Entscheidung getroffen hatte. Sie hätte Renko nicht allein mit der Befragung der Lehmusojas beauftragen sollen.

Sie öffnete die Augen und erschrak beinahe, weil sie immer noch nichts sah. Sie spürte einen Anflug von Panik, der vermutlich nur ein schwacher Abglanz dessen war, was das Opfer empfunden hatte, als das Wasser in den verschlossenen Container geströmt war.

Sich in die Lage des Opfers hineinzuversetzen, galt bei der Polizeiarbeit im Allgemeinen als unnötig, eigentlich sogar als nicht empfehlenswert, weil es die Gedanken durcheinanderbrachte. Aber Paula konnte nicht anders, als sich die letzten Momente im Leben des Opfers vorzustellen. Die Tatmethode war nicht nur unbegreiflich, sie war auch unbegreiflich grausam. Die Fingernägel der Frau waren abgebrochen, als sie mit letzter Kraft versucht hatte, die Tür zu öffnen und einen Weg nach draußen zu finden. Der Mensch klammerte sich auch mit abbrechenden Nägeln ans Leben, so lange er nur konnte.

Aber wie lange hatte es in diesem Fall gedauert? Wie lange dauerte es, einen großen Seecontainer mit Wasser zu füllen?

Paula holte noch einmal tief Luft und klopfte dann fest an die Tür. Sie fühlte sich erleichtert, als die Kollegen sofort reagierten und helles Sonnenlicht die Dunkelheit vertrieb.

Der Ermittler, der die Tür geöffnet hatte, zuckte zusammen, als er ihre Miene sah, sagte aber nichts.

Paula merkte, dass sie vor Erleichterung lächelte. Sie korrigierte ihre Gesichtszüge und begann, Anweisungen zu erteilen. Das tat sie an jedem Tatort gleichermaßen sorgfältig, und sie erwartete, dass man ihr genau zuhörte, bevor es an die Arbeit ging, obwohl vieles selbstverständlich war und die Kollegen die Anweisungen wohl schon hundertmal gehört hatten. Zu Beginn ihrer Karriere war das ihre Methode gewesen, die Führung zu übernehmen, und später war sie die Angewohnheit nicht mehr losgeworden.

Die Erfahreneren kannten Paulas Stil und respektierten ihn. Die Anweisungen durchzugehen, war kein Zeichen mangelnden Vertrauens, sondern eher ein gemeinsames Ritual.

Diesmal stand die kleine Gruppe noch stiller da als gewöhnlich, und Paula hätte gern auch die Ideen der anderen gehört. Allerdings würde schon die reine Basisarbeit alle für den Rest des Tages beschäftigen.

Paula bat einen der Ermittler, sie zum Ufer zu begleiten. Vorher zog sie sich jedoch im Auto die Schutzkleidung aus und wischte sich das Gesicht mit Feuchtigkeitstüchern ab. Sie warf einen Blick in den Rückspiegel. Die Wimperntusche war keine gute Idee gewesen.

Lehmusoja und sein Jurist waren kreuz und quer durch den Garten getrampelt, aber Paula bedeutete dem technischen Ermittler dennoch, mit ihr am Gartenrand entlangzugehen. Sie waren noch nicht weit gekommen, als jemand nach Paula rief.

An der Tür des Containers stand eine Ermittlerin und hielt etwas in die Luft.

»Habe ich unter der Leiche gefunden«, sagte sie, als Paula zurückgekehrt war.

Es war ein Anhänger. Paula erkannte sofort, dass er von der Schmuckfirma Kalevala-Koru stammte. An der Halskette hing ein runder Anhänger aus Bronze, dessen Gravierungen sich im Meerwasser bereits leicht grün gefärbt hatten. Die Kette war gerissen, der Verschluss nicht geöffnet worden.

Das Muster des Anhängers wirkte vertraut: ein Band, das so zum Viereck gelegt worden war, dass es an jeder Ecke eine kleine Schlaufe bildete.

»Ich hab auch so eins«, sagte die Ermittlerin, die den Schmuck gefunden hatte. »Das ist ein Zauberknoten.«

»Hat er eine spezielle Bedeutung?«, fragte Paula.

»Es ist ein uraltes Symbol. Soweit ich mich erinnere, schützt es vor allem Bösen.«

Paula blickte an der Ermittlerin vorbei in den Container.

Vor dem Bösen, dem die Tote begegnet war, hatte es keinen Schutz gegeben.

7

Renko hatte Ärmel und Hosenbeine seines Schutzanzugs aufgekrempelt. Er stand mit Juhana Lehmusoja am Ende des langen Bootsstegs. Lehmusoja zeigte nach rechts auf das offene Meer, dessen Horizont im gleißenden Sonnenschein verschwand.

Der Uferrücken war komplett gepflastert, und zwischen seinem Zementrand und dem Rasen befand sich ein Streifen aus Naturstein.

Lauri Aro saß mit drei Frauen in einer Art modernem Gartenhaus, an dessen Türrahmen Hopfen bis zum Dach wuchs. Die Tür war offen, und die vier lachten gerade über irgendetwas, als Paula die Treppe vom höher gelegenen Garten der Villa zum Ufer hinunterging.

Auch dort vibrierte die Luft vor Hitze, doch von der ruhigen See stieg noch die Kühle des Frühsommers auf. Der Ermittler, den Paula mitgenommen hatte, ging zu der Stelle des Ufers, die dem Tor am nächsten lag. Er sollte nach Spuren suchen, die verrieten, wie und woher das Wasser in den Container gepumpt worden war.

Paula betrachtete den zum Ufer abfallenden Rasen, der tatsächlich frisch gemäht war, wie der Verwalter gesagt hatte. Falls hier irgendwo in der Nacht ein Schlauch gelegen hatte, war kein Abdruck mehr zu sehen.

»Kommissarin.«

Es war Lauri Aro. Er stand jetzt in der Tür des Gartenhauses, die Hände in den Taschen seiner Shorts. Aro sah aus wie ein durchschnittlicher Finne, er wirkte nicht besonders beeindruckend, war aber gut gekleidet und braun gebrannt.

»Bitte sehr«, sagte er und winkte Paula herein.

Paula warf einen Blick auf Renko, der offenbar immer noch mit Juhana Lehmusoja die Aussicht bewunderte. Sein Mund bewegte sich, man konnte den Rhythmus seiner Worte erahnen, doch seine Stimme war nicht zu hören.

»Danke«, sagte Paula und betrat das Gartenhaus. Es entpuppte sich als voll ausgestattete Sommerküche, deren Fenster an der Uferseite bis zum Boden reichten.

An einem großen runden Tisch saßen drei Frauen, zwei ungefähr in Paulas Alter, eine deutlich jünger. Sie hielten hohe, fast leere Sektgläser in den Händen.

Es ärgerte Paula, dass die Frauen ganz offensichtlich ihre Gläser neu aufgefüllt hatten, nachdem sie von der Ermittlung erfahren hatten.

»Guten Tag. Ich bin Kriminalkommissarin Pihlaja«, sagte sie steif und nickte jeder der Frauen einzeln zu.

Die Frauen sahen sich an, blickten dann auf ihre Gläser und stellten sie auf den Tisch.

Die mittlere Frau kicherte verwirrt. Sie war um die vierzig, klein, zierlich und hatte einen winzigen Busen, wahrscheinlich passte sie immer noch in Jeans für Jungen.

Es hatte in Paulas Leben Zeiten gegeben, in denen sie für so einen androgynen Körper glatt ein Auge hergegeben hätte. Mit einem solchen Körper fand man in jedem Laden die passende Kleidung, statt unendlich lange suchen zu müssen und trotzdem nur wenig Auswahl zu haben.

Die Frau trug ein kurzes, ärmelloses schwarzes Kleid, hatte rote Fingernägel und Lippen, und ihre schwarzen Haare waren raspelkurz geschnitten.

Die zweite etwa vierzigjährige Frau hatte lange blonde Haare, heller als Paulas, vermutlich sorgsam und für teures Geld gefärbt. Sie war unpersönlich elegant gekleidet, gerade so, als hätte sie mit ihrer Kleidung eine unumgängliche Pflicht erfüllt, für die sie selbst sich nicht im Geringsten interessierte.

»Ich bin Elina Lehmusoja«, sagte die blonde Frau in höflichem Ton, »und die beiden anderen sind meine Tochter Ella und Mai Rinne.«

Ella Lehmusoja lächelte Paula liebenswürdig an. Sie war groß und mager und wirkte noch wie ein Teenager, obwohl das Sektglas darauf schließen ließ, dass sie volljährig war. Sie trug nur ein Bikini-Oberteil und einen kurzen Jeansrock.

»Könnten Sie uns freundlicherweise erzählen, was passiert ist? Von den Männern bekommt man keine klare Auskunft«, sagte Elina Lehmusoja.

Sie vermittelte den Eindruck, dass sie in jeder beliebigen Situation ruhig und gelassen diese Frage stellen würde, *könnten Sie freundlicherweise erzählen* und so weiter, um danach die Lage Schritt für Schritt zu stabilisieren; sie würde dem Kind den Mund abwischen, die erboste Schwiegermutter besänftigen und der Geliebten ihres Mannes Geld fürs Taxi geben.

Sie war ganz einfach eine Frau, die ihr Leben unter Kontrolle hatte.

Mai Rinne war rastloser. Sie konnte ihre Neugier nicht verbergen und versuchte, an Paula vorbei durch das Fenster zum anderen Ende des Gartens zu sehen, wo der technische Ermittler sich dem Ufer näherte. Paula betrachtete ihre roten Lippen. Sie selbst hatte nie verstanden, warum jemand Lippenstift verwendete, aber zu Mai Rinne passte er. Im Vergleich zu der selbstsicheren, aber ein wenig farblos wirkenden Elina war sie eine Frau, die wahrscheinlich immer gut aussah.

Paula bat die Frauen und Lauri Aro zu warten, während sie ihren Kollegen und Juhana Lehmusoja holte. Sie ging hinaus zum Bootssteg. Der war so lang, dass ein Überseedampfer hätte anlegen können.

»Voriges Jahr habe ich hier im Frühling eine Lachsforelle geangelt«, hörte Paula Juhana Lehmusoja sagen, als sie näher kam.

»Oho«, sagte Renko bewundernd. »Mit was für einem Köder?«

»Mit einem ganz normalen Löffelblinker.«

Als Paula sich räusperte, drehten die Männer sich um. Renkos Gesicht war verschmitzt, er lächelte breit.

»Vielleicht gehen wir zu den anderen, dann erkläre ich Ihnen die Lage«, sagte Paula.

Sie ließ Juhana Lehmusoja ein gutes Stück vorangehen, bevor sie Renko fragte, ob er alle fünf einzeln befragt hatte.

»Alles hier drauf«, antwortete Renko und klopfte auf die Tasche seines Schutzanzugs, aus der das Handy hervorlugte.

»Ich wusste gar nicht, dass du dich so fürs Angeln interessierst.«

»Tu ich ja auch gar nicht«, gab Renko zurück. »Du solltest mal hören, wie ich mit meinem Schwiegervater über Luftwärmepumpen rede.«

Paula sah Renko zuerst verdutzt, dann belustigt an. Zum ersten Mal kam ihr der Gedanke, dass sie ihn möglicherweise unterschätzt hatte.

»Welchen Eindruck hast du von ihnen gewonnen?«, fragte Paula und nickte zu dem Gartenhaus hinüber, das Juhana Lehmusoja gerade betrat.

»Den Eindruck, den man von reichen Leuten meistens gewinnt, sie sind höflich, aber vorsichtig«, sagte Renko.

Alle hatten praktisch dasselbe über die morgendlichen Ereignisse berichtet. Juhana und Elina Lehmusoja hatten den vorigen Tag und die Nacht in ihrem Haus in Espoo verbracht, zusammen mit ihrem Sohn Jerry, der noch zu Hause wohnte. Ella Lehmusoja war tagsüber in der Stadt gewesen und hatte in ihrer Einzimmerwohnung im Zentrum übernachtet. Am Morgen war sie zu ihren Eltern geradelt, weil sie mit ihnen zusammen zur Villa fahren wollte. Jerry hatte es dagegen vorgezogen, auf seine Großmutter zu warten.

Juhana, Elina und Ella waren ziemlich genau um zehn Uhr vor der Villa eingetroffen, wie vereinbart. Lauri Aro und Mai Rinne waren ungefähr fünf Minuten früher gekommen.

»Sind die beiden ein Paar?«, fragte Paula verwundert. Sie fand Lauri viel zu durchschnittlich für Mai.

»Das weiß ich nicht. Beide haben gesagt, sie hätten gestern gearbeitet und die Nacht allein zu Hause verbracht. Sie sind aber zusammen hergekommen, in dem zweisitzigen roten Cabriolet. Übrigens ein tolles Auto, Alfa Romeo Spider, Baujahr siebzig.«

»Das ist ja mal eine nützliche Information.«

»Wurde mir ungefragt mitgeteilt«, verteidigte sich Renko. »Jedenfalls haben sie Juhana angerufen und vor dem Tor gewartet, weil sie nicht auf das Grundstück fahren konnten.«

Juhana Lehmusoja hatte vergeblich versucht, den Container zu öffnen. Nach ihm hatte sich auch Lauri Aro abgemüht, ebenfalls erfolglos. Daraufhin hatte Juhana den Verwalter angerufen. Mai Rinne zufolge hatte er gebrüllt wie ein Kind im Trotzalter. Anschließend hatten die fünf ihr Gepäck in die Villa gebracht und waren zum Frühstück ins Gartenhaus gegangen.

Paula versuchte sich vorzustellen, wie Juhana Lehmusoja aussah, wenn er einen Rappel bekam. Wahrscheinlich hatte Mai kräftig übertrieben.

»Was haben sie untereinander über den Container gesagt?«

»Soweit ich mithören konnte, gar nichts. Auf dem Weg hierher hat Aro mich ausdrücklich gefragt, ob in dem Container eine Leiche gefunden worden sei, und das habe ich bejaht. Die Frauen glauben bestimmt, dass wir in einem Einbruchsfall ermitteln, falls Aro sie nicht schon informiert hat.«

»Das hat er offenbar gerade jetzt getan«, sagte Paula, als im Gartenhaus ein Glas zersplitterte.

Das Bild, das sie dort erwartete, bestätigte ihre Vermutung.

Elina Lehmusoja sammelte Scherben vom Fußboden auf, und Juhana Lehmusoja füllte ein neues Glas für Mai Rinne, die am Tisch saß und eine Hand vor den Mund geschlagen hatte. Ihre andere Hand hatte Lauri Aro zwischen seine genommen.

Paula wartete, bis Elina und Juhana wieder am Tisch saßen und Mai ihr Glas in einem Zug geleert hatte, bevor sie in ihrem offiziellsten Tonfall erklärte, am Tor vor dem Herrenhaus der Stiftung sei ein Mord geschehen und das gesamte Gebiet müsse unverzüglich abgesperrt werden.

»Wie furchtbar«, wisperte Ella und lehnte sich an Elina, die den Arm um ihre Tochter legte.

»Wir begleiten Sie gleich nach draußen, und dann dürfen Sie nach Hause fahren. Aber vorher habe ich noch ein paar Fragen. Der Verwalter sagt, der Container gehöre dem Lehmus-Unternehmen. Können Sie sich erklären, warum er hier gelandet ist?«

»Ich habe gleich gemerkt, dass es einer von unseren ist«, sagte Juhana. »Aber jeder Beliebige hat den Container ans Tor bestellen können.«

»Wir brauchen alle Informationen darüber, wie man an einen Container kommen kann, sowohl als Außenstehender wie auch innerhalb der Firma, und wer Zugang zu den Daten hat. Außerdem müssen wir wissen, wo dieser spezifische Container in Wirklichkeit sein sollte.«

»Es ist Mittsommer«, wandte Lauri ein.

»Wir brauchen diese Informationen unverzüglich«, sagte Paula zu Juhana, ohne Lauri eines Blickes zu würdigen.

»Ich kümmere mich darum«, versprach Juhana.

»Heute noch«, fuhr Paula fort. Juhana schien zu begreifen, dass es sich nicht um eine bescheidene Bitte handelte.

»Außerdem müssen wir die Leiche möglichst schnell identifizieren. Wir geben vorläufig nur wenig öffentlich bekannt, aber es ist wahrscheinlich, dass sich genauere Angaben über den

Fundort der Leiche in den Medien verbreiten. Ich bitte Sie, die Sache gegenüber Reportern nicht zu kommentieren.«

»Natürlich nicht«, sagte Lauri. »Das Klügste ist, sich bei Anrufen von Unbekannten gar nicht zu melden«, wandte er sich mahnend an Ella, die jetzt nicht mehr wie eine junge Frau aussah, sondern wie ein Kind, das gerade die Schlechtigkeit der Welt erkannt hat.

»Aber meine Anrufe sollten Sie annehmen«, sagte Paula und reichte Juhana ihre Visitenkarte. »Leider habe ich nur die eine dabei. Ich leite die Ermittlungen zu diesem Fall. Falls Ihnen irgendetwas einfällt, was mit der Sache zu tun haben könnte, melden Sie sich bitte direkt bei mir.«

Juhana Lehmusoja speicherte Paulas Nummer auf seinem Handy und reichte die Visitenkarte in der Runde weiter. Als Letzte war Mai an der Reihe, die nur tatenlos auf die Karte blickte.

»Seien Sie bitte erreichbar, wir müssen Sie bestimmt bald wieder behelligen. Aber bevor Sie aufbrechen, möchte ich Sie bitten, sich ein Bild anzusehen. Als Vorwarnung: Es ist ein Foto vom Gesicht der Leiche, das ich gerade aufgenommen habe.«

Mai Rinne hob sofort das Glas an den Mund und merkte erst dann, dass es leer war. Auch die anderen sahen so aus, als bräuchten sie jetzt einen Schnaps.

Paula suchte das Foto auf ihrem Handy heraus und betrachtete es zuerst selbst. Es war nicht besonders beklemmend, die Augen der Frau waren geschlossen, und im Gesicht waren keine Spuren des Ertrinkens zu sehen.

Erst jetzt achtete Paula genauer auf die Züge der Frau und auf ihre glatte hellbraune Haut. Sie wusste das Alter der Frau nicht zu schätzen. Im Container hatte sie auf höchstens dreißig Jahre getippt, aber die Tote konnte auch deutlich älter sein.

»Sehen Sie sich das Bild in aller Ruhe der Reihe nach an und sagen Sie mir, ob Sie diese Person schon einmal gesehen haben oder ob sie Ihnen bekannt vorkommt«, bat Paula und reichte Juhana Lehmusoja das Handy.

Er fasste es vorsichtig am Rand an, als befürchtete er, seine Finger könnten tatsächlich die Haut eines toten Menschen berühren. Als er sich das Display näher ans Gesicht hielt, beobachtete Paula seinen Mund.

Ihrer Erfahrung nach hatten die Menschen ihren Mund am allerwenigsten unter Kontrolle. Wenn ein Mensch etwas zu verbergen hatte, mochte es ihm gelingen, seine Miene zu beherrschen, aber auch dann wurde seine Anspannung in aller Regel im Mundbereich sichtbar.

Juhana betrachtete das Bild lange – so lange und mit so beherrschter Miene, dass Paula den Eindruck hatte, er versuchte etwas zu beweisen.

»Meiner Meinung nach habe ich diese Person noch nie gesehen«, sagte er schließlich, den Blick immer noch auf das Foto gerichtet.

Lauri Aro hatte schon ungeduldig gewartet und schnappte sich nun das Handy aus Juhanas Hand. Sein Gesichtsausdruck zeugte von purer Neugier, sogar von einer Art Befriedigung. Paula dachte bei sich, dass Lauri wahrscheinlich seit Beginn seiner Laufbahn als Geschäftsjurist tätig war und Mordfälle nur in Fernsehserien verfolgte, wie die meisten Menschen.

»Nein, sagt mir nichts«, erklärte er, nachdem er das Handy hin- und hergedreht und zwischendurch fast auf Armlänge von seinem Gesicht weggehalten hatte. Alterssichtigkeit, vermutete Paula. Sie nahm das Handy, das er ihr reichte, und drehte das Display zu Elina Lehmusoja hin, die keine Anstalten machte, das Telefon in die Hand zu nehmen.

Überraschend verlor Elina ihre Gelassenheit, obwohl Paula das Display noch gar nicht so nah an ihr Gesicht hielt, dass sie die Frau hätte identifizieren können.

»Aber das ist ja ...«

Elina verstummte und starrte mit offenem Mund auf das Bild. Ella beugte sich vor, um es ebenfalls zu betrachten. Paula schwieg. Sie wartete darauf, dass Elina ihren Satz zu Ende sprach.

»… eine Frau«, sagte Ella, da ihre Mutter offenbar kein Wort mehr herausbrachte.

»Kennen Sie sie?«, fragte Paula.

Ella betrachtete das Bild genauer und schüttelte den Kopf.

»Ich habe diese Frau noch nie gesehen«, sagte auch Elina schließlich.

Paula hatte den Eindruck, dass sie nicht log. Aber irgendetwas an dem Bild des Opfers hatte sie überrascht. Was mochte das sein?

Inzwischen hatte Elina sich jedoch wieder gefasst und zeigte keine Spur von Verblüffung mehr.

Nun blieb nur noch Mai Rinne, die ihre rot bemalten Lippen fest zusammenpresste, als Paula ihr das Bild hinhielt.

»Ich kenne sie nicht«, sagte Mai. »Sie glauben doch wohl nicht, dass wir etwas mit dieser Sache zu tun haben? Oder gar die Stiftung?«, fügte sie hinzu.

»Wir glauben gar nichts«, gab Paula gewollt unfreundlich zurück.

»Der Name der Lehmus-Stiftung darf in keiner Pressemitteilung der Polizei genannt werden. Sonst würde die gute Arbeit, die die Stiftung leistet, schwer geschädigt«, fuhr Mai in resolutem Ton fort.

»Mai hat recht«, sprang Lauri Aro ihr bei. »Außerdem befindet sich der Container genau genommen nicht auf dem Villengrundstück, sondern außerhalb, vor dem Tor.«

»Genau genommen teilt die Polizei der Öffentlichkeit mit, was sie will. Oder was ich will«, sagte Paula so eisig, wie sie nur konnte. Trotz der Schweißtropfen auf ihrer Stirn.

Lauri räusperte sich und verschränkte die Arme, während

Mai sich damit begnügte, ihre säuberlich gezupften Augenbrauen zu heben.

»Es tut mir leid, wenn das Foto Sie erschüttert hat, aber es ist äußerst wichtig, das Opfer zu identifizieren«, sagte Renko versöhnlich.

Die Bemerkung war fast komisch, denn sowohl die Lehmusojas als auch Aro und Rinne schienen das Opfer bereits vergessen zu haben und an ganz andere Dinge zu denken, etwa an die Unannehmlichkeiten, die der Leichenfund bereitete, und an den potenziellen Schaden für das Image der Stiftung.

»Jetzt bitte ich Sie, hier zu warten, ich schicke Ihnen gleich jemanden, der Sie auf einem kleinen Umweg zu Ihren Autos bringt, und dann können Sie fahren. Müssen Sie irgendetwas aus dem Haus mitnehmen?«, fragte Paula so neutral, wie sie konnte.

Juhana sah Elina an, die den Kopf schüttelte.

»Sie können sich später an mich wenden, falls doch etwas Wichtiges hiergeblieben ist.«

»Später«, wiederholte Elina in fragendem Ton. »Wann dürfen wir wieder herkommen?«

»Das kann ich noch nicht sagen. Wahrscheinlich frühestens in einer Woche. Es geht immerhin um einen Mord, und das Gelände, das untersucht werden muss, ist ziemlich groß.«

Wenn sich die Lehmusojas über diese Auskunft ärgerten, verstanden sie es gut, ihren Verdruss zu verbergen. Aber am Tisch breitete sich eine Stille aus, die nicht zu dem sonnigen Nachmittag passte. Selbst auf Paulas Abschiedsworte reagierten nicht alle.

»Auch meinerseits noch einen schönen Tag«, sagte Renko an der Tür, bevor er Paula nach draußen folgte.

»Auch meinerseits noch einen schönen Tag«, wiederholte Paula, als sie zur anderen Seite des Herrenhauses hinaufgegangen waren.

»Bitte?«

Paula verzichtete auf weiteren Spott, denn ihr wurde bewusst, dass Renko wieder still geblieben war, als sie die Situation gelenkt und die Leute befragt hatte. Er war also doch fähig, seine Zunge im Zaum zu halten, wenn er wollte.

»Glaubst du, dass einer von denen die Leiche erkannt hat?«, fragte sie.

»Auf den ersten Blick würde ich sagen, nein. Aber ich dachte, ich sehe mir die Reaktionen noch mal an.«

»Wie meinst du das?«

»Ich hab die Szene, als du ihnen das Foto gezeigt hast, auf Video aufgenommen. Ohne um Erlaubnis zu bitten, ist wohl ein Grenzfall, ob man das darf. Bei irgendeiner Fortbildung hat man uns neulich gesagt, es wäre vergleichbar mit Notizen. Allerdings waren wir jetzt nicht im öffentlichen Raum, aber … Das Video ist ja aus ziemlicher Entfernung aufgenommen, ich weiß nicht, wie gut das Mienenspiel zu sehen ist.«

»Mensch, Renko«, fiel Paula ihm ins Wort und blieb stehen. Renko drehte sich um und sah sie hinter seiner schwarzen Brille so nervös an wie ein Teenager im Büro des Rektors.

»Verdammt gut gemacht«, sagte Paula. »Ist dir übrigens aufgefallen, was für Ohrschmuck Elina Lehmusoja trägt?«

»Hmm … irgendwelche Ohrstecker? Jedenfalls nichts Großes und Hängendes. Wieso?«

»Da sind Zauberknoten drauf.«

»Und was hat das zu bedeuten?«

»Das weiß ich noch nicht. Vielleicht gar nichts.«

8

Ein Foto vom Gesicht der Frau aus dem Container und ihre Fingerabdrücke waren unverzüglich an verschiedene Behörden geschickt worden. Paula war allerdings nicht so optimistisch zu glauben, dass die Leiche während der Feiertage identifiziert werden würde. Es war frustrierend.

Am nächsten Tag würden Hartikainen und Karhu zum Ermittlungsteam hinzustoßen. Paula betrachtete Renko, der am gegenüberliegenden Ende des Zimmers saß und im Schnelldurchlauf die Aufnahmen der Überwachungskamera an der Rückseite der Villa überprüfte, und zwar von zehn Uhr früh an rückwärts.

Die beiden Kameras auf dem Grundstück waren so eingestellt, dass sie die vordere Fassade und den Hintereingang des Gebäudes erfassten. Der Täter würde wohl nicht zu sehen sein, es sei denn, er wäre in die Villa eingebrochen. Die Aufnahmen von der Vorderseite hatte Renko bereits erfolglos durchgesehen. Am Tor gab es keine Kamera.

Während er sich mit den Aufnahmen beschäftigte, hatte Renko zwei Anrufe bekommen, in denen es vermutlich um eine einzige Frage ging: Wann kommst du nach Hause? Paula erinnerte sich an eine Zeit in ihrem Leben, als sie selbst solche Anrufe beantwortet hatte. Das war schon Jahre her.

Sehnte sie sich danach zurück? Darauf gab es mehr als eine Antwort. Aber sie würde Renko nach Hause schicken, sobald er mit der zweiten Kamera fertig war.

Paula selbst sah Renkos Aufnahmen durch, auf denen die Lehmusojas, Aro und Rinne jeder für sich erzählten, was sie in der Zeit zwischen Donnerstag- und Freitagmorgen getan hatten.

Renko hatte mit Ella Lehmusoja begonnen, deren Ausgelassenheit in komplettem Widerspruch zu der Situation stand. Allerdings hatte sie ja zu dem Zeitpunkt noch nicht gewusst, warum sie befragt wurde. Sie beantwortete Renkos Fragen schelmisch und blickte zwischendurch an der Kamera vorbei, offenbar zu ihrer Mutter hin, der Renko erlaubt hatte, anwesend zu sein, obwohl die Tochter volljährig war.

Ella hatte am Donnerstag vom frühen Morgen bis zwei Uhr nachmittags mit Mai Rinne in der Galerie gearbeitet, die die Stiftung gemietet hatte. Danach hatte sie sich in der Stadt mit ihren Freunden getroffen – *möchten Sie ihre Telefonnummern hihihi* – und war gegen sechs zuerst einkaufen und dann nach Hause gegangen. Als es am Abend kühler wurde, hatte sie allein einen Spaziergang gemacht, und am Morgen war sie gegen acht Uhr mit dem Fahrrad zu ihren Eltern gefahren.

Mai Rinne war bis fünf Uhr in der Galerie geblieben. Nach Ellas Aufbruch war dort Paavali Kassinen erschienen, ein Künstler, den die Stiftung für ihr Kunstprojekt engagiert hatte. Mai und Kassinen hatten die Galerie zur gleichen Zeit verlassen. Mai war auf direktem Weg in ihre Wohnung im Stadtteil Punavuori gegangen, die sie erst am Morgen wieder verlassen hatte, als Lauri Aro sie abholte. *Ich habe kein Auto*, erklärte Mai, leerte ihr Glas und hielt es irgendwohin außerhalb der Bildfläche, von wo es fast sofort neu aufgefüllt zurückkam. Renko hatte es offenbar nicht geschafft, die anderen während der Befragung aus dem Gartenhaus zu verbannen.

Elina Lehmusoja beantwortete die Fragen kurz und präzise. Sie schien genau aufzupassen, was sie sagte, obwohl sie noch nicht wusste, worum es ging. Ihre Aussage über die Ereignisse am Donnerstag und am Freitagmorgen war fast identisch mit Juhana Lehmusojas Bericht, was allerdings kein Wunder war, da die beiden sich gegenseitig zuhörten. *Wir waren den ganzen Donnerstag über zu Hause, wie Elina gesagt hat,* wiederholte Juhana in der nächsten Aufnahme in einem duldsamen Ton, wie man ihn gegenüber begriffsstutzigen Kindern verwenden mochte.

Lauri Aro wirkte in dem Video besorgter als die anderen. Wahrscheinlich war sein Juristenhirn sofort losgerattert und hatte die Folgen der Situation für die Lehmus-Unternehmensgruppe abgewogen. Er antwortete in knappen Hauptsätzen, *ich war bei der Arbeit, ich bin nach Hause gegangen, ich habe ferngesehen.*

Paula stoppte die Aufnahme und rieb sich die Augen. Das alles war nur blindes Herumtasten, solange das Opfer nicht identifiziert war.

Bald nachdem Juhana Lehmusoja wieder zu Hause angekommen war, hatte er angerufen und den Namen des Fahrers genannt, der den Container an das Tor des Herrenhauses gebracht hatte. Die weiteren Informationen über den Container werde er wahrscheinlich nicht mehr am selben Tag liefern können. Das hatte Paula nicht anders erwartet, aber die Menschen handelten in der Regel umso schneller, je weniger Zeit man ihnen ließ.

Der Fahrer hatte am Telefon nicht viel sagen können. Es war ein normaler Auftrag gewesen. Die festangestellten Fahrer der Lehmus-Unternehmensgruppe sahen die Nummern der auszuliefernden Container und die Lieferadressen in chronologischer Reigenfolge am Computer. Das System verzeichnete normalerweise auch den Namen und die Telefonnummer des Bestellers, die bei dieser Bestellung allerdings fehlten. Der Fahrer hatte sich darüber jedoch nicht gewundert, da der Container an das Tor der Lehmus-Stiftung geliefert werden sollte, also praktisch für den Eigenbedarf bestimmt war. Er hatte angenommen, in der Villa sei ein Großputz geplant.

Solange man nicht wusste, wer die Tote war, war es schwierig, die Ermittlungen vernünftig abzugrenzen.

Paula betrachtete das Fotomaterial vom Tatort, das auf ihrem Rechner eintraf. Die KTU leistete gründliche Arbeit, die Informationen sollten in der Besprechung um neun Uhr am nächsten Morgen zusammengefasst werden, vor der Obduktion. Paula hatte die Besprechung ursprünglich für acht Uhr angesetzt, sie aber sofort um eine Stunde verschoben, als sie die Mienen der Ermittler gesehen hatte.

Es war immerhin Mittsommer.

Allerdings ging sie auch davon aus, dass am Morgen des Mittsommertages sehr wenig getan werden konnte. Die Ergebnisse der Obduktion würden wahrscheinlich erst am Nachmittag vorliegen. Sie wollte auch keine verkaterten Gesichter sehen und schätzte, dass bis neun Uhr alle wieder halbwegs fit sein würden.

Paula selbst trank selten Alkohol, und in den letzten Monaten hatte sie ihn noch strenger gemieden als sonst. Sie hatte Angst, dass ihr in einer Stresssituation das Trinken ebenso aus dem Ruder laufen könnte wie ihrem Vater. Der hatte darin allerdings nie ein Problem gesehen.

Paula ging oft in der Silvesternacht joggen, wenn die anderen sich auf den Weg in die Innenstadt machten, um das Feuerwerk zu bewundern und Sektflaschen zu entkorken. Sie wollte gerade dann laufen, wenn die anderen feierten. Einmal war ihr beim Jahreswechsel ein Bekannter begegnet, der geradezu beleidigt wirkte, weil sie in dieser Festnacht Sport trieb und damit allen die Stimmung verdarb.

Dabei wollte sie niemand anderen bestrafen als sich selbst.

»Nichts. Nada«, sagte Renko.

Er war am Ende der Aufnahme angelangt.

»Möchtest du nach Hause gehen?«

»Ist das eine Fangfrage?«, gab Renko lachend zurück. »Gibt es noch was zu tun?«

»Nein. Geh nur.«

»Geh du auch.«

»Gleich.«

»Ich schicke der Dame des Hauses eine Nachricht, sie soll mich am Bahnhof abholen. Was hast du denn heute Abend vor?«, fragte Renko, während er auf seinem Handy tippte.

Paula schwieg, und Renko wurde verlegen.

Und wenn Renko verlegen war, fing er an zu reden.

»Na ja, groß zu feiern ist ja jetzt nicht unbedingt drin. Vielleicht ein Bier in der Sauna und ein oder zwei Glas Wein. Aus einem kleinen Glas, nicht aus diesen großen in den Illustrierten, die meine Frau liest. Ist übrigens ein vager Begriff, ein oder zwei Glas Wein, damit kann man sich leicht was vormachen. Zwei Glas, das kann fast eine ganze Flasche sein. Ich meine, wenn man solche Riesengläser nimmt.«

Paula war so peinlich berührt, dass sie nur auf ihren Computerbildschirm starren konnte.

Sie wäre viel leichter davongekommen, wenn sie irgendeine vage Antwort auf Renkos simple Frage gegeben hätte. Aber das ging gegen ihre Grundsätze. Nach persönlichen Angelegenheiten fragte man nicht, und wenn man aus irgendwelchen Gründen selbst und ungefragt über Privates reden wollte, war es ratsam, sich auch das mindestens zweimal zu überlegen.

Paulas Schweigen brachte Renko noch mehr in Verwirrung.

»Meine Frau und ich bleiben auch zu Hause. Wir haben nichts Besonderes vor. Besuch kommt auch keiner. Vielleicht gehen wir in die Sauna und grillen. Oder umgekehrt, wir grillen natürlich zuerst. Ich muss auf dem Heimweg noch Zucchini kaufen, die haben wir heute früh vergessen.«

»Forschung über Entwicklungsländer«, murmelte Paula.

Renkos Gequassel hatte sie durcheinandergebracht, und nun stieg ein Gedanke an die Oberfläche, wie eine zufällig gezogene Spielkarte.

»Die Lehmus-Stiftung unterstützt die Forschung über Entwicklungsländer, oder?«, fragte sie Renko, der anscheinend immer noch an die vergessenen Zucchini dachte und nun überlegte, was die Forschung über Entwicklungsländer mit diesem Gemüse zu tun hatte.

»Ja. So stand es auf der Webseite«, sagte er langsam. »Wieso?«

Paula antwortete nicht, denn die Antwort hätte albern geklungen: Weil die Ermordete eine Person of Color war, konnte sie mit einer gewissen Wahrscheinlichkeit aus einem Entwicklungsland stammen.

In jedem anderen Zusammenhang wäre der Gedanke nicht nur dumm, sondern auch rassistisch gewesen. Aber hier ging es um eine Mordermittlung, und in dieser Phase fand Paula keine andere Verbindung zwischen der Frau und der Lehmus-Stiftung.

Eine wacklige Verbindung, aber die einzige, die sie hatte.

Außerdem war Finnland immer noch ein sehr *weißes* Land. Die Finnen hatten gerade erst angefangen zu lernen, dass es weder höflich noch klug war, einen dunkelhäutigen Menschen zu fragen, woher er stammt, da er ebenso gut aus Finnland stammen konnte. Und die finnischen Polizisten hatten gerade erst angefangen zu lernen, dass sie nicht jederzeit die Papiere eines Dunkelhäutigen kontrollieren durften, nur weil der Betreffende dunkelhäutig war.

»Ach, das fiel mir nur gerade ein«, sagte Paula schließlich. »Einen schönen Mittsommerabend wünsch ich dir. Vergiss die Zucchini nicht. Grüß die Dame des Hauses von mir.«

Renko versprach, die Grüße auszurichten. Der spöttische Unterton im letzten Satz entging ihm völlig.

Als Renko gegangen war, holte Paula am Automaten kaltes Mineralwasser und sah sich die Fotos noch einmal an.

Der Container war von jeder Seite fotografiert worden. Auf einem der Bilder stach hinter seiner Ecke die Villa unscharf und leuchtend weiß hervor. Über den Container hatte sich im Lauf des Nachmittags der Schatten der Linden gelegt, er wirkte wie ein stummer, schwärzlicher Klumpen am Tor zum Paradies. Die Aufnahme hätte ein Kunstfoto sein können.

Auch die Fotos von der Leiche machten einen unwirklichen Eindruck. Die Nahaufnahmen ließen das Leid oder die Gewalt, die das Opfer erlitten hatte, nicht erkennen, sondern waren auf seltsame Weise schön. Am erschütterndsten waren die Fotos, die aus größerer Entfernung von der Tür des Containers aus gemacht worden waren.

Auf diesen Aufnahmen war die Frau vergessen, schutzlos, alleingelassen. Einige Fotos waren ohne Beleuchtung gemacht worden, auf ihnen war die Leiche nur eine Gestalt am Fuß der Rückwand.

Wenn man erst einmal wusste, wer das Opfer war, würde man vielleicht herausfinden können, warum es getötet worden war. Aber es gab noch eine dritte, ebenso wichtige Frage, die diese Tat von allen anderen Morden unterschied, an deren Aufklärung Paula mitgearbeitet hatte.

Warum war das Opfer so umgebracht worden?

Warum auf eine so merkwürdige Art?

Hier war es nicht nur darum gegangen, das Opfer zu töten.

Paula trank ihr Mineralwasser in zwei langen Zügen und rülpste. Dann gab sie Juhana Lehmusojas Namen ins Suchfeld ein. Außer auf der eigenen Webseite des Unternehmens tauchte der Name nur in einigen Zeitungsartikeln und auf der Resultatliste eines Triathlon-Wettkampfes auf. Paula seufzte enttäuscht. Natürlich hatte Juhana sich für den alleroffensichtlichsten Geschäftsführersport entschieden.

In dem jüngsten Zeitungsartikel wurde berichtet, dass Juhana Lehmusoja zum Geschäftsführer der Lehmus-Unternehmensgruppe ernannt worden war. Der Bericht war im Februar erschienen, und am Schluss fand sich ein Link zum Nachruf auf Hannes Lehmusoja.

Der Gründer der Lehmus-Unternehmensgruppe, »Erschaffer eines ganzen Imperiums« und »großherziger Wohltäter«, war im Januar im Alter von 67 Jahren unerwartet einem Anfall erlegen. Der Text stammte von Lauri Aro und klang schmeichelnd und kriecherisch. Da Hannes tot war, musste wohl Juhana das Ziel der Liebedienerei sein.

Trotz all der Übertreibungen waren die Verdienste von Hannes Lehmusoja im Geschäftsleben nicht zu bestreiten. Der Mehrbranchenkonzern war aus einer kleinen Werkstatt am Hafen hervorgegangen, die nebenbei Container vermietet hatte, woraus sich ein profitabler Geschäftszweig entwickelte. Auf dieser Basis hatte sich Lehmusoja »manchmal geradezu verwegen« in immer neue Branchen vorgewagt – und in neue Länder. Schon in den 1980er-Jahren war die Lehmus-Unternehmensgruppe in mehreren afrikanischen Ländern tätig gewesen.

Im 21. Jahrhundert transportieren die Container der Lehmus-Unternehmensgruppe mit Unterstützung der Lehmus-Stiftung Hilfsgüter in Drittländer, nicht nur in Afrika, sondern auch in anderen Teilen der Welt.

Lehmus-Stiftung, Container, Afrika.

Erneut warf Paula einen Blick auf ihre Uhr. Ob Hartikainen wohl schon in der Sauna gewesen war?

9

Der Badestrand war voll von alkoholisierten Jugendlichen, die meisten von ihnen viel zu jung, um betrunken zu sein.

Dicht am Wasser hatte sich eine Clique niedergelassen, deren Sachen weiträumig um sie herum verstreut lagen: Schuhe, Handtücher, leere Bier- und Longdrinkdosen, Plastiktüten, Abfall und eine Kühlbox.

Neben der Kühlbox lag ein kaum 13-jähriges, besinnungsloses Mädchen. Ihr Kleid war bis fast zur Taille hochgerutscht, ihre Unterhose schmückte ein kindliches Vogelmuster.

Sie war ja auch noch ein Kind.

Jerry warf seine Kippe in den Sand und vergrub sie mit dem Fuß. Die Sonne hatte ihren langsamen Sinkflug zum Horizont gerade erst begonnen, der Sand, der in die Sandalen rieselte, war noch heiß.

Er war in die Stadt gegangen, weil die Pläne für den Tag und den Abend rückgängig gemacht worden waren. Darüber war er an sich nicht enttäuscht gewesen. Er verbrachte Mittsommer lieber mit seinen Freunden als mit der Familie. Aber jetzt hatte er seine Freunde aus den Augen verloren, und auf seine Textmitteilungen antwortete niemand mehr. Taten sie das absichtlich? Vielleicht feierten sie jetzt alle an einem anderen Strand und lachten über seine kläglichen Mitteilungen.

Jerry war sich nicht sicher, ob er wirklich zur Clique gehörte oder nicht. Er hatte vor einem Jahr die Schule gewechselt, und im Vergleich zum Vorjahr war die achte Klasse ein reines Vergnügen gewesen. Dafür reichten allerdings eine ganz normale Behandlung und Beziehungen, die wenigstens den Anschein von Freundschaft erweckten. Vielleicht hatte er der normalen Freundlichkeit der Menschen zu viel Gewicht beigemessen.

In seiner früheren Schule war er von der falschen Art gewesen, in der neuen Schule war er zu reich. Das hatte er schnell gemerkt und angefangen, verächtlich über seine Eltern zu reden. Wenn er von ihnen sprach, zeichnete er sogar mit den Fingern Gänsefüßchen in die Luft, mein »Vater« und meine »Mutter«. Die Anführerin der Klasse, ein Mädchen, das Black Metal hörte und im Unterricht nie aufzeigte, aber bei allen Klassenarbeiten Einser schrieb, hatte das lustig gefunden. Jerry hätte ihr glatt aus der Hand mit den schwarzen Fingernägeln gefressen.

Das Mädchen war früher am Abend nicht dabei gewesen. Das war jetzt, wo die Clique verschwunden war, Jerrys einziger Trost.

Die Dreizehnjährige lag immer noch völlig reglos neben der Kühlbox. Der Rest der Gruppe, wenn es denn ihre Gruppe war, konzentrierte sich auf einen langhaarigen Gitarristen, dessen Gefühlsüberschwang die technischen Unzulänglichkeiten nicht wettmachen konnte.

Jerry ging in die Hocke und fasste nach dem Handgelenk des Mädchens. Es war warm, und er spürte den starken Pulsschlag. Dann zog er das Kleid des Mädchens so weit herunter, dass es den Slip mit dem Vogelmuster bedeckte.

»Was soll der Scheiß!«

Jerry schnellte hoch. Der Gitarrenspieler funkelte ihn wütend an.

»Was fummelst du da rum?«

»Tu ich nicht«, sagte Jerry. »Ich hab bloß …«

»Ich hab bloß, ich hab bloß«, äffte der Gitarrist ihn nach. Er gab die Gitarre dem Jungen neben ihm und stand auf.

Der Instinkt riet Jerry abzuhauen. Aber das wollte er nicht. Er wollte erklären.

»Ich hab bloß nachgeguckt, ob sie in Ordnung ist.«

»Den Arsch hast du dir angeguckt«, sagte der Gitarrist und kam näher. Er ging übertrieben langsam, wie in einer Reklame. Die anderen sahen ihm gespannt zu; sie kannten ihn und wussten, dass Jerry besser daran getan hätte, ohne Erklärung zu verschwinden.

»Ich hab ihr Kleid zurechtgezogen«, beharrte Jerry. »Es wäre besser, sie nach Hause zu bringen.«

»Ach, du willst sie nach Hause bringen? Na klar. Du willst sie nach Hause bringen und noch ein bisschen mehr gucken. Das Kleid noch besser zurechtziehen.«

»Ich hab wirklich nicht …« Jerry spürte, wie ihm Tränen in die Augen stiegen.

Der Gitarrist war jetzt so nah, dass Jerry die braunen Tupfer in seiner blauen Iris sehen konnte. Er hatte schöne, aber kalte Augen. Jerry hielt den Atem an. Einen Augenblick lang standen sie sich reglos gegenüber, dann verlor Jerry den Mut und wandte sich ab.

Der Schlag traf ihn am Ohr. Jerry fiel neben dem bewusstlosen Mädchen auf den Bauch. Ihm war schwindlig, er versuchte aufzustehen, doch ein harter Tritt in den Rücken warf ihn wieder zu Boden.

Jerry wagte nicht mehr, sich zu rühren. Seine Nase und seine linke Wange waren auf den Sand aufgeschlagen und brannten schmerzhaft, und eines seiner Ohren fühlte sich verstopft an. Wie durch eine Wand hörte er die dünne Stimme eines Mädchens, das den Gitarristen beruhigen wollte und ihn anflehte aufzuhören.

Eine Weile lag Jerry still da. Die Musik setzte wieder ein, es war wieder der Song von Ed Sheeran, der vorhin abgebrochen war. Die Clique sang mit. Jerry hatte Sand im Mund, aber er spuckte ihn nicht aus, sondern ging vorsichtig in Kriechstellung. Der Song ging weiter, *I'm in love with your body*, und Jerry kroch langsam davon.

Every day discovering something brand new.

Jerry hielt an und spuckte den Sand aus, der blutverschmiert war. Er stand auf und ging weg, ohne zurückzuschauen, ohne sich um die Blicke zu kümmern, die auf ihn gerichtet waren. Er wagte nicht, sein Gesicht zu berühren.

Erst als er den Rand des Parkplatzes erreicht hatte, drehte er sich um und betrachtete die Clique am Ufer. Einige der Mädchen waren aufgestanden und tanzten. Die Musik war auf dem Parkplatz nicht zu hören, aber die Bewegungen der Mädchen ließen darauf schließen, dass der Gitarrist jetzt einen neuen Song mit mehr Tempo spielte. Er saß mit offenem Mund an seinem Platz und wiegte den Oberkörper.

Das bewusstlose Mädchen lag immer noch neben der Kühlbox.

10

Als auf ihr Klingeln niemand reagierte, ging Paula zur Rückseite des Reihenhauses.

Hartikainen hatte nach seiner Scheidung das selbst gebaute Einfamilienhaus seiner Exfrau überlassen, damit die Kinder weiterhin dort wohnen konnten, und war allein in ein gemietetes Drei-Zimmer-Reihenhaus gezogen. Bei der Arbeit war Hartikainen damit aufgezogen worden, dass er als ehemaliger Wirtschaftskriminalist selbst Opfer eines Wirtschaftsverbrechens geworden sei, aber er selbst nahm die Sache leicht. *C'est la vie*, quittierte er alle Kommentare.

Wie Paula vermutet hatte, saß Hartikainen mit einer Bierdose auf der Terrasse. Der Schatten der Markise, die die Überdachung verlängerte, schnitt ihn am Hals optisch in zwei Teile, sein Gesicht lag im Schatten, während sein nackter Oberkörper in der Abendsonne badete.

»Na so was, die Gwendoline«, sagte Hartikainen fröhlich, als Paula sich durch eine Lücke in der Gartenhecke zwängte.

»Darf ich stören?«, fragte sie der Form halber.

»Aber natürlich. Gwendoline bringt immer eine winterliche Brise mit sich. Diese Hitze ist ja nicht mehr zum Aushalten. Im Wetterbericht hieß es, mit den tropischen Nächten würde es weitergehen. Bald kann man gar nicht mehr schlafen. Na, der Regen kommt natürlich, wenn mein Urlaub anfängt. Möchtest du ein Bier?«

Hartikainen hob seine Dose, und Paula sah, dass es sich um

alkoholfreies Bier handelte, dieselbe Sorte, die sie auch oft trank. Vielleicht hatte Hartikainen trotz seiner scheinbaren Sorglosigkeit irgendwann beschlossen, ganz auf Alkohol zu verzichten, um nicht über die Stränge zu schlagen.

»Danke, gern.« Hartikainen eilte geschäftig ins Haus. Als er zurückkam, trug er ein weißes T-Shirt, das seine besten Tage hinter sich hatte. Paula öffnete die kühle Dose und setzte sich Hartikainen gegenüber an den weißen Plastiktisch.

»Prost«, sagte Hartikainen, nachdem er sich auch eine Dose aufgemacht hatte. »Wie geht es deinem Vater?«

Paula tappte einen Moment im Dunkeln, bis ihr wieder einfiel, dass sie ihre Beurlaubung unter dem Vorwand beantragt hatte, sie müsse sich um ihren Vater kümmern, der angeblich am Herzen operiert worden war.

»Er hat sich gut erholt, danke der Nachfrage.«

»Das freut mich«, sagte Hartikainen und schaffte es nur mit Mühe, eine höfliche kleine Pause zu machen, bevor er auf das Thema zu sprechen kam, das ihn in Wahrheit interessierte.

»Jetzt musst du mir aber alles über die Containerleiche berichten. Zu blöd, dass ich heute nicht im Dienst war. Der Chef hat sich am Telefon über die Einzelheiten ausgeschwiegen.«

Paula lachte und nahm einen langen Zug aus ihrer Dose. Sie konnte sich lebhaft vorstellen, dass Hartikainen mit der Geduld eines Vierjährigen reagiert hatte, als der Chef ihn angerufen und für das Wochenende zum Dienst eingeteilt hatte.

»Morgen wirst du alles erfahren. Im Moment versuche ich Informationen zu sammeln, die wichtig erscheinen und zur Identifizierung des Opfers beitragen könnten.«

»Eine dunkelhäutige Frau in einem Container am Tor der Lehmus-Stiftung«, sagte Hartikainen. »Das war alles, was der Chef mir verraten hat. Mit der Stiftung hatte ich noch nie zu tun, ich kenne sie nur oberflächlich. Aber die Unternehmer sind mir bekannt. Und vor allem der ältere Lehmusoja.«

»Also, Hannes Lehmusoja?«

»Ja. Ich bin ihm nur einmal begegnet, aber das hat gereicht. Wie lange ist das jetzt her, vielleicht zehn Jahre, es war irgendeine Wohltätigkeitsveranstaltung. Arja hatte eine Einladung für zwei Personen bekommen und wollte nicht allein hingehen«, erklärte Hartikainen und legte erneut eine kleine Pause ein, in der er vielleicht an seine ehemalige Frau Arja dachte, im Guten oder im Bösen.

Paula trank den Rest des Biers und blickte über die Büsche auf die Wiese, die in der sinkenden Sonne leuchtete. Gleich einer flüssigen Materie, in der Insekten schwammen, streichelte das üppige gelbe Licht die Wiesenblumen.

»Hannes war am selben Tisch platziert wie wir, neben Arja«, fuhr Hartikainen schließlich fort. »Er kam allein zu der Veranstaltung und witzelte, seine Frau hätte nichts zum Anziehen gefunden. Aber an ihrer Stelle wäre ich auch zu Hause geblieben. Hannes steckte nämlich eindeutig in einer Saufphase, er war schon bei der Ankunft betrunken. Als die Gäste sich mischten, haben wir stillschweigend den Tisch gewechselt. Mich hat die Sache nicht so gestört, Besoffene erlebt man ja immer mal, aber Arja wollte keine Sekunde länger als nötig neben Hannes sitzen.«

»Warum nicht? Hat Hannes sie belästigt?«

»Nein. Nicht konkret. Arja hat gesagt, Hannes hätte sie nicht einmal gestreift, aber sie hätte trotzdem das Gefühl gehabt, begrapscht zu werden.«

»Inwiefern?«

»Das konnte sie nicht so genau erklären. Hannes war sehr freundlich, ein richtiger Gesellschaftsmensch, aber auch ich habe an ihm noch etwas anderes wahrgenommen. Jedenfalls hat die Art, wie er gestorben ist, mich nicht überrascht.«

»Im Nachruf war von einem Anfall die Rede. Hat sein Herz versagt?«

»Letztendlich schon. Aber Hannes ist besoffen in einer Schneewehe erfroren.«

»Woher weißt du das?«

»Hat mir ein Bekannter erzählt«, sagte Hartikainen.

Paula lächelte. Hartikainen kannte wahrscheinlich die Hälfte aller Polizisten im Hauptstadtgebiet persönlich, und den Rest mindestens vom Sehen. Ihm blieb kein Polizeigerücht verborgen.

»Und es gab keine verdächtigen Umstände?«

»Nein. Sein Tod wurde von einer Überwachungskamera aufgezeichnet. Ein völlig klarer Fall. Mehr als drei Promille im Blut und gefrorene Pisse in der Hose.«

Paula dachte an Juhana Lehmusojas Triathlon-Körper. Juhana würde wohl nicht dasselbe Schicksal erleiden wie sein Vater. Aber hatten Vater und Sohn trotzdem etwas gemeinsam?

»Und die Geschäftstätigkeit der Unternehmensgruppe, ist die seriös?«

»Heutzutage bestimmt. Die Unternehmen florieren schon seit längerer Zeit sehr gut. Aber Hannes ist ein paarmal verurteilt worden.«

»Warum?«, fragte Paula verblüfft.

»Soweit ich mich erinnere, wegen Betrug und Unredlichkeit als Schuldner, die Fälle liegen mehrere Jahrzehnte zurück. In jungen Jahren war Hannes alles andere als der verantwortungsvolle Unternehmer, als der er sich später gern dargestellt hat. Kein großer Schurke, eher so ein schnurrbärtiger kleiner Gauner.«

»Der Schnurrbart hat wohl nichts mit der Sache zu tun«, merkte Paula trocken an.

»Doch, doch. Ein Schnurrbart steht niemandem«, sagte Hartikainen und berührte unwillkürlich seine Oberlippe. »Außerdem haben große Schurken immer Stil. Hannes hat eher so rumgemurkst. Das hab ich jedenfalls gehört. Ich selbst war damals wohl noch in der Ausbildung.«

»Diese beiden alten Fälle sind die einzigen?«

»Die einzigen, in denen Hannes überführt wurde«, erklärte Hartikainen. »Was er so alles im Ausland getan hat, wissen wir ja nicht. Meiner Erinnerung nach gab es in den Neunzigern mindestens eine Strafanzeige gegen die Lehmus-Unternehmensgruppe, bei der es um Missbrauch von Mitteln der Entwicklungszusammenarbeit ging. Aber der Fall ist im Sande verlaufen, glaube ich.«

Hinter der Hecke des Nachbarn tauchte ein Kopf auf. Er gehörte einem Mann in Hartikainens Alter, dessen Haare ebenfalls schütter wurden. Die beiden Männer wünschten sich gegenseitig ein schönes Mittsommerfest.

»Früher hat der mich nicht mal gegrüßt«, schnaubte Hartikainen leise, als der Kopf wieder verschwunden war.

»In welcher Gegend von Afrika waren die Firmen der Lehmusojas denn aktiv?«, fragte Paula.

»Das kann ich nicht auf Anhieb sagen, ich muss es nachsehen«, sagte Hartikainen. »Aber Entwicklungszusammenarbeit haben die Finnen generell vor allem in Ostafrika gemacht, zum Beispiel in Sambia, Kenia und Tansania. In vielen Ländern wurde die eigentliche Entwicklungshilfe ja schon vor Jahren beendet, und der Schwerpunkt hat sich auf die Unternehmenstätigkeit verlagert.«

»Also auf Firmen wie die Unternehmen der Lehmus-Gruppe?«

»Ja, aber meines Wissens war Hannes schon seit den Achtzigern in Afrika zugange. Es würde mich nicht wundern, wenn da kräftig in die eigene Tasche gewirtschaftet wurde.«

»Sprichst du jetzt speziell von Hannes oder von Finnen im Allgemeinen?«

»Von Hannes oder irgendwem von seiner Sorte.«

»Wieso?«

Hartikainen lachte und legte den Hinterkopf an die Fensterscheibe.

»Die Finnen können ja nicht glauben, dass ihre Landsleute irgendetwas Unredliches tun. Und im Schnitt handeln die Finnen wahrscheinlich auch ausgesprochen ehrlich, Ehrlichkeit wird bei uns geschätzt. Sie stärkt das Vertrauen innerhalb der Gesellschaft.«

»Oder zumindest die Vorstellung davon«, sagte Paula.

»Genau. Aber zu viel Vertrauen kann auch ein Problem sein. Ich habe immer schon gesagt, dass ein Finne auf den größten Schwindel reinfällt, vorausgesetzt, der Schwindler ist auch ein Finne. Man braucht kein Meister zu sein, um einen Finnen zu betrügen.«

Paula dachte an die Heldensage, die die Lehmus-Unternehmensgruppe über sich erzählte – wie ein kleiner Betrieb zum Konzern und schließlich zur wohltätigen Stiftung herangewachsen war. Nach dem, was Hartikainen gerade gesagt hatte, war diese Geschichte zu schön, um wahr zu sein. Hinter dem Wachstum hatten möglicherweise nicht nur harte Arbeit und ein ungewöhnlich guter Geschäftssinn gestanden, wie Lauri Aro in seinem Nachruf behauptet hatte.

Auf seinem Weg zum angesehenen Wohltäter war Hannes Lehmusoja vermutlich vielen Menschen hart auf die Füße getreten. War die im Container ertränkte Frau eine dieser Personen, und war sie gekommen, um ihr Recht einzufordern?

Paula bedankte sich bei Hartikainen für das Bier und ging auf demselben Weg zurück, auf dem sie gekommen war, durch die Hecke zur Giebelseite des Hauses. Unterwegs warf sie noch einen Blick auf Hartikainen, der neben der offenen Terrassentür sitzen geblieben war. Aus der Entfernung sah er gar nicht so aus wie der kompetente Polizist, dem Paula zu vertrauen gelernt hatte.

Jetzt wirkte Hartikainen nur wie ein einsamer Mann in der Mittsommernacht.

11

Juhana und Elina Lehmusoja wohnten in einem zweistöckigen weißen Eigenheim in einer Gegend, in der die Straßen schmal, aber die Autos groß sind. Paula lenkte ihren alten Saab bis auf das Grundstück, hinter den Jeep, den sie schon bei der Villa gesehen hatte.

Juhana hatte schon gegen sieben Uhr morgens eine Nachricht geschickt. Er habe neue Informationen über den Container, in dem die unbekannte Frau ertränkt worden war. Da der Rest des Teams erst um neun Uhr zur Arbeit kommen würde, hatte Paula beschlossen, vorher zu den Lehmusojas zu fahren.

Auf Paulas Klingeln öffnete Elina sofort. Sie war ungeschminkt und trug einen grauen Hausanzug, wirkte aber trotzdem elegant. Sie grüßte Paula leise und forderte sie auf, die Schuhe anzubehalten.

Paula betrachtete ihre weißen Turnschuhe, die nicht ganz sauber waren, ließ sie aber an. Sie folgte Elina aus der Eingangshalle ins Wohnzimmer.

Juhana saß auf dem Sofa und hatte dieselbe Tenniskleidung an wie am Vortag. Vielleicht war der kühl wirkende Mann innerlich doch so erschüttert, dass er sich in der Zwischenzeit weder gewaschen noch umgezogen hatte. Ohne aufzustehen, wünschte er Paula förmlich einen guten Morgen.

Juhana hatte offensichtlich lange gewacht, vielleicht die ganze Nacht über. Auf dem gläsernen Couchtisch vor ihm lagen Laptop und Handy.

Paula setzte sich auf das andere Sofa und lehnte Elinas Angebot, Kaffee zu kochen, dankend ab. Sie wartete darauf, dass Juhana Lehmusoja das Wort ergriff, doch er starrte nur düster auf den Bildschirm seines Laptops. Paula beschloss, noch etwas länger zu warten, denn sie wollte wissen, was er von sich aus als Erstes sagen würde.

»Hat die Polizei die Öffentlichkeit schon informiert?«, fragte er schließlich und blickte vom Monitor auf.

»Nein. Die erste Pressemitteilung geht gegen Mittag raus, und darin heißt es nur, dass die Polizei einen mutmaßlichen Mord in Espoo untersucht. Weiter nichts.«

Juhana Lehmusoja machte sich also vor allem Sorgen darüber, dass die Information über den Leichenfund vor der Villa der Lehmus-Stiftung publik wurde. Vielleicht erklärte die Angst vor der Öffentlichkeit sein übernächtigtes Aussehen.

»Haben Sie herausgefunden, wer die Leiche … ich meine, wer das Opfer ist – oder war?«

»Leider nicht. Wir brauchen jede erdenkliche Hilfe, um das Opfer zu identifizieren.«

Elina Lehmusoja stellte eine Kanne kaltes Wasser und zwei Gläser auf den Tisch. Juhana schenkte sich ein und trank das Glas gierig leer. Er wurde wacher und begann zu erklären, dass er gestern den ganzen Abend lang versucht hatte, sich in das Datensystem der Containerfirma einzuloggen. Ohne Passwort war es ihm jedoch nicht gelungen, und die Logistikchefin hatte er nicht erreicht. Juhana hatte ihr massenweise Textnachrichten geschickt, mit der Folge, dass die Logistikchefin, als sie sie endlich entdeckte, erschrocken angerufen hatte – mitten in der Nacht.

»Sie war segeln«, erklärte Juhana.

»Und dann sind Sie also ins System gekommen?«

»Ja. Als wir gestern bei der Villa abgefahren sind, habe ich mir das Kennzeichen des Containers notiert. Demnach war er vorübergehend ausgelistet und hätte im Lager sein sollen.«

»Warum wurde er ausgelistet?«

»Er war für ein Kunstprojekt der Stiftung reserviert. Mai weiß mehr darüber, aber ich habe noch nicht versucht, sie zu erreichen. Ich weiß, dass sie gern lange schläft.«

»Danke für die Information, ich möchte sie lieber heute Nachmittag selbst besuchen. Könnte es sein, dass der Container versehentlich wieder in Umlauf gebracht wurde?«

»Wie meinen Sie das?«

»Ist es möglich, dass der Container auf Bestellung eines Außenstehenden aus dem Lager geholt wurde, obwohl er im System als ausgelistet geführt wurde?«

Juhana Lehmusoja überlegte. Der Gedanke, den Paulas Frage aufwarf, schien ihm nicht zu gefallen.

»Tut mir leid, das weiß ich wirklich nicht.«

»Ich brauche die Kontaktdaten der Logistikchefin.«

»Natürlich. Sie heißt Ritva Kaakko und hat gesagt, sie würde heute zur Arbeit gehen, ist also im Büro der Containerfirma zu finden. Die liegt am Hafen, in der Nähe der Baustelle für die neue Hauptgeschäftsstelle. Sie will persönlich nachprüfen, wie der Container zur Villa bestellt wurde.«

»Bisher hatten Sie also kein Passwort für das Datensystem der Containerfirma?«

Juhana schüttelte den Kopf. Paula schenkte sich Wasser ein, um Zeit zum Nachdenken zu gewinnen.

Der Täter war irgendwie in das Bestellsystem der Firma eingedrungen, außerdem hatte er aus irgendeinem Grund ausgerechnet den Container bestellt, der vorübergehend ausgelistet war.

»Der Container war also für ein Kunstprojekt reserviert. Um was für ein Projekt handelt es sich denn?«

»Tja«, sagte Juhana Lehmusoja verlegen. »Ich habe mit diesen Dingen nichts zu tun. Ich leite die Unternehmensgruppe. Über die Projekte der Stiftung weiß Mai Bescheid.«

Da war von der Haustür ein erschrockener Ausruf zu hören. Die Tür schlug zu, und wie auf ein Zeichen sprang Juhana auf.

Paula folgte ihm in die Eingangshalle, wo Elina Lehmusoja sich bemühte, ihre Aufregung zu verbergen, während sie auf einen Teenager einredete.

Der Junge hatte blaue Flecken im Gesicht und schien in der Nacht so wenig geschlafen zu haben wie sein Vater.

»Zum Donnerwetter!«, schimpfte Juhana lautstark.

Sowohl Elina als auch der Junge drehten sich erschrocken zu ihm um. Paula war von Juhanas Reaktion ebenfalls überrascht. Sie passte so gar nicht zu dem Bild, das sie sich bisher von dem Geschäftsführer gemacht hatte.

Mai Rinne hatte ihr von Juhanas Verhalten erzählt, als der den Hausmeister wegen des Containers angerufen hatte. Was hatte sie gleich gesagt?

Er hat gebrüllt wie ein Kind im Trotzalter.

»Wo kommst du um diese Zeit her?«, fragte Juhana. »Und was ist dir zugestoßen?«

»Ich bin hingefallen«, stammelte der Junge mit kindlicher Stimme.

Elina Lehmusoja straffte sich, warf Juhana einen warnenden Blick zu und wandte sich dann lächelnd an Paula.

»Das ist unser Sohn Jerry.«

Paula gab dem Jungen die Hand und betrachtete eingehend sein Gesicht. Die Wunden sahen so aus, als hätten sie tatsächlich bei einem Sturz entstehen können. Vielleicht sagte der Junge die Wahrheit.

Es waren aber nicht die Verletzungen, die Paula als Erstes aufgefallen waren.

Jerry Lehmusoja war dunkelhäutig.

12

Die Besprechung hatte eine halbe Stunde gedauert, und Renko hatte in der ganzen Zeit kein Wort gesagt. Paula vermutete, dass er doch mehr als zwei Gläschen Wein getrunken hatte.

Paula, Renko, Karhu und Hartikainen blieben zurück, als die anderen aus dem kleinen Besprechungsraum drängten, in dem es unerträglich heiß geworden war. Renko blickte nicht einmal auf, sondern zeichnete dem Promi auf dem Titelbild einer alten Boulevardzeitung einen Schnurrbart. Hartikainen drehte die Lamellen der Jalousie auf.

»Nicht das kleinste Wölkchen am Himmel. Wenn wenigstens die Klimaanlage funktionieren würde«, sagte er seufzend.

»Die Urlauber freuen sich«, meinte Karhu.

»Auch nicht lange. Die Finnen haben nach ein paar Tagen die Nase voll von so einer Hitze, auch im Urlaub«, erwiderte Hartikainen und drehte die Lamellen wieder herunter.

»Gehen wir mal die offenen Fragen durch«, sagte Paula mit einem Blick auf ihre Notizen. »Erstens, ist so eine Pumpe irgendwie außergewöhnlich?«

Sie zeigte ein Foto von der Pumpe und dem Schlauch herum, die höchstwahrscheinlich benutzt worden waren, um den Container zu füllen. Die Pumpe war im Uferwasser bei der Villa der Lehmus-Stiftung gefunden worden. Der neunzig Meter lange Schlauch bestand aus drei identischen, gleich langen Teilen, die mit Ventilverbindungsstücken zusammengefügt worden waren. Anhand der Leistungsfähigkeit der Pumpe hatten die technischen Ermittler berechnet, dass es ungefähr eine Stunde oder etwas weniger gedauert hatte, den Container zu füllen.

»Ganz normales Zeug«, sagte Hartikainen. »Viel interessanter finde ich, wo der Kram gefunden wurde.«

»Wie meinst du das?«, fragte Paula und starrte Renko an, der umgeblättert hatte und sich der nächsten Prominenten widmete, der Moderatorin eines Schlankheitsprogramms im Fernsehen, der er gerade ein blaues Auge verpasste.

»Warum soll man sich die Mühe machen, den Schlauch beiseitezuschaffen, nachdem die Sache erledigt ist? Es ist leicht, so einen Schlauch von der Rolle abzuspulen, aber umgekehrt ist es viel mühsamer. Die Pumpe und der Schlauch lagen an einer Stelle im Wasser, wo sie mit ziemlicher Sicherheit gefunden werden mussten, es ging dem Täter also nicht darum, sie zu verstecken.«

»Vielleicht hat er sie ins Wasser geworfen, um sicherzustellen, dass daran keine Spuren von ihm zurückbleiben«, meinte Paula.

»Es war eine Überraschung«, sagte Renko plötzlich und hörte auf zu kritzeln.

»Was?«

Jetzt blickte Renko endlich auf.

»Wenn der Schlauch an seinem Platz gewesen wäre, hätten die Leute, die als Erste bei dem Container eintrafen, gemerkt, dass Wasser hineingepumpt worden war. Aber so war es eine Überraschung.«

»Hm, das klingt logisch«, sagte Hartikainen und sah Renko ein wenig erstaunt an. »Aber wen wollte der Täter überraschen?«

»Vielleicht wusste er, wer am Morgen zur Villa kommen würde. Juhana Lehmusoja hat ja zuerst selbst versucht, den Container zu öffnen«, meinte Paula. »Aber das würde bedeuten, dass die Tat in irgendeiner Weise gegen die Lehmusojas gerichtet war. Eine ziemlich weitgehende Spekulation.«

»Behalten wir es mal im Hinterkopf«, sagte Hartikainen bedächtig.

Außer den drei verschiedenen Fingerabdrücken, die Juhana Lehmusoja, Lauri Aro und der Immobilienverwalter der Stiftung hinterlassen hatten, waren an der Außenseite des Containers keine weiteren Spuren gefunden worden. Die Suche nach Reifen- und Fußabdrücken war praktisch aussichtslos, und das Innere des Containers war stundenlang voller Meerwasser gewesen. Der ganze Container mitsamt der Matratze war zur genaueren Untersuchung abtransportiert worden.

»Mir bereitet die Matratze Kopfzerbrechen«, sagte Paula.

Der Container war am späten Nachmittag leer an das Tor der Villa gebracht worden, so lautete die Annahme in diesem Stadium. Die Frau war irgendwann im Laufe des Abends oder der Nacht in den Container gesteckt worden. Sie hatte also vor ihrem Tod höchstens zwölf Stunden dort verbracht, vermutlich aber deutlich weniger.

»Wenn jemand die Frau in den Container gesperrt hat, um sie zu ertränken, warum macht er sich dann die Mühe, ihr eine Matratze zu geben?«, fragte Paula.

»Vielleicht ist das eine Art Zeichen für Menschlichkeit«, meinte Hartikainen. »Oder für Unmenschlichkeit. Als würde man eine Galgenschlinge weich polstern.«

»Ha«, machte Karhu finster.

Paula wusste, dass Karhu Hartikainens Witze nicht mochte. Im Grunde wollte er überhaupt keine Witze hören, die etwas mit Mordopfern zu tun hatten.

»Und was ist mit dem hier?«, fragte sie eilig und projizierte das Foto von dem Kalevala-Schmuck an die Wand.

Die Kette war gerissen. Der Schmuck konnte dem Täter gehören, aber Paula hielt es für wahrscheinlicher, dass die Kette gerissen war, als das Opfer im Container um sein Leben gekämpft hatte.

Das Opfer war demnach im Besitz eines finnischen Schmuckstücks gewesen, was die Wahrscheinlichkeit erhöhte, dass die Tote eine Finnin war. Nur schien sie bisher niemand zu vermissen.

Der Schmuck sah nicht neu aus. Er hatte stundenlang im Meerwasser gelegen, doch der Schmutz, der sich in der Gravur gesammelt hatte, war immer noch vorhanden.

»Das ist bestimmt eins der meistverkauften Modelle von Kalevala«, erklärte Hartikainen wie der Moderator einer Trödelsendung, der schon alles gesehen hatte. »Ziemlich nutzlos für die Ermittlungen.«

Ebenso nutzlos für die Identifizierung der Leiche war ihre Kleidung. Globale Marken, die man praktisch überall kaufen konnte.

»Fällt euch sonst irgendetwas ein, das uns helfen könnte, das Opfer zu identifizieren?«, fragte Paula.

»Wie ist es mit den Aufnahmezentren?«, meinte Hartikainen.

»Das Foto und die Fingerabdrücke sind auch an die Einwanderungsbehörde gegangen. Hoffentlich liefert uns die Obduktion ein paar weitere Informationen über das Opfer.«

»Aber sollten wir das Foto nicht in den Aufnahmezentren in der näheren Umgebung zeigen?«, beharrte Hartikainen.

»Ein ziemlicher Schuss ins Blaue. Dafür fehlen uns die Ressourcen«, erwiderte Paula, obwohl sie insgeheim zugeben musste, dass Hartikainen möglicherweise recht hatte. Doch sie war sich sicher, dass es irgendeine Verbindung zwischen dem Opfer und den Lehmusojas gab.

»Übrigens, noch was«, fügte sie hinzu.

Sie hatte die Sache so lange zurückgehalten, dass sie sie schon fast vergessen hatte.

»Die Lehmusojas haben ein dunkelhäutiges Adoptivkind.«

»Sag bloß!«, rief Hartikainen. »Warum hast du das nicht vorhin im großen Kreis gesagt?«

»Weil es vielleicht nichts zu bedeuten hat und die Ermittlungen in die falsche Richtung lenken könnte. Vorläufig reicht es, dass wir es wissen.«

Elina Lehmusoja hatte Jerry, nachdem sie ihn vorgestellt hatte, schnell weggebracht, um seine Wunden zu säubern. Juhana Lehmusoja hatte schwer kämpfen müssen, um seine Beherrschung wiederzugewinnen, dann aber Paulas Fragen nach Jerrys Herkunft beantwortet. Die Lehmusojas hatten den Jungen vor fünfzehn Jahren als Baby in Namibia adoptiert, nachdem sie jahrelang vergeblich versucht hatten, ein zweites eigenes Kind zu bekommen. Ihre leibliche Tochter Ella war zum Zeitpunkt der Adoption sieben gewesen.

»Jerrys Eltern waren gestorben, die Mutter bei seiner Geburt und der Vater schon früher«, erklärte Paula.

»Soso«, brummte Hartikainen. »Oder auch nicht.«

»Keine voreiligen Schlüsse, bitte. Aber wir müssen die Geschichte natürlich im Auge behalten.«

»Wenn das Opfer und der Adoptivsohn der Lehmusojas beide dunkelhäutig sind, müssen wir das allerdings im Auge behalten«, sagte Hartikainen. »Der Junge wird adoptiert, die Mutter kommt her, um ihn zu sehen, die Mutter wird umgebracht. Durchaus möglich.«

»Die Adoptiveltern ertränken die biologische Mutter ihres Kindes in einem Seecontainer am Tor ihrer eigenen Stiftung? Das klingt nicht besonders glaubhaft«, wandte Paula ein.

»Vielleicht war der Container zufällig dort, als der Mordplan entstand.« Hartikainen gab nicht so leicht auf.

»Und der Mörder hatte rein zufällig eine Pumpe und neunzig Meter Schlauch dabei«, kommentierte Renko lachend.

»Der Täter muss gewusst haben, dass es gerade bei diesem speziellen Container möglich war, Wasser hineinzupumpen. Der Container war offenbar für ein Kunstprojekt reserviert. Vielleicht war er deshalb entsprechend modifiziert«, sagte Paula.

»Warum in aller Welt hat man den Container so umgebaut, dass man ihn mit Wasser füllen kann? Für den Transport von Flüssigkeiten gibt es doch Tankcontainer«, meinte Hartikainen.

»Danach werden Renko und ich den Künstler selbst fragen«, sagte Paula. »Aber vorher besuchen wir Mai Rinne. Hartikainen, du gehst zur Obduktion und konzentrierst dich anschließend auf die Lehmus-Unternehmensgruppe und auf die Stiftung. Das Opfer kann auch eine Angestellte der Firma gewesen sein. Karhu klärt ab, welche Überwachungskameras an dem Streckenabschnitt zwischen der Umgehungsstraße und der Villa postiert sind. An den Grundstücken gibt es vielleicht auch private Kameras. Alle Aufzeichnungen zwischen Donnerstag um fünf und Freitag um zehn Uhr müssen durchgesehen werden. Außerdem brauchen wir die Ortungsdaten für Donnerstag und die Nacht zum Freitag von allen, die am Freitag in der Villa waren, also nach jetzigem Stand von Juhana, Elina und Ella Lehmusoja sowie von Mai Rinne und Lauri Aro.«

Hartikainen knurrte unwillig, stand aber auf und verließ mit Karhu im Schlepptau den Raum.

Paula versuchte erfolglos, sich die schweißnassen Haare aus der Stirn zu pusten, und blätterte auf ihrem Handy die Zeitungen durch. Beide Boulevardblätter brachten die Schlagzeile ganz oben auf der Startseite. Die eigentlichen Nachrichten waren jedoch kurz und fast identisch, sie enthielten nichts anderes als das, was in der Pressemitteilung der Polizei stand: Die Polizei untersucht einen mutmaßlichen Mord und wird am Montag weitere Informationen bereitstellen. Über das Opfer oder den genaueren Fundort wurde nichts gesagt.

Paula war zufrieden. Das Mittsommerfest hatte immerhin den Vorteil, dass die Redaktionen mit Minimalbesetzung arbeiteten. Bisher hatte noch kein einziger Reporter versucht, sie telefonisch zu erreichen.

Ein vergleichbarer Mangel an Ressourcen beeinträchtigte allerdings auch die Ermittlungen. Es gab keinerlei Hinweis auf die Identität des Opfers, und niemand war als vermisst gemeldet worden.

Renko hatte aufgehört, die Zeitungsfotos zu bemalen, und starrte vor sich hin. Er sah aus, als würde er sich voll und ganz darauf konzentrieren, die Augen offen zu halten.

»Wie ist es mit den Zucchini gelaufen?«, fragte Paula unschuldig.

»Was?«

»Hast du dran gedacht, Zucchini zu kaufen?«

»Was? Ach so, ja.«

»War das Essen gut?«

»Ganz okay, ja.«

»Und dazu ein bisschen Wein?«

»Mmh.«

»Oder ein bisschen mehr?«

»Was?«

Renko sah Paula an, als wäre er gerade erst aufgewacht. Dann gähnte er.

»Nein, daran liegt es nicht. Tut mir leid, aber ich war an der Reihe, wach zu bleiben. Es zahnt gerade.«

»Was?«

»Das Baby.«

»Habt ihr ein Baby?«

»Ich dachte, das wüsstest du«, sagte Renko verwundert.

Er lebte offensichtlich in einer Welt, in der man sich für die Angelegenheiten der Kollegen interessierte, vielleicht sogar schon bevor man sie kennenlernte.

Nachdem er sich von seiner Verblüffung erholt hatte, kramte Renko eifrig sein Handy hervor.

»Guck mal, das ist unser Heikki. Nächste Woche wird er neun Monate alt.«

Das Foto zeigte ein Baby mit rundem Gesicht und blonden, an den Spitzen gewellten Haaren. Um die Lippen herum hatte der Junge kleine blaue Punkte von Heidelbeeren, und der Mund war zu einem fröhlichen Lachen geöffnet.

Paula spürte, wie der Schmerz sie streifte. Der alte Bekannte.

»Ein süßes Kind«, sagte sie und meinte es auch so.

»Ja, er ist süß, aber er dürfte gern ein bisschen besser schlafen. Er hat mich um eins geweckt, als ich gerade eingeschlafen war. Ich hab ihm Milch gegeben, die meine Frau auf Vorrat abgepumpt hatte, aber nach zwei Stunden war Heikki schon wieder wach. Da wollte er keine Milch mehr, ich musste ihn rumtragen, und der kleine Knirps wiegt schon ganz schön viel. Mindestens anderthalb Stunden ging das so, dann habe ich mich mit ihm aufs Sofa gesetzt. Keine Ahnung, wer von uns zuerst eingeschlafen ist. Aber zum Glück konnte meine Frau schlafen, sie ist oft so müde, dass ...«

Paula stellte sich Renko mitten in der Nacht auf dem Sofa vor, im Halbschlaf, ein Baby im Arm. Sie dachte an die eine Nacht, die einzige, in der sie ein viel kleineres Baby im Arm gehalten hatte, so klein, dass jeder ihrer Schritte, jede Bewegung des Kindes ihr Angst eingejagt hatte.

An mehr wollte sie sich nicht erinnern.

Während Renko weiter über die Schlafprobleme seiner Frau berichtete, dachte Paula an das, was Juhana Lehmusoja in der Eingangshalle gesagt hatte, als sie schon halb zur Tür hinaus war.

Jerry ist wie ein eigener Sohn für uns.

Die Worte waren Paula deutlich im Gedächtnis geblieben. War das nicht seltsam ausgedrückt?

Wie ein eigener Sohn – aber doch nicht der eigene.

Der Satz sollte wohl Zuneigung und elterliche Gefühle zum Ausdruck bringen, aber man konnte ihn auch ganz anders deuten.

13

Die Mutter stand endlich auf, vorsichtig, denn sie glaubte, er würde schlafen.

Jerry öffnete die Augen erst, als er hörte, wie die Tür zugedrückt wurde.

Er hatte seiner Mutter erzählt, was am Strand passiert war, aber erst, nachdem sie ihm mehrmals versprochen hatte, seinem Vater und vor allem der Polizei nichts davon zu sagen. Jerry wollte sich nicht mit dem Zwischenfall beschäftigen und dem Jungen, der ihn verprügelt hatte, nicht begegnen.

Er hatte seiner Mutter nicht gesagt, dass es nicht das erste Mal war. Diesmal waren die Verletzungen nur schlimmer als im Frühjahr, als er auf dem Schulhof zu Boden geworfen worden war. Damals hatte seine Mutter ihm geglaubt, als er behauptet hatte, er wäre nur hingefallen. Ein zweites Mal war er mit dieser Erklärung nicht durchgekommen.

Sein Vater hatte die Angelegenheit allerdings nach der ersten Reaktion überraschend schnell fallen gelassen. Offenbar hatte er anderes im Kopf, irgendwas, was in der Villa passiert war. Jerry hatte versucht, mehr darüber zu erfahren, aber sein Vater hatte ihm den Mund verboten, und seine Mutter hatte gesagt, er solle das Ganze vergessen, denn es habe nichts mit ihnen zu tun.

Jerry glaubte das nicht so ganz, zumal die Polizistin schon so früh am Morgen bei ihnen »herumgeschnüffelt« hatte. Dieses Wort hatte sein Vater verwendet. Natürlich war das nicht für

Jerrys Ohren bestimmt gewesen, aber er hatte es trotzdem mitbekommen.

Irgendwo polterte etwas, dann ertönte ein gedämpfter Fluch. Jemand kam mit leisen Schritten die Treppe herauf und ging an Jerrys Zimmer vorbei.

Er stand auf und huschte lautlos durchs Zimmer. Als nichts mehr zu hören war, öffnete er vorsichtig die Tür und spähte hinaus. Die Tür zum Elternschlafzimmer am anderen Ende des Flurs stand offen. Von dort war ein Gespräch zu hören, das gleichzeitig aufgeregt und verhalten klang.

Jerry schlich näher, direkt neben die offene Tür. Er hatte heftige Schmerzen im Gesicht, und es fiel ihm schwer, gleichmäßig zu atmen.

»Verrat mir doch, was du suchst«, sagte seine Mutter im Schlafzimmer. »Sonst kann ich dir nicht helfen.«

»Hab ich dich um Hilfe gebeten?«, giftete sein Vater.

»In der Schachtel sind nur Erinnerungsstücke. Für Jerry, er kann sie mitnehmen, wenn er eines Tages auszieht. Sonst ist da nichts drin.«

Jerry zuckte zusammen, als er seinen Namen hörte. Ihm war auch sofort klar, von welcher Schachtel seine Mutter sprach. Irgendwann, als er allein im Haus war, hatte er die Schränke seiner Eltern durchsucht.

Er hatte den Stuhl vom Frisiertisch seiner Mutter in den begehbaren Kleiderschrank geschoben, damit er an die Sachen in den obersten Fächern herankam. Der Karton mit dem Sexspielzeug hatte ihn sowohl angewidert als auch fasziniert. Aber viel gründlicher hatte er letzten Endes die längliche Pappschachtel untersucht, auf deren Deckel in der schönen Handschrift seiner Mutter sein Name stand.

»Sei still«, sagte Jerrys Vater.

»Warum kannst du es nicht einfach aussprechen?«

Sein Vater antwortete nicht, und seine Mutter erklärte nicht, was sie meinte. Wollte sie immer noch wissen, wonach er suchte, oder ging es um etwas anderes?

»Lass mich allein«, sagte sein Vater kraftlos.

»Ich habe die Blicke von dieser Frau gesehen. Sie hat bestimmt gedacht, dass ...«

»Verdammt noch mal, halt den Mund!«

Jerry fuhr zurück, als hätte man ihn geschlagen, und verzog erschrocken das Gesicht, dass die Wunden umso schlimmer brannten. Er schlich rückwärts zu seinem Zimmer und versuchte gleichzeitig zu lauschen, was im Elternschlafzimmer passierte, aber dort war es jetzt ganz still.

Erst nachdem er die Tür geschlossen hatte, traute Jerry sich, tief Luft zu holen. Als er Schritte auf dem Flur hörte, sprang er in sein Bett und unter die Decke, doch die Schritte gingen auch diesmal einfach vorbei.

Das Handy auf dem Fußboden vibrierte. Jerry beugte sich vor, um zu sehen, wer anrief. Als Ellas Name aufblinkte, spürte er Erleichterung.

Seine Schwester würde ihm bestimmt erzählen, was bei der Villa passiert war.

14

Mai Rinne öffnete die Tür in einem cremefarbenen seidenen Morgenmantel.

»Ich dachte, Sie würden später in die Galerie kommen«, sagte sie wie schon vor einer Minute über die Gegensprechanlage, als Paula an der Haustür geklingelt hatte.

»Können wir uns jetzt unterhalten?«, fragte Paula und betrat die Wohnung, ohne die Antwort abzuwarten.

»Guten Morgen«, sagte Renko fröhlich. »Schön warm heute. Es tut mir leid, dass wir so …«

Paula überließ es Renko, Mai Rinne zu beschwichtigen, und ging schnurstracks in das große, helle Wohnzimmer. Die Wohnung befand sich in einem gediegenen alten Haus in teurer Wohnlage.

»Möchten Sie Kaffee?«, fragte Mai.

»Ein Tässchen wäre nicht …«

»Nein danke, dafür haben wir keine Zeit«, fiel Paula Renko ins Wort. »Wir hätten gern Informationen über den Container, der am Donnerstagnachmittag zur Villa der Stiftung gebracht wurde.«

»Aha«, sagte Mai verwundert.

Sie trug zwar einen Morgenmantel, doch das hieß offenbar nicht, dass sie gerade erst aufgestanden wäre, denn sie hatte sich auch jetzt wieder sorgfältig zurechtgemacht, bis hin zum Lippenstift. Unter dem Morgenmantel blitzte der Träger ihres Büstenhalters hervor. Er war aus roter Spitze.

»Meinen Informationen zufolge war der Container Teil eines Kunstprojekts der Stiftung, über das Sie mir nähere Auskunft geben können.«

»Oh Gott«, flüsterte Mai. »War das *der* Container?«

Sie sank auf einen Stuhl an einem hohen Beistelltisch und bedeutete Paula und Renko, sich auf das Sofa zu setzen.

»Sie wussten also, dass der Container ein Ventil hat, durch das man Wasser hineinpumpen kann?«, fragte Paula.

»Natürlich wusste ich das. Ich habe der Werkstatt selbst die Anweisungen für den Umbau gegeben.«

Irgendwo klingelte leise ein Handy. Mai zuckte zusammen und stand auf.

»Entschuldigung, ich habe mein Handy im Schlafzimmer gelassen. Ich sehe schnell nach, wer da anruft.«

Damit verschwand sie. Renko ahmte pfeifend den Klingelton nach, der bald verstummte. Paula stand auf und betrachtete das fast wandbreite Gemälde, das über dem Sofa hing. Es war abstrakte Malerei, eine Kunstrichtung, zu der sie absolut nichts sagen konnte.

»Schöne Farben«, meinte Renko, der sich ebenfalls zu dem Bild umgedreht hatte. Auf der Leinwand wechselten sich verschiedene Schattierungen von Rosa und Braun ab. Rechts unten stand die Signatur MR. Es handelte sich offenbar um ein Werk von Mai Rinne selbst.

»Es war nichts Wichtiges«, sagte Mai, als sie ins Wohnzimmer zurückkam.

Sie hatte das Kleid angezogen, das sie schon gestern in der Villa getragen hatte.

»Ein wunderbares Bild«, lobte Renko.

»Danke.« Mai lächelte.

»Sie sind also mit Lauri Aro kurz vor den Lehmusojas bei der Villa angekommen«, sagte Paula. »Ist Ihnen das Ventil nicht aufgefallen?«

»Nein. Wir haben uns den Container nicht genauer angesehen. Als wir merkten, dass wir nicht durch das Tor fahren konnten, sind wir im Auto geblieben und haben auf Juhana gewartet.«

»Bei der Hitze? Wurde es Ihnen im Auto nicht zu heiß?«

»Na ja, irgendwann sind wir wohl ausgestiegen. Aber zum Container sind wir nicht gegangen. Wir dachten, da wäre irgendein Irrtum passiert.«

»Warum sind Sie nicht in die Villa gegangen, um dort zu warten? Ich nehme an, Sie haben einen Schlüssel für das Tor.«

»Das schon. Aber die anderen sollten ja bald kommen. Und wir hatten etwas zu besprechen.«

Paula betrachtete das rotbraune Gemälde. Im Bereich des Goldenen Schnitts war die Farbschicht dicker, und dort sahen die Pinselstriche aus, als wären sie mit Gewalt gezogen worden. Renko hatte die Farben gelobt, aber in Paulas Augen wirkte die Kombination bedrückend, fast deprimierend.

»Sie und Lauri Aro? Worum ging es?«

»Um nichts Besonderes, Stiftungsangelegenheiten.«

»Sie haben also hinter dem Container auf die Lehmusojas gewartet und sind nicht um ihn herumgegangen?«

»Genau.«

»Und was passierte, als die Lehmusojas ankamen?«

»Na, Juhana war ja schon außer sich, weil Lauri ihn angerufen und ihm von dem Container berichtet hatte. Juhana und Lauri sind zur Tür des Containers gegangen, wir Frauen sind bei den Autos geblieben und haben das Gepäck herausgeholt. Das mussten wir ja bis ans Ufer schleppen.«

»Und im Vorbeigehen haben Sie sich den Container nicht genauer angesehen?«

»Nein. Das habe ich tatsächlich nicht. Aber Moment mal, das Ventil. Heißt das etwa, dass das Opfer …«

»Ja, die Frau wurde in dem Container ertränkt.«

»Oh Gott«, sagte Mai wieder.

»Das ist ein Detail, das vorläufig nicht an die Öffentlichkeit dringen darf.«

»Natürlich nicht. Auf keinen Fall!«

Mai straffte sich und schien sich plötzlich zu erinnern, wer sie war.

»Das ist auch für uns entsetzlich. Also für die Stiftung und für mich persönlich. Ich fühle mich irgendwie verantwortlich«, sagte sie.

»War es Ihre Idee, den Container mit Wasser zu füllen?«

»Nein, die Idee stammt von dem Künstler Paavali Kassinen. Aber ich habe die Anweisungen gegeben.«

»Wie viele wussten von der Existenz dieses speziellen Containers?«

»Ach, wer weiß wie viele.«

»Mindestens alle, die zur Villa gekommen sind?«

»Ja, aber auch eine ganze Reihe andere Leute in der Stiftung und in der Firma. Und die Öffentlichkeit wurde ja schon das ganze Frühjahr hindurch über das Projekt informiert. Ich weiß nicht, was der Künstler alles darüber erzählt hat.«

»Und was ist mit dem hier?«, fragte Paula und hielt Mai das Handy hin, auf dem ein Foto von Ventil und Schlauch zu sehen war. »Kommt Ihnen das bekannt vor?«

Mai zuckte zusammen und schüttelte den Kopf.

»Die Dinger habe ich noch nie gesehen. Ich wusste aber, dass Paavali darum gebeten hatte, eine Pumpe und einen Schlauch für den Container zu besorgen.«

»Wer wusste noch davon?«

»Außer mir natürlich Kassinen, und dann noch Ritva Kaakko und ein paar Mitarbeiter der Werkstatt. Und Ella natürlich, sie arbeitet den Sommer über bei uns. Wahrscheinlich habe ich auch Lauri davon erzählt. Ob noch mehr Leute informiert waren, weiß ich nicht.«

Im Flur ertönte der Summer der Gegensprechanlage. Mai eilte hin und bemühte sich, die Stimme zu senken, aber Paula schnappte die Worte »jetzt nicht« auf. Sie ging ans Fenster und wartete, bis Mai aufgelegt hatte.

Unten überquerte Lauri Aro die Fahrbahn und ging zur Straßenecke, wo er seinen Sportwagen geparkt hatte. Paula drehte sich um und musterte Mai Rinne, die nervös lächelnd an der Wohnzimmertür stand. Offenbar wollte sie nicht, dass Paula und Renko erfuhren, wer geklingelt hatte, obwohl Lauri und Mai sich schon gestern verhalten hatten wie ein Paar. Paula verstand nicht, weshalb Mai Rinne die Beziehung verheimlichen wollte, die beiden waren schließlich erwachsene und ungebundene Menschen.

»Möchten Sie Kaffee?«, fragte Mai erneut, als wüsste sie sonst nichts zu sagen. Dann fiel ihr plötzlich etwas ein.

»Ich muss einen neuen Container für Kassinen organisieren.«

15

Hartikainen fühlte sich fast überall wie zu Hause, nur in der Leichenhalle nicht. Nicht einmal jetzt, da sie ihn vorübergehend von der Hitze erlöste.

Der alte Rechtsmediziner stand bei der Leiche und sprach wie zu sich selbst. Er hatte Hartikainen förmlich begrüßt, obwohl sie sich schon seit mindestens zwanzig Jahren kannten. Jeder Versuch, ihm irgendwelche Spekulationen zu entlocken, war sinnlos, das wusste Hartikainen längst.

Der Arzt hatte bisher lediglich wiederholt, was er schon am Vortag festgestellt hatte: Das Opfer war ertrunken. Die Lunge der Toten war mit Meerwasser gefüllt, die Leiche wies keinerlei Spuren äußerlicher Gewalt auf. Die abgebrochenen Fingernägel und die anderen Verletzungen an den Händen waren höchstwahrscheinlich darauf zurückzuführen, dass die Frau versucht hatte, den Container zu öffnen, und mit den Fäusten gegen die Tür geschlagen hatte.

Eine DNA-Probe und ein Zahnschema waren nutzlos, solange es nichts gab, womit man sie vergleichen konnte. Natürlich würde man die DNA-Probe und die Fingerabdrücke in alle erdenklichen Register eingeben, aber eine Kriminelle war die Frau wohl nicht.

Das sagte Hartikainen dem Rechtsmediziner allerdings nicht, denn sonst hätte der Begründungen für diese Annahme verlangt, und Hartikainen hatte in dieser Hinsicht nur sein Bauchgefühl zu bieten.

Er starrte auf die nackte Leiche, über die der Rechtsmediziner gerade ein Laken zog.

»Stopp!«

Der Rechtsmediziner erschrak bei Hartikainens Ausruf und ließ das Laken los. Es bedeckte erst die untere Hälfte der Leiche. Hartikainen wusste genau, warum der Arzt ihn vorwurfsvoll ansah: Seiner Meinung nach hatte man sich in der Nähe der Opfer respektvoll zu verhalten.

»Entschuldigung«, sagte Hartikainen. »Aber könnten Sie das Laken ein Stück nach unten ziehen?«

»Wie weit?«, fragte der Arzt.

»Bis unterhalb des Beckens.«

Nun sah der Arzt ihn an, als hätte er ihn gebeten, die Schamgegend des Opfers zu seinem Vergnügen noch einmal zu entblößen.

»Am Unterleib ist irgendeine Spur«, erklärte er.

Der Arzt zog das Laken bis zur Mitte der Oberschenkel herunter. Hartikainen beugte sich über den Unterleib.

»Meinen Sie die Operationsnarbe da?«, fragte der Arzt. »Die stammt von einem Kaiserschnitt. Ich würde sagen, vor mindestens zehn Jahren. Die habe ich vorhin übrigens schon erwähnt. Mit dem Tod des Opfers hat sie absolut nichts zu tun.«

»Wahrscheinlich nicht«, sagte Hartikainen, konnte aber nicht verbergen, dass er ganz anderer Meinung war. Plötzlich trat der Arzt einen Schritt zurück und runzelte die Stirn.

»Es besteht natürlich die Möglichkeit, dass die Narbe uns etwas über die Herkunft des Opfers sagen könnte. Das ist allerdings eine ziemlich weitreichende Spekulation, aber …«

»Reden Sie schon«, brummte Hartikainen ungeduldig.

Der Rechtsmediziner richtete sich auf und zog das Laken über die Leiche. Dann machte er demonstrativ eine Pause.

»Ich betone, dass es sich nur um eine vage Idee handelt. Aber aus der Hautfarbe des Opfers und der Operationsnarbe könnte man einen Schluss ziehen, der eventuell mit einer gewissen Wahrscheinlichkeit zutreffen könnte.«

»Nämlich?«, fragte Hartikainen beschwörend.

»Das Opfer könnte aus Südafrika stammen. Kaiserschnitte werden dort sehr häufig gemacht.«

Hartikainen betrachtete die zugedeckte Leiche und lächelte breit, bis er die tadelnde Miene des Rechtsmediziners bemerkte. Er bedankte sich und bemühte sich um einen ernsten Gesichtsausdruck, bis er den Obduktionssaal verlassen hatte.

Jetzt mussten nähere Informationen über die Tätigkeit der Lehmusojas in Afrika beschafft werden, und Hartikainen wusste genau, wen er deshalb anrufen würde.

16

Man hatte dem Stadtplaner offenbar eine Handvoll Legosteine gegeben, damit er seine Vision verwirklichen konnte. Die Bürogebäude waren von den Industriehallen nicht zu unterscheiden. Die Wandflächen waren zwar nicht unbedingt makellos, wirkten im Sonnenlicht aber auch nicht schmutzig. Zwischen den Bauklötzen schimmerte das Meer, auf dem der Wind schäumende Wellen aufwarf.

Renkos Stirn berührte wieder fast die Windschutzscheibe, als er versuchte, die Nummern der Gebäude zu erspähen. Er fand, was er suchte, und zeigte mit dem Finger darauf. Paula parkte im Schatten des großen grauen Klotzes.

In die große Hallentür war eine kleinere Tür eingelassen. Ohne zu klopfen, drückte Renko die Klinke herunter. Die Tür war nicht zugesperrt. Innen war die Halle eine ganzheitliche Sinnenwelt, die sowohl die Netzhaut als auch das Trommelfell brutal attackierte. Geräusche hallten scharf durch den großen Raum, begleitet vom Surren der Neonröhren. Einige der Lampen gingen mit stahlblauem Flackern immer wieder aus und an. Wie bei einem Techno-Rave für riesige Insekten.

Der Künstler Paavali Kassinen stand still in der Mitte der Halle, als hätte er sie schon seit einer Weile erwartet.

Kassinen war eine beeindruckende Erscheinung. Er war birnenförmig, unten herum ausladend, aber in den Schultern schmal. Dafür waren seine Arme kräftig und endeten mit Händen, die so groß waren wie Tischtennisschläger.

Die Rückwand der Halle verdeckte ein großes, verrostetes Boot auf einem Anhänger. Ist das ein Kunstwerk oder ein Ewigkeitsprojekt, sinnierte Paula. Kassinen sah sie an, kam aber nicht zu ihnen und fragte auch nicht, wer sie waren. Stattdessen richtete er seinen Blick wieder auf einen Gabelstapler, auf dessen Palette eine riesige Metallspirale lag, die wie ein Drehspan aussah.

Trotz seiner massiven Statur hatte Kassinen es geschafft, ein Hemd zu finden, das ihm eine Nummer zu groß war.

»Der Lichtschalter ist da neben der Tür«, rief er über das Surren der Neonröhren hinweg.

Als Renko den Schalter umdrehte, verloschen die Neonröhren, und in der Halle herrschten Ruhe und Dunkelheit, nur durchbrochen von einem Punktstrahler, der auf die Metallspirale gerichtet war.

Das gesamte Gebäude gehörte dem Konzern der Lehmusojas. Diese spezielle Halle war im Besitz der Lehmus-Stiftung, die sie dem Künstler Paavali Kassinen als Atelier zur Verfügung gestellt hatte.

Renkos Sandalen klatschten auf dem Boden, als er Paula zu Kassinen in den Lichtkegel des Strahlers folgte.

»Bullen«, konstatierte Kassinen, ohne den großen »Metallspan« aus den Augen zu lassen, der, wie sich bei näherem Hinsehen erwies, aus einer Art Duroplast bestand.

Paula amüsierte sich darüber, dass sich der Künstler nach langem Überlegen für diese Begrüßung entschieden hatte.

»Kriminalkommissarin Pihlaja«, stellte sie sich vor.

»Renko.«

»Hast du keinen Titel?«

»Kriminalhauptmeister Aki Renko«, sagte Renko förmlich.

Kassinen schüttelte ihnen die Hand und ächzte, als wollte er demonstrieren, wie unangenehm es ihm war, in die Wirklichkeit außerhalb der Halle hinabzusteigen.

»Gehen wir auf die Büroseite. Da redet es sich besser«, sagte er und nickte zu einem Verschlag mit Fenster an der rechten Wand, die im Halbdunkel kaum zu sehen war.

»Ich habe darum gebeten, die Lampen auszuwechseln. Aber Aro hat es damit nicht eilig, und der Immobilienservice rührt sich erst, wenn er es anordnet«, erklärte er, nachdem er die nackte Glühbirne in dem Verschlag angeknipst hatte.

»Lauri Aro?«, vergewisserte sich Renko.

»Ja, der Jurist. Aus irgendeinem Grund ist er für diese Räume zuständig.«

Kassinen bot Kaffee an, den er vermutlich nach Mai Rinnes Anruf aufgesetzt hatte. Paula lehnte dankend ab, als sie die Glaskanne mit den grauen Schlieren sah. Für Renko und sich selbst füllte der Künstler zwei Pappbecher mit der pechschwarzen Brühe.

»Milch gibt es leider keine«, erklärte er, nachdem er an der Raststätte geklaute, einzeln verpackte Zuckerwürfel auf den Tisch geworfen hatte. »Ihr interessiert euch für den Container?«

»Er war für Sie reserviert worden, nicht wahr?«, fragte Paula.

»Ja. Du brauchst mich nicht zu siezen. War die Leiche tatsächlich in meinem Container? Die Leiche, über die schon was in der Zeitung stand? Ihr geht davon aus, dass es sich um Mord handelt«, sagte Kassinen und schlürfte geräuschvoll seinen Kaffee.

Paula seufzte, aber nur in Gedanken. Mai Rinne hatte am Telefon also einiges ausgequatscht. Hoffentlich hatte sie nicht alles, was sie wusste, vor ihm ausgebreitet.

»Wofür war der Container vorgesehen?«, erkundigte sie sich, ohne Kassinens Frage zu beantworten.

Kassinen stellte seinen Kaffeebecher ab und stützte die Ellbogen auf den Tisch. Er legte die Fingerspitzen so aneinander, dass seine Hände ein Dreieck vor seinem Gesicht bildeten.

»Er sollte mit Meerwasser gefüllt werden.«

»Ausdrücklich mit Meerwasser?«, fragte Renko.

»Ja. Man hat mir auch eine starke Pumpe versprochen, mit der das schnell erledigt werden kann. An der Seite wurde dafür extra eine Öffnung angebracht. Der Container wurde so wasserdicht gemacht wie nur möglich. Es sollte kein Tropfen auslaufen.«

»Warum wolltest du den Container mit Meerwasser füllen?«, erkundigte sich Paula.

»Es ist eine Installation«, erklärte Kassinen sorgfältig artikulierend. »Sie ist ein Teil des Mitgefühl-Projekts, das ich mit Unterstützung der Lehmus-Stiftung erarbeite. Ein mit Meerwasser gefüllter Container in der Galerie am Hafen.«

»Eine Art Globalisierungskritik?«, fragte Renko.

Kassinen sah ihn an und versuchte gar nicht erst, seine Belustigung zu verbergen.

»Das auch, aber der Container ist noch mehr als nur ein Symbol für die Globalisierung. Er ist ja praktisch ein Möglichmacher. Gerade der Container ist die Erfindung, die diese ganze Sache in Gang gesetzt hat.«

»Welche Sache?«, wollte Renko wissen.

»Welche«, wiederholte Kassinen übertrieben langsam. »Diese ganze Sache. Dass du im Internet irgendwelchen Kram bestellst, der dir billig aus China geliefert wird, statt dass du ihn in deiner Nähe kaufst. Also all das, weshalb die Welt so ist, wie sie heute ist, nämlich global. Und um die Logistik geht es ja bei der ganzen Globalisierung. Darum, dass man Waren in großen Mengen über weite Strecken transportieren kann«, erklärte Kassinen und unterstrich seine Worte mit seinen großen Händen. Er stand auf, schenkte sich Kaffee nach, stellte den Becher aber wieder auf den Tisch und sprach weiter, als hielte er eine Vorlesung.

»Die ganze Globalisierung, wie wir sie heute kennen, begann irgendwann in den Fünfzigern. Fing sie mit dem Internet an?«, fragte er in einem Tonfall, der klarstellte, dass er keine Antwort erwartete. »Nein, das tat sie nicht. Die Globalisierung wurde von einem Fernfahrer in Gang gesetzt.« Kassinen musterte Paula und Renko, um zu sehen, welchen Eindruck seine Worte auf sie machten. »Dieser Mann war Malcolm McLean, ein amerikanischer Transportunternehmer, der später Reeder wurde. McLean hat kapiert, wie unsinnig es war, Laster am Hafen herumstehen zu lassen, während die Fracht mehr oder weniger von Hand ausgeladen wurde.«

»Interessant«, sagte Renko und machte sich an seinem Handy Notizen.

»So ging es los. Oft denkt man an das Internet, aber schon der Container hat aus unserer Welt ein einziges großes Dorf gemacht, im Guten wie im Schlechten. In Containern wird praktisch alles über die Ozeane transportiert, was man sich vorstellen kann. Alles«, sagte Kassinen pathetisch und legte eine kleine Kunstpause ein. »Alles außer Meerwasser.«

»Wer wusste von diesem Projekt?«, fragte Paula.

»Halb Finnland. Es wurde ja nach der Jahreswende ziemlich spektakulär lanciert.«

Paula glaubte nicht, dass sich wirklich so viele Menschen für Kassinens Konzeptkunst interessierten, behielt ihre Meinung aber für sich.

»Ich meine speziell diese Container-Installation«, präzisierte sie.

»Ach so, ja. Der genaue Inhalt der Ausstellung ist noch nicht öffentlich bekannt gemacht worden.«

»Wer wusste also, dass der Container wasserdicht ist und relativ schnell gefüllt werden kann? Oder dass er überhaupt existiert?«

»Mai ist die Kuratorin, sie wusste es natürlich. Ella Lehmusoja, meine Assistentin. Und Aro, der Jurist. Außerdem natürlich Ritva, ihr Titel ist wohl Logistikchefin. Sie entscheidet über alles, was die Container betrifft. Ich habe Kaakko erklärt, was für einen Container ich will. Mai hat den Arbeitern, die ihn umgebaut haben, genauere Anweisungen gegeben.«

»Die Logistikchefin Kaakko also?«, hakte Paula nach.

»Ja, Ritva Kaakko. Und Juhana Lehmusoja. Mindestens die haben davon gewusst. Und natürlich der verstorbene Hannes Lehmusoja, er war der Erste, dem ich die Idee vorgelegt habe. In diesem Fall war Hannes der Möglichmacher. Auch der Name, Mitgefühl, war sein Vorschlag. Ich wollte ursprünglich irgendwas Reißerisches, aber Hannes meinte, der Name müsste simpel und eindrucksvoll sein. Ich hatte auch die Idee, dass über den Container ein Dokumentarfilm gedreht wird, in dem er nach der Ausstellung als Fracht in den Hafen von Walvis Bay transportiert wird, nur mit Meerwasser beladen.«

»Das ist in Namibia«, sagte Renko. »Das weiß ich von dem Brettspiel, *Stern von Afrika*.«

Kassinen sah Paula an und verdrehte die Augen. Sie lächelte zur Antwort, aber auch deshalb, weil Namibia heute schon zum zweiten Mal erwähnt wurde.

Das konnte ein Zufall sein, andererseits war es wenigstens ein winziger Anhaltspunkt.

»Da haben die Lehmusojas ja mit ihrem Entwicklungshilfegeschäft angefangen«, merkte Kassinen an. »Aus der Zeit haben sie dort immer noch ein Landgut, das zeitweise als Residenz genutzt wird. Ich war zweimal da. Es ist ein magischer Ort, unmittelbar am Rand der Wüste.«

»Wird er denn nicht verwirklicht? Der Dokumentarfilm?«, fragte Renko.

»Hannes war sehr dafür. Aber er ist im Januar tragisch ums Leben gekommen, wie ihr sicher wisst. Jetzt hängt alles von Juhana ab. Und in seinem Fall kann man nicht behaupten, dass die nächste Generation alles besser macht.«

»Wie gut kennst du die Lehmusojas?«

»Ich weiß nicht, ob ich sagen kann, dass ich sie kenne. Hannes Lehmusoja war ein guter Mensch. Ein Fabrikbesitzer der alten Schule. Ein Mäzen und ein echter Philanthrop. Er hat keine Geschäfte gemacht, um Geld in die eigene Tasche zu scheffeln, sondern um es zu verteilen, so unglaublich das auch klingt. Hannes hat meine Werke gesammelt. Die Schnecke da ist der Rohling für sein Grabmal«, sagte Kassinen.

Er ging in die Halle und bedeutete Paula und Renko, ihm zu folgen.

»Es wird natürlich nicht so groß sein, auf das Grab kommt eine kleinere Version. Die größere wird ein Teil des Mitgefühl-Projekts. Ich hoffe, dass der Lehmus-Konzern es für die Eingangshalle seiner neuen Hauptgeschäftsstelle erwirbt, davon war die Rede. Wenn Juhana sich einmischt, weiß man allerdings nicht, ob es bei der Absprache bleibt. Aber man sollte meinen, dass auch er das Lebenswerk seines Vaters in Ehren hält.«

»Kann man sich deiner Meinung nach also nicht auf Juhana Lehmusoja verlassen?«, fragte Paula.

Kassinen schnaubte.

»Ein typischer Libertärer«, meinte Renko.

Paula sah ihn überrascht an, erinnerte sich dann aber, dass er an der Universität irgendetwas ganz anderes studiert hatte, bevor er auf die Polizeischule ging. Vielleicht Philosophie?

»Eher Ingenieur«, korrigierte Kassinen. »Von der Ausbildung her ist er zwar Ökonom, aber er hat das typische Röhrenhirn eines Ingenieurs.«

»Wusstest du, wo der Container aufbewahrt wurde? Hattest du die Möglichkeit, ihn zu bewegen? Also ihn hierher zu bestellen, oder anderswohin?«, fragte Paula.

Kassinen sah Paula grimmig an. Er wirkte zuerst beleidigt, wie alle, die vermuten, dass man sie eines Verbrechens verdächtigt. Dann schien er zu begreifen, dass auch solche Fragen gestellt werden mussten.

»Der Container war in irgendeinem Lager. Ich weiß nicht, wo. Hätte ich ihn irgendwo hinbestellen wollen, hätte ich Rinne anrufen müssen. Die hätte dann wieder jemand anderen angerufen und so weiter.«

»Du hast den Container also bisher gar nicht gesehen?«

»Doch. Ich habe ihn ausgesucht, als er noch bei den anderen stand. Die sind ja alle gleich, aber ich wollte sehen, ob von irgendeinem davon besondere Vibrationen ausgehen.«

»Und, gab es welche?«, fragte Renko, der sich weiterhin Notizen machte.

Kassinen zuckte die Schultern.

»Ich bekomme den Container doch wohl zurück? Wenn nicht, müssen die mir einen neuen besorgen. Er ist immerhin ein zentrales Element der Ausstellung.«

Auf Paulas Handy ging eine Nachricht ein. Sie kam von Renko, der wissen wollte, ob sie Kassinen ein Foto des Opfers zeigen sollten. Paula sah ihren Kollegen an und nickte. Sie holte das Foto auf das Display, während Renko die Videoaufnahme aktivierte.

»Erinnerst du dich, diesem Menschen schon einmal begegnet zu sein?«, fragte sie und hielt Kassinen ihr Handy hin. Er holte eine billige Lesebrille aus der Tasche seines übergroßen Hemdes.

Nachdem er das Bild einen Moment lang betrachtet hatte, ließ ihn irgendetwas, vermutlich sein eigener Gedanke, zusammenzucken.

»Erkennst du sie?«, fragte Paula.

»Nein. Aber sie ist ja Afrikanerin.«

»Wieso? Warum soll sie keine Finnin sein?«

Kassinen schien sich schnell von dem Schock zu erholen, den das Foto ausgelöst hatte. Er war immer noch irgendwie außer Fassung, wirkte jetzt aber eher so, als müsse er seinen Eifer zügeln.

»Das ist natürlich möglich, so habe ich das nicht gemeint. Aber sie ist dunkelhäutig … eine dunkelhäutige Leiche in einem Frachtcontainer. Da ist eben die erste Assoziation, dass sie Afrikanerin sein muss«, erklärte er.

Er sah zuerst Paula, dann Renko gequält an und steckte die Brille wieder in die Tasche. Dann rieb er sich mit den Fingern die Schläfen.

»Wenn wir einmal davon absehen, dass es um ein Verbrechen geht, und stattdessen an eine Installation denken … an ein Kunstwerk. Dann spielt die wahre Identität der Leiche kaum eine Rolle. Wesentlich ist in dem Fall der Symbolwert, also die Frage, was der Künstler uns mit seinem Werk sagen will, und vor allem, wie wir als Rezipienten die Aussage interpretieren. Die Leiche einer dunkelhäutigen Frau in einem Container … Das ist ein klares Statement, es wäre fast banal, wenn es sich nicht um eine echte Tote handeln würde.«

Kassinen schwieg eine Weile. Er senkte den Kopf und strich sich nachdenklich über die Haare. Langsam hob er die Hand, bis der Zeigefinger auf Paula zeigte.

»Ihre Haare waren nass«, rief er. »Ist sie ertrunken?«

Beinahe fasziniert betrachtete Paula den vor der Grabskulptur stehenden Kassinen. Er gestikulierte wie in einem in Zeitlupe laufenden Film und schien sich in den Modus eines Performance-Künstlers hineingesteigert zu haben. Nun blickte er zu dem Punktstrahler, als wäre er gerade angegangen.

»Sie wurde in dem Container ertränkt!«

Kassinen blickte Paula an, um sich bei ihr eine Bestätigung für seine Schlussfolgerung zu holen. Er sah fast eifersüchtig aus.

»Nicht wahr?«

Paula breitete die Arme aus, um zu signalisieren, dass sie darüber keine Auskunft geben durfte.

»Ich muss diesen Container haben. Genau den«, schnaubte Kassinen.

»Er ist ein Tatort«, erwiderte Paula.

»Aber wenn die Ermittlung abgeschlossen ist, braucht ihr ihn doch nicht mehr.«

»Wozu brauchst du ihn? Die Stiftung stellt dir bestimmt ein Ersatzexemplar zur Verfügung, eins, in dem niemand gestorben ist.«

»Ich brauche genau den. Genau deshalb. Den Container, in dem eine afrikanische Frau gestorben ist.«

»Wie ich schon sagte, hast du keinen Grund zu der Annahme, dass die Frau Afrikanerin ist. Sie kann eine gebürtige Finnin sein«, antwortete Paula.

Kassinen starrte sie wieder gequält an. Paula erwiderte seinen Blick mit einer Miene, die keinerlei Widerspruch duldete.

Draußen reichte sie Kassinens Visitenkarte an Renko weiter. Sie ging nicht direkt zum Auto, sondern stellte sich am Straßenrand in die Sonne, als bräuchte sie nach diesem Gespräch Licht auf ihrer Haut. Vom Meer her wehte ein warmer Wind zwischen die Bauklötze.

»So ein verdammter Leichenfledderer«, schimpfte sie, während sie den Blick über den Hafen und die Bucht wandern ließ.

»Aber merkwürdigerweise ergibt das, was er gesagt hat, Sinn«, meinte Renko. »Mehr als alles andere bisher.«

17

Pertti Karvonen, ehemals Beamter im Außenministerium, saß auf dem Deck einer zehn Meter langen Marino im Bootshafen Mustikkamaa. Als er Hartikainen sah, stand er auf und winkte zur Begrüßung.

»Das Tor ist offen!«

Hartikainen trat durch das Tor im Maschendrahtzaun auf den Anleger und empfand Neid. Während der Ehe hatte Arja kein Boot gewollt, und nach der Scheidung konnte Hartikainen sich keines mehr leisten.

Karvonen war etwa zehn Jahre älter als Hartikainen und schon pensioniert. Vor fünfzehn Jahren waren ihre Familien miteinander bekannt gewesen; damals hatten zu beiden noch kleine Kinder und warmherzige Frauen gehört.

Arjas Herz war später geradezu eisig geworden, wie es sich bei Karvonens Frau verhielt, wusste Hartikainen nicht. Als die Kinder heranwuchsen, war ihre Bekanntschaft lockerer geworden und schließlich ganz eingeschlafen, als Arja aus dem Staatsdienst zu einem privaten Arbeitgeber gewechselt war.

»Fantastisches Wetter«, rief Karvonen, als Hartikainen auf dem Anleger stehen blieb, um das Boot gebührend zu bewundern.

»Sicher genau das Richtige für Bootsfahrten. Wann hast du dir den Kahn zugelegt?«

»Vorigen Sommer. Wenn ein Mann in Rente geht, braucht er schließlich Spielzeug.«

»Und was meint deine Frau dazu?«

»Sie hat ihren Garten, ich hab mein Boot. Funktioniert bestens. Möchtest du einen Whisky?«

»Nein, danke«, sagte Hartikainen und kletterte über die Bugleiter an Deck.

Karvonen ging nach unten in die Kajüte und kam mit einer Dose Cola zurück, als Hartikainen sich noch mühsam an der Reling entlang auf das Achterdeck schleppte.

»Nett, dass du dich gemeldet hast. Auch wenn es nur um Berufliches geht«, sagte Karvonen. »Wie geht es Arja?«

»Wir sind geschieden. Wusstest du das nicht?«

»Nein. Das tut mir leid.«

»Braucht es nicht.«

Karvonen trank einen Schluck aus seinem Glas und wirkte peinlich berührt. Die Sonne brannte Hartikainen direkt auf den Schädel. An Deck regte sich kein Lüftchen, doch die Nachricht von der Scheidung hatte die Atmosphäre abgekühlt.

»Eigentlich bin ich ja hier, um dich nach Lehmusoja zu fragen«, begann Hartikainen.

»Richtig«, sagte Karvonen eilig. Er war offenkundig erleichtert, weil Hartikainen nicht etwa anfing, über Arja herzuziehen.

»Gegen die Lehmus-Unternehmensgruppe wurde 1998 Anzeige wegen Missbrauchs von Entwicklungshilfegeldern erstattet«, erklärte Hartikainen. »Ich habe mir die Sache jetzt genauer angesehen und festgestellt, dass unsere Ermittlungen eingestellt wurden, bevor sie so richtig angefangen hatten.«

»Die Anzeige habe ich damals erstattet«, sagte Karvonen selbstgefällig. »Aber Lehmusoja hat sich herausgemogelt.«

»Herausgemogelt?«

»Er hat behauptet, in der Buchhaltung wäre ein Fehler passiert, und die Erklärung ist auf höherer Ebene durchgegangen. Aber wenn du mich fragst: Das Gehöft wurde vom Geld des finnischen Staates gekauft. Und garantiert noch einiges andere mehr.«

»Was für ein Gehöft?«

»Ach ja, richtig. Du kennst den Hintergrund natürlich nicht. Ich muss wohl ein bisschen weiter ausholen. Vermutlich weißt du aber, dass Hannes Lehmusoja noch in den Achtzigern ein Kleinunternehmer war. Erdarbeiten, Containervermietung, Bauarbeiten.«

»Und nebenbei ein paar Gaunereien.«

»Genau, nebenbei auch ein paar Gaunereien. Aber kaum zehn Jahre später war dieser kleine Fisch schon Hauptgeschäftsführer eines großen Konzerns. Die Frage lautet: Was war passiert?«

»Na? Was war passiert?«

»Der Krieg.«

»Was für ein Krieg? Irgendwann Ende der Achtziger … in Afghanistan?«

Karvonen lächelte rätselhaft und wirkte wieder so selbstgefällig, dass Hartikainen ihm am liebsten auf die Finger geklopft hätte.

»Nein, in Namibia. Der lange Guerillakrieg ging 1988 zu Ende, als die Truppen Südafrikas aus dem Land abzogen. Und was passiert immer, wenn ein Krieg endet?«, fragte Karvonen auch diesmal eher rhetorisch, sodass Hartikainen gar nicht erst versuchte zu antworten.

»Nach einem Krieg beginnt der Wiederaufbau. Außerdem dauerte der Prozess bis zur Unabhängigkeit Namibias noch zwei Jahre. In so einer Situation gibt es reichlich Chancen für alle möglichen Scharlatane.«

»Unter anderem für Hannes Lehmusoja?«

»Bingo!«, rief Karvonen.

Zuerst hatten sich die Unternehmen der Lehmus-Gruppe an verschiedenen Hafenprojekten in Walvis Bay beteiligt, später dann auch an der Entwicklungszusammenarbeit. Ein Kollege von Karvonen war nach Namibia gereist, um die dortige Tätigkeit finnischer Unternehmen kennenzulernen, und Lehmusoja hatte ihn auf seinem Landgut bewirtet. Nach seiner Rückkehr hatte dieser Kollege sich genauer mit der Sache befasst und das Landgut in irgendeinem staatlich finanzierten Projekt gefunden.

»In dem Projekt war es für einen ganz anderen Zweck vorgesehen. Definitiv nicht als eigenes Landgut dieses wiedergeborenen Pfeffersacks«, sagte Karvonen.

»Aber Hannes hat es geschafft, sich herauszureden?«

»Ja. Er hatte einen guten Anwalt.«

»Das entspricht nicht ganz dem Bild, das die Nachrufe von Hannes Lehmusoja malen«, sagte Hartikainen.

»Er hat seine Schweinereien einfach in ein anderes Land verfrachtet. Ein regelrechtes Exportprodukt.«

»Das ist ihm erstaunlich gut gelungen«, meinte Hartikainen und kniff die Augen zusammen, als das Fenster des Nachbarbootes einen Sonnenstrahl direkt in sein Gesicht warf. Er suchte nach seiner Sonnenbrille, stellte aber fest, dass sie nicht in seiner Hemdtasche steckte. Schließlich merkte er, dass er sein Ray-Ban-Etui auf den Tisch gelegt hatte.

»Ein Finne lässt sich jederzeit übers Ohr hauen, wenn auch der Betrüger ein Finne ist«, erklärte Karvonen. »Das habe ich immer schon gesagt.«

18

Der Motor wurde ausgeschaltet, und damit verstummte das Hintergrundgeräusch zu Renkos endlosem Monolog, in dem es diesmal um Konzeptkunst ging. Während der kurzen Fahrt hatte er Paavali Kassinens Container bereits mit Marcel Duchamps Pissoir in Verbindung gebracht.

»Welche Art von Kunst magst du? Hast du irgendein Lieblingswerk?«, erkundigte er sich beim Aussteigen.

Paula erinnerte sich an das Gemälde Sternennacht von van Gogh, das sie auf ihrer Reise nach New York im MoMA gesehen hatte. Außer dem Namen hatte sie praktisch nichts über den Künstler gewusst, doch das Werk, das ihr bekannt vorkam, hatte sie beinahe in Tränen ausbrechen lassen, und sie wusste nicht, warum. Das Gemälde war aus seinem Rahmen getreten oder hatte Paula vielmehr für einen Moment in sich hineingesogen.

Jetzt hing dasselbe Werk als Poster an ihrer Wand, löste aber keinerlei Gemütsbewegungen aus. Höchstens eine wehmütige Erinnerung an ein intensives Erlebnis, zu dem sie keinen Zugang mehr hatte.

Paula versuchte die Landschaft, die vor ihr lag, mit van Goghs Augen zu betrachten. Sie sah die Pinselstriche im hohen Gras, das mitten im Sommer bereits vertrocknet war und sein Grün verloren hatte. In der dicken Farbschicht der gnadenlos brennenden Sonne zeichnete sich eine Spirale ab, in deren Gelb die Haare des Pinsels dünne orangefarbene Streifen hinterließen. Das Blau der hinter dem Maschendrahtzaun gestapelten Container wurde tiefer, bis es geradezu unwirklich erschien.

»Es muss ja nicht jeder Kunst lieben«, sagte Renko. Paula empfand seinen Tonfall als herablassend.

Die Weidenbüsche streckten ihre Zweige durch den Maschendrahtzaun, an dem eine blaue Plastikplane befestigt war, die sich bei stärkerem Wind vielleicht aufgebläht hätte. Darauf stand in großen weißen Buchstaben *Basswood*. Der gleiche Schriftzug fand sich an den Seiten mehrerer Container.

In einiger Entfernung hinter dem Lagergelände war eine Baustelle mit einem großen Kran. Er erinnerte an einen Storch, der in seiner Betonwiege ein Kind in bessere Zeiten trägt.

»Da arbeitet auch jemand«, sagte Renko, der ebenfalls auf die Baustelle und den Fertigteile hebenden Kran aufmerksam geworden war.

Das Tor war einen Spaltbreit geöffnet. Lauri Aro stand rauchend unter dem schattenspendenden Vordach des Pförtnerhäuschens. Hinter dem Häuschen tauchte eine kleine Frau auf, mit der Aro durch die Rauchwolke hindurch ein paar Worte wechselte. Bald darauf nickte die Frau in ihre Richtung. Aro schnipste seine Zigarette hastig in das trockene Gras, machte ein paar Schritte auf Paula und Renko zu, drehte sich dann abrupt um und eilte zurück, um die glühende Kippe auszutreten.

Paula und Renko standen in identischer Haltung nebeneinander und hielten die Hände über die Augen.

»Was macht Lauri Aro hier?«, fragte Renko verwundert.

»Er will wissen, welche Fragen wir stellen. Und vor allem, welche Antworten wir bekommen.«

»Warum?«

»Er ist Jurist.«

Aro marschierte auf sie zu und machte Anstalten, ihnen die Hand zu geben, erinnerte sich dann aber offenbar daran, dass er das schon gestern getan hatte, und sah seine Hand an, als gebe er ihr die Schuld.

»Ich hoffe, meine Anwesenheit stört nicht. Aufgrund meiner Stellung ist es besser, wenn ich über alles, was den Konzern betrifft, auf dem Laufenden bin«, erklärte er. »Aber wenn Sie allein mit Fräulein Kaakko sprechen möchten, ohne mich, sagen Sie es ruhig.«

»Das wird wohl nicht nötig sein«, antwortete Paula.

Die Frau, die Aro gefolgt war, reichte Paula die Hand und stellte sich vor.

Ritva Kaakko hatte eine tiefe, heisere Stimme, und ihre kleine Hand fühlte sich rau an. Sie war wie eine Mischung aus Brummifahrer und Dame. Ihr Parfüm hatte an sich eine elegante Duftnote, nur hatte sie es zu reichlich verwendet. Aus den Shorts ihres teuer aussehenden, beigefarbenen Anzugs ragten behaarte Beine, und an den Füßen trug sie Plastiksandalen.

»Frau Kaakko ist die Logistikchefin des Konzerns«, erklärte Aro.

»Das ist nur der offizielle Titel. In Wahrheit hat Hanski mich zur Herrscherin über die Container ernannt«, sagte Kaakko stolz.

»Hanski?«, fragte Renko.

»Ich meine Hannes.«

»Hannes Lehmusoja«, ergänzte Aro in angespanntem Tonfall.

Es gefiel ihm ganz offensichtlich nicht, dass Kaakko so zwanglos über den verstorbenen Gründer des Konzerns sprach.

»Er wurde also Hanski genannt«, sagte Renko.

Paula war sich nicht sicher, ob er es absichtlich tat oder ob er Aros Tonfall nicht bemerkt hatte.

»Nein, wurde er nicht. Hannes mochte den Namen nicht«, stellte Aro richtig.

»Für mich war er immer Hanski. Er fand es lustig, dass ich ihn so nannte, obwohl allgemein bekannt war, dass er den Namen nicht mochte. Er hatte eben Sinn für Humor«, sagte Kaakko.

Sie ging zum Containerlager zurück und bedeutete den anderen, ihr zu folgen.

Der schwache Wind hatte das salzige Aroma des Meeres, vermengt mit den Ausdünstungen faulenden Schilfs, über Kilometer herbeigetragen. Der Geruch hatte sich im Labyrinth der Container ausgebreitet, wo sich ein Hauch von Rost und der Duft des in der Hitze getrockneten Grases hinzugesellt hatten. Der Geruch drang in die Nase und lag schwer in der Luft, aus der unterwegs jegliche Feuchtigkeit verdunstet war.

Auf der Kiesfläche zwischen dem Containergebiet und dem Bürogebäude blühte zäher Breitwegerich.

»Das hier ist insofern heiliger Boden, als hier alles angefangen hat«, sagte Kaakko.

»Alles?«, hakte Paula nach.

»Hanskis Karriere ... sein Lebenswerk. Natürlich nicht genau an diesem Ort, aber eben mit den Containern«, erklärte Kaakko.

Lauri Aro schien etwas einwenden zu wollen, schluckte seine Bemerkung aber hinunter und schlug lediglich vor, ins Büro zu gehen, wo sie vor der Sonne geschützt waren. Ihm lief der Schweiß über die Schläfen.

»Ich hatte eigentlich gedacht, dass wir zuerst einen kleinen Rundgang über das Gelände machen. Vielleicht kommen dabei ja Fragen auf. Jedenfalls finden Sie sich dann besser in die Welt der Container hinein«, empfahl Kaakko.

»Aber gern, das ist ja sehr interessant«, sagte Renko.

Kaakko wirkte zufrieden und führte sie in das Labyrinth der blauen Container. Doch dann stieß sie plötzlich einen schrillen Schrei aus und blieb stehen.

»Jetzt hätte ich es ja beinahe vergessen ... Hier sind die Schiebefenster-Container!«

Paula, Renko und Aro drehten sich um und betrachteten die Container, vor denen sie vorhin schon gestanden hatten. An der Vorderseite waren tatsächlich Schiebefenster angebracht.

»In denen wird keine Fracht transportiert«, konstatierte Renko mit höflichem Interesse.

»Natürlich nicht, die werden für verschiedene Veranstaltungen vermietet, für Festivals und so weiter. Daneben stehen einige WC-Container. Und dann haben wir da drüben noch Bürocontainer«, erklärte Kaakko mit freundlicher Stimme, wobei sie ihre Worte hauptsächlich an Renko richtete.

Paula warf einen Blick auf Aro und überlegte, ob er es schon bereute, sich herbemüht zu haben. Der Rundgang war bestimmt Zeitverschwendung, man könnte ihn jetzt gleich abbrechen und direkt zur Sache kommen. Dennoch ließ sie Kaakko weiterreden, um einen genaueren Eindruck von ihr zu gewinnen.

Renko tippte auf seinem Handy. Als er Kaakkos verwunderte Miene sah, erklärte er, dass er sich Notizen mache. Kaakko wartete geduldig, bevor sie sie weiterwinkte.

Hinter den Spezialcontainern bogen sie in eine schmale Schlucht ein, deren Wände aus blauen Seecontainern bestanden, die zu beiden Seiten zweistöckig aufgeschichtet waren. Am Ende der Schlucht leuchtete die Sonne so grell, dass Paula nach der Sonnenbrille auf ihrer Stirn tastete, aber feststellen musste, dass sie sie im Auto vergessen hatte.

Kaakko erklärte, was man alles aus den Buchstaben und Ziffern auf den Containern ablesen konnte. Für sie schienen die Kürzel eine große Geschichte zu erzählen, die Nachrichten von Reisen rund um die Welt enthielt.

Renko tippte Zahlenreihen und Buchstabenverbindungen auf sein Handy, aus denen er in einer Stunde wahrscheinlich selbst nicht mehr schlau werden würde. Paula merkte, dass Kaakkos Bericht sich nicht nur auf die Nummern stützte. Sie kannte die meisten Container wirklich, wusste, wo sie gewesen waren und was wann in ihnen transportiert worden war.

Aro tupfte sich mit einem Stofftaschentuch die schweißnasse Stirn ab. Seine blonden Haare klebten an der Haut. Er versuchte, den Rundgang zum Büro umzuleiten, aber sein Vorschlag ging in Renkos neugierigen Fragen unter.

»HC bedeutet also High Cube ...«

»Ja, das ist die hohe Form. Und PW ist Pallet Wide, die breite Form«, sagte Kaakko und legte die Handfläche an die Metallflanke eines Containers, als würde sie einen heiligen Stein berühren, der eine geheimnisvolle Weisheit auf sie übertrug.

»Und IC, was war das noch gleich?«, fragte Renko höflich.

»Insulated Unit. Ein isolierter Container. Der ist wärmeisoliert, hat aber keine eigene Wärmequelle. Er wird für Seefracht verwendet. Aber wenn man ihn als Lagerraum nutzen will, kann man mühelos zum Beispiel eine kleine Ölheizung einbauen«, erklärte Kaakko.

Nun stellte Renko endlich die ersten vernünftigen Fragen: Wie verließen die Container das Lager, und wer wusste, wohin der jeweilige Container gebracht wurde. Kaakko antwortete, alle Informationen seien in dem System zu finden, dessen Administratorin sie sei. Der Empfänger gebe die Informationen zu seiner Bestellung ein, und die Transporteure quittierten die jeweiligen Arbeitsschritte, wenn sie den Container zum Kunden transportierten oder zurück ins Lager brachten.

»Ich bin über alles im Bild. Sie können es von mir aus Mikromanagement nennen. Aber mir liegt daran, zeitnah über alles informiert zu sein, was in meinem Reich geschieht«, fügte sie hinzu.

Hinter ihrem Rücken breitete Aro die Arme aus. Paula lächelte ihm zu. Es war sinnvoll, ihm den Eindruck zu vermitteln, er sei ein Verbündeter.

»Sie wissen also, wer jeweils die Bestellung für einen Container eingegeben hat?«, fragte Renko.

»Im Prinzip ja, denn jeder Mitarbeiter und jede Mitarbeiterin hat einen persönlichen Code.«

»Und der Container von Kassinen?«

»Der wurde mit dem Praktikanten-Code eingegeben, den zum Beispiel die Urlaubsvertretungen benutzen. Das Problem ist nur, dass wir momentan weder Urlaubsvertretungen noch Praktikanten haben, die den Code verwenden würden.«

»Dieser Code ist also über längere Zeit gleichgeblieben«, folgerte Paula. »Kennen ihn alle, die bei Ihnen als Urlaubsvertretung gearbeitet haben?«

»Im Prinzip ja«, sagte Kaakko.

Jenseits der Schlucht aus blauen Containern befand sich eine große Wellblechhalle. Kaakko erklärte, dort seien normalerweise drei Mechaniker mit der Wartung der Container beschäftigt, aber jetzt, an Mittsommer, natürlich nicht.

»Auch der Container, den der Künstler Kassinen reserviert hatte, wurde dort bearbeitet. Ich hatte allerdings vorgeschlagen, dass er einen Speichercontainer verwendet, aber er wollte unbedingt einen Seecontainer, einen, der eine Geschichte hat«, sagte sie.

Auf der Suche nach einem passenden Container war sie mit Kassinen lange durch das Lager gegangen.

Aro merkte an, sie müssten sich bald ins Büro zurückziehen, andernfalls bekäme er einen Sonnenstich. Die Sonne stand so hoch am wolkenlosen Himmel, dass die Container kaum Schatten warfen.

»Kassinens Container war also dort in der Halle?«, fragte Renko, ohne auf Aros Einwurf zu reagieren.

»Er war schon in den Verladebereich gebracht worden. Ich

war in dem Glauben, dass er erst nächste Woche geliefert werden sollte«, antwortete Kaakko.

»Und Sie wissen also nicht, wer die Angaben zur Abholung oder die Lieferadresse geändert haben könnte?«, hakte Paula nach.

»Nein.«

Paula zeigte Kaakko das Foto des Opfers. Kaakko warf nur einen kurzen Blick darauf, bevor sie den Kopf schüttelte und erklärte, diese Person kenne sie nicht. Auf Paulas Bitte sah sie sich die Aufnahme noch einmal genauer an und antwortete dann erneut, die Frau sei ihr unbekannt.

»Ich erinnere mich nicht, dass jemand mit ihrem Aussehen jemals hier gewesen wäre. Und ich glaube auch nicht, dass ich ihr anderswo begegnet bin. Jedenfalls nicht in Finnland.«

»Wie meinen Sie das?«

»Ich habe ja auch in Namibia für Hanski gearbeitet, aber das ist schon fast zwanzig Jahre her.«

Aro, der sich in einen schmalen schattigen Streifen zwischen zwei Containern gezwängt hatte, erkundigte sich, ob es irgendwelche Hinweise auf die Identität des Opfers gebe. Paula schüttelte den Kopf.

»Wenn wir nicht bald herausfinden, wer die Frau ist, bleibt uns nichts anderes übrig, als das Foto zu veröffentlichen«, antwortete sie.

Das tat sie absichtlich, und sie stellte zufrieden fest, dass sich Aros Miene daraufhin verdüsterte. Paula war sich sicher, dass irgendwer im Konzern die Frau erkannt hatte, aber aus irgendeinem Grund gegenüber der Polizei schwieg. Vielleicht galt das sogar für mehrere Personen. Andererseits wünschte sich wohl niemand von ihnen, dass die Sache publik wurde.

Vom Tor her war Motorengeräusch zu hören. Der Fahrer des Wagens hupte. Dann fuhr ein grüner VW-Käfer langsam ans Ende der Containerschlucht und hielt vor dem Bürogebäude.

Zuerst stieg auf der Beifahrerseite Mai Rinne aus, dann glitt auf der anderen Seite Paavali Kassinens riesige Gestalt aus dem Wagen, so elastisch wie Barbapapa, dabei war das Auto eigentlich viel zu klein für ihn.

Paula stellte erstaunt fest, wie geschmeidig dieser Berg von einem Mann sich bewegte. Rinne eilte an Kassinens Seite. Nebeneinander glichen die beiden einer Karikatur.

Kaakko winkte ihnen zu. Ihr Kopf bewegte sich im selben Takt wie ihre Hand.

Mit seinem breitkrempigen weißen Hut sah Kassinen aus wie ein Sheriff in der Kulissenstadt eines Westerns, als er in der glühenden Sonne langsam auf sie zuschritt.

Lauri Aro grüßte Mai freundlich, während er Paavali Kassinen keines Blickes würdigte. Die Anwesenheit des Künstlers war dem Anwalt ganz offensichtlich zuwider. Kassinen dagegen schien die Gesellschaft zu genießen: zwei Bullen und ein Jurist, daneben der heilige Paavali, der die anderen um einen Kopf überragte, nicht nur physisch, sondern vor allem auch geistig.

Kaakko hatte die anderen Anwesenden allem Anschein nach vergessen und widmete sich einzig und allein Kassinen, was allerdings nicht nur auf dessen Charisma zurückzuführen war.

Kassinens Interesse für die Container war echt, und mit ihm konnte Kaakko sich auf derselben Ebene unterhalten. Sie durfte über die Container sprechen, nicht nur über deren technische Eigenschaften als logistische Einheiten, sondern auch über ihre individuellen Eigenarten. Für sie waren sie Gegenstände, die eine Seele und eine Geschichte hatten. In den Augen der anderen war ein Container wie der andere, während Kassinen einen Container finden wollte, von dem die richtigen Vibrationen ausgingen.

»Wir stören hoffentlich nicht«, sagte Mai Rinne.

Paula versicherte, dass sie durchaus eine Pause einlegen

konnten, bis Kassinen seinen Container ausgewählt hatte. Das verschaffte Renko und ihr die Gelegenheit, sowohl Aro und Kaakko als auch Kassinen und Rinne zu beobachten. Sie alle hatten gewusst, wo der Todescontainer gelagert war und wie er umgebaut worden war.

Kaakko pries ihre Schützlinge an wie eine Bordellmutter, und Kassinen hörte mit gerunzelter Stirn zu, schüttelte dann aber ablehnend den Kopf.

»Dieser hier wäre einmal bei einem Sturm im Golf von Biskaya beinahe ins Meer gestürzt«, sagte Kaakko, räusperte sich und präzisierte: »Das habe ich durch die Schadensmeldung erfahren.«

Kassinen berührte das blau lackierte Metall mit der Hand, trat einen Schritt näher und legte die Stirn an den Container. Alle hielten instinktiv die Luft an. Auch Aro, der jedoch nach einer Weile hörbar schnaubte. Das trug ihm einen wütenden Blick von Mai Rinne ein.

»Der ist es. Bearbeitet ihn so wie den vorigen«, sagte Kassinen.

Damit wandte er ihnen den Rücken zu und ging zu seinem Wagen. Erst auf halbem Wege winkte er zum Abschied.

»Danke wieder einmal, Ritva«, sagte Mai und nickte auch Paula zu. Für Aro hatte sie keinen Blick mehr übrig.

»Tja«, brummte Lauri Aro und sah Mai hinterher. Dann hellte sich sein Gesicht auf, als wäre ihm gerade etwas Wichtiges eingefallen.

»Haben Sie übrigens die Baustelle bemerkt?«, fragte er Paula. »Da wird unsere neue Hauptgeschäftsstelle gebaut.«

»Wie schön«, sagte Paula, ohne in die Richtung zu blicken, in die Aro zeigte. »Wir brauchen die Namen der Monteure, die den Container umgearbeitet haben, und außerdem die Namen aller Praktikanten der letzten fünf Jahre. Jetzt gleich.«

Aro stöhnte auf. Als er sich zum Bürogebäude umdrehte,

stützte er sich mit der Hand an dem Container ab, den Paavali Kassinen gerade für sein Projekt auserkoren hatte. Für einen flüchtigen Moment blieb dort ein feuchter Händeabdruck zurück.

19

Die verglaste Doppeltür, die aus dem Wohnzimmer auf die Terrasse führte, stand offen, doch von draußen kam kein wohltuender Windzug herein, eher umgekehrt. Drinnen war es kühler. Beim Betreten der Diele hatte Paula vor Freude geseufzt.

Die Klimaanlage in dem modernen Eigenheim von Juhana und Elina Lehmusoja war um Klassen besser als die im Polizeigebäude.

Jerry Lehmusoja saß zwischen seinen Eltern auf dem weißen Sofa. Er trug eine Art Pyjama und sah wesentlich besser aus als am Morgen. Paula stellte sich vor, wie Elina Lehmusoja den Jungen unter die Dusche geschickt und anschließend behutsam seine Wunden versorgt hatte.

Allem Anschein nach hatte sie außerdem versucht, die Verletzungen mit Make-up abzudecken.

»Haben Sie schon Anzeige wegen der Körperverletzung erstattet?«, fragte Paula.

»Jerry ist doch hingefallen«, entgegnete Elina Lehmusoja mit einem Lächeln, das in Anbetracht der Situation eine Spur zu herzig ausfiel.

Paula musterte Juhana, der seine Verlegenheit nicht verbergen konnte. Er war ganz offensichtlich ein schlechterer Lügner als seine Frau. Wobei es ja nicht nur um das Lügen an sich ging, sondern ebenso sehr darum, auch dann noch an der Lüge festzuhalten, wenn allen klar war, dass man log.

Sie konnte nicht umhin, Elinas perfekte Unschuldsmiene

zu bewundern. Vorläufig ließ sie die Angelegenheit auf sich beruhen, auch wenn sie nicht verstand, warum die fürsorgliche Mutter diejenigen, die ihren Sohn misshandelt hatten, nicht zur Verantwortung ziehen wollte.

Die Wunden in Jerrys Gesicht hatten am Morgen jedoch ganz frisch ausgesehen, konnten also nichts mit der Frau im Container zu tun haben. Zumindest nicht direkt.

Außerdem war Paula nicht hier, um über Jerrys Verletzungen zu sprechen, sondern um noch einmal aufzulisten, was die Familie Lehmusoja ab Donnerstagfrüh getan und wo sie sich aufgehalten hatte. Das hatte sie den Lehmusojas gegenüber behauptet. In Wahrheit interessierte sie vor allem die Identität des Opfers, die noch nicht hatte geklärt werden können.

Renko war im Büro geblieben, um die neuen Namen abzuchecken, die im Zuge der Ermittlungen zur Sprache gekommen waren. Das Container-Unternehmen hatte in den letzten Jahren nur eine Handvoll Praktikanten beschäftigt, die möglichst schnell überprüft und gegebenenfalls ausgeschlossen werden sollten.

Paula dagegen wollte Juhana Lehmusoja endlich zum Reden bringen – denn er wusste etwas, da war sie sich sicher.

Sie ließ jedoch Elina Lehmusoja in aller Ruhe und in allen Einzelheiten rekapitulieren, wie die Familie den Tag vor dem Vortag des Mittsommerfestes verbracht hatte. Elina ging dabei äußerst sorgfältig vor und sprang gelegentlich noch einmal zurück, wenn sie etwas vergessen hatte – gerade so, als hätte man ihr gesagt, dass auch das kleinste Detail wichtig sein kann. Dergleichen wurde zwar nur in Fernsehserien gesagt, aber deshalb hörte Paula nun einen genauen Bericht darüber, was Elina Lehmusoja im Lebensmittelladen eingekauft und wie sie das Mittagessen zubereitet hatte. Sie unterbrach Elina nicht und drängte sie auch nicht, nebensächliche Einzelheiten zu überspringen, sondern schwieg, und je länger sie schwieg, desto ungeduldiger sah Juhana sie an.

Jerry schien sich dagegen nach der schnellen Begrüßung in seine eigene Welt geflüchtet zu haben, wie es jeder Teenager tut, der unfreiwillig in ein endloses, uninteressantes Gespräch der Erwachsenen geraten ist.

Endlich kam Elina zum Freitagmorgen, an dem sie mit Juhana und Ella zur Villa der Stiftung aufgebrochen war, während Jerry zu Hause im Bett geblieben war.

»Ich habe mit Riitta, also mit meiner Schwiegermutter, abgemacht, dass sie Jerry später abholt, sodass der Junge ausschlafen konnte. Nicht wahr, Juhana?«

»Ja«, sagte Juhana, ohne Paula aus den Augen zu lassen. »Teenager stehen nicht so früh auf.«

Paula wartete noch einen Moment, nicht, weil sie noch irgendwelche Ergänzungen zu dem Bericht haben wollte, sondern weil die Atmosphäre so seltsam war. Die Lehmusojas ertrugen die Stille jedoch stoisch, und eine Weile sprach niemand. Paula suchte auf ihrem Handy das Foto heraus.

»Ich würde Sie jetzt bitten, sich das Foto des Opfers noch einmal anzusehen, denn die Frau konnte immer noch nicht identifiziert werden.«

»Natürlich«, antwortete Elina Lehmusoja. »Jerry, geh in dein Zimmer.«

Der Junge stand sofort auf, startbereit.

»Warte«, sagte Paula.

Jerry sah zuerst sie, dann seine Mutter verwundert an.

»Ich möchte, dass auch Jerry sich das Bild ansieht.«

»Kommt nicht infrage«, sagte Juhana schnell und mit tiefer Stimme. »Das können Sie nicht verlangen. Er ist minderjährig.«

»Warum?«, fragte Elina herausfordernd. »Warum soll Jerry sich das Foto von irgendeiner Leiche ansehen? Er hat doch mit der ganzen Sache absolut nichts zu tun!«

»Möglicherweise hat auch Ihr Sohn das Opfer gesehen«, antwortete Paula betont ruhig.

»Wieso? Wo hätte Jerry es denn sehen können?«, beharrte Elina, deren Stimme schriller geworden war.

»Wir haben immer noch keinerlei Hinweis auf die Identität des Opfers. Wir brauchen jede nur denkbare Unterstützung.«

Jerry stand immer noch verlegen vor Paula, die nackten braunen Zehen im weichen Flor des weißen Teppichs vergraben. Paula verspürte plötzlich starke Sympathie für den Jungen. Sie hatte die Lehmusojas in Anwesenheit ihres Kindes schon genug unter Druck gesetzt. Natürlich hatte sie geahnt, dass die Eltern Einspruch dagegen erheben würden, dass Jerry das Foto sah, und sie wollte es ihm eigentlich auch gar nicht zeigen.

Sie wollte lediglich, dass Juhana Lehmusoja mit dem herausrückte, was er über die Tote wusste.

»Ich bringe Jerry jetzt in sein Zimmer«, erklärte Elina Lehmusoja resolut und stand auf.

Jerry sah Paula unschlüssig an und widersetzte sich seiner Mutter, als die ihn am Ellbogen zog.

»War sie dunkelhäutig?«, fragte er plötzlich mit derselben kindlichen Stimme, die Paula am Morgen gehört hatte. »Die Leiche.«

»Das Opfer war eine Person of Color, ja«, antwortete Paula.

Elina war erstarrt, ihre Hand lag auf Jerrys Arm, als hätte sie sie dort vergessen.

»Das hat Ella mir erzählt«, sagte Jerry.

»Jerry geht jetzt«, fauchte Juhana sowohl Paula als auch seine Frau an. »Zu so etwas haben Sie kein Recht.«

Paula erhob keine Einwände, als Elina Jerry aus dem Wohnzimmer führte. Sie schwieg auch dann noch, als die Schritte auf der Treppe verklungen waren. Juhana Lehmusoja lehnte sich zurück und rutschte dann in die Mitte des Sofas, an die Stelle, wo Jerry gesessen hatte, als wollte er das Möbelstück im Gleichgewicht halten.

Wortlos legte Paula ihr Handy vor Juhana auf die gläserne

Tischplatte. Sie hatte das Foto auf dem Display so vergrößert, dass nur die geschlossenen Augen, die Nase und der Mund der Frau zu sehen waren.

Juhana nahm das Handy nicht vom Tisch und sah das Foto nicht an.

»Ich habe bereits gesagt, dass ich nicht weiß, ob ich sie schon einmal gesehen habe.«

»Gestern haben Sie gesagt, Sie hätten sie nie gesehen.«

»So habe ich das meiner Ansicht nach nicht gesagt.«

»Es ist also möglich, dass Sie sie gesehen haben?«

»Das ist möglich.«

»Wo hätten Sie die Möglichkeit gehabt, sie zu sehen?«, fragte Paula.

Juhana setzte eine übertrieben nachdenkliche Miene auf. Paula spürte, wie ihre Kopfhaut juckte. Es war an der Zeit, die Taktik zu wechseln. Sie nahm ihr Handy vom Tisch und stand auf, um zu gehen.

»Das Foto des Opfers geht morgen an die Medien, wenn die Tote bis dahin immer noch nicht identifiziert werden konnte. Das wird wahrscheinlich großes Aufsehen erregen. Aber uns bleibt keine andere Wahl. Das Opfer muss identifiziert werden, sonst verlieren wir zu viel Zeit.«

Juhana Lehmusoja nickte und erhob sich ebenfalls. Paula spürte geradezu, wie er zauderte, als er ihr durch die kühle Eingangshalle folgte.

»Warten Sie«, sagte er.

Paula blieb an der Tür stehen. Die Klimaanlage kühlte den Schweiß; im Nacken und zwischen den Brüsten war ihr plötzlich kalt.

»Ich habe bisher nichts davon gesagt, weil ich überhaupt nicht sicher bin«, begann Juhana, jetzt in entschuldigendem Ton. »Ich wollte niemanden irreleiten.«

»Ich verstehe«, sagte Paula.

»Es kann sein, dass ich sie vor Jahren irgendwann in Namibia gesehen habe. Als Ella klein war, habe ich eine Weile zur Hälfte dort gewohnt. Vielleicht hat das Opfer für das Lehmus-Unternehmen gearbeitet.«

»Vielleicht?«

»Ja. Vielleicht.«

»Sie meinen also, wir sollten die Ermittlungen dorthin ausdehnen?«, fragte Paula mit vertraulich gedämpfter Stimme.

»Vielleicht«, sagte Juhana beinahe flüsternd.

Paula ergriff seine Hand und sah ihm ernst in die Augen.

»Danke. Das hilft uns sehr weiter.«

Als sie im Auto saß, verzog sie das Gesicht und stöhnte, als hätte sie gerade eine ekelhafte Speise gekostet.

Bisher hatte sie nur vermutet, dass Juhana Lehmusoja die Tote sofort erkannt hatte. Nun war sie davon überzeugt.

Genau genommen war sie überzeugt, dass Juhana Lehmusoja ihr auch den Namen des Opfers hätte nennen und vermutlich sogar etwas über die Frau erzählen können. Aber im Moment würde er sicher nicht mehr preisgeben.

Juhana Lehmusoja wollte der Polizei so weit helfen wie unumgänglich. Er wollte, dass die Tote identifiziert wurde, damit ihr Foto nicht veröffentlicht wurde, aber er wollte nicht zugeben, dass er sie gekannt hatte.

Paula rief Karhu an, der zum Glück noch nicht nach Hause gegangen war. Nun hatten sie einen ausreichenden Grund zu der Annahme, dass das Opfer aus Namibia eingereist war. Karhu sollte die Flüge heraussuchen, mit denen das Opfer am Donnerstag oder früher in Finnland eingetroffen sein konnte, und auf den Aufnahmen der Überwachungskameras nachsehen, ob es unter den Ankommenden zu sehen war.

»Fang mit dem letzten Flug am Donnerstagabend an und geh dann zeitlich zurück. Ich würde mithelfen, aber ich muss etwas für meinen Vater erledigen. Er ist gestürzt«, sagte Paula und schnitt wieder eine Grimasse, diesmal ihrem eigenen Gesicht im Rückspiegel. »Ich fahre zu ihm und sehe nach, wie es ihm geht.«

Karhu wünschte gute Besserung, und Paula schämte sich. Sie hätte den Gesundheitszustand ihres Vaters nicht als Ausrede verwenden dürfen – zumal ihr Vater wahrscheinlich in Topform war.

Aber für diesen Abend hatte sie Pläne, die sie nicht rückgängig machen wollte.

20

Am Rand der Parkfläche fand sich noch ein Platz für den Saab. Beim Aussteigen merkte Paula, dass alle anderen Wagen in der letzten Reihe rückwärts eingeparkt worden waren, nur bei ihrem Auto zeigte die vordere Stoßstange zu der Wiese mit dem Timotheegras, hinter der ein niedriges Wäldchen begann.

Paula zog ihr Sommerkleid zurecht. Es saß gut, aber sie fand es trotzdem unbequem. In dieser Art von Kleidung fühlte sie sich einfach nicht wohl. Aber in Jeans oder gar in einer Trainingshose konnte sie hier nicht aufkreuzen.

Bei einem Auto war der Kofferraumdeckel hochgeklappt. Daneben standen zwei Männer mittleren Alters. Der eine hatte einen Schnurrbart, ein gelbliches Piqué-Hemd und eine helle Hose, der andere blonde, am Scheitel schütter werdende Haare und ein Sakko, das vor der Rezession in den 1990er-Jahren modisch gewesen war. Die beiden passten perfekt in ihre Umgebung.

Als sie von der asphaltierten Straße auf den kiesigen Nebenweg abgebogen war, hatte Paula gleichzeitig den Weg in die Vergangenheit eingeschlagen. Oder eher an einen Ort, an dem die Zeit nicht voranschritt. Die Autos waren mehr oder weniger neu, aber der Tanzboden schwebte in seiner eigenen Zeitlosigkeit.

In dieser Blase war es leicht, die im Container ertrunkene Frau für eine Weile zu vergessen. Sie gehörte zu einer ganz anderen Welt.

Die Männer wünschten Paula ein schönes Mittsommerfest und tuschelten dann miteinander wie halbwüchsige Jungen, während sie ihr nachschauten.

Das Orchester spielte gerade Humppa-Musik. Die Hauptattraktion des Abends, eine Tangoprinzessin aus früheren Jahren, würde erst in ein oder zwei Stunden auf der Bühne erscheinen.

Paula machte sich auf den Weg zu dem beiderseits mit jungen Birken geschmückten Stand, an dem die Eintrittskarten verkauft wurden. Unterwegs erkannte sie das Auto des Ehepaars. An der hinteren Tür auf der Fahrerseite hing ein Kleiderbügel mit einem geblümten Kurzarmhemd am Haltegriff.

Der Mann hatte also ein Ersatzhemd dabei, das er später am Abend anziehen konnte, wenn er beim Tanzen ins Schwitzen gekommen war und sich unter den Achseln des ersten Hemdes dunkle Flecken abzeichneten.

Paula hatte penibel darauf geachtet, kein weiteres Mal gegen die Berufsethik zu verstoßen, nachdem sie die Namen des Ehepaars herausgefunden hatte. Alle weiteren Informationen hatte sie im Internet aufgestöbert oder indem sie den beiden in ihrer Freizeit nachspioniert hatte, wie es jeder Beliebige tun konnte. Sie hatte auf jegliche Datenrecherche verzichtet, die nur von der Polizei durchgeführt werden konnte. Durch die sozialen Medien hatte sie erfahren, dass das Ehepaar leidenschaftlich gern tanzte.

Bisher hatte sie noch nicht versucht, mit den beiden ins Gespräch zu kommen. Aber jetzt sollte es so weit sein. Sie würde nur ein paar Worte mit ihnen wechseln, so hatte sie es geplant. Beim ersten Mal war es besser, nicht plump vertraulich zu sein, um kein Misstrauen zu wecken.

Das Gelände, auf dem der Tanzboden stand, war von einem hohen, rot gestrichenen Bretterzaun umgeben. Der Tanzboden selbst erinnerte an eine große Schraubenmutter. Hinter ihm führte ein Abhang an das Ufer eines kleinen Sees. Zehn Meter vom Ufer entfernt schwamm ein Floß, auf dem das Holz für das Mittsommerfeuer aufgeschichtet war.

Paula fand einen Platz an einem Stehtisch neben dem Tanzboden. Sie betrachtete die Tanzenden und teilte sie grob in zwei Gruppen. In der Mitte befanden sich die Gelegenheitstänzer, die gekommen waren, um Mittsommer zu feiern, Bekannte zu treffen oder Anschluss zu finden. Sie bewegten sich paarweise ein paar Meter vor und zurück und achteten bei ihren Tanzschritten in erster Linie darauf, ihrem Partner oder ihrer Partnerin nicht auf die Füße zu treten. Am Außenrand des Tanzbodens schwebten die echten Tänzer dahin. Sie brauchten Platz für ihre Drehungen und Beugungen. Niemand von ihnen trug Jeans. Einige der Männer wirkten in ihren schwarzen Hosen und ihren Satinhemden wie die Karikatur eines Latin Lovers.

Das Ehepaar gehörte zu dieser Gruppe, allerdings hob sich der Mann mit seiner dezenten Kleidung vorteilhaft von den schlimmsten Stutzern ab.

Das Ehepaar war deutlich älter als Paula, das wusste sie bereits. Die Frau war etwas über fünfzig, der Mann ging auf die sechzig zu, aber für ihr Alter wirkten die beiden jugendlich.

An wem von ihnen hatte es wohl gelegen, dass die Frau nicht schwanger geworden war?

Das Orchester hatte ein neues Stück angestimmt, und das Paar tanzte zwei Meter vor ihr mit Tangoschritten vorbei. Paula bemerkte große Schweißflecke unter den Achseln des Mannes. Bald würde er das Hemd wechseln müssen.

Der Abend war windstill und schwül. Die Sonne waberte am Horizont wie ein Eigelb in einer heißen Pfanne. Inzwischen war es fast neun, und die Leute verließen allmählich den Tanzboden und schlenderten gemächlich ans Ufer zum Mittsommerfeuer.

Paula sah, dass die Frau am Rand stehen geblieben war. Sie war allein, ihr Mann war irgendwo außer Sicht verschwunden.

Die Frau steckte sich eine Zigarette an. Paula ging zu ihr und schnorrte eine, obwohl sie so gut wie nie rauchte. Die Frau bot ihr freundlich eine Zigarette an und gab ihr Feuer.

»Sind Sie allein hier?«, fragte Paula.

»Nein, nein, mein Mann wechselt nur gerade das Hemd.«

»Ein warmer Abend. Da kommt man sogar ins Schwitzen, wenn man nicht tanzt.«

»Und Sie? Allein oder in Gesellschaft?«

»Allein. Aber an einem Abend wie heute wollte ich trotzdem nicht zu Hause bleiben.«

»Ich heiße Maija«, sagte die Frau und streckte ihr die Hand hin.

Paula schüttelte sie und stellte sich ebenfalls vor. Sie überlegte kurz, ob sie einen falschen Namen nennen sollte, entschied sich dann aber doch für den richtigen. Es war besser, nicht zu sehr zu lügen, nur so viel, wie unumgänglich war.

Bei Verhören unterschieden sich kühl berechnende Profis von Stümpern gerade durch die Menge ihrer Lügen. Die Stümper verdrehten die Wahrheit aus reiner Freude am Lügen, bis ihre Geschichte so hoffnungslos verdreht war, dass ein Geständnis den einzigen Ausweg bot. Wer clever war, beschränkte das Risiko, sich in Widersprüche zu verwickeln, auf ein Minimum.

Die Rasenfläche hatte sich schon beinahe geleert, als der Mann zurückkam – in einem frischen Hemd mit großen orangefarbenen Blüten auf schwarzem Grund. Er grüßte Paula mit einem Kopfnicken. Maija sagte, das sei ihr Mann Kari.

»Was machen Sie beruflich?«, fragte sie, als sie zu dritt ans Ufer gingen.

Die unerwartete Frage ließ Paula zusammenzucken, dabei wollte die Frau ganz offensichtlich nur höfliches Interesse zeigen. Paula überlegte einen Moment, was sie antworten sollte, und entschied sich wieder für die Wahrheit.

»Ich bin Polizistin.«

»Da sieht man bestimmt viel Schreckliches. Die dunkle Seite des Menschen«, sagte Maija leise.

»Ja, in der Freizeit denkt man lieber nicht daran«, antwortete Paula in der Hoffnung, dass das Thema damit abgehakt wäre.

Ein paar späte Schönwetterwolken zogen hoch am Himmel dahin. Die sinkende Sonne beleuchtete sie von unten.

Genau so ein Licht wie damals, dachte Paula.

Sie erinnerte sich an die Sommerabende im Basketballcamp vor langer Zeit. Und an den schwedischen Jungen, mit dem sie an den letzten Abenden aus der Herberge geschlichen war.

Zwei dumme und sorglose, verliebte Teenager. Vor der Zeit der sozialen Medien. Am letzten Morgen schrieben sie ihre Adressen auf Rechenpapier und tauschten die Zettel aus. Paula hatte ihren verloren, bevor sie wieder zu Hause war.

Das Johannisfeuer flammte auf. Kari legte den Arm um Maija und drückte sie an sich. Paula betrachtete die beiden.

Maija und Kari Vatanen sahen aus wie durch und durch anständige Menschen – und genau das waren sie auch, wie Paulas Nachforschungen ergeben hatten.

Sie hatten ein weißes Eigenheim in einer ruhigen Wohngegend. Paula hatte es sich auf einem Spaziergang einmal angesehen; es wirkte sehr gepflegt, ebenso wie die Hecke und die Blumenbeete im Garten. Der rote Briefkasten war an einem dekorativen Holzgestell befestigt, das Kari, so vermutete Paula, selbst gezimmert hatte. Daran hing eine Blumenampel mit Stiefmütterchen, wahrscheinlich von Maija gekauft.

Die Vatanens hatten beide einen qualifizierten Berufsabschluss und relativ gut bezahlte Jobs. Maija war Kindergärtnerin, der Ingenieur Kari arbeitete als Verkaufsleiter in einem Metallbetrieb.

Vor allem Maijas Beruf hatte Paula einen Schock versetzt.

Eine Kindergärtnerin weiß, wie man Kinder erzieht, und Maija war als Mutter nicht auf sich allein gestellt gewesen, sondern hatte einen anständigen, berufstätigen Mann an ihrer Seite gehabt. Die beiden hatten die besten Voraussetzungen mitgebracht.

Was ist aus eurer Tüchtigkeit geworden?

Das Handy in der Handtasche klingelte. Auf dem Display stand Karhus Name.

»Etwas Dienstliches, ich muss gehen. Danke für die Gesellschaft«, sagte Paula zu den Vatanens, die ihr noch ein schönes Mittsommerfest wünschten.

Erst als sie außer Hörweite war, drückte sie auf den grünen Hörer.

»Du hattest recht«, sagte Karhu. »Das Opfer ist am Donnerstag um die Mittagszeit aus Namibia in Finnland angekommen.«

Paula warf einen Blick auf ihr Kleid, in dem sie nun länger herumlaufen musste als geplant.

TEIL II

1

Das Landgut liegt unmittelbar am Rand der Wüste.

Hinter dem Hauptgebäude befindet sich ein großes, türkis leuchtendes Schwimmbecken, umgeben von einem ziegelroten Patio. Rundherum wurde ein unnatürlich grüner Rasen gesät, der dreimal täglich gewässert wird.

Hannes Lehmusoja, der Leiter des Unternehmens, hat das Gehöft bauen lassen, und ich nehme an, dass er von seinem Haus aus eine direkte Aussicht auf die Wüste haben wollte. Dann hat er beschlossen, im Vordergrund ein Schwimmbecken anlegen zu lassen.

Geschmack kann man nicht kaufen und Verstand auch nicht, aber wozu braucht man so etwas schon, wenn man Geld hat. Ich bin mir fast sicher, dass Direktor Lehmusoja das gesagt hat. Jedenfalls ist es etwas, was gerade er sagen könnte.

Abgesehen von der Terrasse mit dem Pool und dem Rasenstreifen rundherum gibt es hier nur Sand und ein paar vertrocknete Grashalme, die hinter dem Haus immer weniger werden, je weiter man sich entfernt, und schließlich ganz verschwinden. Dann gibt es nur noch Sand, so weit das Auge reicht.

Nicht überall ist die Grenze zur Wüste so deutlich. Früher bin ich in die Wüste gekommen, fast ohne es zu merken, alles Grüne wird nach und nach grau, die Pflanzen werden kleiner und von Schritt zu Schritt spärlicher, bis es schließlich so wenige sind – ein vereinzelter, blattloser Dornenbusch hier und da –, dass ich mir nicht mehr sicher war, ob ich schon in der Wüste bin oder noch durch die Grauzone wandere. Aber hier kann ich einen Schritt aus dem Schatten der letzten blühenden Tamariske machen und habe die Grenze zur Wüste übertreten.

Die Tamariske ist ein heiliger Baum, in dessen Schatten Abraham einmal zu seinem Herrn Elohim betete. Und die Israeliten beerdigten ihren ersten König und dessen Söhne am Fuß einer Tamariske. Das sagt Samuel, der alte Gärtner des Landgutes, der wohl deshalb ständig gebeugt hier am Rand der Wüste entlanggeht.

Aber bin ich noch in der Wüste, wenn ich mich jederzeit umdrehen und sehen kann, wie Juhana in das Schwimmbecken springt und bis ans andere Ende taucht?

Ist die Wüste erst da, wo man sich verirren kann, wo einen niemand hört und sieht? Da, wo man sich nicht mehr einfach umdrehen und in den Schatten der Bäume zurückkehren kann, wenn man will? Weit hinter diesen Dünen, wo es nichts Lebendes gibt, nur die brennende Sonne. An einem Ort, wo die Richtungen ihre Bedeutung verlieren und überall nur endlose Leere herrscht.

Ich entferne mich barfuß so weit vom Hauptgebäude, vom Schwimmbecken und von Juhana, wie ich es wage. Im Sand leben Skorpione, und ich habe bei jedem Schritt ein bisschen Angst.

Von hier aus betrachtet, scheint das Landgut sich gewaltsam in die Wüste zu schieben, ihren Rand zu zerstören. Die kontinentale Baumgrenze verläuft vor dem Haus, und dort befinden sich die anderen Gebäude des Hofes. In diesem Licht sieht die Erde rötlich verbrannt aus und das Gras blassgrün, fast farblos.

Als das Auto durch das Tor fuhr, das ohne jeden Zaun einfach nur so zum Willkommen da steht, kam es mir vor, als wäre ich nach Hause gekommen. Dieses Gefühl hatte ich bis dahin nirgendwo gehabt.

Ich hatte nie etwas Eigenes. Ich weiß, dass ich auch hier nur angestellt bin, aber ich habe vor, mich so unentbehrlich zu machen wie nur möglich.

Die Sonne ist so hell und steht so hoch am Himmel. Unter meiner Hutkrempe kann ich so gerade noch sehen, dass Juhana aus dem Becken gestiegen ist. Er hebt seine Hand und schwenkt sie in einem großen Bogen hin und her.

Ich glaube, dass die trockene Phase bald endet.

2

Rauha Kalondo.

Paula starrte lange auf das Passbild, das schon am späten Abend an die Wand des Besprechungsraums projiziert worden war. Es war kein altes Foto, der Pass war erst vor einem Jahr ausgestellt worden. Die Frau lächelte zurückhaltend wie in einer Kirche, ein typisches Passbildlächeln.

Ohne es zu merken, lächelte Paula zurück. Dann gähnte sie und sah auf dem Handy nach, wie spät es war. Acht Uhr.

Sie hatte sechs Stunden in ihrem geblümten Kleid auf dem Sofa im Pausenraum geschlafen. Renko hatte sie nach Hause geschickt, sobald sie im Polizeigebäude angekommen war.

»Das Baby«, hatte sie jedes Mal erwidert, wenn er wieder einen neuen Grund anführte, weshalb auch er unbedingt bis spät in die Nacht am Arbeitsplatz bleiben müsse.

Es mussten schließlich nicht alle dieselben Fehler machen.

Karhu hatte um sieben an der Tür zum Besprechungsraum einen Gruß gebrummt, sich in der Mikrowelle eine Tasse Kaffee vom vorigen Abend aufgewärmt und anschließend seine Anrufe bei den Hotels und Pensionen im Hauptstadtgebiet fortgesetzt, mit denen er am Abend begonnen hatte. Es war nicht bekannt, wohin Rauha Kalondo vom Flughafen aus gefahren war, aber die Hotels waren einen Versuch wert.

Die Identifizierung des Opfers war noch nicht offiziell bestätigt, konnte aber als gesichert gelten. Nicht nur, weil das Passbild große Ähnlichkeit mit dem Foto der Toten hatte, sondern auch, weil Rauha Kalondo bei ihrer Ankunft in Finnland die gleiche Kleidung trug wie die im Container gefundene Frau.

Die Angehörigen der Toten hatte man bereits erreicht – oder die Angehörige. Eine namibische Polizistin hatte Paula um Mitternacht zurückgerufen, nachdem sie bei Kalondos Mutter gewesen war. Die Mutter hatte nicht gewusst, dass ihre Tochter nach Finnland gereist war, in ein Land, das sie noch nie besucht hatte.

Ihre Tochter, die einen finnischen Vornamen trug.

Auch die Polizistin hatte sich am Telefon mit einem finnischen Vornamen gemeldet: Martta.

Nach dem Telefongespräch hatte Paula eine Lücke in ihrer Allgemeinbildung geschlossen und im Internet gelesen, dass finnische Namen in Namibia weitverbreitet waren. Das Gebiet hatte Deutsch-Südwestafrika geheißen, als Ende des 19. Jahrhunderts die ersten finnischen Missionare in den nördlichen Teil, nach Ovamboland, kamen. Die Ovambos sind die größte Bevölkerungsgruppe in Namibia, zu ihnen gehört die Hälfte der rund zwei Millionen Einwohner.

Als die Finnen begannen, die Ovambos zu taufen, gaben diese oft ihren alten Namen auf und wählten stattdessen einen finnischen. Zum Beispiel war im 20. Jahrhundert dank einer einzigen finnischen Ärztin Selma der häufigste Frauenname in Namibia.

Die Namen wurden in den Familien vererbt und lösten sich von ihren Vorbildern, sodass ihre heutigen Träger nicht unbedingt wissen, dass ihr Name finnisch ist. Ungefähr jeder zehnte Namibier hat einen finnischen Namen.

Der finnische Vorname von Rauha Kalondo hatte an sich also gar nichts zu bedeuten.

Paula schloss die Augen und dachte an Rauha Kalondos Mutter, die ihr Kind im Sarg würde in Empfang nehmen müssen. Auch in Namibia war es jetzt Morgen. Saß die Frau dort mit leerem Blick an ihrem Küchentisch und dachte an ihr verlorenes Kind? Oder war sie nach einer qualvollen Nacht schließlich eingeschlafen?

Rauha Kalondo war drei Jahre jünger als Paula. Dem Internet zufolge war sie Dozentin für Psychologie an der Universität von Namibia. Auf dem einzigen Foto, das im Internet zu finden war, stand sie lächelnd im Kreis junger Studierender und wirkte keinen Tag älter als die Zwanzigjährigen, die sie umringten.

Paula stand auf und ging ein paar Schritte, bis sie vor Rauha Kalondos Passfoto stand. Ihr Gesicht war auf der gleichen Höhe wie das Bild, sie blickte der Frau direkt in die Augen.

Warum war eine namibische Psychologiedozentin ertränkt in einem Seecontainer vor dem Tor einer finnischen Stiftung gefunden worden?

Warum war Rauha Kalondo nach Finnland gekommen?

Wollte sie sich hier mit jemandem treffen?

Offenbar hatte niemand im Polizeirevier Erfahrung in der Zusammenarbeit mit der namibischen Polizei, und offizielle Bitten um Amtshilfe wurden meistens quälend langsam beantwortet. Aber Paula hatte vor, bald wieder in Windhoek anzurufen. Vielleicht konnte Martta noch einmal zu Rauha Kalondos Mutter gehen und ihr ein paar Fotos zeigen.

Mindestens von Juhana Lehmusoja.

Kalondo war am Donnerstag kurz nach Mittag in Finnland gelandet. Sie hatte nicht einmal 24 Stunden lebend in dem Land verbracht, das ihr den Namen gegeben hatte.

Wer auch immer ihr das Leben genommen hatte, hatte alles genau geplant und entschlossen gehandelt.

Paulas Augen brannten. Sie wandte den Blick von Rauha Kalondos Gesicht ab.

An der Tür räusperte sich jemand. Es war Karhu.

»*Kurki*«, sagte er.

»Was?«

»Es ist das *Klaus Kurki*.«

Es dauerte einen Moment, bis Paula begriff, dass er das Hotel meinte.

Die namibische Universitätsdozentin hatte sich also ein Hotelzimmer im Zentrum von Helsinki genommen. Demnach hatte sie nicht unter akutem Geldmangel gelitten.

»Sie hat sich nicht das Billigste ausgesucht«, stellte Karhu fest, als hätte er Paulas Gedanken gelesen.

»Gehen wir«, sagte Paula.

»Ich?«, fragte Karhu erstaunt.

»Siehst du hier sonst noch wen?«

Karhu stieß wieder ein Brummen aus. Diesmal klang es irgendwie zufrieden. Sicher freute er sich, endlich einmal aus dem Haus zu kommen.

3

Paula ließ Karhu fahren. Er schien zu wissen, dass sie eine Ausnahme machte, und setzte sich geradezu feierlich ans Lenkrad.

Während der Fahrt sprachen die beiden kein Wort miteinander.

Normalerweise wäre Paula über die Stille froh gewesen, aber jetzt stellte sie verwundert fest, dass sie Renkos Gequassel vermisste. Wenn sie mit aller Kraft versuchte, Renkos Überlegungen auszublenden, konnte sie sich besser auf ihre eigenen Gedanken konzentrieren. Stattdessen verlor sie sich nun in der Erinnerung an die Begegnung am Tanzboden.

Karhu setzte geschickt in eine kleine Parklücke zurück, die nur einen Häuserblock vom Hotel entfernt war, und sah Paula an, als wäre sie eine Fahrlehrerin.

»Gut«, sagte sie. »Gut, dass du einen Platz in der Nähe gefunden hast.«

Karhu schnallte sich ab. Paula wartete, bis er ausgestiegen war, bevor sie die Handbremse anzog. Sie wollte nicht penibel wirken.

Der Boulevard war sauber und still, die südliche Brise, die von der Querstraße kam, sanft und warm. Paula dachte erleichtert, dass ein Tief der Wettervorhersage nach schon unterwegs war, für den Abend war Regen angekündigt.

In dem kühlen und eleganten Foyer des Hotels wurde ihr bewusst, wie sie aussah: Ihr Kleid war vom Schlaf auf dem Sofa zerknittert, die Haare hatte sie nach dem Tanzabend lässig zum

Pferdeschwanz gebunden. Dagegen war Karhus Hemd tadellos gebügelt, und er hatte sich ganz offensichtlich am Morgen rasiert. An der Rezeption stand eine ebenso gepflegte Gestalt.

Paula bedeutete Karhu, als Erster an den Schalter zu gehen.

Die Rezeptionistin war dieselbe, mit der er am Telefon gesprochen hatte. Sie hatte ihm sofort sagen können, dass am Donnerstag eine namibische Frau eingecheckt hatte, denn sie hatte auch an dem Tag Dienst gehabt. Das Zimmer war für fünf Nächte reserviert.

Die Frau war ihr vor allem wegen ihrer Nationalität in Erinnerung geblieben, ansonsten war ihr nichts Besonderes an ihr aufgefallen.

»Sie war müde von der Reise, aber freundlich«, sagte die Hotelangestellte und reichte Karhu eine Schlüsselkarte, mit der sie in Rauha Kalondos Zimmer kamen. »Ich kann Sie leider nicht begleiten, denn ich bin allein hier.«

Umso besser, dachte Paula und bedankte sich für die Hilfe.

Das Zimmer befand sich im vierten Stock. Auf dem Flur holte Paula Handschuhe und Schuhüberzieher für beide aus ihrer Tasche. Sie bat Karhu, draußen zu warten, öffnete die Tür und steckte die Schlüsselkarte in den Kartenschalter an der Zimmerwand. In dem kleinen Eingangsbereich und im eigentlichen Hotelzimmer ging das Licht an.

Gleich neben der Tür standen neu aussehende, rotweiße Joggingschuhe. Vielleicht joggte die Frau in ihrer Freizeit und hatte vorgehabt, auch hier zu laufen, in der Stadt, die zu Mittsommer besonders still war.

Mittsommer war ein seltsamer Zeitpunkt für eine Reise nach Helsinki. Mit Rauha Kalondos Arbeit an der Universität hatte sie sicher nichts zu tun. Es lag auch auf der Hand, dass Kalondo nicht zu einer Mittsommerfeier eingeladen worden war, jedenfalls nicht als Übernachtungsgast, sonst hätte sie das Zimmer nicht über das Wochenende reserviert. Aber kurz nachdem sie im Hotel eingecheckt hatte, war sie irgendwohin gegangen und nicht mehr zurückgekehrt.

Nach dem langen Flug war sie vermutlich hungrig gewesen. Sie hatte in London den Flieger gewechselt, aber dort hatte sie für das Umsteigen nur zwei Stunden Zeit gehabt.

Paula ging weiter in das Zimmer hinein. Das schön zurechtgemachte Bett wirkte unberührt. Sie kehrte zur Tür zurück und bat Karhu, das Bad zu durchsuchen. Wahrscheinlich hatte das Hotelzimmer außer Rauha Kalondo und der Raumpflegerin niemand betreten, und die Putzkraft hatte vermutlich einfach nur zufrieden festgestellt, dass es hier nichts zu tun gab.

Vor dem Spiegeltisch lag ein kleiner schwarzer Koffer geöffnet auf dem Boden. Ihm hatte Kalondo allem Anschein nach die Joggingschuhe in der Diele und den hellbraunen Hosenanzug entnommen, der über der Stuhllehne lag. Rasch untersuchte Paula den Inhalt des Koffers, der nur Kleidungsstücke und ein englischsprachiges Taschenbuch enthielt.

Sofern Kalondo nur diesen einen Koffer mitgenommen hatte, war sie eine sehr routinierte Reisende. Oder sie hatte in Kleidungsfragen eine ähnliche Einstellung wie Paula, die kein Bedürfnis verspürte, sich ständig umzuziehen, geschweige denn, auf Reisen auch noch unter verschiedenen Alternativen zu wählen und deshalb den halben Inhalt ihres Kleiderschrankes mitzuschleppen.

Das Buch wirkte unberührt. Es war vielleicht kurz vor dem Abflug am Flughafen gekauft worden, als Reiselektüre. Auf dem Einband stand *Honeymoon Hotel*, ein Titel, der auf seichte Romantik schließen ließ.

Rauha Kalondo war nicht mehr dazu gekommen, auch nur eine Seite in ihrem frisch gekauften Taschenbuch zu lesen. Der Gedanke bewegte Paula.

Auf dem Spiegeltisch lagen ein Pass und ein Bündel Papiere. Paula schlug den Pass auf und entdeckte dasselbe Foto, das sie im Polizeigebäude an die Wand des Besprechungsraums projiziert hatte.

»Paula«, sagte Karhu leise an der Badezimmertür. »Komm mal gucken.«

Die Spannung in seiner Stimme steckte Paula an, obwohl sie noch nicht wusste, worum es ging. Karhu trat ein Stück zurück, um ihr Platz zu machen. Paula blieb auf der Schwelle stehen und ließ den Blick durch den hell erleuchteten Raum wandern. Die Badewanne war nicht benutzt worden, sie war makellos, ebenso wie der Fußboden. Ein kleines Handtuch lag auf dem Waschtisch. Daneben standen eine geöffnete große Kosmetiktasche aus Leder und ein Glas, in dem eine Zahnbürste und eine Tube Zahnpasta steckten. Unten im Glas war ein Rest Wasser zu sehen.

Rauha Kalondo hatte sich gerade lange genug in ihrem Hotelzimmer aufgehalten, um ihren Koffer teilweise auszupacken, sich die Zähne zu putzen und vielleicht ihr Make-up aufzufrischen. Nicht länger, nicht einmal für eine kleine Ruhepause, obwohl sie nach Auskunft der Empfangsdame sichtlich müde gewesen war.

»Guck in die Seitentasche«, sagte Karhu. »Sie war offen.«

Die Seitentasche des Kosmetikbeutels war tatsächlich offen. Sie enthielt nur einen Gegenstand: ein kleines gerahmtes Foto.

Es war schwarz-weiß und so klein wie ein Bild aus dem Passfoto-Automaten. Es zeigte eine junge Frau, die mit beiden Händen ein kleines Baby hielt und ihre Wange an sein haarloses Köpfchen drückte.

Paula schlug den Pass, den sie immer noch in der Hand hielt, wieder auf und verglich Rauha Kalondos Foto mit der Frau auf dem Bild. Die Frau mit dem Baby war Kalondo selbst, es sei denn, sie hätte eine Schwester, die ihr sehr ähnlich sah. Um Rauha als Baby mit ihrer Mutter konnte es sich nicht handeln, so alt war das Foto nicht.

Paula reichte das Foto an Karhu weiter, der es in einen kleinen Plastikbeutel steckte. Dann löschte sie das Licht im Bad und brachte den Pass zum Spiegeltisch zurück. Die KTU sollte so bald wie möglich kommen, um das Zimmer gründlich zu untersuchen.

Sie blätterte noch den Papierstapel durch, auf dem zuoberst ausgedruckte Reisedokumente lagen. Auf einem der Bögen stand in der Ecke eine mit Tinte geschriebene Adresse. Sie gehörte zur Villa der Lehmus-Stiftung.

Rauha Kalondo hatte sich die Adresse notiert, an der ihr Leben geendet hatte.

Ganz unten im Stapel lag eine Klarsichthülle mit einem Dokument, das deutlich älter war als die anderen Papiere.

Der englischsprachige Text war nicht lang, nur etwa zehn Zeilen, und sah aus, als wäre er mit einer altmodischen Schreibmaschine geschrieben worden. Paula überflog ihn rasch. Sie verstand nicht jedes Wort, doch der Zweck des Dokuments wurde schon in den ersten Zeilen klar.

Das Interessanteste fand sich jedoch am Ende des Textes. Es war eine Unterschrift, ein theatralisches Gekritzel, aus dem man schließen konnte, dass der Urheber daran gewöhnt war, von anderen aufgesetzte Dokumente zu unterschreiben. Ohne die Wiederholung des Namens in Druckschrift hätte man kaum erraten können, um wen es sich handelte.

Hier war Rätseln überflüssig. Unter dem Gekritzel stand in Maschinenschrift: Hannes Lehmusoja.

4

Das Tiefdruckgebiet kommt aus dem Norden. Die Regenfront hat über Angola Wasser ausgeschüttet und setzt nun ihren Weg zum Südlichen Wendekreis fort.

Auch in der nördlichen Salzwüste bildet sich ein See, und in dem See erscheinen rosa Flamingos. Juhana fährt mich hin, damit ich sie mir ansehen kann.

Auf dem Rückweg halten wir an, um den Fluss zu betrachten. Gerade eben noch war er nur ein leeres Bett mit rissigem Lehm. Jetzt strömt er einen oder zwei Tage kräftig dahin, bis er wieder austrocknet.

Regenschauer sind hier nie sanft, sie kommen in Form eines heftigen, alles zerfetzenden Sturms. Aber auf die Zerstörung folgt wieder eine Geburt. Der brutale Regen macht den Boden fruchtbar. Und wenn er vorbei ist, umarmt die Sonne die fuchsienrote Blütenpracht, mit der die Savanne bedeckt ist. Sie sprießt aus der Erde, die gerade noch ganz tot aussah.

Nach dem Regen ist die Luft reich an Sauerstoff, es ist leicht zu atmen. Ich stehe auf der Terrasse und lausche dem Piepen der Vogeljungen. Ein Vogelpaar hat sein Nest unter der Traufe gebaut, an einer schattigen Stelle mit einem kleinen, steinernen Vorsprung. Jetzt haben die Jungen das Nest verlassen. Bald werden sie ihre ersten, unsicheren Flugversuche unternehmen.

Da fällt eines der Jungen herunter.

Es plustert sich hilflos auf den Platten der Terrasse auf und kommt nicht hoch. Es kann noch nicht fliegen. Ich will es aufheben und auf den Mauervorsprung setzen, wo seine Geschwister ängstlich piepen. Aber im selben Moment spüre ich, wie jemand meinen Arm packt und ihn fest drückt.

Es ist Hannes.

Er hält die unbehaarte Katze im Arm, die ich nicht leiden kann. Als sie sich windet, presst er sie gegen die Brust, klemmt sie sich fast unter den Arm. Sein gekrümmter Arm drückt sich an seine Seite. Ich erstarre.

Hannes bückt sich und lässt die Katze frei. Sie schleicht sich an das Junge heran. Die Vogelmutter unternimmt verzweifelte Sturzflüge, kapituliert dann und fliegt auf einen Busch, wo sie laut schreit. Die Katze erstarrt vor dem Sprung, sie ist wie ein Leopard in der Savanne. Gegen ihre Natur ist sie machtlos.

Sie greift an. Bald ist das Jungtier tot. Vielleicht ist es schon gestorben, bevor die Katze es erreicht hat, vielleicht ist ihm vor Schreck das Herz zersprungen. Das hoffe ich jedenfalls. Dass es nicht leiden musste.

Die Katze spielt mit dem Kadaver. Hannes verfolgt das Schauspiel mit glasigen Augen, beinahe erregt. Er atmet schnell. Schließlich macht er ein paar Schritte, um das Spiel zu beenden, und tritt die Katze leicht in die Flanke. Und dann noch ein zweites Mal, bis das Tier begreift, dass es sich zurückziehen und auf seine Beute verzichten muss.

Hannes hebt den leblosen Jungvogel auf. Er hält ihn an einem Bein und reicht ihn mir.

Geh und begrab es, sagt er.

Das ist keine Bitte.

Es ist ein Befehl.

Ich nehme den Vogel in die Hand. Dann betrachte ich Hannes. Er sieht müde aus, melancholisch. Als ich seinen Gesichtsausdruck erkenne, bin ich entsetzt. Es ist Juhanas Miene.

Triste est omne animal post coitum. Nach dem Koitus ist jedes Tier traurig. Außer dem Hahn.

Der gleiche niedergeschlagene, leere Ausdruck lag auf Juhanas Gesicht, als er sich von mir gewälzt hatte und schwer atmend neben mir lag. Dabei hätte ich angenommen, dass unter allen Männern gerade Juhana ein Hahn wäre.

Ich gehe auf den Schuppen zu. Ich drücke den Vogel unter meine Achsel wie Hannes seine Katze. In derselben Haltung. Der alte Gärtner steht an der Tür des Schuppens. Er ist gekrümmt, obwohl er glaubt, aufrecht zu stehen. Auch sein Gesicht ist traurig, als er seinen mageren Arm ausstreckt, um mir den Vogel abzunehmen. Ich schüttele den Kopf und bitte ihn, mir eine kleine Gartenschaufel zu geben.

Dann trage ich den toten Jungvogel an den Rand der Wüste. Von ihrem Felsen aus beobachtet eine große Echse respektvoll mein Tun. Im Schatten der letzten Tamariske hebe ich eine kleine Grube aus. Ich lege das Vögelchen hinein und spreche in Gedanken ein Gebet für die Kleinsten, während ich es mit Sand bedecke. Ein Kreuz lege ich nicht auf das Grab, ich erinnere mich auch so an die Stelle, ich erinnere mich an den Baum. Ich betrachte die Wüste und sehe dort einer Fata Morgana gleich ein fuchsienrotes Meer.

5

Das Dokument, das Paula in Rauha Kalondos Hotelzimmer gefunden hatte, war nun neben ihr Passfoto an die Wand projiziert worden. Hartikainen stand mit schräggelegtem Kopf davor und studierte es.

»Later referred to as Ms. Kalondo ... I hereby pass Tamarix«, las Hartikainen von der Wand ab. »And all mov ... äh, moveable property in the farm.«

»Sagt dir das was?«, fragte Paula.

Sie starrte neben Hartikainen auf den Text, obwohl sie ihn auf dem Rückweg zum Polizeigebäude schon mehr als zehnmal gelesen hatte.

»In the farm«, wiederholte Hartikainen, kehrte an den Tisch zurück und setzte sich. »Das sagt mir einiges. Wenn ich es richtig verstehe, vermacht Hannes Lehmusoja mit diesem Schriftstück sein Landgut in Namibia testamentarisch Rauha Kalondo. Das wiederum bedeutet, dass die Lehmusojas jetzt ein zweifaches Motiv haben, falls Jerry Rauhas Sohn ist, was meiner Meinung nach bald nachgewiesen wird. Allerdings sieht das Papier so aus, als käme man damit vor Gericht nicht weit. Außerdem ist nicht ganz klar, wer das Landgut besitzt.«

»Das klärst du dann sicher ab.«

»Es wird mir ein Vergnügen sein«, sagte Hartikainen.

Renko starrte Karhu am anderen Tischende fast eifersüchtig an, seit er gehört hatte, dass Karhu mit Paula in Kalondos Hotelzimmer gewesen war, als er selbst noch geschlafen hatte.

Paula strich ihr Kleid glatt, setzte sich an den Tisch und öffnete eine Dose Cola. Rauha Kalondos Flug war am Donnerstag um Viertel vor zwei in Helsinki gelandet. Offenbar war sie geradewegs mit einem Taxi zum Hotel Klaus Kurki gefahren, denn dort war sie schon eine Stunde später registriert worden. Die Empfangsdame glaubte sich zu erinnern, dass sie ungefähr nach einer halben Stunde gesehen hatte, wie Kalondo hinausging, was die Überwachungsaufnahme des Hotels bestätigte. Was das Opfer danach getan hatte, lag im Dunkeln.

Immerhin hatten sie jetzt eine aus Ermittlersicht überschaubare Zeitspanne von rund zwölf Stunden, während derer Kalondo das Hotel verlassen hatte und im Container am Tor der Villa der Lehmus-Stiftung gelandet war.

Aufgrund des Erbschaftsdokuments konnte nun als sicher gelten, dass das Opfer nach Finnland gekommen war, um die Lehmusojas oder eine andere Person aufzusuchen, die mit dem Unternehmen oder der Stiftung zu tun hatte.

»Der Mörder war im Voraus über Kalondos Eintreffen informiert. Als der Container an das Tor der Villa bestellt wurde, war Kalondos Flieger noch in der Luft. Sie muss also schon vor ihrer Reise mit irgendwem in Verbindung gestanden haben. Vielleicht mit dem Täter selbst«, sagte Paula. »Möglicherweise wird es lange dauern, die Telekommunikationsdaten des Opfers aus Namibia zu bekommen. Aber zumindest können wir überprüfen, ob Kalondo Kontakt zu den Lehmusojas oder zu irgendeiner anderen Person hatte, die von Kassinens Kunstcontainer wusste und die Möglichkeit hatte, ihn zur Villa zu bestellen. Außerdem müssen wir beachten, dass auch das Opfer selbst zur Villa gebracht werden musste.«

»Die Adresse«, erinnerte Karhu sie.

»Ja, richtig. Kalondo hatte die Adresse der Villa auf einem der Reisedokumente notiert. Es ist also auch möglich, dass sie auf eigene Faust hingefahren ist.«

»Könnte es sein, dass jemand sie eingeladen und ihr die Adresse gegeben hat?«, meldete Renko sich endlich zu Wort. »Dort wollte sich ja am Freitag der ganze Clan versammeln.«

»Jedenfalls muss ihr irgendwer die Adresse gegeben haben«, meinte Hartikainen. »Die Villa wird auf keiner offiziellen Seite erwähnt. Ich habe den Eindruck, dass sie nur nach außen hin im Besitz der Stiftung steht und in der Praxis von den Lehmusojas privat genutzt wird. Das scheint bei denen so üblich zu sein.«

»Gut«, sagte Paula. »Nehmen wir einmal an, dass das Opfer sich vor der Reise nach Finnland mit dem Täter in Verbindung gesetzt hat, der sie eingeladen hat, zur Mittsommerfeier in die Villa zu kommen. Das würde zeitlich dazu passen, dass sie am Donnerstagnachmittag angereist ist. Wenn man sie gebeten hätte, am Donnerstag dort zu erscheinen, hätte sie sicher einen früheren Flug gewählt. Aus irgendeinem Grund ist sie jedoch noch am selben Abend vor der Villa gelandet.«

»Es kann ja auch sein, dass sie die Adresse erst im Hotel telefonisch bekommen hat«, gab Renko zu bedenken.

»Danach sah es nicht aus. Die Papiere lagen gestapelt auf dem Tisch, und die Adresse war nicht auf dem obersten Blatt. Möglich ist auch, dass ein anderer als der Täter sie zur Mittsommerfeier eingeladen hat, es aber aus dem einen oder anderen Grund nicht zugeben will.«

»Da fällt mir auf Anhieb mindestens ein Grund ein«, sagte Hartikainen. »Zeig mir das Foto noch mal.«

Paula reichte ihm den Indizienbeutel mit dem Foto von dem Baby und der jungen Rauha Kalondo.

»Wenn das nicht Jerry Lehmusoja ist, fresse ich ein veganes Eis«, brummte Hartikainen. »Wir brauchen eine DNA-Probe von dem Jungen.«

»Wird gemacht. Aber zuerst möchte ich die Lehmusojas vernehmen«, erwiderte Paula.

Sie wollte sehen, wie weit Juhana Lehmusoja gehen würde, wie lange er fähig wäre, seine Pokermiene beizubehalten.

»Hannes Lehmusoja hat mit diesem Papier Rauha Kalondo das Kind abgekauft«, sagte Hartikainen und zeigte an die Wand. »Nach seinem Tod ist Kalondo erschienen, um von Juhana Lehmusoja sowohl das Landgut als auch das Kind zu fordern. Lehmusoja wollte ihr weder das eine noch das andere geben. Die Frage ist nur noch, ob er allein gehandelt hat oder ob seine Frau ebenfalls in der Sache steckt. Ihr werdet schon sehen, dass ich recht habe.«

»Daran werde ich dich bestimmt erinnern, sobald feststeht, dass deine Theorie falsch ist«, entgegnete Paula. »Niemand würde Kalondo mit den Lehmusojas in Verbindung bringen, wenn sie irgendwo anders ermordet worden wäre. Warum in aller Welt hätte Juhana Lehmusoja die Tat so planen sollen, dass das Opfer auf dem Grundstück seiner Stiftung landet?«

»Die Lehmusojas haben ein Motiv. Das ist das Entscheidende«, beharrte Hartikainen.

»Veganes Eis schmeckt übrigens gut«, warf Renko ein. »Ich kauf das manchmal, obwohl ich nicht …«

Hartikainen fing prompt an, Renko zu widersprechen, während Paula über das Motiv nachdachte.

Hartikainen hatte insofern recht, als Juhana Lehmusoja das offensichtlichste Motiv hatte, Rauha Kalondo zu töten. In Bezug auf Jerry Lehmusojas Abstammung gab es noch keine sicheren Beweise, aber dass Kalondo das Landgut hätte erben sollen, hatten sie nun schwarz auf weiß.

Allerdings war Juhana Lehmusoja ein reicher Mann. Warum sollte er jemanden wegen eines Landguts umbringen, so prächtig oder wertvoll es auch sein mochte? Natürlich konnte ein bestimmter Ort für einen Menschen auch einen Wert haben, der sich nicht in Geld messen oder mit dem Verstand erfassen ließ.

Zudem war es durchaus möglich, dass Jerry mit dem Fall

überhaupt nichts zu tun hatte. Tatsächlich war Paula ein wenig beschämt, weil auch ihr und nicht nur Hartikainen aufgrund der Hautfarbe als Erstes der Gedanke gekommen war, es gäbe eine Verbindung zwischen Rauha und Jerry. Das heißt, eigentlich war es nicht einmal ein Gedanke gewesen, sondern eine unbewusste, automatische Reaktion.

»Ich finde, der Mord erinnert irgendwie an eine Art Performance«, sagte Renko und riss Paula aus ihren Gedanken.

Hartikainen lachte spöttisch auf, was vielleicht immer noch von Renkos Eisvorlieben herrührte.

»Ich darf daran erinnern, dass die Pumpe und der Schlauch aus irgendeinem Grund außer Sicht gebracht worden waren«, fuhr Renko fort. »Vielleicht wollte der Täter gerade, dass Juhana Lehmusoja den Container öffnet und die Leiche ihm entgegenschwimmt. So wäre es ja auch gekommen, wenn der Riegel nicht geklemmt hätte.«

»Stimmt«, räumte Paula ein. »Und wir dürfen auch Kassinen nicht vergessen. Es war seine Idee, einen Container so zu präparieren, dass überhaupt jemand darin ertrinken kann. Kassinen ist vielleicht nicht der Mörder, aber er hat dem Täter die Tatmethode auf dem Silbertablett serviert. Von dem Container wusste allerdings vermutlich jeder, der mit Kassinen zu tun hatte.«

»Er ist auch auf Instagram«, sagte Karhu und zeigte sein Handy.

Paula nahm es und vergrößerte das Bild. Auf der Instagram-Seite des Mitgefühl-Projekts war Mitte Juni ein Foto von Kassinen neben dem Seecontainer veröffentlicht worden. Der Text verkündete, dass der Container Teil einer Ausstellung war, die im Juli eröffnet werde.

»Da ist auch die Nummer des Containers zu sehen, mit der man ihn zur Villa bestellen konnte«, stellte Paula fest. »Und falls Ritva Kaakkos Aussage über den schwachen Datenschutz des Unternehmens zutrifft, hat im Prinzip tatsächlich jeder die

Bestellung aufgeben können. Ab morgen bekommen wir Unterstützung für die IT-Untersuchung.«

»Und die Autos?«, fragte Hartikainen. »Das der Lehmusojas, meine ich, und auch das andere. Vielleicht hat der Täter das Opfer im eigenen Wagen zur Villa gebracht, dann könnte die KTU eventuell Spuren finden.«

»Warten wir erst einmal, was die Aufnahmen der Kameras ergeben. Vielleicht hat Kalondo ja ein Taxi genommen«, antwortete Paula. »Jetzt konzentrieren wir uns auf zwei Fragen: Wohin ist Rauha Kalondo gegangen, nachdem sie das Hotel verlassen hat, und mit wem stand sie vor ihrer Reise nach Finnland in Verbindung?«

Karhu und Renko sollten sich um die Überwachungskameras in der Innenstadt kümmern, angefangen bei denen, die dem Hotel am nächsten waren. Die Aufnahmen mussten möglichst schnell gesichtet werden. An Kameras bestand kein Mangel, und es würde auch nicht schwierig sein, sie zu finden. Das größte Problem war, am Mittsommersonntag die Besitzer privater Kameras zu erreichen.

»Die Sache ist eilig, ich brauche euch beide dafür«, sagte Paula, wobei sie sich vor allem an Renko wandte, denn Karhu schien es gleichgültig zu sein, dass er überraschend für das Zweier-Team eingeteilt wurde.

»Den Ortungsdaten nach waren alle am Donnerstagabend und in der Nacht zum Freitag ungefähr da, wo sie behauptet haben, was natürlich nicht unbedingt etwas heißen muss. Wir werden die Telefondaten über einen längeren Zeitraum überprüfen müssen. Im Prinzip beginnt die interessante Zeitspanne mit Hannes Lehmusojas Tod«, fuhr Paula fort.

»Ich fange mit Juhana an«, sagte Hartikainen.

Nachdem die Männer den Raum verlassen hatten, schaltete Paula ihren Computer ein. Bis zur Videokonferenz blieben ihr noch ungefähr zehn Minuten. Aus ihrer Handtasche holte sie die Haarbürste und die Puderdose, die sie dank ihres Abstechers zum Tanzboden bei sich hatte. Das verschwitzte Gesicht zu pudern, war allerdings nicht ratsam. Aber der kleine Spiegel in der Dose verriet Paula, dass sie irgendetwas mit ihrer Kleidung tun musste.

Es schickte sich nicht, einer Mutter, die ihr Kind verloren hatte, im geblümten Kleid gegenüberzutreten.

6

Martta Amadhila hatte ihre dunkelblaue Polizeikappe abgenommen und vor sich auf den Tisch gelegt, den ein weißes Spitzentuch bedeckte. Neben der Kappe hatte Hilma Kalondo ihre Hände gefaltet.

Rauha Kalondos Mutter wirkte wie eine gepflegte Rentnerin. Die Trauer war nur in ihren Augen sichtbar, die sie immer wieder für einen kurzen Moment schloss.

Karhus Jackett war Paula viel zu groß, aber auf dem Videobild sah man nur die breite Schulterpartie und ein Stück vom Kragen. Paula nickte und lächelte Martta aufmunternd zu.

»Can you express my deep condolences to Ms. Kalondo«, bat sie.

Dann versuchte sie, Hilma Kalondos Blick einzufangen, doch das schien per Video unmöglich zu sein.

Martta sagte mit einer schönen, tiefen Stimme etwas zu Hilma, von dem Paula außer ihrem Namen nichts verstand. Hilma antwortete mit einem Nicken und suchte nun selbst Blickkontakt. Paula bemühte sich, so mitfühlend zu erscheinen wie nur möglich. Dann bat sie durch Marttas Vermittlung darum, dass Hilma Kalondo von ihrer Tochter Rauha erzählte, beginnend mit ihrer Geburt.

Als Hilma die Bitte hörte, wirkte sie dankbar; es war, als hätte sie nur darauf gewartet, über ihre Tochter sprechen zu dürfen, die sie nicht mehr lebend wiedersehen würde.

Anfangs sprach sie langsam, mit einer Pause nach jedem

Wort, dann aber immer schneller, sodass Martta sie immer wieder bitten musste, das Tempo zu drosseln oder ganz innezuhalten, damit sie für Paula alles ins Englische übersetzen konnte.

Hilma Kalondo stammte aus dem nördlichen Namibia, aus einem Ort in der Nähe von Oniipa. Martta fügte beim Dolmetschen hinzu, dass sich dort die letzte Missionsstation der Finnen befand, wo sie selbst als junges Mädchen gearbeitet hatte. Sowohl Hilma als auch Martta waren Ovambo.

Hilma hatte die Schule der Finnen besucht und war dann zur Arbeit auf einen Bauernhof im südlichen Namibia gegangen. Dort hatte sie Rauhas Vater kennengelernt, der als Guerillero für die Swapo kämpfte.

Schon bevor Martta dolmetschte, erriet Paula, dass Hilma nun über die Liebe sprach – ihr Gesicht wurde weicher, und auch die Trauer in ihren Augen schwächte sich ein wenig ab.

Die Liebe war offenbar nie erloschen, aber der Mann war bald nach Rauhas Geburt im Kampf gefallen. Er hatte seine Tochter nie zu Gesicht bekommen, aber von ihrer Geburt erfahren.

An dieser Stelle machte Hilma eine Pause, und Martta holte Wasser für sie. Hilma leerte das Glas langsam und zögernd. In der Zwischenzeit berichtete Martta Paula, sie wisse, dass Hilma nach ihrer Heimkehr behauptet hatte, sie sei mit Rauhas Vater verheiratet gewesen, was nicht stimmte. Da bei den Ovambo der Familienname von der Mutter auf das Kind übergeht, schöpfte niemand Verdacht.

Während Martta sprach, sah Hilma sie misstrauisch an, sagte aber nichts.

Im Norden ließen sich Mutter und Tochter, offiziell Kriegswitwe und Halbwaise, in Hilmas Heimatdorf nieder. Hilma ging nie mehr eine neue Beziehung ein. Rauha besuchte die Schule und wurde anschließend für die Arbeit in der Missionsstation ausgewählt. Dann bekam sie eine Anstellung bei einem finnischen Unternehmen.

»Which company?« Paula war plötzlich hellwach.

Hilma erinnerte sich nicht an den Namen der Firma. Aber den Zeitpunkt konnte sie genau angeben: in dem Frühjahr, in dem Rauha neunzehn wurde.

Ein Jahr vor Jerry Lehmusojas Geburt. Das passt, dachte Paula.

Rauha war an irgendeinen Ort im südlichen Namibia gezogen und hatte ihre Mutter in den nächsten drei Jahren nur ein einziges Mal besucht. Danach war sie zum Studium an die Universität gegangen.

Nun leuchtete Stolz in Hilma Kalondos Augen. Rauha hatte schließlich promoviert und ihre Mutter gebeten, zu ihr nach Windhoek zu ziehen. Vor einem Jahr hatte sie genug Geld zusammengespart, dass sie ihrer Mutter eine eigene Wohnung kaufen konnte.

Der Stolz schmolz in einem schmerzhaften Atemzug dahin, als Hilma erkannte, dass sie am Ende ihres Berichtes angelangt war – in der Realität, in der sie ihren Lebensabend ohne die Fürsorge ihrer Tochter verbringen würde.

Gerade jetzt würde kein noch so gut gemeinter Gedanke Hilma Kalondo trösten.

Martta zauberte von irgendwo ein Papierhandtuch hervor, das Hilma sich eine Weile auf die Augen legen konnte. Paula lehnte sich zurück und wartete schweigend. Sie hatte das beklemmende Gefühl, dass das, was sie als Nächstes berichten musste, die Bürde der alten Frau nur noch schwerer machen würde.

Nachdem Hilma das Papierhandtuch vom Gesicht genommen und in ihren runzligen Fingern zusammengedrückt hatte, bat Paula Martta, sich zu erkundigen, ob Hilma bereit sei, sich ein paar Fotos anzusehen. Als sie Marttas Frage gehört hatte, verschwand Hilma aus dem Bild, und als sie zurückkam, hatte sie eine Brille mit einem Gestell aus Stahl aufgesetzt. Sie nickte Paula mit ernster Miene zu.

Paula hielt die Großaufnahme von Juhana Lehmusoja, die sie ausgedruckt hatte, vor die Kamera und fragte, ob Hilma diesen Mann jemals gesehen hatte. Hilma beugte sich zum Bildschirm vor, kniff die Augen zusammen und schüttelte den Kopf. Paula legte das Foto auf den Tisch zurück und nahm das nächste in die Hand: eine etwa zehn Jahre alte Aufnahme von Juhanas Vater Hannes Lehmusoja, die sie im Internet gefunden hatte. Dieses Bild betrachtete Hilma länger, als wollte sie Paula kein zweites Mal enttäuschen, doch dann schüttelte sie wieder den Kopf. Paula lächelte aufmunternd und bedankte sich. Dann betrachtete sie das kleine gerahmte Foto von der Frau und dem Baby, das in einem Plastikbeutel neben dem Computer lag.

»Did Rauha have any children?«, fragte sie Martta.

Martta verneinte, sagte dann aber etwas zu Hilma, die traurig den Blick senkte. Paula spürte einen Stich im Herzen, sie hatte offenbar eine alte Wunde aufgerissen. Und vielleicht würde es noch schlimmer kommen.

»Das haben wir unter Rauhas Sachen gefunden«, erklärte Paula Martta, während sie das kleine Bild so nah an die Kamera hob, wie sie konnte, ohne dass es verschwamm.

Hilma Kalondo hob den Blick. Paula sah, wie sich ihr Mund plötzlich öffnete, wie ihre Augen vor Verwunderung groß wurden. Sie sagte etwas direkt zu Paula, mit erhobener Stimme, gerade so, als könnte Paula ihre Sprache verstehen, wenn sie nur laut genug redete.

»Is it Rauha?«, fragte Paula.

Martta legte eine Hand auf Hilma Kalondos Arm, die daraufhin die Augen schloss und leise den Satz wiederholte, den sie gerade beinahe geschrien hatte. Martta übersetzte den Satz ebenso leise.

Ja, die Frau auf dem Foto war Rauha. Und das Baby musste nach Hilma Kalondos Meinung Rauhas Kind sein, denn es sah ganz genauso aus wie Rauha als Baby.

Als Hilma die Augen wieder aufschlug, waren sie voll von aufkeimender Hoffnung. Sie wollte wissen, wer und wo dieses Kind war.

Rauhas Kind, das Kind ihrer Tochter.

Paula sagte, das wisse sie nicht, und dachte an den misshandelten Jerry Lehmusoja in dem riesigen weißen Haus. Sie nickte den beiden Frauen zu und wollte das Videogespräch gerade beenden, als ihr etwas einfiel.

Es gab noch eine Person, deren Foto sie Hilma Kalondo zeigen könnte.

7

Vor dem Lagergebäude trifft der zivilisierte Norden auf den wilden Süden. Die Bürde des weißen Mannes scheint Hannes jedoch nicht zu belasten. Sie liegt schwer auf den Schultern des dunkelhäutigen Gärtners.

Der Gärtner Samuel ist einen halben Kopf größer als Hannes, doch weil er nie aufrecht steht, wirkt er kleiner. Möglicherweise ist er auch jünger als Hannes, aber vorzeitig gealtert. Er blickt auf die Spitzen seiner abgetragenen Schuhe, niemals in Hannes' Augen.

Sie brechen zu einem Rundgang durch den Garten auf. Ich kann nicht hören, worüber sie sich unterhalten, und Unterhaltung ist wohl auch nicht das richtige Wort. Hannes zeigt mit dem Finger auf die Anpflanzungen und beschreibt ab und zu mit der Hand einen großen Bogen, als wollte er einem Besucher seine Ländereien zeigen.

Der Gärtner nickt zustimmend. Er gleicht einer Aufziehpuppe, deren Feder sich gelockert hat.

Irgendwann war auch ich naiv und bildete mir ein, zivilisiert zu sein bedeutet, dass man sich gut überlegt, was man sagt. Dass man nicht den ersten Gedanken, der einem durch den Kopf schießt, als absolute Wahrheit von sich gibt, sondern auch anderen Raum lässt. Aber Hannes sagt geradeheraus, was er denkt. Er braucht keine Rücksicht auf andere zu nehmen. Natürlich versteht er es, zu schweigen, zuzustimmen, wenn es nützlich für ihn ist. Aber hier hat er geradezu die Pflicht, unumwunden zu sprechen.

Offen zu sprechen ist eine finnische Tugend. So stellt Hannes es jedenfalls dar. An jedem anderen Ort würde es als ungehobelt gelten.

Aber deshalb ist er ja hier. Um zu sagen, wie die Dinge erledigt werden sollen. Um zu beaufsichtigen. Wenn er, der finnische Ingenieur, nicht alles kontrolliert, bringen die dummen Ureinwohner alles durcheinander und stecken das Geld in die eigene Tasche. Das hat Hannes zu mir gesagt. Es interessierte ihn nicht, wie ich darüber denke.

Manchmal überlege ich, was für einen Weg die Einheimischen auf eigene Faust in der ebenen Savanne angelegt hätten. Vielleicht würde er sich um jeden Affenbrotbaum kringeln, wenn Hannes nicht mit fester Hand eine schnurgerade Linie zum Horizont zeigen würde.

Er spricht allerdings von Solidarität und Mitgefühl, von der historischen Schuld, die wir abtragen müssen. Über diese Worte denkt er sicher auch jetzt nach, während er seinen Gin Tonic schlürft.

Und der Gärtner rasiert den kleinen Rasen. Am Lenkrad des Aufsitzmähers sieht er aus wie ein großes Kind.

8

Auf dem Bürgersteig vor der Galerie stand ein Einsatzwagen der Polizei. Im Schatten eines Baumes auf der anderen Straßenseite waren eine Frau und ein kleiner Junge stehen geblieben. Der Junge zeigte auf das Polizeifahrzeug und trank Saft aus einem Tetra Pak.

Die Glastür zum Ausstellungsraum stand sperrangelweit offen, und das Fenster daneben war eingeschlagen worden. Lauri Aro hockte auf dem Bürgersteig und machte mit dem Handy Fotos von der zersplitterten Scheibe.

Paula fuhr ihren Saab so nah an den Streifenwagen heran, dass man die hintere Tür nicht öffnen konnte. Renko machte sie darauf aufmerksam, aber Paula tat, als hätte sie nichts gehört, und stellte den Motor ab.

»Aha, ein Dummejungenstreich«, rief Renko wie ein Dorfpolizist Aro zu, nachdem er ausgestiegen war.

Aro funkelte ihn aufgebracht an und erklärte, das sei nun mindestens das fünfte Mal, dass das Mitgefühl-Projekt sabotiert werde. Der erste Vorfall sei im Winter im Internet geschehen; damals sei der Twitter-Account des gemeinschaftlichen Kunstprojekts gekapert worden, als das Projekt gerade angekündigt worden war.

»Das ist eine systematische Hetzjagd, kein harmloser Streich.«

»Waren es dieselben Täter?«, fragte Renko.

»Das weiß kein Mensch, weil die Täter nicht gefasst wurden. Die Polizei hat sie nicht ausfindig gemacht«, antwortete Aro spitz.

»Wann ist das hier passiert?«, erkundigte sich Paula.

»Ich weiß es nicht. Mai ist vor ungefähr einer Stunde hergekommen, um die Eröffnung vorzubereiten, und hat mich gleich angerufen. Ich habe die Polizei alarmiert«, erklärte Aro wie ein Erstklässler, der gerade die Notrufnummer auswendig gelernt hat.

Als Paula Aro angerufen und ihm gesagt hatte, sie würde gern ein paar Dinge überprüfen, hatte er den Zwischenfall nicht erwähnt. Er hatte lediglich vorgeschlagen, sie könnten sich in der Galerie treffen, und ihr die Adresse genannt. Es ärgerte Paula, dass er die Information zurückgehalten hatte. Zudem musste die Möglichkeit in Betracht gezogen werden, dass auch dieser Vandalismus irgendwie mit dem Mord an Rauha Kalondo zu tun hatte.

Schließlich stünde der Container, in dem Kalondo ertränkt worden war, jetzt hier, wenn er nicht zum Tatort geworden wäre.

Außerdem war ein Hakenkreuz auf das Fenster gemalt worden, die Täter könnten also Rechtsradikale sein. Früher hatte Paula Leute, die Hakenkreuze irgendwo hinschmierten, nicht weiter ernst genommen, doch das hatte sich in den letzten Jahren als massive Fehleinschätzung erwiesen.

Bis zu diesem Moment war sie nicht auf die Idee gekommen, dass hinter dem Mord ein rassistisches Motiv stecken könnte. Bei dem Gedanken lief es ihr kalt über den Rücken.

Das Poster am anderen Ende des Schaufensters war ebenfalls mit roter Sprühfarbe beschmiert, aber trotz der Flecken sah Paula, dass die Ausstellung übermorgen, am Dienstag, eröffnet werden sollte.

Die Organisatoren würden sich beeilen müssen, dachte Paula, als sie den Schaden betrachtete. Wie auf Bestellung erschien Mai Rinnes besorgtes Gesicht auf der anderen Seite des Schaufensters. Bei ihr waren zwei Polizisten.

»Wir haben dadrin eine Kamera, aber ich fürchte, dass man

die Täter auf der Aufnahme nicht erkennen kann. Sie ist zu weit vom Fenster entfernt«, erklärte Aro. »Nach dem letzten Zwischenfall habe ich zu Mai gesagt, die Kamera müsste an einer anderen Stelle angebracht werden, aber sie hat es wohl vergessen.«

»Was ist beim letzten Mal passiert?«, fragte Renko.

»An den Türgriff wurde eine Plastiktüte mit menschlichen Exkrementen gehängt«, sagte Lauri Aro mit ernster Miene. Dann verzog sich sein Gesicht jedoch zu einem Lächeln. »Kassinen hat die Hand reingesteckt.«

Renko lachte, wurde aber gleich wieder ernst, als er sah, dass Paula die Augenbrauen hochzog.

Die Vorfälle mussten in die Mordermittlung einbezogen werden. Paula winkte die Streifenbeamten aus der Galerie und erklärte, sie werde die Ermittlungen übernehmen. Die Polizisten wirkten ein wenig verdutzt, setzten sich dann aber zufrieden in ihr Auto.

»Bald kommen weitere Ermittler her. Fassen Sie jetzt bitte nichts mehr an!«, blaffte Paula Aro an, der weiterhin fotografierte und sein Handy immer wieder dicht an die Fensterscheibe hielt.

Aros hellblaues Hemd hatte einen großen dunklen Fleck am Rücken. Auch Paula fühlte sich verschwitzt, obwohl sie es immerhin geschafft hatte, zu Hause zu duschen und sich umzuziehen. Bei diesem Wetter wäre Badezeug das Richtige gewesen, aber es war schwierig, in Strandklamotten eine polizeiliche Untersuchung durchzuführen.

Jedenfalls für eine Frau. Zumindest, wenn sie glaubwürdig sein wollte.

Nach der anfänglichen Steifheit kam Renko offenbar bestens mit Karhu aus. Während der Fahrt hatte er von den gemeinsamen Ermittlungen erzählt wie ein Kind, das gerade einen neuen Freund gefunden hat.

Sie hatten herausgefunden, dass Rauha Kalondo, nachdem sie das Hotel verlassen hatte, zuerst auf dem Boulevard in Richtung Hietalahti gegangen, bald aber zurückgekehrt und gemächlich die Mannerheimintie entlangflaniert war, in einer Hamburger-Bude gegessen hatte und dann durch den Esplanadenpark zum Marktplatz spaziert war. Die bisher letzte Aufnahme stammte von einer Überwachungskamera am Markt, und Kalondo hatte auf ihr wie eine ganz normale Touristin gewirkt. Sie wurde von niemandem begleitet, schien nichts zu suchen und wirkte auch nicht unruhig oder verängstigt.

Karhu war im Polizeigebäude geblieben, um nach weiteren Kameras zu suchen, und bald würde er auch die Aufzeichnungen aus der Galerie bekommen.

Paula bat Renko und Aro, draußen zu warten und Neugierige von den Fenstern fernzuhalten. Drinnen, im vorderen Teil der Galerie, war es kühl und halbdunkel. An den Wänden des ersten Raums hingen vergrößerte Fotos, jeweils zwei gleich große übereinander. Paula stellte sich vor das erste Bildpaar. Die Stelle, wo das obere Foto gemacht worden war, erkannte sie an einem Gebäude im Hintergrund, sie befand sich im Stadtteil Kallio. Auf dem Bild standen Menschen hintereinander in einer langen Schlange, und da die Aufnahme bei Gegenlicht gemacht worden war, erschienen sie als bloße Silhouetten. Auf dem unteren Bild spielten zwei Kinder, ein Mädchen und ein Junge, Fußball; dem Äußeren nach stammten sie aus dem Nahen Osten. Sie waren auf einem schlammigen Sandplatz hinter einem Maschendrahtzaun fotografiert worden, im Hintergrund war eine Art Baracke zu sehen, vielleicht ein Flüchtlingszentrum irgendwo in Finnland. Der Fokus der Aufnahme lag auf dem Maschendrahtzaun, die Kinder zeichneten sich als verschwommene Gestalten zwischen den Maschen ab.

»Sind die nicht fantastisch?«

Mai Rinne war aus den Tiefen der Galerie in den Raum zurückgekehrt. Sie trug einen dunkelblauen Overall mit kurzen Ärmeln und Beinen, der gleichzeitig praktisch, modisch und luftig aussah. Paula kam sich vor wie ein verschwitzter, tollpatschiger Riese.

»Sind das Arbeiten von Paavali Kassinen?«, fragte sie und zeigte auf das Foto mit den Menschen, die vor der Tafel für Lebensmittel anstanden.

»Die Fotos wurden von ganz normalen Leuten gemacht, wir haben sie unter Tausenden Fotos, die für das Projekt eingesandt wurden, für die Ausstellung ausgewählt.«

»Tausende?«, wunderte sich Paula.

»Das Projekt ist ein Erfolg«, sagte Mai Rinne in einem Tonfall, der klarstellte, dass sie an Erfolge gewöhnt war. »Die Menschen haben den Wunsch, Mitgefühl zu zeigen, und das brauchen wir in unserer Gesellschaft gerade jetzt. Es gibt mehr Mitgefühl als Hass.«

»Tatsächlich?« Paula nickte zu dem eingeschlagenen Schaufenster hinüber.

»Der Hass ist nur sichtbarer, meistens. Genau darum geht es ja hier, das Projekt soll dem Mitgefühl mehr Sichtbarkeit geben. Kommen Sie«, sagte Rinne und machte kehrt, ohne auf Antwort zu warten.

Paula folgte ihr in einen Raum, der bis auf einen von der Decke hängenden Projektor leer war. Er projizierte ein Video an die Wand, auf dem eine allmählich ergrauende Frau direkt in die Kamera sprach. Es war jedoch kein Ton zu hören.

»Sie hat das Foto von der Tafel gemacht, das Sie sich angesehen haben. Paavali hat alle Vergrößerungen für die Ausstellung ausgesucht und dazu die Videos, auf denen diejenigen, die die Fotos gemacht haben, über ihr Leben sprechen und darüber, warum und für wen sie Mitgefühl empfinden. Der Ton fehlt leider noch«, bedauerte Rinne.

Paula betrachtete die Frau, die auf dem Video den Mund

aufmachte. Es fiel ihr schwer, sich Paavali Kassinen hinter der Kamera vorzustellen.

»Mai!«

Kassinens Stimme hallte von der Eingangstür herein, als hätten Paulas Gedanken ihn herbeigezaubert. Kurz darauf tauchte der Künstler an der Ecke auf und lehnte sich an die Wand, um seinen Atem zu beruhigen.

»Mach dir keine Sorgen, Paavali«, sagte Rinne mit sanfter Stimme. »Alles kommt rechtzeitig wieder in Ordnung. Ich habe schon eine neue Fensterscheibe bestellt ...«

»Nein«, fiel Kassinen ihr ins Wort. »Mach das rückgängig.«

»Warum?«

»Lassen wir es so. Das ist ein Hilferuf. Wir müssen Mitgefühl dafür zeigen.«

»Mitgefühl für ein Hakenkreuz? Und überhaupt, ist das nicht gesetzwidrig?« Die zweite Frage richtete Rinne an Paula.

»Gesetzwidrig ist es nicht direkt«, antwortete Paula.

»Aber das kann doch da nicht bleiben«, beharrte Rinne.

»Ich habe keine Angst vor dem Hakenkreuz«, verkündete Kassinen. Sein Atem beschleunigte sich erneut, diesmal wohl wegen geistiger statt physischer Anstrengung. »Das Hakenkreuz bleibt. Es ist ein Werk.«

Paula zuckte die Schultern, als Rinne sie ratlos ansah. Sie überließ die beiden ihrer Debatte und ging in den nächsten Raum der Galerie. Hier waren die Vorbereitungen für die Ausstellung noch kaum in Angriff genommen worden. In der Ecke standen aufeinandergestapelte Stühle und eine Leiter, auf dem Fußboden lag Werkzeug und an der Wand lehnten Fotos, die noch aufgehängt werden mussten. Aber an der Rückwand war bereits eine Stoffbahn befestigt worden, die die ganze Wand verdeckte und deren Muster wie ein Mosaik aussah. Als sie näher herantrat, merkte Paula, dass das Muster aus kleinen Fotos bestand. Einige davon waren mehrmals auf den Stoff gedruckt worden, auch das war aus der Nähe zu erkennen, wenn einem irgendeine Farbe ins Auge stach, die sich in gleicher Form wiederholte.

Paula ließ ihren Blick über den Stoff streifen und verharrte hier und da kurz bei unterschiedlichen, aus der Nähe aufgenommenen Gesichtern. Sie schienen das beliebteste Motiv zu sein.

Von allem, was Paula bisher in der Galerie gesehen hatte, fand sie diesen Wandbehang am beeindruckendsten. Er schien zu sagen, dass der Mensch als solcher Mitgefühl verdient; wer auch immer, einfach jedes Individuum, über das der Blick glitt wie in einer Menschenmenge, ohne einen Einzelnen herauszupicken.

Doch da machte Paulas Blick plötzlich halt und kehrte ein Stück zurück. Hatte sie richtig gesehen?

»Haben Sie etwas Interessantes entdeckt?«, fragte eine Frauenstimme hinter ihr.

Als Paula sich umdrehte, sah sie Ella Lehmusoja in einem knappen T-Shirt und Shorts an der Tür stehen.

»Pardon, ich wollte Sie nicht erschrecken«, sagte Ella fröhlich.

Sie schien sich von der Erschütterung über den Mord an Rauha Kalondo restlos erholt zu haben. In der Villa der Lehmus-Stiftung hatte sie sich verweint und zitternd in die Arme ihrer Mutter geflüchtet wie ein kleines Kind, doch davon war keine Spur mehr zu sehen.

Jetzt wirkte sie trotz ihrer Teenagerkleidung wie eine erwachsene Frau, wie eine lebenslustige Neuauflage ihrer Mutter. Hatte Elina Lehmusoja sich in jüngeren Jahren auch so gekleidet, bevor sie sich in ihrem kühlen und eleganten Haus vergrub?

»Sind Sie gekommen, um das eingeschlagene Fenster zu untersuchen?«, fragte Ella und nickte zum vorderen Teil der Galerie hin. »Endlich nimmt die Polizei die Sache ernst.«

»Warum sind Sie hier?«, wollte Paula wissen.

»Mai hat heute früh angerufen und mich gebeten, ihr vor der Eröffnung zu helfen, weil auch das Schaufenster auf den letzten Drücker noch umgestaltet werden muss. Ich bin bei diesem Projekt die Assistentin des Künstlers Paavali Kassinen. Das macht sich gut im Lebenslauf, hat mir allerdings reichlich Zeit gestohlen, die ich fürs Studium gebraucht hätte.«

Paula dachte bei sich, dass die Erbin des Lehmus-Konzerns wohl keinen Lebenslauf brauchen würde. Sie war sogar versucht, den Gedanken laut auszusprechen, als sie die selbstbewusste, lächelnde junge Frau betrachtete.

»Was studieren Sie denn?«, fragte sie, obwohl sie die Antwort schon kannte.

»Jura. Aber Anwältin möchte ich nicht werden. Jedenfalls nicht bei irgendeinem Unternehmen.«

»Warum nicht?« Paula musste unwillkürlich an Lauri Aro denken.

»Ich will etwas Nützliches tun. Menschen helfen«, antwortete Ella ernst.

»Hilft das hier den Menschen denn nicht?«

»Die Ausstellung? Na ja, schaden tut sie ja keinem. Aber für dieses Projekt ist die Stiftung zuständig, nicht die Firma. Und den Nutzen hat vor allem der Künstler Paavali Kassinen«, sagte Ella leise und blickte verstohlen zu der offenen Tür, durch die immer noch die Debatte zwischen Mai und Paavali zu hören war.

Paula drehte sich wieder zu der riesigen Fotocollage um.

»Woher stammen diese ganzen Bilder?«

»Von überallher«, schnaubte Ella. »Ich habe jedes einzelne nach Paavalis Anweisungen bearbeitet. Ungefähr die Hälfte aller Fotos, die für das Projekt eingesandt wurden. Insgesamt waren es über tausend.«

»Wie wurden sie übermittelt?«

»Per Mail an eine Adresse, die eigens dafür eingerichtet wurde. Als Paavali sah, wie viele Leute Fotos von Gesichtern geschickt hatten, kam er auf die Idee, eine Collage daraus zu machen.«

»Können Sie auf die Adresse zugreifen?«

»Ich habe einen Zugang, ja.«

»Gut. Ich habe eine Aufgabe für Sie. Könnten Sie die Mail heraussuchen, mit der dieses Foto geschickt wurde, und an mich weiterleiten?« Paula zeigte auf das Bild, an dem ihr Blick vorhin hängen geblieben war.

»Natürlich.« Ella Lehmusoja nickte aufgeregt. »Soll ich die Sache für mich behalten?«

Paula unterdrückte ein Lächeln. Ella Lehmusoja wirkte nicht wie jemand, dem sie auch nur ein einziges Geheimnis anvertrauen würde.

»Ja, das ist äußerst wichtig.«

Ella knipste mit ihrem Handy die Stelle in der Collage, die Paula ihr gezeigt hatte. Dann betrachtete sie das Bild, zuerst an der Wand und danach auf ihrem Handy, als sähe sie es zum ersten Mal.

»Warum haben Sie Jerry erzählt, dass das Mordopfer dunkelhäutig ist?«, erkundigte sich Paula.

Die Frage schien Ella nicht zu überraschen. Sie verzog keine Miene, sondern starrte weiterhin auf ihr Handy. Dann schaute sie auf, aber ihr Timing war nicht ganz perfekt, denn Paula sah, wie sie ihren harten Blick aufgab und kindliches Erschrecken mimte.

»Es tut mir leid«, sagte sie. »Ich hatte nicht daran gedacht, dass man darüber nicht sprechen darf.«

Nun war Paula klar, dass ihre Frage Ella doch überrascht hatte: Die junge Frau hatte sich vor ihren Augen rasch eine passende Reaktion zurechtlegen müssen.

»Sind Sie nicht auf die Idee gekommen, dass die Information über die Hautfarbe des Opfers Ihren aus Afrika adoptierten kleinen Bruder schocken könnte?«

»Die Farbe spielt keine Rolle«, sagte Ella und gab ein Kichern von sich, das wohl harmlos und kleinmädchenhaft wirken sollte, aber seltsam boshaft klang.

»Wie haben Sie Jerrys Adoption empfunden?«

»Ich war froh, dass ich einen kleinen Bruder bekam.«

»Aber Sie waren damals erst sieben. Waren Sie kein bisschen eifersüchtig?«

»Überhaupt nicht«, behauptete Ella im trotzigen Ton einer Siebenjährigen.

»Bestimmt hat Jerry Sie immer bewundert«, meinte Paula. Sie dachte an ihren Bruder, der ihr, seit er laufen konnte, immer und überall an den Fersen gehangen hatte, bis er eingeschult wurde.

»Kann sein«, sagte Ella leise.

Paula bedankte sich bei ihr und bat sie, sich zu melden, wenn sie die Mail mit dem Schwarz-Weiß-Foto gefunden hatte. Dann kehrte sie in den vorderen Teil der Galerie zurück. Mai stand mitten im Raum. Sie wirkte verärgert.

Kassinen hatte sich im Lotussitz vor dem zerbrochenen Schaufenster niedergelassen. Paula wunderte sich wieder darüber, wie gelenkig und beweglich er trotz seiner Größe und seiner offensichtlich schlechten Kondition war.

»Danke für die Führung«, sagte sie zu Mai. »Die Tatortermittler kommen gleich, bis dahin dürfen Sie da draußen nichts berühren. Es kommt auch jemand vorbei, um sich die Aufnahmen der Überwachungskamera anzusehen, falls Sie die nicht digital an uns schicken können.«

Mai versprach, so lange in der Galerie zu bleiben wie nötig. Kassinen hielt die Augen geschlossen und regte sich nicht.

Draußen standen Aro und Renko im Schatten auf der anderen Straßenseite. Das Schaufenster brauchte kaum bewacht zu werden, denn abgesehen von zwei weit entfernten Passanten war die Straße leer. Irgendwo quietschte eine Straßenbahn. Paula blickte zum Himmel hinauf, er war makellos blau. Von der kühlen Brise am Morgen war nichts mehr zu spüren. Die Luft stand, als wollte sie ausreifen. Die Wolken waren hoffentlich schon unterwegs.

»Aber diese Hitze macht den Pferden ja nichts aus«, erklärte Aro gerade, als Paula die Straße überquerte.

»Ich bin in letzter Zeit nicht so oft zu Trabrennen gegangen, weil wir Familienzuwachs bekommen haben«, erklärte Renko.

»Tatsächlich? Herzlichen Glückwunsch. Hengst oder Stute?« Aro lachte.

»Es ist ein Junge«, sagte Paula, bevor Renko antworten konnte. »Ich hätte eine andere Frage. Die, wegen der ich eigentlich angerufen hatte.«

Aro sah sie verwirrt an, setzte aber rasch seine offizielle Juristenmiene auf.

»Waren Sie jemals in Oniipa in Namibia?«

Die Frage verblüffte Aro. Ihm fiel geradezu die Kinnlade herunter. Seine Reaktion wirkte echt.

»Ich war oft in Namibia, natürlich. Aber ich weiß nicht, ob ich gerade in dem Ort gewesen bin, wie hieß er noch gleich?«

»Oniipa«, wiederholte Paula.

Aro schüttelte den Kopf und erklärte erneut, der Name sage ihm nichts. Er wirkte besorgt.

»Worum geht es denn überhaupt?«

»Auf die Einzelheiten kann ich leider nicht eingehen. Aber wir suchen nach einer Person, die Anfang der Zweitausenderjahre in Oniipa Mitarbeiter für ein finnisches Unternehmen angeworben hat.«

»Warum sollte ich das gewesen sein?«

»Jemand hat Sie auf einem Foto erkannt.«

Aro ächzte ungläubig und wiederholte, seines Wissens sei er nie in Oniipa gewesen und er habe keinen einzigen Mitarbeiter für den Lehmus-Konzern angeworben.

»Nicht einmal in Finnland«, fügte er nachdrücklich hinzu.

»Auf einem Foto erkannt? Was für ein Foto?«

»Es befindet sich auf der Webseite des Lehmus-Konzerns.«

»Aha«, sagte Aro irritiert. Doch dann hellte sich seine Miene auf. »Es geht also um den Anfang der Zweitausenderjahre?« Als Paula nickte, wirkte Aro sichtlich erleichtert.

»Könnte es sich eventuell um meinen Vater Veikko handeln? Er hat damals noch für Hannes gearbeitet.«

Der Ausdruck »für Hannes gearbeitet« klang seltsam, gerade so, als wäre der international tätige Konzern nur eine kleine Werkstatt.

»Sehen Sie sich ähnlich?«

»Angeblich sehe ich jetzt mit vierzig genauso aus wie Veikko mit dreißig.« Aro hatte seine Selbstsicherheit wiedergewonnen.

»Veikko Aro also. Ist er leicht zu erreichen?«

»Keine Ahnung. Wir haben nicht viel miteinander zu tun.«

»Warum nicht?«, fragte Paula aggressiver als beabsichtigt.

Aros Blick wurde hart, und er zuckte die Achseln. Paula nickte Renko zu: Zeit zu gehen.

»Haben Sie die Leiche schon identifiziert?«, fragte Aro in versöhnlichem Ton.

»Ja. Die Information geht bald an die Öffentlichkeit.«

Die Antwort stellte Aro offenbar nicht zufrieden, er schien sich nur mit Mühe weitere Fragen verkneifen zu können.

Paula setzte sich in den Wagen und startete ihn schnell, damit die Klimaanlage in Gang kam.

»Ich wusste gar nicht, dass du zu Trabrennen gehst«, sagte sie, als sie den Saab auf der schmalen Straße gewendet hatte.

»Ich war noch nie bei einem«, erwiderte Renko. »Warum hast du Aro nicht nach diesem Hof gefragt und nach Kalondos

Schreiben wegen des Erbes? Als Jurist des Unternehmens weiß er wahrscheinlich, auf wessen Namen der Hof registriert ist.«

»Alles zu seiner Zeit. Ich will unsere Informationen noch nicht preisgeben.«

»Was gab es denn in der Galerie zu sehen?«

»Tolle Fotos. Und an der allerletzten Wand ist sogar ein ganz besonders interessantes.«

»Was für eins?«

»Das Schwarz-Weiß-Foto von Rauha Kalondo und dem unbekannten Baby.«

9

Sami nahm die Gefrierdose aus dem Kühlschrank im Pausenraum. Als er sie öffnete, musste er lächeln. Joonas hatte mit Ketchup ein Herz auf den Nudelauflauf gemalt. Es sah aus wie eine Kinderzeichnung.

Er stellte die Dose für anderthalb Minuten in die Mikrowelle und öffnete die Sprudelflasche, die er sich am Automaten geholt hatte.

Gleich an seinem ersten Tag in der Mordkommission hatte Hartikainen ihn Karhu getauft. Die anderen hatten den Spitznamen sofort übernommen. Wahrscheinlich fanden sie ihn einfach logisch, weil er früher im Sonderkommando *Karhu* gearbeitet hatte.

Natürlich hatte Sami seinen neuen Kollegen, die er gerade erst kennengelernt hatte, nicht erklären können, dass er etwas gegen diesen Spitznamen hatte, der »Bär« bedeutete und oft für große und stark behaarte homosexuelle Männer verwendet wurde.

Zumal er genau das war.

Der Spitzname blieb, und Sami hatte sich bald daran gewöhnt. Joonas hatte über die Geschichte nur gelacht, aber Joonas fand ja alles witzig. Es war leicht, ihn zu lieben.

Die Mikrowelle machte Pling. Karhu nahm die heiße Dose vorsichtig heraus, stellte sie auf den Tisch und holte eine Gabel aus dem Abtropfschrank. Der Ketchup hatte gekocht. Es war natürlich falsch, Ketchup in die Dose zu tun, wenn das Essen noch einmal aufgewärmt werden sollte, aber darauf würde er Joonas nicht hinweisen. Die Freude über das Ketchup-Herz war größer als der Ärger über den bitter verbrannten Ketchup.

Die Portion war so klein, dass Karhu in einer Stunde schon wieder hungrig sein würde. Zum Glück hatte er Schokolade in der Schreibtischschublade.

Und zum Glück war Renko nicht mehr da. Er hatte so viel geredet, dass es ungeheuer Energie gekostet hatte, ihm zuzuhören. Zudem schien er überhaupt nicht zu merken, dass er meist ganz allein und in erster Linie über sich selbst sprach. Das störte Karhu allerdings nicht, eher im Gegenteil. Er war daran gewöhnt zu schweigen, wenn die anderen über ihre Familienangelegenheiten redeten.

Karhu glaubte nicht, dass irgendeiner unter seinen engsten Kollegen ihn wegen seiner sexuellen Orientierung schneiden würde, aber er wollte nicht riskieren, bis ans Ende seiner Laufbahn eine Art Homo-Schild zu tragen. Zum Glück legte Paula Wert auf ihre eigene Privatsphäre und schien Verständnis für Karhus Schweigsamkeit zu haben, auch wenn sie deren eigentlichen Grund vermutlich nicht kannte.

Karhu trank seine Sprudelflasche halb leer und stellte sie in den Kühlschrank. Dann spülte er die Gefrierdose, den Deckel, die Gabel und einen Kaffeebecher, der im Spülbecken herumstand. Es war Hartikainens uralter Ulkbecher mit der Aufschrift »Als Gott den Mann erschuf«. Der Rest des Satzes war bis zur Unkenntlichkeit verblasst.

»Wäre nicht nötig gewesen«, sagte Hartikainen, der unbemerkt hereingekommen war.

Karhu brummte und drehte den Wasserhahn zu. Hartikainen schob sich an ihm vorbei und nahm den frisch gespülten Becher aus dem Schrank.

»Warte mal«, sagte er, als Karhu sich zum Gehen wandte. »Weiß man schon, wohin das Opfer vom Marktplatz aus gegangen ist?«

Karhu schüttelte den Kopf. Rauha Kalondo war auf dem Marktplatz in der Menschenmasse und im Pixelbrei der Aufzeichnungen verschwunden und hatte nicht mehr lokalisiert werden können.

»Der Hof, der Kalondo versprochen wurde, gehört der Lehmus-Stiftung«, erklärte Hartikainen, während er Instantkaffee in seinen Becher löffelte. »Möchtest du auch welchen?«

»Nein danke.« Seufzend setzte Karhu sich wieder an den Tisch. Hartikainen wollte ganz offensichtlich laut denken.

»Ich konnte nicht mit Sicherheit feststellen, ob der Hof schon vor, sagen wir mal, fünfzehn Jahren der Stiftung gehört hat. Aber ich würde darauf tippen, dass es so war, was bedeuten würde, dass Hannes Lehmusoja Kalondo bewusst getäuscht hat. Schließlich konnte er kein Landgut vererben, das ihm nicht persönlich gehörte«, führte Hartikainen mit großen Gebärden aus. »Auf dem Vertrag mit Kalondo fehlen außerdem die Unterschriften der Zeugen. Und das wiederum bedeutet, dass Lehmusoja ihn bloß aufgesetzt hat, um Kalondo loszuwerden.«

»Hat sich Kalondo in Juhana Lehmusojas Telefondaten gefunden?«

»Noch nicht. Das ist eine wahnsinnige Plackerei, ich bin erst bis Anfang Juni gekommen. Der Herr Direktor verbringt seinen Arbeitstag offenbar am Telefon, und obendrein hat er natürlich zwei Anschlüsse.«

Das Wasser kochte. Hartikainen goss den Becher so voll, dass kein Platz für die Milch blieb, merkte es selbst, fluchte und goss ein wenig Kaffee ins Spülbecken.

»Keine Milch mehr da«, sagte Karhu, als Hartikainen den Kühlschrank öffnete. »Ist heute früh leer geworden.«

Hartikainen ließ kaltes Wasser aus dem Hahn in seinen Kaffee laufen und setzte sich an den Tisch. Er trank einen Schluck und rümpfte die Nase wie ein verwöhnter kleiner Junge.

»Tja, ich dachte mir, wenn du Zeit hast, könnten wir uns die

Aufgabe teilen. Wenn es bei den Überwachungskameras gerade sowieso nicht weitergeht. Morgen sind ja die Feiertage vorbei, da kommen wir bestimmt leichter an weitere Aufzeichnungen.«

Karhu ärgerte sich über die Art, wie Hartikainen sein Anliegen vorbrachte. Außerdem wusste er, dass sein Kollege es hasste, Routineaufgaben zu erledigen und am Computer zu sitzen. Vermutlich hatte er gerade erst angefangen und sofort die Lust verloren.

Andererseits hatte er recht, was die Kameras betraf, und auch Paula hatte gesagt, Karhu könne bei der Überprüfung der Teledaten helfen, wenn er Zeit hätte.

»Okay. Ich übernehme den Rechtsanwalt.«

»Lauri Aro, aha«, sagte Hartikainen. »Ich hatte mir gerade überlegt, dass ich wohl doch besser mit ihm angefangen hätte. Für Vertragssachen ist natürlich ein Jurist zuständig, also hat das Opfer vielleicht direkt Aro kontaktiert.«

»Deshalb übernehme ich ihn ja.«

Hartikainen wirkte unzufrieden, obwohl er Karhu ja selbst um Hilfe gebeten hatte. Er goss den Rest seines Kaffees weg.

»Die Vorwahl für Namibia ist plus zwei sechs vier«, rief er Karhu nach, der schon halb auf dem Flur stand.

»Weiß ich«, gab Karhu zurück. Das stimmte nicht, und er hatte keine Ahnung, warum er es behauptete. Hartikainen hatte diese Wirkung auf ihn.

Karhu hatte gerade erst die Datei mit Lauri Aros Telekommunikationsdaten geöffnet, als Hartikainen auch schon an seinen Schreibtisch kam.

»Du hast dir also als Erstes den Freitagmorgen vorgenommen, gut so. Aha, er hat um halb neun Mai Rinne angerufen. Und dann Juhana Lehmusoja, ziemlich genau um zehn, das deckt sich mit seiner Aussage«, sagte Hartikainen und streckte das Kinn über Karhus Schulter.

Karhu fragte sich, wieso die Arbeit schneller vorangehen

sollte, wenn zwei Augenpaare dieselbe Liste durchsahen, sagte aber nichts, sondern lehnte sich nur ein Stück zur Seite.

Werktags wimmelte Aros Liste von Telefonaten innerhalb Finnlands und ins Ausland, aber abends und an den Wochenenden tauchten fast ausschließlich zwei Nummern auf: die Anschlüsse von Mai Rinne und Juhana Lehmusoja. Bei Rinne hatte Aro manchmal auch nachts angerufen.

»Die ist auch ein Hingucker, die Rinne«, meinte Hartikainen. »Jedenfalls auf dem Foto.«

»Da!«, unterbrach ihn Karhu und stupste den Finger an den Monitor.

Lauri Aro hatte in der zweiten Juniwoche eine Handy-Nachricht aus Namibia erhalten.

Hartikainen juchzte auf und stürmte zu seinem Schreibtisch, hatte aber noch nicht nach seinem Telefon gegriffen, als Karhu die Nummer schon gewählt hatte.

»Keine Verbindung.«

»Ich kläre das«, sagte Hartikainen.

Karhu hörte gelassen zu, als Hartikainen Paula anrief und sich mit dem Fund brüstete. Dann sah er nach, wen Lauri Aro als Nächstes kontaktiert hatte.

Fünf Minuten, nachdem die Nachricht aus Namibia eingetroffen war, hatte Aro selbst eine Handy-Nachricht verschickt. Karhu überprüfte die Nummer des Empfängers.

Der Anschluss gehörte einem gewissen Veikko Aro.

10

Wenn Lauri Aro wissen wollte, wie er als Rentner aussehen würde, brauchte er kein einschlägiges Computerprogramm. Veikko Aro war eine ergraute Version seines Sohnes.

»Sie brauchen die Schuhe nicht auszuziehen«, sagte er zur Begrüßung, nachdem er die Tür geöffnet hatte.

Aro Senior schien zu wissen, wer die Besucher waren. Vielleicht hatte sein Sohn eine Ausnahme gemacht und sich mit seinem Vater in Verbindung gesetzt, während Paula und Renko nach der Adresse gesucht hatten. Aro bat die beiden herein und führte sie durch die große Diele ins Wohnzimmer.

Anders als Hannes Lehmusoja war der ehemalige Jurist der Lehmus-Unternehmensgruppe kein Freund moderner Kunst. Alle Bilder an den Wänden waren nationalromantische Landschaftsgemälde. Von der Zeit in Afrika zeugten ein großes Zebrafell sowie die Köpfe eines Spießbocks und dreier Impalas, die sich zwischen den Bildern hervordrängten und den ganzen Raum zu beherrschen schienen.

Renko bewunderte die Jagdtrophäen. Besonders beeindruckt zeigte er sich von dem Spießbock.

»Ein prachtvolles Geweih.«

Veikko Aro brummte zufrieden.

»Selbst erlegt. Im Kaminzimmer gibt es noch mehr«, sagte er und erkundigte sich, ob Renko ebenfalls auf die Jagd ging.

»Dafür fehlt mir leider die Zeit«, wich Renko aus. Veikko Aro wandte sich an Paula.

»Die Trophäenjagd ist nicht so schlimm, wie man denkt. Ahnungslose Zeitgenossen meinen natürlich, dass die Privilegierten aus der westlichen Welt zum Vergnügen bedrohte Tiere in Afrika abknallen. In Wahrheit hat das Ganze auch viele positive Seiten«, dozierte er.

»So?«, erwiderte Paula in ihrem trockensten Tonfall.

Der Mann war unverkennbar stolz auf sein blödes Hobby, aber Paula ärgerte sich ebenso sehr über seine bevormundende Belehrung, die wahrscheinlich darauf zurückging, dass sie eine Frau war.

»Die legale Jagd motiviert die örtliche Bevölkerung, die Tiere vor Wilderern zu schützen. Und bringt die Landbesitzer dazu, ihre Lebensumgebung zu schonen. Ob wir es wollen oder nicht, letzten Endes geht es immer um Geld.«

»Man behauptet, dass es ohne die Trophäenjagd in Afrika keine Löwen mehr gäbe«, warf Renko ein.

»Das trifft sehr wahrscheinlich zu«, sagte Aro erfreut.

Paula sah Renko so verächtlich an wie einen Streber, bis ihr das Telefon in seiner Hand auffiel. Hatte er in der kurzen Zeit schon gegoogelt?

»Soll ich jetzt den Kaffee bringen?«, fragte eine kleine Frau, die an der Tür aufgetaucht war.

»Ja gern, und dazu bitte auch Wasser«, antwortete Aro.

Paula hatte gerade einen der Impalaköpfe an der Wand angeschaut. Als sie den Blick auf die Frau richtete, sah sie immer noch die Züge des zierlichen Tieres. Dann erinnerte sie sich, dass Veikko Aro Witwer war. Natürlich konnte er eine neue Freundin haben. Doch bevor sie weiter spekulieren konnte, stellte Aro den Besuchern die Frau vor.

Es war Riitta Lehmusoja, die Witwe des verstorbenen Hannes Lehmusoja.

»Wir beiden Einsamen haben uns in letzter Zeit zusammengetan«, erklärte Aro. »Natürlich nicht im romantischen Sinn.

Aber wenn man eine gemeinsame Geschichte hat, ist es viel leichter, über alles zu reden.«

Riitta Lehmusoja wischte sich die Hände an der Schürze ab, bevor sie näher kam.

»Eine schreckliche Sache, dieser Mord. Viel weiß ich ja nicht darüber, Juhana hat mir nur gesagt, dass das Opfer keiner unserer Bekannten ist«, sagte Riitta, als sie Paula die Hand drückte.

Paula musterte sie interessiert. Diese bodenständig wirkende Frau war also jahrzehntelang mit dem Mann verheiratet gewesen, der allgemein als großer Geschäftsmann und Wohltäter galt.

»Bitte, nehmen Sie doch Platz«, bat Veikko Aro. »Sie sind wohl nicht wegen dieser Jagdtrophäen hier.«

Nachdem Riitta den Raum verlassen hatte, setzten Paula und Renko sich nebeneinander auf das Ledersofa.

»Ich habe Riitta in groben Zügen informiert, soweit ich selbst Bescheid weiß. Den Container habe ich nicht erwähnt, aber ich habe ihr gesagt, dass Sie gewichtige Gründe haben, ein Gewaltverbrechen zu vermuten.«

Veikko Aro hatte also von dem Container erfahren. Vielleicht stand Aro Junior doch mit seinem Vater in Verbindung, dachte Paula. Sie legte die Vergrößerung von Rauha Kalondos Passfoto auf den Sofatisch und schob sie Aro hin. Er betrachtete sie interessiert, sagte aber nichts.

»Reisen Sie immer noch zum Jagen nach Afrika?«, erkundigte sich Renko, als hätte er nicht gemerkt, dass das Thema abgehakt war.

»Ach, das letzte Mal vor bald zehn Jahren. Es war keine große Leidenschaft für mich. Bei der Elchjagd fühle ich mich wohler.«

»Was ist das größte Tier, das Sie erlegt haben?«

»Ein Gnu«, antwortete Aro leicht genervt und nahm das Foto in die Hand.

»Ein Gnu«, wiederholte Renko und fummelte an seinem Smartphone herum.

Paula wollte ihn mit dem Ellbogen anstoßen, merkte aber, dass er nicht googelte, sondern Veikko Aro dabei filmte, wie er das Bild betrachtete und die Augen zusammenkniff. Dann holte Aro eine Lesebrille aus der Tasche seines kurzärmligen Hemdes, setzte sie auf und hielt sich das Foto direkt vors Gesicht.

»Ist es in Ordnung, wenn ich das Gespräch aufnehme?«, fragte Renko und legte das Handy auf den Tisch.

Aro machte eine zustimmende Handbewegung.

»Erkennen Sie die Frau auf dem Foto?«, erkundigte sich Paula.

»Sollte ich?«

»Wir haben Grund zu der Annahme, dass sie vor etwa fünfzehn Jahren im Dienst des Lehmus-Konzerns stand. Sie heißt Rauha Kalondo und stammt aus der Nähe von Oniipa. Man hat uns gesagt, dass Sie damals in Namibia waren.«

»Das haben Sie von Lauri gehört«, sagte Aro. »Ja, wahrscheinlich habe ich sie eingestellt. Und das bedeutet, dass ich ihr wahrscheinlich begegnet bin. Aber mir sind weder Gesichter noch Namen im Gedächtnis geblieben. Es stimmt jedenfalls, dass ich in Oniipa war, um Mitarbeiter zu rekrutieren.«

»Warum gerade dort?«, fragte Renko.

»In Oniipa gab es eine finnische Missionsstation. Aber wir haben nicht nur Leute von dort eingestellt, sondern aus dem ganzen Land. Oniipa war nur ein Dorf unter vielen.«

Aro legte das Bild auf den Tisch, auf den Riitta Lehmusoja gerade ein Kaffeetablett und eine Kanne Wasser stellte. Renko griff nach einem Glas und goss sich Wasser ein, doch er bewegte sich zu hastig, und ein Teil des Wassers schwappte auf den Tisch und das weiße Tischtuch. Veikko Aro schnaufte.

»Der Sommer trocknet, was er nass macht«, sagte Riitta Lehmusoja freundlich.

»Hatten die Lehmus-Unternehmen viele finnische Mitarbeiter in Namibia?«, fragte Paula, während Renko die Glasplatte mit einer Serviette abwischte, die kaum Wasser aufnahm.

»Na ja, über längere Zeit waren praktisch nur Hannes und ich dort. Ende der Neunzigerjahre kamen dann Lauri und Juhana, zeitweise auch Elina, aber sie musste sich später um ihr Baby kümmern. Die restlichen Arbeitskräfte waren Einheimische. Die Subunternehmer haben natürlich Europäer beschäftigt, auch Finnen. Meistens als Vorarbeiter.«

»Aber die Mädchen waren ja auch dort, Ritu und Mai. Sie haben sogar Kräne gefahren«, mischte sich Riitta in das Gespräch ein, während sie die Kaffeetassen herumreichte. Aro lachte.

»Ach ja, richtig. Ritva Kaakko und Mai Rinne arbeiten immer noch für den Konzern, inzwischen in Führungspositionen. Das heißt, Mai ist natürlich Angestellte der Stiftung. Wir hatten auch ein paar andere Praktikanten und Praktikantinnen, alles junge Leute, die noch studierten. Manche kamen gut zurecht, andere weniger. Ritva und Mai gehörten zu den Besten. Hannes hat sie gleich zu Anfang als Kranführerinnen auf die Baustelle geschickt. Das war wohl eine Art Test.«

»Welche Stellung hatten Sie im Konzern?«, fragte Paula.

»Mit der Arbeit in der Entwicklungshilfe haben Hannes und ich als gleichrangige Geschäftspartner begonnen. Anfangs in sehr kleinem Umfang, sozusagen als Weltverbesserer. Wir wollten helfen, das vom Krieg zerstörte Land wiederaufzubauen. Dann hat Hannes meinen Anteil aufgekauft, und ich wurde sein Angestellter. Wir haben die Infrastruktur entwickelt, die Logistik … Straßenbau und andere Projekte. Hannes hat den Einheimischen nicht ganz getraut, er wollte alles selbst überwachen. Und er hat sich dort wohlgefühlt, während ich eher zwischen Finnland und Namibia hin- und hergependelt bin. Das wurde mit der Zeit anstrengend, und als Hannes mehr Verantwortung an Juhana abgab, habe ich meine Aufgaben sozusagen Lauri vererbt.«

»Und Sie, Riitta, waren Sie oft in Namibia?«, fragte Paula.

»Ach nein, ich hatte da eigentlich nichts zu tun. Manchmal war ich eine Woche in der Villa, im Urlaub. Ungefähr einmal im Jahr, höchstens«, antwortete Riitta und spähte über Aros Schulter auf das Foto auf dem Tisch. »Das ist also die ... Tote? Vermuten Sie deshalb, dass der Fall mit dem Konzern zu tun hat?«

»Deshalb? Wie meinen Sie das?«

»Weil sie der Hautfarbe nach aus Namibia stammen könnte. Sonst würden Sie sich doch nicht nach der damaligen Zeit erkundigen.«

Als Paula darauf keine Antwort gab, zog Riitta sich zu dem kleinen Impala an der Wand zurück.

»Sie haben gesagt, Hannes hätte den Einheimischen nicht getraut. Ist dort irgendetwas vorgefallen, was sein Vertrauen zerstört hat?«, wandte Paula sich erneut an Aro.

»Wenn es um Geld geht, gibt es immer Leute, die was für sich abzweigen wollen«, erklärte Aro munter. »Wir waren allerdings ziemlich kleine Akteure, auch wenn das Unternehmen wuchs. Wir mussten über alles im Bild sein. Und ich will nicht behaupten, dass hinter den Machenschaften immer Einheimische steckten.«

»Sondern?«

Veikko Aro zeigte auf das Handy, das Renko auf den Tisch gelegt hatte, und gab mit einer Fingerbewegung zu verstehen, dass die Aufnahme für einen Moment gestoppt werden musste. Renko tat wie geheißen.

»Ich spreche jetzt absolut inoffiziell«, sagte Aro nachdrücklich. »Hannes verstand sich darauf, seinen Vorteil zu wahren. Wenn bei den Projekten Geld verschwand, landete es nicht unbedingt außerhalb des Hauses.«

»Na, jetzt kann ihn ja keiner mehr zur Verantwortung ziehen.« Paula beugte sich vor und schaltete die Aufnahmefunktion an Renkos Handy wieder ein. Zum ersten Mal wirkte Veikko Aro verblüfft, was vermutlich an Paulas herausfordernder Geste lag. Dergleichen war er wohl nicht gewohnt. War seine hochtrabende Bitte, die Aufnahme zu unterbrechen, nur ein Bluff gewesen oder wagte er tatsächlich nicht, seinen ehemaligen Chef offiziell zu belasten, selbst nach dessen Tod?

Veikko Aro stand auf, ging zu dem als Schreibtisch getarnten Barschrank und goss sich einen Kognak ein. Riitta Lehmusoja trat ein paar Schritte vor wie eine Gazelle, die sich von der Herde absondert.

»Meines Wissens gab es deshalb Streitigkeiten zwischen Juhana und Hannes«, sagte sie und sah Aro um Bestätigung heischend an.

»Ja«, gab Veikko widerstrebend zu. »Ich glaube, dass Juhana die Tätigkeit transparenter machen wollte. Aber Hannes hat mit Sicherheit alle Spuren verwischt, wenn er überhaupt welche hinterlassen hat.«

»Und Juhana selbst? Können Sie uns sagen, wie seine Beziehungen zu den Einheimischen waren?«

»Juhana hatte natürlich auch mit der örtlichen Ebene viel zu tun. Er ist ja ein echter Mann von Welt«, erklärte Veikko.

Das Lob für ihren Sohn löste bei Riitta keinerlei Reaktion aus. Allenfalls presste sie die Lippen zusammen.

»Aber mehr kann ich darüber nicht berichten, danach müssen Sie ihn selbst fragen«, fuhr Veikko fort. »Ich habe mich nicht in das Treiben der Jungen eingemischt, bei Lauri nicht und schon gar nicht bei Juhana. Anders als Hannes, der über alles informiert sein wollte. Auch über Dinge, die ihn nichts angingen.«

»Waren Sie Ihrer Meinung nach denn nicht an diesen zwielichtigen Geschäften beteiligt?«, fragte Renko erstaunlich ungezwungen.

»Von zwielichtigen Geschäften habe ich meines Erachtens nicht gesprochen«, erwiderte Aro lachend. »Ich habe nur gesagt, dass Hannes sehr wohl wusste, an welchem Bach er seine Mühle am besten baute.«

»Und wen er als Müller engagiert«, schlug Renko vor.

»Genau. Und ich kannte Hannes gut genug, um zu wissen, wann es ratsam war, nicht nachzufragen.«

»Aber hätten nicht gerade Sie als Jurist der Firma über alles informiert sein müssen?«, fragte Renko, nun schon durchschaubar naiv, gleichzeitig aber so locker, dass Aro sich nicht daran störte.

»Sie haben zu viele amerikanische Fernsehserien gesehen«, entgegnete er und lachte erneut. »Wir geben die Spielregeln nicht vor, sondern lavieren uns durch, so gut wir können.«

Er war mit seinem Glas stehen geblieben, wie um darauf hinzuweisen, dass die Polizei sich nun bald verabschieden sollte. Doch Paula blieb stur auf dem Ledersofa sitzen.

»Sie haben am elften Juni eine Handy-Nachricht von Ihrem Sohn bekommen. Dürfte ich sie bitte sehen?«, fragte sie.

Obwohl sie im selben freundlichen Ton sprach wie bisher, schien Veikko Aro sofort zu begreifen, dass der höfliche Teil der Befragung beendet war. Er betrachtete sein halb volles Glas und leerte es in einem Zug.

»Aha«, sagte er und knallte sein Glas auf den Barschrank. »Das kann sein, ich bekomme natürlich oft Nachrichten von meinem Sohn.«

»Tatsächlich? Das hatte ich ganz anders verstanden.«

»Meistens bewahre ich solche Nachrichten nicht lange auf, sondern lösche sie«, sagte Aro. Er machte keine Anstalten, sein Handy hervorzuholen.

»Meinen Sie speziell die Nachrichten von Ihrem Sohn oder alle, die Sie bekommen?«

Aro hielt seinen Blick unter Kontrolle, aber sein Mund öffnete sich, als wollte er Paula die Zähne zeigen.

»Könnten Sie trotzdem nachsehen, ob die fragliche Nachricht noch da ist?«, bat Paula unbeirrt.

Aro schien über seine Alternativen nachzudenken, seufzte

dann aber, holte sein Handy aus der Tasche und setzte die Lesebrille wieder auf.

»Am elften Juni, haben Sie gesagt?«

»Ja. Ich kann unseren Ermittler nach der genauen Uhrzeit fragen, wenn es mehrere vom selben Tag gibt.«

»Nicht nötig. Wahrscheinlich meinen Sie diese hier. Ich sehe gerade, dass es um dieselbe Person geht wie auf dem Foto. Vorhin ist mir der Name nicht eingefallen«, sagte Aro und hielt Paula sein Handy hin.

Falls Aro tatsächlich andere Nachrichten von seinem Sohn bekommen hatte, dann hatte er sie alle gelöscht – bis auf diese eine. Der gesamte Austausch zwischen Vater und Sohn umfasste nur zwei Nachrichten.

Lauri Aro hatte am 11. Juni ein Foto von dem Erbschaftsvertrag zwischen Rauha Kalondo und Hannes Lehmusoja geschickt. Darunter hatte er nur geschrieben: Kommt dir das bekannt vor?

Veikko Aro hatte erst am nächsten Tag geantwortet. Er wandte den Kopf ab, sodass Paula ihm nicht in die Augen sehen konnte, nachdem sie die Antwort gelesen hatte.

»Sie hatten diesen Vertrag also nie zuvor gesehen?«

»Nein, nie«, antwortete Aro, wobei er Paulas Blick weiterhin auswich.

»Was halten Sie davon?«

»Nichts. Er ist wohl kaum rechtsgültig. Wer weiß, ob das überhaupt Hannes' Unterschrift ist.«

»Lass mich mal sehen«, bat Riitta, und bevor Aro dazwischengehen konnte, hatte Paula ihr schon das Handy gereicht. Vorher hatte sie allerdings das Foto so vergrößert, dass Riitta die Nachrichten von Vater und Sohn Aro nicht sehen konnte.

»Das sieht ganz nach Hannes' Klaue aus«, sagte Riitta amüsiert. Dem Inhalt des Vertrages hatte sie offenbar gar keine Beachtung geschenkt. Veikko nahm ihr das Handy ab, drehte sich um und sah Paula unverhohlen feindselig an. Paula erwiderte seinen Blick ruhig, bevor sie Renko zunickte. Er sollte jetzt Hartikainen das vereinbarte Signal geben.

Lauri Aro würde unverzüglich festgenommen werden.

Im selben Moment stürmten zwei Windhunde herein, gefolgt von einer Deutschen Dogge, die so groß war wie ein Islandpony. Die kleineren Hunde beschnüffelten die Gäste schwanzwedelnd und stellten sich dann neben Veikko.

»Es wird Zeit, sie nach draußen zu lassen«, sagte Veikko gepresst.

Paula nahm Rauha Kalondos Foto vom Tisch und steckte es in ihre Handtasche.

»Sie haben diese Frau also wahrscheinlich damals in Namibia eingestellt.«

»Ja, sofern sie tatsächlich Mitarbeiterin des Konzerns war.«

Veikko Aro brachte die Worte so mühsam hervor, als wäre es in Anbetracht von Paulas Auftreten ein Zugeständnis, überhaupt mit ihr zu sprechen.

»Aber Sie erinnern sich nicht an sie?«

»Nein.«

»An gar nichts? Könnte es sein, dass sie von ... Hannes' Mühlen gewusst hat?«

»Davon hätte sie bestimmt nichts verstanden.«

»Woher wissen Sie das? Wenn Sie sie nicht gekannt haben.«

»Na, sie ist doch ...«

Veikko Aro schaffte es, seinen Ausbruch rechtzeitig zu unterbrechen, und holte tief Luft, bevor er kühl fortfuhr: »Natürlich kann ich es nicht wissen.«

Die Hunde folgten Aro zum Hintereingang, und er ließ sie die Treppe hinunter in den Garten laufen. Renko trat auf die Terrasse und bewunderte lauthals die rund geschnittenen Bäume, ganz offensichtlich, um dem Hausherrn zu schmeicheln. Das Tschack-tschack-tschack eines Sprinklers hallte über den großen Rasen. Aro stöhnte, holte ein Taschentuch hervor und tupfte sich den Schweiß von der Stirn.

»Wenn es doch endlich regnen würde«, ächzte er.

»Sie haben Regen angesagt, aber der lässt offenbar auf sich warten«, sagte Renko locker.

Riitta Lehmusoja war ihnen auf die Terrasse gefolgt. Paula suchte Renkos Blick und nickte verstohlen zu Veikko Aro hin.

»Das Gnu!«, rief Renko. Paula sah ihm an, dass er die erste brauchbare Ausrede gewählt hatte, die ihm eingefallen war. »Seinen Kopf haben Sie gar nicht aufgehängt.«

»Der hängt im Kaminzimmer«, erwiderte Veikko Aro. »Möchten Sie ihn sehen?«

»Unbedingt. Wir haben es doch nicht eilig?«

»Nein. Geh ruhig«, antwortete Paula in mütterlichem Ton.

Ihr tat der Kopf weh, und vor ihren Augen flimmerten Sterne. Neidisch betrachtete sie die Deutsche Dogge, die sich im Schatten unter einem großen Baum ausgestreckt hatte.

Riitta setzte sich an den Rand der Terrasse und schwenkte die Beine wie ein kleines Mädchen. Ihre Zehen reichten gerade bis zum Rasen. Die Zehennägel waren pfirsichfarbig lackiert.

»Sie sollten am Abend vor Mittsommer auch zur Villa der Lehmus-Stiftung kommen?«, fragte Paula.

»Ja. Ich hatte Jerry gerade zum Frühstück nach unten geholt, als Juhana anrief und sagte, wir könnten doch nicht kommen. Das hat uns nicht weiter gestört, wir haben es uns vor dem Fernseher gemütlich gemacht«, erklärte Riitta und lächelte, bis ihr plötzlich einfiel, warum das Fest in der Villa abgesagt worden war. »Um Himmels willen, ich wollte nicht …«

»Natürlich nicht«, beruhigte Paula sie. »Sie verstehen sich gut mit Jerry?«

»Ach, Jerry ist mein kleiner Schatz. Wir sind von Anfang an gut miteinander ausgekommen, seit … Ich habe immer gesagt, Jerry ist das Beste, was Hannes je aus Afrika mitgebracht hat.«

»Hannes?«

»Ja, Hannes war ja an der Adoption beteiligt, genau genommen hat er sie organisiert. Er war so besorgt, weil es Elina nicht gelungen ist, noch einmal schwanger zu werden.«

Paula verkniff sich die Frage, wieso die zweite Schwangerschaft allein von Elina abhing. Stattdessen fragte sie, was Riitta über Jerrys Adoption wusste.

»An die Einzelheiten erinnere ich mich nicht mehr. Aber Hannes hat in Namibia alles geregelt. Juhana und Elina mussten nur die Genehmigung für eine selbst organisierte Adoption einholen.«

»Soweit ich weiß, bekommt man die nicht so leicht.«

»So? Mehr weiß ich wirklich nicht. Aber Jerry ist ein wunderbarer Junge, das ist die Hauptsache«, sagte Riitta. In ihrer Stimme lag so viel großmütterliche Liebe, dass es fast wehtat. Paula schluckte und horchte, ob Renko und Aro schon auf dem Rückweg waren. Im Haus war es jedoch völlig still, die beiden waren irgendwo in seinen Tiefen verschwunden.

»Sie sind im Winter Witwe geworden, mein Beileid«, sagte Paula.

Riitta Lehmusoja gab keine Antwort, sondern schloss die Augen und drehte das Gesicht zur Sonne.

»Wenn ich es richtig verstanden habe, war Hannes vor seinem Tod kurzzeitig verschwunden. Wo haben Sie ihn zum letzten Mal gesehen?«

Riitta hielt das Gesicht noch eine Weile der Sonne zugewandt, als würde sie aus ihrem Licht Kraft schöpfen. Dann lehnte sie sich in den Schatten zurück und öffnete die Augen.

»Bei der Veranstaltung, auf der das Kunstprojekt der Stiftung vorgestellt wurde.«

»Das Mitgefühl-Projekt«, präzisierte Paula.

»Genau. Hannes hat dort eine gute Rede gehalten, vielleicht kam sie sogar von Herzen. Mindestens zum Teil.«

»Wieso hätte sie nicht von Herzen kommen sollen?«

Riitta Lehmusoja schwieg einen Moment und strich den Saum ihrer Schürze glatt.

»Erinnern Sie sich an die alte Geschichte von Dr. Jekyll und Mr. Hyde?«, fragte sie dann und sah Paula schüchtern an.

Paula unterdrückte ein Lächeln. Offenbar hielt Riitta sie für zu jung, um den Klassiker zu kennen. Sie nickte langsam.

»Der Hannes, der die Rede gehalten hat, war Jekyll. Aber danach hat Hyde ihn wieder in Beschlag genommen.« Riitta klang traurig.

»Sein Tod hat Sie also nicht wirklich überrascht?«, fragte Paula.

»Natürlich war ich überrascht, obwohl die dunklen Phasen immer länger wurden. Es gab sie schon in der Studienzeit, als wir uns kennenlernten. Aber Afrika … Es hat Hannes irgendwie verändert. Es ging nicht mehr nur um ausgedehnte Trinkgelage.«

»Aha, Hannes ist also in Afrika von der Dunkelheit befallen worden«, sagte Paula, zu ihrem Entsetzen spöttischer als beabsichtigt.

»Das haben Sie falsch verstanden«, antwortete Riitta. »Ich meinte, dass es Hannes nicht gutgetan hat, der allmächtige weiße Herr zu sein.«

Die Windhunde hatten sich ausgetobt und kehrten auf die Terrasse zurück. Einer der beiden schnupperte an Paulas nackten Beinen.

»Böses Mädchen, weg da«, tadelte Riitta. Sie nahm einen roten Ball, der an der Wand lag, und schleuderte ihn über den Rasen. Die Windhunde, die gerade erst dem Welpenalter entwachsen waren, jagten ihm nach.

»Ein toller Wurf«, sagte Paula.

»In jungen Jahren habe ich Baseball gespielt.«

Der schnellere der beiden Hunde brachte den Ball zurück.

Riitta warf ihn erneut, aber diesmal ganz in die Nähe, und die Hunde sprangen eifrig wie kleine Ziegenböcke auf ihn zu.

Paula dachte an Veikko Aro, der vermutlich immer noch im Kaminzimmer über seine Jagdtrophäen sprach. Sie glaubte ihm, dass er den Vertrag über die Vererbung des Landgutes nicht zu Gesicht bekommen hatte, bevor Lauri ihm das Foto schickte.

Sie glaubte auch, dass der alte Jurist sich tatsächlich nicht an Rauha Kalondo erinnert hatte, weder an ihren Namen noch an ihr Gesicht. Ein Mann wie er klassifizierte die Menschen im Handumdrehen, und diejenigen, die in seiner Hierarchie ganz unten landeten, verwandelten sich in eine gleichförmige Masse, die keinerlei Spuren im Gedächtnis hinterließ.

In seiner Antwort auf die Nachricht seines Sohnes hatte Veikko Aro sich fast genauso kurz gefasst wie Lauri. Dennoch hatte er es geschafft, in einem einzigen Satz die allerverächtlichsten Ausdrücke sowohl für Frauen als auch für People of Color unterzubringen.

Paula betrachtete die Deutsche Dogge, die reglos im Schatten des Baumes lag. Sie sah aus wie ein anderes Tier.

11

Lauri Aro, der Anwalt der Lehmus-Unternehmensgruppe, war Hartikainen und Karhu widerspruchslos gefolgt, als sie ihn vor der Galerie abholten, wo er die Untersuchung des Anschlags auf das Kunstprojekt beobachtet hatte.

Als er jetzt Hartikainen in dem kleinen, fensterlosen Vernehmungsraum gegenübersaß, wirkte er jedoch nervös. Vermutlich hatte er seine Gelassenheit nur vorgetäuscht, um Mai Rinne und Ella Lehmusoja, die weiterhin in der Galerie arbeiteten, nicht zu beunruhigen.

Auf alle Fragen, die Hartikainen ihm stellte, hatte er, unabhängig von ihrem Inhalt, sinngemäß in gleicher Weise geantwortet.

Er sei Rauha Kalondo nie begegnet. Ihr Gesicht habe er am Freitag auf dem Display von Kommissarin Paula Pihlaja zum ersten Mal gesehen.

Er habe das Gesicht des Opfers nicht mit dem Namen Rauha Kalondo in Verbindung gebracht, den er, wie er zugab, in dem Dokument gesehen hatte, das ihm zugeschickt worden war.

Vor dem 11. Juni habe er dieses Dokument nie gesehen. Als er es erhielt, habe er keinerlei Maßnahmen ergriffen, weil er damals wie heute der Meinung war, es sei entweder eine Fälschung oder gegenstandslos. Das Foto von dem Schreiben habe er seinem Vater geschickt, weil das Dokument auf einen Zeitpunkt datiert war, an dem Veikko Aro noch der Jurist des Unternehmens gewesen war.

Er habe nicht überprüft, von wessen Nummer das Dokument geschickt worden war, und weder vorher noch nachher weitere Mitteilungen zu der Sache erhalten. Die ursprüngliche Nachricht habe er gelöscht. Er drängte Hartikainen geradezu sein Handy zur Überprüfung auf.

»Wir sollen Ihnen also glauben, dass Sie ein Foto von diesem Dokument bekommen haben, aber nicht wissen, von wem und warum, und dass Sie sich nicht die Mühe gemacht haben, die Sache zu klären«, konstatierte Hartikainen.

»Ja.«

»Sie haben das Foto aber an Ihren Vater weitergeleitet.«

»Ja.«

»Und Ihr Vater hat Ihnen als Antwort eine Textmitteilung geschickt, die vermutlich den Straftatbestand der rassistischen Aufwiegelung erfüllen würde, wenn man sie öffentlich vorliest.«

»Mein Vater ist ein Mann der alten Garde«, erklärte Lauri Aro, schien sich aber selbst für seinen Vater zu schämen.

»Na, so alt nun auch wieder nicht. Ich bin nur zehn Jahre jünger als er. Aber als Jurist wissen Sie wohl, dass wir, wenn nötig, den gesamten Datenverkehr überprüfen können, und das werden wir auch tun. Ich frage also noch einmal: War die Nachricht, die Sie am 11. Juni bekommen haben, die einzige Kontaktaufnahme von Rauha Kalondo?«

»Ja.«

Hartikainen seufzte. Wahrscheinlich spielte Lauri Aro nur auf Zeit und schützte die Firma und die Familie Lehmusoja, oder zumindest eine von beiden.

»Haben Sie Juhana Lehmusoja von der Mitteilung erzählt?«

»Wie ich schon gesagt habe: nein.«

»Warum nicht? Das kommt mir seltsam vor. Hätte er als Leiter des Konzerns und Sohn von Hannes nicht über die Sache informiert werden müssen?«

»Dazu habe ich keinen Grund gesehen. Wie ich jetzt schon mehrmals wiederholt habe, hielt ich das Dokument für bedeutungslos.«

»Juhana Lehmusoja weiß also weder von der Existenz des Dokuments noch davon, dass Rauha Kalondo Sie zehn Tage vor ihrem Tod kontaktiert hat?«

»Nein.«

Eine große Fliege ließ sich zwischen ihnen auf dem Tisch nieder. Ihre schwarze Farbe war mit einem metallisch grünen Schimmer durchsetzt.

»Was enthielt die Mitteilung von Kalondo, abgesehen von dem Foto?«

»Nichts.«

»Gar nichts? Keinerlei Nachricht?«

»Nein.«

Hartikainen schlug blitzschnell ein leeres Glas umgekehrt auf den Tisch. Die Fliege war gefangen. Aro betrachtete sie, als würde er sie beneiden.

»Warum würde jemand so etwas tun?«, fragte Hartikainen.

»Was?«

»Ein Foto von einem alten Dokument schicken, ohne zu erklären, was er will. Das ergibt doch keinen Sinn.«

Lauri Aro gab keine Antwort. Er wirkte erschöpft. Flüssigkeitsverlust, dachte Hartikainen und merkte, dass auch er Durst hatte.

»Wer kann außer Ihnen und Ihrem Vater das Foto von dem Dokument gesehen haben?«

Aro starrte die Fliege an, die an der Wand ihres gläsernen Gefängnisses im Kreis lief.

»Niemand. Ich lasse mein Handy nie irgendwo herumliegen, und die Sperre schaltet sich schon nach ganz kurzer Zeit ein«, antwortete er und ließ seinen Blick von der Fliege zu seinem Handy wandern, das vor Hartikainen auf dem Tisch lag.

»Also gut, wir behalten Sie jetzt eine Weile hier«, sagte Hartikainen. »Möchten Sie irgendwem Bescheid sagen?«

Lauri Aro schüttelte den Kopf.

»Wirklich nicht?«, vergewisserte sich Hartikainen, steckte das Handy dann aber in seine Tasche, da Aro sich nicht rührte.

»Sie müssen jetzt einen Moment warten. Möchten Sie Kaffee oder Wasser?«

Lauri Aro schüttelte wieder den Kopf, doch Hartikainen beschloss, ihm eine Kanne Wasser zu bringen. Er schob ein Stück Papier unter das Glas und trug die Fliege aus dem Vernehmungsraum hinaus in die Freiheit.

12

Juhana und Elina Lehmusoja hatten mehr als eine halbe Stunde auf Paula warten müssen. Allerdings waren sie auch reichlich früh im Polizeigebäude erschienen. Paula hatte sie für sechs Uhr bestellt, und jetzt war es erst Viertel nach.

Karhu hatte sich angeboten, Kaffee für sie zu kochen.

»Sie wollten keinen«, sagte er wie eine beleidigte Großmutter.

Paula goss sich aus der vollen Kanne eine große Tasse ein und trank gleich einen Schluck.

»Der schmeckt aber richtig gut.«

»Die Frotzelei kannst du dir sparen.«

Karhus miese Laune rührte nicht nur daher, dass seine Gastfreundschaft abgelehnt worden war. Er war mit Hartikainen losgezogen, um Lauri Aro festzunehmen, doch dann hatte Hartikainen ihn nicht mit in den Vernehmungsraum gelassen.

»Die Aufzeichnung der Überwachungskamera in der Galerie ist noch nicht überprüft«, sagte er nun schuldbewusst.

»Renko, du kannst einen Blick darauf werfen. Anschließend gehst du nach Hause«, sagte Paula. Das war ein als Feststellung verkleideter Befehl. Renko wirkte unzufrieden, doch seine Miene veränderte sich nach einem Blick auf sein Handy. Vermutlich wurde der Papa zu Hause schon erwartet.

Als Renko den Pausenraum verließ, wäre er beinahe mit Hartikainen zusammengestoßen, der aus dem Flur hereinkurvte.

»Hoppla, Entschuldigung. Ich hab den Wasserträger wieder

einen Moment allein gelassen, damit er Zeit zum Nachdenken hat. Gibt's Kaffee?«

»Ja, und zwar ganz besonders guten, den kann ich nur empfehlen«, sagte Paula. »Hast du von Aro irgendwas erfahren?«

»Er wiederholt sich ständig. Wie ein Papagei.«

»Er behauptet also weiterhin, dass er von Kalondo nur diese eine Mitteilung bekommen hat?«

»Ja. Und der Geschäftsführer Lehmusoja weiß angeblich nichts von der ganzen Sache. Bisher habe ich keine direkte Kontaktaufnahme zwischen Kalondo und Juhana gefunden.«

»Such weiter und frag zwischendurch Aro weiter aus. Karhu kommt mit mir.«

Die Tür zum letzten Zimmer am anderen Ende des Flurs stand offen. Karhu hatte die Lehmusojas für die Wartezeit möglichst weit weggebracht.

»Haben die beiden den Namen des Opfers schon erfahren? Und wissen sie von dem Erbschaftspapier?«, fragte Karhu leise, als Paula auf dem Flur stehen blieb, um den Inhalt ihrer Mappe zu überprüfen.

»Nein, zumindest nicht, sofern Veikko Aro oder Riitta Lehmusoja sie nicht angerufen haben. Von dem Foto, das wir in Kalondos Sachen gefunden haben, wissen sie jedenfalls nichts. Das verwenden wir jetzt.«

Paula hatte nicht nur Juhana, sondern auch Elina ins Polizeigebäude gebeten. Sie wollte ihre Reaktionen gleichzeitig sehen. Wenn einer der beiden, vermutlich eher Juhana, etwas zu verbergen hatte, würde es in Anwesenheit des anderen deutlicher zu erkennen sein. Allerdings schätzte Paula, dass Elina Lehmusoja eine Frau war, die sich in jeder Situation zu beherrschen wusste, ganz gleich, was sie zu hören bekam, aber unter Juhanas Oberfläche verbargen sich andere Kräfte. Das hatte sich schon am Vorabend gezeigt.

Diese Einschätzung verstärkte sich noch, als Paula das Zimmer betrat, in dem die Lehmusojas sie an einem schmalen Tisch erwarteten wie Personalchefs beim Einstellungsgespräch. Genau so sahen sie aus: Als wäre Paula eine Bewerberin, die man scheinbar neutral, gleichzeitig aber merkwürdig intensiv betrachtet, um auch die kleinste Einzelheit oder Geste zu registrieren, die auf eine verborgene Schwäche hindeuten könnte. Aber während Elina wie eine wohlsituierte Geschäftsführerin aussah, wirkte Juhana wie ein übernächtigter Finanzchef, der mehr über die Lage der Firma weiß, als er zu verraten wagt.

Das spiegelte wohl die Situation in dieser Ehe wider.

Paula nahm gegenüber dem Ehepaar Platz. Karhu schloss die Tür und zog seinen Stuhl ein gutes Stück vom Tisch weg, als wollte er seine Rolle als Beobachter unterstreichen. Paula war froh, dass sie Renko durch Karhu ersetzt hatte. Schweigen wirkte bei den Lehmusojas besser als Smalltalk.

Nach einer leisen Begrüßung warteten die Lehmusojas wortlos ab, was Paula ihnen zu sagen hatte, und starrten ihr dabei weiterhin direkt ins Gesicht.

»Ich habe Sie aus mehreren Gründen hergebeten. Erstens haben wir die Tote jetzt identifiziert«, sagte Paula und legte ihre geschlossene Mappe und die Vergrößerung von Rauha Kalondos Passfoto auf den Tisch. Die Lehmusojas hatten für das Foto keinen Blick übrig.

»Sie heißt Rauha Kalondo. Sagt Ihnen der Name etwas?«

Beide schüttelten den Kopf, ohne sich anzusehen.

»Rauha Kalondo war Dozentin an der Universität von Namibia.«

Die Information über das Heimatland der Frau löste keinerlei Reaktion aus, falls man nicht gerade deren auffällige Abwesenheit als solche werten wollte.

»In welchem Fach?«, fragte Elina Lehmusoja schließlich, als fühlte sie sich verpflichtet, ein Gebot der Höflichkeit zu erfüllen.

»Psychologie.«

»Aha.«

Paula wartete auf weitere Fragen, die jedoch ausblieben. Juhana Lehmusoja saß wie versteinert da. Jetzt hatte er den Blick auf die blaue Mappe geheftet, die Paula neben das Foto von Rauha Kalondo gelegt hatte.

Es war gerade so, als ob er ahnte, dass sie etwas Belastendes enthielt.

»Unseren Informationen nach hat Rauha Kalondo vor ungefähr fünfzehn Jahren in Namibia für die Lehmus-Unternehmensgruppe gearbeitet«, sagte Paula. »Waren Sie damals in Namibia?«

»Ich nicht«, antwortete Elina sofort. »Ella war damals sechs. Ich habe aufgehört zu arbeiten, als ich mit ihr schwanger war, und bin nicht mehr in den Beruf zurückgekehrt. Und auch nicht nach Namibia. Ich habe mich dort nicht wohlgefühlt.«

»Wie ist es mit Ihnen, Juhana, haben Sie sich wohlgefühlt?«, fragte Paula.

»Danach wurde ich nicht gefragt«, sagte Juhana schroff.

»Wie meinen Sie das?«

»Hannes … Mein Vater brauchte mich dort.«

»Waren Sie also vor fünfzehn Jahren in Namibia?«

»Wahrscheinlich.«

»Sie erinnern sich nicht genau?«

»Das ließe sich sicher in unseren Archiven feststellen. Ich bin damals ziemlich viel gereist«, antwortete Juhana, und Elina brummte laut.

Vermutlich hatte sie sich damals oft über längere Zeit allein um ihr Kind kümmern müssen.

»Sie haben letzthin gesagt, dass Sie die Tote möglicherweise gesehen haben«, wandte Paula sich an Juhana, behielt aber gleichzeitig Elina im Blick, für die diese Information sichtlich überraschend kam. Allerdings korrigierte sie ihre Mikroexpression blitzschnell.

»Ja, aber ich meinte nur, dass es möglich wäre, denn sie ist ...«

»Sie ist was? Dunkelhäutig?«

»Ja. Oder überhaupt ... aus dieser Gegend der Welt. Vielleicht.«

»Wie Jerry«, sagte Paula versuchsweise.

Elina Lehmusoja holte urplötzlich tief Luft, als hätte sie gerade eine Minute lang den Atem angehalten. Paula rechnete mit einem Wutausbruch über ihre linkische Bemerkung, doch stattdessen begann Elina, mit merkwürdig brüchiger Stimme zu erzählen, wie schwer Jerry es in den letzten zwei Jahren gehabt hatte.

Das Mobbing hatte in der siebten Klasse begonnen und schließlich solche Ausmaße angenommen, dass Elina und Juhana beschlossen hatten, Jerry auf eine andere Schule zu schicken. Dadurch hatte sich die Situation zwar verbessert, aber nach einer Weile hatten die Eltern gemerkt, dass sich das Verhalten des Jungen veränderte. Er hatte angefangen, ihnen Dinge zu verheimlichen und ihnen feindselig zu begegnen.

Paula hörte geduldig zu, denn die Stimmung im Raum hatte sich schlagartig verändert. Auch Karhu, der kurz zuvor noch mit den Schuhen gescharrt hatte, saß nun reglos da.

»Das tut mir leid«, sagte Paula aufrichtig, als Elina verstummte und die Augen schloss.

Paula lauschte in die Stille, die sich wieder über den Raum gesenkt hatte. Elina saß immer noch mit geschlossenen Augen da. Sie wartet auf etwas, dachte Paula. Auch sie möchte, dass Juhana redet.

Und als Juhana schließlich den Kopf hob und Paula direkt in die Augen sah, war sein Blick geradezu flehend.

»Ich möchte Sie bitten, sich ein zweites Foto anzusehen«, sagte Paula langsam, ohne sich von Juhanas verzweifelter Miene abhalten zu lassen. »Wir haben es bei Rauha Kalondos Sachen gefunden.«

Elina seufzte tief und öffnete die Augen. Paula schlug ihre Mappe auf.

Die stark vergrößerte Aufnahme von Mutter und Kind schien beiden den Atem zu verschlagen – auch Juhana, der ehrlich überrascht wirkte. Paula blieb jedoch keine Zeit, sich darüber zu wundern, denn Elina Lehmusoja stand so abrupt auf, dass ihr Stuhl umkippte. Sie marschierte zur Tür, und Paula gab Karhu über die Schulter hinweg ein Zeichen, ihr zu folgen.

Sie verließ sich darauf, dass der besonnene Karhu herausfinden würde, was Elina Lehmusoja wusste, wenn sie sich erst einmal beruhigt hatte.

Juhana Lehmusoja sah aus, als wollte er sich das Foto von Rauha Kalondo und dem Baby nicht ansehen, konnte aber nicht umhin, es doch zu tun.

»Das ist Jerry«, sagte er schließlich leise und schlug die Hände vors Gesicht.

»Sind Sie sicher?«

»Ja.«

Paula verspürte kein wirkliches Mitleid für den Mann, doch das Zittern seiner schlanken Finger rührte sie. Interessiert betrachtete sie seine Hände.

Gehörten sie dem Mörder? Oder einem Mann, der lediglich die wahre Identität seines Adoptivsohns verschwiegen hatte? Wie war Rauha Kalondos Kind in der Familie Lehmusoja gelandet?

Die Lehmusojas hatten behauptet, Jerrys namibische Eltern seien tot. Sie hatten ihm ein Zuhause geben wollen – einem Waisenjungen aus dem Land, in dem ihr Konzern Geschäfte gemacht hatte, denen sie ihren hohen Lebensstandard verdankten.

Aber Jerry Lehmusoja war kein Waisenkind – dazu war er erst vor ein paar Tagen geworden.

Zumindest zur Hälfte.

Wenn Juhana Lehmusoja Jerrys Herkunft gekannt oder

kürzlich von Rauha Kalondo erfahren hatte, hatte er ein starkes Motiv: Jerrys Abstammung sowohl vor seiner Frau als auch vor Jerry selbst geheim zu halten. Vielleicht hatte Kalondo auch irgendwelche Forderungen gestellt, falls die Adoption nicht legal erfolgt war. Was, wenn man ihr das Kind mit Gewalt weggenommen hatte?

Allerdings hatte auch Elina ein Motiv, dachte Paula, und in gewisser Weise vielleicht sogar ein stärkeres als Juhana. Paula hatte gesehen, wie stark Elinas Schutzinstinkt gegenüber dem Jungen war. Jerry zu verlieren, war vermutlich das Einzige, woran sie zerbrechen würde.

Für Juhana Lehmusoja war nun wirklich die Zeit gekommen, zu reden. Das schien er selbst auch zu begreifen. Er räusperte und straffte sich.

»Ich schwöre«, begann er und lachte plötzlich, als ihm klar wurde, wie albern das klang. »Ich versichere, dass ich es nicht gewusst habe.«

»Was gewusst?«

»Dass Jerrys Mutter lebt.«

»Wir wissen nicht mit Sicherheit, dass Rauha Kalondo Jerrys Mutter war.«

»Aber das denken Sie doch!«

Paula gab keine Antwort, sondern wartete gelassen.

»Ich habe Rauha schon am Freitag in der Villa erkannt, als Sie mir das Foto gezeigt haben«, gestand Juhana.

»Sie haben damals also gelogen?«

»Ja. Das tut mir leid. Aber ich verstand überhaupt nicht, worum es ging. Ich habe seitdem versucht, das Ganze zu begreifen.«

Juhana lehnte sich auf seinem Stuhl zurück und verschränkte die Arme vor der Brust.

»Fangen wir mal ganz am Anfang an. Wann und wo sind Sie Rauha Kalondo zum ersten Mal begegnet?«

»In Namibia auf dem Landgut der Lehmus-Stiftung. In welchem Jahr, kann ich nicht genau sagen, irgendwann Anfang des 21. Jahrhunderts. Rauha hatte dort eine Stelle bekommen.«

»Als was?«

»Sie machte eine Ausbildung zur Krankenschwester.«

»Wozu wurde auf dem Landgut eine Krankenschwester gebraucht?«

»Eine Krankenschwester wurde wohl nicht wirklich gebraucht. Sie hat eher als Haushälterin gearbeitet.«

»Hätte man dafür nicht jemanden in der Nähe finden können? Meinen Informationen nach wurde Rauha in Oniipa angeworben, mehr als fünfhundert Kilometer entfernt vom Landgut.«

»Das weiß ich nicht. Ich habe sie nicht angeworben.«

»Sondern Veikko Aro, nicht wahr?«

»Wahrscheinlich. Veikko hatte ein Faible für schöne Frauen.«

»Und Rauha Kalondo war eine schöne Frau. In jungen Jahren sicher noch schöner.«

»Ich erinnere mich nicht«, sagte Juhana gequält.

»Aber unter allen Menschen, denen Sie in Namibia begegnet sind, ist Ihnen Kalondo so gut im Gedächtnis geblieben, dass Sie sie rund zwanzig Jahre später sogar als Ertrunkene noch wiedererkannt haben.«

Juhana zuckte nur mit den Schultern.

»Ihre Frau war vorhin so erschüttert, dass sie rausgelaufen ist. Was glauben Sie, weshalb?«

»Sie hatte gerade ihr Kind auf einem Foto mit der ermordeten Frau gesehen. Wären Sie da nicht auch erschüttert?«

»Wann haben Sie Rauha Kalondo zum letzten Mal lebend gesehen?«, fragte Paula, ohne auf Juhanas Bemerkung einzugehen. Er antwortete sofort, inzwischen hatte er Zeit gehabt, sich zurückzuerinnern.

»Rauha war ein paar Monate gleichzeitig mit mir auf dem Landgut. Dann bin ich nach Finnland zurückgekehrt, und das nächste Mal bin ich nach Namibia gereist, um Jerry nach Hause zu holen. Mein Vater hatte alles geregelt.«

»Ihr Vater Hannes Lehmusoja hat die Adoption also organisiert?«

»Ja, einschließlich aller Papiere.«

»Wie ist das möglich? Ist eine Adoption aus dem Ausland nicht ein ziemlich langwieriger Prozess?«

»Das weiß ich nicht. Wir haben hier die Genehmigung beantragt. Ich dachte, mein Vater hat das Ganze irgendwie mit Geld geregelt.«

»Hat Sie das nicht gestört?«

»Nein.«

»In meinen Ohren hört sich das so an, als könnte es eine illegale Adoption gewesen sein.«

»Alle Papiere sind in Ordnung.«

»Daran zweifle ich nicht.«

»Ich kann sie Ihnen jederzeit zeigen.«

»Die Zeit könnte bald kommen.«

»Wie gesagt, jederzeit.«

Paula und Juhana starrten sich eine Weile an, als hätten sie gerade ein Duell bei Sonnenaufgang vereinbart. Dann lehnte Paula sich betont ruhig zurück und holte tief Luft. Sie wollte Juhana signalisieren, dass sie das Gespräch den ganzen Abend lang fortsetzen würde, wenn es nötig war.

»Sie haben Rauha Kalondo also vor ungefähr zwanzig Jahren einige Monate lang auf dem Landgut in Namibia gekannt und sie danach nie mehr wiedergesehen. Auch dann nicht, als Sie nach Namibia gereist sind, um Jerry zu holen. War Kalondo zu der Zeit nicht mehr auf dem Landgut?«

»Wahrscheinlich nicht. Ich erinnere mich nicht.«

»Wie viel Zeit lag dazwischen? Also zwischen den Monaten, in denen Sie zusammen mit Kalondo auf dem Landgut waren, und dem Zeitpunkt, als Sie Jerry geholt haben?«

»Ich erinnere mich nicht«, wiederholte Juhana.

»An irgendwas müssen Sie sich doch erinnern. Lagen dazwischen Wochen, Monate oder Jahre?«

»Ich erinnere mich nicht.«

»Na, wenn die Frage zu schwierig ist, machen wir sie ein bisschen leichter. Sprechen wir eher von Wochen als von Jahren?«

»Ich erinnere mich nicht. Das ist so lange her.«

»Sie haben ein ausgesprochen schlechtes Zeitgefühl, wenn Sie sich nicht einmal in diesem Maßstab an die Abstände zwischen Ihren Reisen nach Afrika erinnern.«

»Ich war damals ziemlich oft dort.«

»Aha. Wir brauchen eine DNA-Probe von Jerry«, sagte Paula.

Juhana Lehmusoja erwiderte nichts darauf, sondern starrte Paula so ausdruckslos an, wie er drei Tage zuvor das Foto von Rauha Kalondo betrachtet hatte.

»Noch eine zweite Sache. Haben Sie das hier schon mal gesehen?«, fragte Paula, nahm das Foto von Rauha und Jerry aus der Mappe und legte es auf den Tisch. Darunter wurde das immer noch in einer Plastikhülle steckende Dokument sichtbar, mit dem Hannes Lehmusoja das Landgut in Namibia an Rauha Kalondo vererbte.

Während das Foto von Rauha und Jerry Juhana Lehmusoja zutiefst erschüttert hatte, wirkte er jetzt lediglich verwundert.

»Nein. Wirklich nicht. Woher haben Sie das?«

»Verstehen Sie, worum es darin geht?«

»Ja, Tamarix heißt unser Landgut in Namibia. Eigentlich gehört es allerdings der Stiftung.«

»Ihr Vater hat das Landgut schon vor Jahren der Stiftung überschrieben. Tatsächlich war es wohl gar nicht mehr sein persönliches Eigentum, als dieses Papier aufgesetzt wurde.«

»Ja, das Dokument ist vermutlich nicht rechtsgültig.«

»Das habe ich heute schon mehrmals gehört.«

»Aber das kann ja bedeuten, dass ...«

Juhana unterbrach sich mitten im Satz. Er wirkte geradezu erleichtert.

»Was?«

»Dass Rauha nur wegen dieses Dokuments nach Finnland gekommen ist.«

»Und nicht wegen Jerry?«

Juhana betrachtete das Schwarz-Weiß-Foto erneut, und seine Erleichterung verflog.

»Ihr Jurist Lauri Aro sitzt im Moment dort hinten in einem anderen Raum, weil Rauha Kalondo ihm nur zehn Tage vor ihrem Tod eine Nachricht geschickt hat.«

»Was soll das, zum Teufel? Ist er verhaftet?«

»Noch nicht.«

»Aber Lauri … Er kann mit all dem doch gar nichts zu tun haben.«

Hat er wahrscheinlich auch nicht, dachte Paula. Juhana gegenüber erklärte sie jedoch, dass Aro zu diesem Zeitpunkt die einzige Person war, mit der Kalondo nachweislich in Verbindung gestanden hatte.

»Warum hat er mir nichts davon gesagt? Kann ich mit ihm sprechen?«

»Nein. Wir machen es jetzt so«, sagte Paula. »Mein Kollege Karhu begleitet Sie und Ihre Frau nach Hause und nimmt eine DNA-Probe von Jerry. Morgen früh komme ich bei Ihnen vorbei, und dann gehen wir das Ganze vor der Pressekonferenz noch einmal durch. Wir müssen nämlich morgen weitere Informationen über den Mord an Rauha Kalondo publik machen.«

»Stehe ich unter Verdacht?«

»Nein. Aber eine Frage habe ich noch. Haben Sie Ihrer Frau die Ohrringe gekauft, die sie trägt?«

»Ich habe Elina viel Schmuck gekauft.«

»Sicher. Aber mich interessieren nur die Ohrringe, die sie gerade anhat.«

»Ich achte nicht auf den Schmuck von Frauen«, sagte Juhana, und einen winzigen, flüchtigen Moment lang strahlte er pure Verachtung aus.

Paula hätte nicht sagen können, wem oder was die Verachtung galt, ob Frauenschmuck, Paula oder Frauen generell.

»Die Ohrringe Ihrer Frau haben dasselbe Muster wie der Anhänger, den wir im Mordcontainer gefunden haben. Deshalb frage ich noch einmal: Haben Sie die Ohrringe gekauft?«

»Ich weiß es nicht. Wie gesagt, habe ich Elina viel Schmuck gekauft, möglicherweise auch die Ohrringe. Ich habe nicht Buch geführt.«

»Sie haben nicht Buch geführt. Bezieht sich das nur auf den Schmuck?«, fragte Paula boshaft, doch Juhana verzog keine Miene.

Hatte Juhana Lehmusoja sowohl für seine Frau als auch für Rauha Kalondo Schmuckstücke gekauft, in die ein Zauberknoten eingraviert war? Und wenn ja, hatte er es versehentlich oder absichtlich getan?

Der Zauberknoten sollte seine Trägerin vor allem Bösen bewahren. Gab es etwas Bestimmtes, wovor Juhana die Frauen schützen wollte?

Was oder wer war das? War es etwas, wovor auch Juhana selbst Angst hatte?

Oder blickte Paula dem Bösen gerade jetzt in die Augen?

13

Die Spießböcke unterbrechen ihre Mahlzeit und blicken zu dem Mann, der im hohen Gras hockt. Ein großes Tier entfernt sich ein wenig von den anderen und macht einige Schritte zu dem Mann hin.

Juhana stützt sich auf sein Knie und schießt. Als der Schuss fällt, scheint die ganze Savanne aufzuschrecken. Dann stürmt die Herde geschlossen davon. Nur das größte Tier, das sich aus ihrem Kreis entfernt hatte, bleibt stehen. Es knickt den linken Vorderlauf ein und sinkt in eine Art Gebetsstellung. Dann fällt es seitlich zu Boden.

Juhana steht auf. Gleichzeitig sacken seine Schultern herunter. Er sieht aus wie ein kleiner Junge, der heimlich eine Waffe an sich genommen, auf einem Ast einen Vogel gesehen und aus einem plötzlichen Einfall heraus beschlossen hat, einfach mal auszuprobieren, ob er ihn trifft. Erst als der Vogel vom Ast fällt, begreift der Junge, was er getan hat. Zu spät.

Wir stehen weiter weg im Schatten der Büsche und verfolgen das Schauspiel. Veikko klopft Hannes auf die Schulter. Der Minister wirft lachend den Kopf in den Nacken und lobt den Schuss. Der Jagdführer steht mit verschränkten Armen da und nickt anerkennend. Ich betrachte Lauri, der die Augen geschlossen hat. Als würde das noch nicht reichen, hat er obendrein das Gesicht abgewandt. Auch ich frage mich manchmal, was mit den Jungen los ist.

Ich weiß, dass Juhani nicht schießen wollte. Das hat er schon gestern Abend klargemacht, aber Veikko hat gesagt, er müsse es tun. Es mache keinen guten Eindruck, wenn Juhana Schwäche zeigt –

der Minister sei ein wichtiger Gast. Lauri widersprach seinem Vater, er verteidigte Juhanas Recht, selbst zu entscheiden. Veikko wurde wütend auf Lauri und beschimpfte seinen Sohn als Schlappschwanz. Was der Jammerlappen tat, würde niemanden interessieren. Aber Juhana müsse in den Augen der Gäste Führungsqualitäten beweisen.

Hannes hatte den Streit schweigend, mit einem kleinen Lächeln in den Mundwinkeln, verfolgt. Als Juhana sich an seinen Vater wandte und bei ihm Unterstützung suchte, zuckte Hannes die Schultern und sagte: »A man's gotta do what a man's gotta do.«

Da wusste Juhana, dass er heute töten musste.

Als wir bei der Antilope stehen, betrachtet Juhana das tote Tier betrübt. Lauri steht ein Stück weiter weg, er hat uns den Rücken zugekehrt.

Veikko meint, Juhanas Beute ergebe eine prächtige Trophäe. Später könne er sich dann noch weitere zulegen.

Juhana schwört, dass dieser Kopf auf keinen Fall an seiner Wand landen wird. Seine Stimme klingt zum ersten Mal an diesem Tag entschlossen.

Der Jagdführer geht neben der Antilope in die Hocke. Er hebt ihren Kopf an und winkt Juhana zu sich. Juhana gehorcht. Ich zücke den Fotoapparat. Auf dem Bild lächelt Juhana ausdruckslos. Hannes bittet den Minister für ein zweites Foto dazu. Der Minister legt seine Hände auf Juhanas Schultern und blickt strahlend in die Kamera. In der Mitte ist das schwarz-weiße Gesicht der toten Antilope.

Hannes winkt mich zur Seite. Er schärft mir ein, dafür zu sorgen, dass der Jagdführer den Kopf des Tieres als Trophäe herrichtet. Sie wird an Juhanas Frau nach Finnland geschickt. Und der Junge braucht nichts davon zu wissen.

Hannes flüstert, aber mir ist klar, dass es sich um einen Befehl handelt. Ich nicke.

Ein großer Geier fliegt am Himmel. Der Schatten des Aasvogels schwebt über Juhana hinweg.

14

Paula blieb an der Treppe des Polizeigebäudes stehen, während Karhu seinen Wagen holte, den er ein paar Straßen weiter geparkt hatte. Elina Lehmusoja hatte erklärt, dass sie lieber von Karhu nach Hause gebracht werden wolle. Sie hatte sich geweigert, den Raum, in den Karhu sie geführt hatte, zu verlassen, bis sie erfuhr, dass Juhana gegangen war.

Elina hatte Karhu hauptsächlich als Schulter zum Ausweinen benutzt – wortwörtlich, denn auf der einen Seite von Karhus Hemd hatte ihre Wimperntusche einen Fleck hinterlassen. Unter Tränen hatte sie immer wieder gesagt, sie begreife das alles nicht und Jerry sei ihr Sohn, er gehöre keiner anderen.

Paula spürte immer noch keine Müdigkeit, obwohl sie in der Nacht wenig geschlafen hatte und der Tag lang gewesen war. Hartikainen schien durch die Ermittlungen so aufgeputscht zu sein, dass Paula ihn ausdrücklich ermahnen musste, nach Hause zu gehen, sobald er auch die restlichen verfügbaren Informationen über Lauri Aros Kommunikationsdaten durchgesehen hatte. Der Jurist war in jeder Hinsicht hilfsbereit, er hatte sogar seinen Laptop holen lassen, um beweisen zu können, dass er nur über sein Handy Verbindung zu Rauha Kalondo gehabt hatte. Trotzdem würde er bis zum Morgen festgehalten werden.

Aro hatte immer noch kein besseres Alibi für die Mordnacht zu bieten als seine eigene Versicherung, er sei zu Hause gewesen. Allerdings unterstützten die Ortungsdaten seines Handys diese Aussage.

»Und er ist kein Macher«, hatte Hartikainen gesagt, als wäre das etwas besonders Erstrebenswertes, wie Paula verärgert gedacht hatte.

Es war ein ruhiger Abend, die Straße lag verlassen da. Nach einer Weile näherte sich ein Motorengeräusch. Doch es war nicht Karhu. Ein roter Sportwagen mit offenem Verdeck bog um die Ecke und fuhr beim Polizeigebäude vor. Ein Alfa Romeo Spider, Baujahr 1970, erinnerte sich Paula. Am Steuer saß Mai Rinne, die mit dem eleganten Tuch, das sie um den Kopf geschlungen hatte, wie ein Star aus vergangenen Zeiten aussah.

Sie fuhr den Wagen halb auf den Bürgersteig, hielt direkt vor dem Eingang und stellte den Motor ab. Es schien ihr vollkommen gleichgültig zu sein, dass sie vor den Augen einer Polizistin falsch parkte.

»Haben Sie Lauri verhaftet?«, fragte sie, ohne auszusteigen.

»Nein.«

»Ich bringe ihm sein Auto. Kann ich ihn sehen?«

»Das geht jetzt nicht. Und den Wagen können Sie da nicht stehen lassen.«

»Geht es ihm gut?«

»Alles in Ordnung. Würden Sie den Wagen jetzt wegfahren, es gibt sicher in der Nähe einen freien Parkplatz. Wir können Herrn Aro die Schlüssel übergeben«, sagte Paula.

Mai hatte den Motor noch nicht wieder angelassen, als hinter Paula die Tür aufging. Mai wirkte plötzlich wie vor den Kopf geschlagen.

»Elina, was in aller Welt …«, rief sie und stieg hastig aus.

Elina Lehmusoja schluchzte auf, als Mai über die Treppe zu ihr eilte. Nach einem Blick auf Elinas Gesicht wunderte Paula sich nicht mehr über Mais entsetzte Reaktion. Elinas Augen waren rot und geschwollen.

»Ach, mein Herzchen«, sagte Mai und umarmte Elina. »Wo ist Juhana?«

»Juhana ist … Juhana ist …«, stammelte Elina.

»Haben Sie ihn etwa auch verhaftet?«, wandte sich Mai über Elinas Schulter hinweg in scharfem Ton an Paula.

»Niemand wurde verhaftet«, erwiderte Paula.

»Ich kann dich nach Hause bringen«, sagte Mai zu Elina.

»Das ist nicht nötig. Wir fahren Frau Lehmusoja nach Hause«, erklärte Paula.

»Warum? Ich kann das doch übernehmen.«

Paula gab keine Antwort. Mai Rinne brauchte nicht zu wissen, dass bei Jerry eine DNA-Probe gemacht wurde. Vermutlich würde auch Elina nicht wollen, dass sie davon erfuhr.

»Möchtest du, dass ich Ella nach Hause schicke? Sie ist noch mit Paavali in der Galerie geblieben«, fragte Mai.

»Nein, nein, erzähl Ella nichts davon«, entgegnete Elina, ließ Mai los und öffnete ihre Faust, in der sie ein zusammengeknülltes Taschentuch hielt. Während Elina sich die Nase putzte, funkelte Mai wütend Paula an.

»Was haben Sie ihr bloß gesagt?«

»Würden Sie bitte das Auto hier wegfahren«, erwiderte Paula.

Im selben Moment bog endlich Karhus Wagen um die Ecke.

»Da kommt mein Fahrer«, sagte Elina und versuchte, Mai anzulächeln. Der Versuch misslang kläglich.

»Warte mal.« Mai kletterte die Stufen hinab und nahm ihre Handtasche vom Vordersitz des Cabriolets. Dann stieg sie die Treppe wieder hinauf und ließ den Autoschlüssel vor Paulas Nase baumeln.

»Bitte sehr«, sagte sie schroff.

Paula nahm den Schlüssel wortlos entgegen und musterte Mai interessiert. Mai schien Elina als ihren Schützling zu betrachten, die Rollenverteilung zwischen den beiden Frauen, die Paula am Tag vor Mittsommer beobachtet hatte, war auf den Kopf gestellt. Mai legte einen Arm um Elinas Taille und stützte sie auf dem Weg zu Karhus Wagen.

»Möchtest du wirklich nicht, dass ich mitkomme?«

»Nicht nötig, Mai, im Ernst. Danke«, sagte Elina, bevor sie sich neben Karhu auf den Beifahrersitz setzte.

Mai blickte dem Wagen nach. Anschließend maß sie Paula mit einem starren Blick, ehe sie kehrtmachte und zur Bushaltestelle ging. Oder zum Taxistand.

Definitiv zum Taxistand, dachte Paula und betrachtete den Schlüssel des Sportwagens in ihrer Hand.

15

Das Tiefdruckgebiet hatte sich irgendwo südöstlich von Finnland festgesetzt. Dort sammelte es seine Kräfte und entwickelte sich zur Sturmfront. Im Radio erklärte der Meteorologe, die tropischen Nächte würden weiter andauern. Anschließend wurde in der Sendung *Naturabend* darüber diskutiert, wie sich die anhaltende Hitze auf die Beerenernte im Herbst auswirken würde.

Paula nahm eine Dose alkoholfreies Bier aus dem Kühlschrank, wischte sich damit über die schweißnasse Stirn und genoss kurz die Kälte, die der offene Kühlschrank verströmte. Dann öffnete sie die Dose und trank ein Drittel des Inhalts in einem Schluck.

Der tiefgekühlte Käsekuchen taute bei Zimmertemperatur auf. Neben dem Kuchen stand ein altes Transistorradio aus der Hinterlassenschaft von Paulas Großtante. Paula drehte den Senderknopf, bis im Rauschen der Ätherwinde eine bekannte Stimme auftauchte. The Doors.

Sie dachte an ihren Ex-Freund Kimmo, in dessen Wohnung ein großes Jim-Morrison-Poster die Eintretenden gleich an der Tür begrüßte. Die Junggesellenbude des auf die Vierzig zugehenden Geschäftsführers wirkte wie die Wohnung eines zwanzigjährigen Literaturstudenten.

The cars hiss by my window, like the waves down on the beach, sang Morrison. Paula hörte sich den Song bis zum Ende an und drehte dann das Radio leiser, um zu horchen, ob das poetische

Bild der Realität in ihrer Wohnung entsprach. Doch der Verkehrslärm hatte wenig Ähnlichkeit mit Meereswellen, die rauschend auf den nächtlichen Sandstrand rollen.

Paula nahm den Käsekuchen aus der Verpackung und drückte mit dem Zeigefinger leicht auf die Glasur. Er schien aufgetaut zu sein. Plötzlich musste Paula lachen, denn sie hatte das Gefühl, ihrer Großtante zu ähneln, die ihr Leben lang ledig geblieben war. Hatte die alte Dame den Kuchen auch so betastet, wenn sie Besuch erwartet hatte?

Die Großtante war allerdings extrem ordentlich gewesen. Paulas Wohnung war zwar an sich sauber und aufgeräumt, aber wenn sie sich umsah, entdeckte sie immer irgendetwas, das an der falschen Stelle lag. Andererseits war ihr die leichte Unordnung ganz recht. Ebenso die Tatsache, dass Sofa und Couchtisch eigentlich nicht zusammenpassten. Sie wollte nicht, dass man ihre Inneneinrichtung mit Ausdrücken wie »skandinavisch« oder »asketisch« beschreiben konnte. Vor allem graute ihr bei der Vorstellung, ein zufälliger Besucher würde aus den innenarchitektonischen Lösungen Rückschlüsse auf ihr Gemütsleben ziehen.

Diese Furcht war insofern unbegründet, als sie so gut wie nie Besuch bekam.

In Paulas Leben gab es viele regelmäßige Routinen, doch ein fester Putztag zählte nicht dazu. Wenn sie irgendwo etwas entdeckte, das weggeräumt werden musste, tat sie es. Wenn sich unter dem Sofa Staub angesammelt hatte, nahm sie den Staubsauger und trieb die Wollmäuse in seinen Beutel. Aber nur selten, wenn überhaupt jemals, ging sie daran, ihre Wohnung vom hintersten Winkel des Wohnzimmers bis zur Türschwelle in der Diele systematisch zu putzen.

Ihr Putzen hatte Ähnlichkeit mit der Arbeit der Polizei. Wenn irgendwo ein Problem zu sehen war, rief man den Streifenwagen, und es wurde aus dem Blickfeld entfernt. Aber die

Gesellschaft wurde nicht im Ganzen inspiziert und gereinigt, die tieferen Ursachen der Probleme wurden nicht behoben.

Paula stellte das Radio wieder lauter, als in den Nachrichten gemeldet wurde, wie viele Menschen an Mittsommer ertrunken waren. Es waren mehr, als man an zwei Händen abzählen konnte.

Ihr Vater hatte die Angewohnheit gehabt, im Sommerhaus mit seinen Brüdern um eine Flasche Schnaps zu wetten, wie viele Wasserleichen es an Mittsommer geben würde. Paula hatte das für witzigen schwarzen Humor gehalten, bis sie zum ersten Mal als Polizeianwärterin in Uniform an Mittsommer Dienst geschoben hatte.

An jenem Abend hatte sie den Streifenwagen am Straßenrand geparkt und im Schatten der Ulme am Gartentor eines Eigenheims auf die Ankunft des Krisenstabs gewartet. Sie hatten den Eltern in diesem Haus mitteilen müssen, dass ihr ältester Sohn, der gerade erst das Abitur gemacht hatte, vom Bier beflügelt zu einer Insel hatte schwimmen wollen, es aber nicht bis ans Ziel geschafft hatte.

Paula schaltete das Radio aus und rückte die Bilder auf der Kommode zurecht, die sie von ihrer Großtante geerbt hatte. Es waren fünf, und sie standen nie in einer Anordnung da, die auch dann noch passend wirkte, wenn ihr Blick das nächste Mal auf sie fiel.

Zwei der Fotos zeigten eine dreiköpfige Familie – auf beiden war dieselbe Familie zu sehen, und doch unterschieden sie sich augenfällig. Auf dem ersten standen Paula, ihr Vater und ihre Mutter auf dem Gipfel des Berges Koli, im Hintergrund schimmerte der Pielinen-See. Auf dem zweiten war anstelle der Mutter Paulas kleiner Bruder zu sehen. Von der Mutter gab es auch ein Foto vom Tag der Taufe ihres kleinen Bruders, auf dem sie das Baby auf dem Arm hielt.

Aber niemand hatte die vierköpfige Familie fotografiert. In

den beiden letzten Bilderrahmen steckten Aufnahmen vom Bruder als Konfirmand und als Abiturient.

Der arme kleine Bruder. Drei Wochen vor seinem ersten Geburtstag hatte ihre Mutter einen Verkehrsunfall. Sie hatten nie erfahren, ob es tatsächlich ein Unfall war, ob die Mutter einfach am Lenkrad eingeschlafen war oder ob sie den Wagen absichtlich auf die Gegenspur vor einen Laster gelenkt hatte. Sie hatte gerade Paulas kleinen Bruder zur Oma gebracht. Am nächsten Tag sollten Paula und ihre Eltern zu dritt in den Vergnügungspark Linnanmäki gehen.

Der Ausflug führte nicht nach Linnanmäki, sondern in den Keller der Klinik.

Man hatte Paula nicht erlaubt, ihre Mutter noch einmal zu sehen. Sie hatte im Warteraum auf einem Holzstuhl gesessen und die weiße Wand angestarrt.

Damals waren die Bilder zum ersten Mal aufgetaucht, als hätte sie die stummen Schmalfilme ihres Onkels betrachtet.

Sie saß im Auto auf dem Beifahrersitz und sah den Weg zum Haus der Großmutter, die spärlichen Birken am Straßenrand. Den alten, menschenleeren Dorfladen, an den sich Ackerland anschloss. Sie stand vor dem Dorfladen und betrachtete ein vorbeifahrendes Auto; es war ein fremder Wagen, doch am Steuer saß ihre Mutter. Die Straße führte in einer flachen Kurve zur Ackerfläche, Paula saß nun in dem fremden Wagen und stellte entsetzt fest, dass die Augenlider ihrer Mutter zugewachsen waren. Und während sie dort im Auto saß, erinnerte sie sich an die Worte, die ihr Vater am Telefon wiederholt hatte: in einer flachen Kurve. Ihr Schrei versickerte in ihrer Kehle, und ihre Mutter hätte den Warnruf auch gar nicht gehört, denn Paula stand plötzlich mitten auf einem Sonnenblumenfeld und sah den aus der Gegenrichtung kommenden Milchwagen.

Dann hatte der Schmalfilm geendet, und Paula hatte wieder

an die Wand gestarrt. Sie hatte gemerkt, dass sie ein Kinderlied summte, das sie im Religionsunterricht gelernt hatte.

Jetzt kam ihr der Text des Liedes wieder in den Sinn, obwohl sie geglaubt hatte, sie hätte ihn längst vergessen. Da klingelte es.

Paula öffnete die Tür, ihr kleiner Bruder kam herein, zog die Sandalen aus und ging barfuß in die Küche. Paula betrachtete seine Schuhe und überlegte, wie viel er wohl für die Schlappen bezahlt hatte. Er kleidete sich immer leger, aber auch die Dümmsten sahen, dass er teure Qualitätskleidung trug.

Er stand mitten in dem großen Raum, genau auf der Grenze zwischen Küchen- und Wohnbereich.

»Irgendwie ist es hier immer so gemütlich«, sagte er höflich. »Es bringt übrigens nichts, das Fenster offen zu lassen, bei diesem Wetter wird es dadurch nicht kühler. Nur der Straßenstaub kommt rein.«

»Ich möchte die Geräusche der Stadt hören«, antwortete Paula, ging dann aber doch zum Fenster und schloss es.

Sie drängte ihren Bruder, sich an den Tisch zu setzen, und kümmerte sich um den Kaffee. Als sie das Pulver in den Filter füllte, fiel ihr die Espressomaschine im Küchenschrank ein, die sie von ihrem Bruder zu Weihnachten bekommen hatte. Sie schämte sich, dass das Gerät nicht einmal sichtbar bereitstand. Ein halbes Jahr lang hatte sie sich davor gedrückt, die Gebrauchsanweisung zu lesen, da sie ja auch mit der alten Methode Kaffee kochen konnte.

»Du nimmst doch Käsekuchen?«, fragte Paula und dachte wieder an ihre Großtante. War sie etwa auf dem Weg, auch so zu werden? Dass ihr Bruder zuerst den Kopf schüttelte, machte die Situation nicht leichter. Als ihm aufging, dass Paula den Kuchen nur seinetwegen gekauft hatte, schluckte er seine ablehnende Antwort herunter.

»Aber gern«, sagte er genau in dem Ton, in dem ein höflicher junger Verwandter seiner alten Tante antwortet.

Ohne dass Paula es gemerkt hatte, war er aufgestanden und betrachtete nun die alten Fotos auf der Kommode. Paula kniff die Augen zu. Am liebsten hätte sie die Stirn gegen die Tür des Abtropfschranks geschlagen.

»Ihr seid gerade mit diesem Mordfall beschäftigt?«

»Ja«, entgegnete Paula in einem Tonfall, der klarstellte, dass das Gespräch über dieses Thema damit beendet war. Sie wollte nicht mit Außenstehenden über den ungelösten Fall reden, selbst mit ihrem Bruder nicht. Zum Glück fragte er nicht weiter nach.

Beim Kaffee sprachen sie über ihren Vater und darüber, was es im Leben des Bruders Neues gab. Paula hatte Angst, unnatürlich zu klingen, obwohl sie sich ehrlich für die Angelegenheiten ihres kleinen Bruders interessierte. Aber bei ihren Begegnungen herrschte jedes Mal eine leicht zurückhaltende Stimmung, und Paula gab sich selbst die Schuld daran.

Paula und ihr Vater hatten den kleinen Bruder immer als letzte Erinnerung an die Mutter geliebt.

Und ihn gleichzeitig als denjenigen gehasst, der indirekt ihren Tod verursacht hatte.

Liebe und Hass hatten sich glücklicherweise die Waage gehalten, und der kleine Bruder war zu einem gescheiten jungen Mann herangewachsen. Jetzt machte er als Jurist Karriere.

»Guter Kaffee«, stellte er fest.

»Du musst mir zeigen, wie die Espressomaschine funktioniert. Irgendwie habe ich es nicht geschafft, es selbst zu lernen«, sagte Paula linkisch.

Ihr Bruder winkte lachend ab. Wahrscheinlich erinnerte er sich gar nicht mehr an sein Geschenk.

»Ich hätte da einen Fall, den du dir ansehen könntest, wenn es dich interessiert. Sozusagen eine harte Nuss, die du knacken kannst, damit es dir im Urlaub nicht langweilig wird«, fuhr Paula fort.

So etwas hatten sie schon öfter getan, Papiere ausgetauscht und über Fälle gesprochen, in der Regel nachträglich, wenn alle Unterlagen öffentlich waren. Berufliche Dinge boten einen sicheren, neutralen Boden, auf dem sie sich auch dann begegnen konnten, wenn es einfach nichts anderes zu bereden gab und die Erinnerungen zu schmerzlich waren.

Paula nahm den bereitliegenden Briefumschlag, der Paulis Vernehmungs- und Gerichtsprotokolle enthielt, vom Beistelltisch und reichte ihn ihrem Bruder.

Er zog die Papiere aus dem Umschlag und überflog sie. Paula achtete darauf, an welchen Stellen er innehielt und den Text genauer las.

»Eine stinknormale Tötung im Rausch«, stellte er schließlich fest. »Mischkonsum, Tatwaffe ein Mora-Dolchmesser. Das ist ja geradezu ein Klassiker. Leider sind Klassiker oft fade, jedenfalls im Kino.«

Dann runzelte er die Stirn und blickte von den Papieren auf.

»Das ist in Turku passiert. Und dein Name taucht nirgendwo auf. Ist das gar nicht dein Fall?«

»Nein. Ein Bekannter hat die Ermittlungen geführt.«

»Ist die Sache nicht ganz simpel? Das Urteil wurde auch schon gesprochen.«

»Stimmt. Aber ich möchte trotzdem, dass du die Unterlagen in aller Ruhe und gründlich liest.«

»Es gibt also irgendwas, das dir Kopfzerbrechen bereitet?«, fragte Paulas Bruder. Er wirkte verwundert, was sie nicht erstaunte. Die Papiere enthielten tatsächlich nichts Ungewöhnliches, aber sie hoffte dennoch, dass ihr scharfsichtiger Bruder etwas finden würde.

Eine Erklärung dafür, wie es so weit hatte kommen können.

Etwas, das schiefgelaufen war.

Egal was.

»Denk nicht darüber nach«, sagte sie rasch. »Ich möchte nur

wissen, ob dir irgendetwas auffällt. Etwas, das nicht ins Bild passt.«

Ihr Bruder nickte, steckte die Papiere in den Umschlag und verstaute ihn in seiner Schultertasche.

In der Diele versprachen sie sich verlegen, sich bald wiederzusehen. Das taten sie immer, obwohl zwischen ihren Treffen oft ein ganzes Jahr verging.

Als Paula in die Küche zurückkehrte, merkte sie, dass ihr Bruder sein Kuchenstück nicht angerührt hatte. Sie warf es in den Bio-Abfall und blickte eine Weile zum Fenster hinaus auf die stille Straße. Dann holte sie aus einem der Küchenschränke einen gestreiften Karton, stellte ihn auf den Tisch und öffnete ihn. Sie nahm einen Block und einen Bleistift heraus.

Im Karton lagen außerdem mehrere Stapel verschlossene Briefumschläge und ein kleines Plastikarmband. Paula streichelte das Armband zwischen Daumen und Zeigefinger. Dann legte sie es zurück, setzte den Deckel wieder auf den Karton und stellte ihn auf den Boden. Sie goss sich Kaffee ein, setzte sich an den Tisch und begann einen Brief zu entwerfen. Später würde sie den Text mit Kugelschreiber ins Reine schreiben.

Im Karton lagen schon zweiundsechzig nie abgeschickte Briefe. Sie waren so persönlich, dass man sie nicht auf dem Computer tippen konnte.

Diese Briefe mussten von Hand geschrieben werden.

16

Die Mutter klärte Meinungsverschiedenheiten in der Regel mit passiv-aggressivem Verhalten. Ihre Stimme wurde leiser, sie sprach in kurzen Hauptsätzen.

So begann es auch diesmal. Anfangs versuchte der Vater, mit der Situation so umzugehen wie immer, indem er sich in sich selbst zurückzog. Das wurde allerdings von Minute zu Minute schwieriger.

Jerry stocherte mit der Gabel in den Essensresten herum und überlegte, ob er sich verdrücken oder versuchen sollte, die Lage zu entspannen. Er vermisste Ella, von der er als Kind in solchen Situationen Unterstützung bekommen hatte. Jetzt fehlte sie ihm ganz besonders, denn er spürte, dass die Spannungen zwischen seinen Eltern irgendwie auf ihn zurückgingen.

Oder eigentlich auf die Probe, die man ihm entnommen hatte. Warum brauchte man eine DNA-Probe von ihm?

Seine Mutter hatte erklärt, wegen der Leiche, die bei der Villa gefunden worden war, werde von ihnen allen eine Probe genommen. Aber Jerry war an Mittsommer nicht in der Villa gewesen. Er hatte seine Mutter und den Polizisten, der die Probe nahm, darauf hingewiesen, aber keine Antwort erhalten.

Jerry sah seine Eltern abwechselnd finster an. Seine Mutter erwiderte den Blick nicht, sondern starrte seinem Vater unablässig ins Gesicht. Ihr Hass erinnerte an einen verglühenden Stern, der das Ende seines Daseins erreicht hatte. Er verschlang alles Licht, war dicht und schwer.

Jerry bedankte sich für das Essen und erklärte, er gehe jetzt in sein Zimmer. Seine Mutter zuckte zusammen, als wäre ihr erst jetzt bewusst geworden, dass auch er sich im selben Raum aufhielt.

»Natürlich, geh nur«, sagte sie in bemüht normalem Ton.

Doch dann zerbrach die harte Schale, und sie heulte los. Jerry stand auf und überlegte kurz, ob er sie trösten sollte, hielt es dann aber für besser, sich zu verziehen.

Sein Vater ließ das Besteck fallen. Das Messer klirrte am Tellerrand.

»Lass es doch ...«, begann er, doch der Satz blieb unvollendet, da er offenbar selbst nicht wusste, wie er ihn weiterführen sollte.

»Erklär es mir, versuch es wenigstens«, stieß die Mutter unter Tränen hervor.

»Darf ich vielleicht erst mal in Ruhe aufessen?«, hörte Jerry seinen Vater noch sagen, als er die Tür schloss, und sein Ton unterstrich, dass er hier der Langmütige war.

In seinem Zimmer warf Jerry sich der Länge nach aufs Bett und setzte die Kopfhörer auf. Bald legte sich Till Lindemanns Stimme über das von Streichern gespielte Intro. Jerry drehte die Lautstärke voll auf. Die Musik füllte seinen Kopf.

Er schloss die Augen. Als er sie wieder aufschlug, sah er aus dem Augenwinkel, dass die Zimmertür einen Spaltbreit geöffnet wurde. Seine Mutter spähte herein und lächelte mechanisch, als ihre Blicke sich trafen. Dann zog sie die Tür wieder zu.

Als der Song zu Ende war, nahm Jerry die Kopfhörer ab. Er hörte seine Mutter sprechen, fast brüllen. Seine Eltern hatten sich offenbar ins Schlafzimmer zurückgezogen, doch er fing seinen Namen auf.

»... wenigstens leise, der Junge hört uns«, knurrte der Vater.

»... hört nichts, er hat die Kopfhörer auf«, antwortete die Mutter.

Jerry sah auf sein Handy und merkte, dass er eine Textmitteilung bekommen hatte.

Er musste sie mehrmals lesen.

Eine bedrohliche Stille wälzte sich aus dem Schlafzimmer in den Flur, als Jerry die Treppe hinunterschlich. In der Diele streckte er die Hand nach seiner Jeansjacke aus, hielt aber inne, weil ihm einfiel, dass es draußen immer noch heiß war, selbst in der Abendzeit. Nachdem er eine Weile überlegt hatte, entschied er sich, die Jacke trotzdem mitzunehmen. Gleichzeitig ging das Gespräch in der oberen Etage nach der kurzen Stille in die nächste Phase über. Es bestand nun aus Flüchen.

Jerry schlüpfte nach draußen. An der Hecke blieb er stehen und blickte zu seinem Zimmerfenster hinauf. Er sah seine Mutter hereinkommen. Dann seinen Vater. Hinter der Scheibe breitete die Mutter die Arme aus und sagte etwas zum Vater. Der rief seinen Namen. Die Mutter stimmte ein. Jerry wandte sich ab und machte sich auf den Weg zum schattigen Park.

Er setzte die Kopfhörer, die um seinen Hals hingen, wieder auf. Erneut drang Till Lindemanns Stimme an seine Ohren. Diesmal sang er nicht, sondern sprach:

Ein kleiner Mensch stirbt nur zum Schein. Wollte ganz alleine sein.

Durch den Park gelangte man zu einer anderen Straße, an der es eine Bushaltestelle gab. Jerry sah auf den Fahrplan und setzte sich auf die Wartebank. Dann zog er sein Handy hervor und las die Mitteilung noch einmal.

Hallo Jerry. Man hat dich belogen. Willst du wissen, wer deine wirkliche Mutter ist?

17

Der Tag hatte denkbar schlecht angefangen.

Für den Nachmittag war eine Pressekonferenz über den Mord an Rauha Kalondo geplant, aber Paula war schon um sieben Uhr durch einen Anruf geweckt worden. Der Reporter einer Abendzeitung hatte sie um Bestätigung verschiedener Einzelheiten gebeten, auch solcher, die momentan noch nicht publik gemacht werden sollten. Und dabei handelte es sich nicht etwa um wilde Spekulationen, sondern um echte Fakten.

Paula hatte die Lehmusojas sofort warnen müssen. Eine Stunde nach dem Anruf standen Fotos von der Villa der Stiftung und vom Haus der Lehmusojas im Internet. Beide Fotos waren neu, das Tor der Villa zierten die Absperrbänder der Polizei. Der Container war immerhin schon abtransportiert worden, aber auch über dieses Detail war der Reporter informiert. Die Schlagzeile schrie Containermord, und in dem Artikel wurden sowohl die Aktivitäten des Lehmus-Konzerns in Namibia als auch das Ableben von Hannes Lehmusoja behandelt.

Im Winter hatte die Presse dezent über Hannes' Tod berichtet, doch jetzt deutete die Zeitung an, der Aufsichtsratsvorsitzende der Stiftung sei »kürzlich unter mysteriösen Umständen« gestorben. Oberflächlich betrachtet traf das zu, denn Hartikainen zufolge waren bei der Untersuchung der Todesursache einige Fragen unbeantwortet geblieben. Doch bei den offenen Fragen ging es hauptsächlich darum, wo Hannes vor seinem Tod gesoffen hatte und warum er viel zu leicht bekleidet nach draußen in den Frost gegangen war. Unzweifelhaft war dagegen, dass Hannes Lehmusoja mit über drei Promille an Hypothermie gestorben war, den Überwachungskameras und Augenzeugen nach allein, und dass an der Leiche keine Spuren von Gewalt gefunden worden waren.

Hartikainen hatte sich als Letzter in den Besprechungsraum geschleppt. Er hatte bis spätabends am Computer gesessen, aber keine weiteren Indizien für Kontakte zwischen Rauha Kalondo und Lauri Aro oder Juhana Lehmusoja mehr entdeckt.

Renko dagegen sah ausgeschlafen aus. Paula hatte das Team für neun Uhr zusammengerufen, damit sie vor der Pressekonferenz alles durchsprechen konnten.

Sie würden Lauri Aro gehen lassen, aber es musste weiterhin untersucht werden, wie er den Donnerstagabend verbracht hatte. Was Rauha Kalondo betraf, war die Aufnahme der Überwachungskamera auf dem Marktplatz immer noch die letzte, auf der sie zu sehen war.

Um Zeit zu sparen, hatte Paula die Lehmusojas bei ihrem Anruf am frühen Morgen gebeten, doch ins Polizeigebäude zu kommen. Sie warf einen Blick auf die Uhr: Bis zu dem Termin war noch eine halbe Stunde Zeit. Sie konnten also noch die mageren Ergebnisse der technischen Untersuchung der Sachen, die man in Rauha Kalondos Hotelzimmer gefunden hatte, und die detaillierten Befunde der Obduktion durchgehen.

Bevor sie auch nur damit angefangen hatte, klingelte Paulas Telefon. Sie kam nicht einmal dazu, sich mit ihrem Namen zu melden.

Elina Lehmusoja war hysterisch, und das hörten auch die anderen. Plötzlich war die Stimmung im Besprechungsraum angespannt.

Paula hielt das Telefon eine Lineallänge von ihrem Ohr entfernt, hörte eine Weile zu und öffnete dann die Tür. Nun war die schrille Stimme in Stereo zu hören, aus dem Handy und gedämpfter aus der Ferne. Bald darauf spähte am Ende des Flurs der Diensthabende um die Ecke. Paula nickte und signalisierte ihm, er solle die Frau durchlassen.

Elina Lehmusoja ließ das Handy sinken, als sie Paula erblickte, und blieb kurz stehen. Sie hatte sich auffällig verändert: Alles an ihrem Äußeren war nach wie vor makellos, aber gewissermaßen in Schieflage geraten. Während sie den Flur entlangging, stützte sie sich abwechselnd an beiden Wänden ab. Hochhackige Schuhe und Panik waren eine schlechte Kombination.

»Er hat Jerry entführt«, sagte sie, als sie bei Paula angekommen war, diesmal flüsternd, als könnte ein Unbefugter sie hören und die Information missbrauchen.

»Wer?«

»Das weiß ich nicht«, stöhnte Elina verzweifelt.

Paula nahm sie an der Hand und führte sie in den Pausenraum. Renko versuchte ihnen zu folgen, doch Paula schlug ihm die Tür vor der Nase zu.

Elina schnäuzte sich mit einer Papierserviette, deren rotes Muster verriet, dass sie vor längerer Zeit für die Adventsfeier der Polizisten angeschafft worden war.

»Ist Jerry etwas passiert?«, fragte Paula, als Elinas Atem sich etwas beruhigt hatte.

»Ich kann ihn nirgends finden, und am Handy meldet er sich nicht«, stammelte Elina. »Ich habe gestern Abend zwar gemerkt, dass er aus dem Haus gegangen ist, aber da habe ich mir noch keine Sorgen gemacht, weil er auch früher manchmal ohne Erlaubnis weggegangen und erst in der Nacht nach Hause gekommen ist. Ich bin auf dem Sofa eingeschlafen, während ich auf ihn gewartet habe, und erst aufgewacht, als die Textmitteilung kam.«

Paula registrierte, dass Elina nur von sich selbst sprach, nicht von Juhana. War sie in ihrem jetzigen Zustand allein zur Polizei gefahren?

Elina legte ihr Handy auf den Tisch und öffnete die zuletzt eingetroffene Mitteilung. Es war eine Audiodatei ohne Begleittext.

»Hören Sie es sich an«, flüsterte Elina und öffnete die Datei.

Anfangs war nur ein Rauschen zu hören, das wahrscheinlich auf die schlechte Qualität der Aufnahme zurückging. Dann ertönte ein undefinierbares Klappern, dem metallisches Knirschen folgte.

Paula erkannte das Geräusch sofort. Sie hatte es vor drei Tagen gehört, als sie den Container mit Rauha Kalondos Leiche betreten und ihre Kollegen gebeten hatte, die Tür zu schließen.

Aber erst bei den folgenden Geräuschen drehte sich ihr der Magen um. Elina Lehmusoja heulte auf und hielt sich die Ohren zu.

Die dumpfen Schläge begannen langsam, doch ihr Rhythmus beschleunigte sich bald. Ihre Botschaft war erschreckend deutlich.

Jemand schlug in höchster Not gegen eine Wand.

Eine Wand aus Metall.

Tum tum tum.

Tum tum tum tum tum tum tum tum.

18

Die Lichter des Frachters verschwinden langsam am Horizont. Die Wellen rollen auf den Strand, als wollten sie eine Geschichte erzählen. Ich fahre mit dem Finger über den Sternenhimmel wie über ein Zahlenbild für Kinder.

Zum Schluss kennzeichne ich das Kreuz des Südens, wie um diesen Ort auf einer Schatzkarte zu markieren. Am Himmel ist kein Mond zu sehen, es gibt nur die Sterne. Den weichen Schoß der Dunkelheit. Ich streichle meinen Neumondbauch, auch er ist noch nicht zu sehen. Aber er wird mit dem Mond wachsen, beim nächsten Vollmond ist er schon sichtbar.

Mein Sternkind, das Kind des Mondes.

Wenn es ein Mädchen ist, will ich es Luna nennen. Das kam mir gerade in den Sinn wegen dieser Landschaft. Ich möchte es Juhana erzählen, ihn fragen, ob das ein guter Name wäre. Aber Juhana weiß es noch nicht. Ich habe mich nicht getraut, es ihm zu sagen.

Das tue ich erst, wenn feststeht, dass ich keine Fehlgeburt haben werde. Wenn wieder Vollmond ist.

Er gießt mir Wein nach. Ich lehne nicht ab, ein bisschen kann ich schon noch vertragen. Es ist sicher nicht gefährlich für das Kind. Ich trinke langsam, eigentlich brauche ich den Wein nicht, denn ich kann mich an diesem Moment berauschen. Ich fühle mich friedlich. Die Dunkelheit ist nicht beängstigend, sie ist eine warme Decke.

Die Wellen brausen ans Ufer, sie flüstern, wenn sie sich vom

Sand ins Meer zurückziehen. Was versuchen sie zu erzählen? Wahrscheinlich irgendetwas Uraltes, das die Eidechse auf dem Uferfelsen versteht, ich dagegen nicht. Mit den Wellen kommt der salzige Geruch des Meeres, er ist schwer, aber wenn ich meine Lunge mit dem Wind des Atlantiks fülle, fühle ich mich leicht.

Die Lichter der Schiffe am Horizont vermischen sich mit den tiefsten Sternen. Ich überlege, was die Schiffe wohl in ihren Containern transportieren – und von wo nach wo. Die Welt ist ein einziger großer Ameisenhaufen, aber dieser Strand gehört zur einsamen Insel zweier Menschen, obwohl hinter ihm ein ganzer Kontinent liegt.

Die Nacht hat eine Glasglocke über uns gestülpt. Es gibt nur das Meer und den Strand, am Strand uns und hinter dem Glas die funkelnden Sterne.

Juhana reißt mich aus meinen Gedanken und sagt besorgt, wir müssten aufbrechen. Warum? Er späht in die Dunkelheit und wiederholt, dass wir nun gehen müssen. Als ich aufstehe, erkenne ich eine Bewegung im Dunkeln, die Juhana beunruhigt.

Ich sehe die Umrisse der Hyänen zwischen den Dünen. Ihre Augen glühen unheilverkündend, als das Licht sie streift. Ich drücke Juhanas Bein. Er lacht auf und sagt, vor denen müssten wir uns nicht fürchten. Aber ihr schrilles, hohes Keckern lässt mich schaudern. So klingt das Gelächter junger Exemplare ihrer Gattung.

Die Paradiesinsel, die ich in meinem Kopf entworfen habe, ist nicht real. Die Hyänen sind es. Sie tauchen überall auf, wenn wir uns nicht vorsehen.

Ich streiche über meinen Bauch und nehme mir vor, die funkelnden Augen der Hyänen nie zu vergessen, mich nie von einem trügerischen Sicherheitsgefühl einlullen zu lassen. Sie lauern immer im Hintergrund und schleichen sich näher, wenn ich sie für einen Moment aus dem Sinn verliere. Und wenn ich an die Hyänen denke, kann ich nicht umhin, an Hannes zu denken.

Hannes ist die Hyäne, vor der ich auf der Hut sein muss. Es wäre dumm, ihn für einen Löwen zu halten, für ein altes Männchen, das sein Rudel beschützt.

Hannes hat die Seele einer Hyäne.

Ich weiß schon jetzt, dass mir die Hyänen bald im Traum erscheinen werden.

Obwohl Juhana mein Herz erfüllt, hallt in meinem Kopf immer die befehlende Stimme von Hannes wider. Ich umklammere den Halsschmuck, den ich von Juhana bekommen habe, wie ein Glück bringendes Amulett.

Der wird dich vor allem Bösen schützen, hat Juhana gesagt, als er mir den Schmuck gegeben hat.

Aber als der Wagen über den Sand zur Landstraße rollt, höre ich hinter mir das leise Lachen einer alten Hyäne.

TEIL III

1

Die Luft flimmerte über der Heuwiese im Südwesten Finnlands. Durch die Wiese führte eine Landstraße, auf der ein glänzender blauer Traktor fuhr. Er näherte sich der Stelle, an der er auf die Wiese zu beiden Seiten der Straße abbiegen konnte.

Vor der Kreuzung verlangsamte der Traktor das Tempo und hielt dann an. Der Fahrer vergewisserte sich im Seitenspiegel, dass kein von der Sonne geblendeter Raser zum Überholen ansetzte, bevor er den Traktor über die Gegenspur auf die Heuwiese lenkte. Sie war schon zur Hälfte gemäht, und der Traktor fuhr weiter bis in die Mitte der Wiese, wendete und rollte rückwärts vor die Mähmaschine.

Vom Traktor stieg ein Mann, der trotz seiner jungen Jahre das Gebaren eines Hofbesitzers hatte. Er trug lediglich kurze Shorts und eine Schirmmütze, auf die er den Gehörschutz gesetzt hatte.

Der Mann betrachtete die Wiese auf der anderen Straßenseite, die noch ganz ungemäht war. Dann blickte er zum wolkenlosen Himmel hinauf und lächelte. Keine Eile. Für einen Landwirt war die Hitze wie auf Bestellung gekommen.

Er hängte die Mähmaschine an den Traktor, kletterte zurück in die Fahrerkabine und fuhr los.

Die Heuernte ist eine meditative Tätigkeit. Das hatte er gegenüber seiner vorigen Braut in spe behauptet, die jedoch trotz all seiner Bemühungen nach einem halben Jahr auf dem Bauernhof ihre Sachen gepackt hatte.

Als der Mann in der hintersten Ecke der Wiese wendete, nahm er aus den Augenwinkeln eine Bewegung auf der Landstraße wahr. Dort hielt gerade ein großes Fahrzeug. Er sah genauer hin und schnaufte verwundert.

Eine Art Kranwagen hatte in die Zufahrt zur Wiese auf der anderen Seite zurückgesetzt. Seine Haube ragte halb auf die Landstraße. Am Kran schaukelte ein blauer Container. Der Fahrer hatte offensichtlich die Absicht, ihn in dem Heu auf der Wiese abzusetzen.

»Was zum Teufel«, sagte der Mann auf dem Traktor. Dann merkte er, dass er das eine Ende der Mähmaschine in den Graben gefahren hatte. Er bremste hart und fluchte laut, er konnte seine Stimme sowohl im Kopf als auch durch den Gehörschutz hören. Nachdem er den Motor abgestellt hatte, sprang er so hastig aus der Kabine, dass er mit dem Gesicht voran in das frisch gemähte Heu flog. Sein Gesicht brannte vom Schweiß und von den Grashalmen, die sich sofort daran hefteten. Er riss sich die Schirmmütze vom Kopf, der Gehörschutz flog in hohem Bogen hinterher. Seine gute Laune war restlos verschwunden.

Als der Mann sich aufgerappelt hatte, stand der Container bereits am Rand der anderen Heuwiese. Die Ketten, an denen er gerade noch in der Luft gehangen hatte, schlugen klirrend gegen die Seite.

Mit starrem Blick beobachtete der Mann, wie der Kranfahrer aus seinem Fahrerhaus stieg und mit sicherem Griff die Ketten löste. Selbst von Weitem war zu erkennen, wie gebräunt und muskulös er war, was der Traktorfahrer neidisch registrierte.

Hatte er aus irgendeinem Grund selbst einen Container auf sein Feld bestellt und es dann vergessen? Hatte ein anderer ihn bestellt?

Nein. Ihm fiel keine vernünftige Erklärung ein, wozu man auf einer Heuwiese einen Container brauchte. Es sei denn, jemand hätte die Absicht, sein Heu zu stehlen und in einem Container abzutransportieren.

Die Sonne brannte auf seiner Stirn. Das weckte den Mann aus seiner Erstarrung, er hob die Schirmmütze auf, hängte sich den Gehörschutz um den Hals und stapfte quer über die Wiese, beschleunigte sein Tempo, als er merkte, dass der Kranwagenfahrer seine Arbeit erledigt hatte und Anstalten machte, ins Fahrerhaus zu klettern.

»He!«, rief der Traktorfahrer und schwenkte die Arme. Sie waren nichts als Stangen, die bei der Arbeit im Stall blass geworden waren, auch dieser Gedanke ging ihm beim Laufen durch den Kopf, man müsste öfter draußen sein dürfen und nicht dauernd im Stall, für einen Kranwagenfahrer ist es ja leicht, bei der Arbeit braun zu werden.

»He, das ist meine Wiese«, brüllte er.

Nun wurde der Kranwagenfahrer endlich auf ihn aufmerksam und hielt die Hand vor die Augen. Am Oberarm hatte er ein großes blaues Tattoo, das ihn irgendwie gefährlich erscheinen ließ. Doch das brachte den Traktorfahrer nicht mehr aus der Fassung.

Er war schließlich der Landbesitzer. Und jetzt hatte jemand etwas auf seinen Grund und Boden gebracht, was auf keinen Fall dort hingehörte.

2

Elina Lehmusoja lag bäuchlings am Rand des riesigen Doppelbettes wie ein Stück Treibholz, das der Ozean ans Ufer gespült hat. Eine Hand hing über den Bettrand, die langen Finger berührten fast den Boden.

Paula war an der Tür stehen geblieben. Sie hatte sich eine der üblichen Phrasen zurechtgelegt, *ich verstehe, dass es schwierig ist, aber wir brauchen jede erdenkliche Hilfe*, oder etwas anderes in der Art, was man eben sagt, wenn man gezwungen ist, einem bis ins Mark erschütterten Menschen wenigstens eine kleine Information zu entlocken.

Behutsam zog Paula sich zurück und schloss die Tür. Vermutlich war von Elina mehr Hilfe zu erwarten, wenn sie sich eine Weile ausruhen durfte.

Jerry Lehmusojas Handy war ausgeschaltet. Es war zuletzt am Abend gegen elf Uhr in der Nähe der Innenstadt von Helsinki geortet worden.

Elina war am Boden zerstört, weil sie sich am Abend keine Sorgen wegen Jerrys Abwesenheit gemacht hatte, sondern auf dem Sofa eingeschlafen war. Juhana, der ihr zum Polizeigebäude nachgefahren war, hatte versucht, seine Frau zu trösten, doch sie hatte ihn fortgewinkt. Dennoch hatten sie gemeinsam alle ihnen bekannten Personen aufgelistet, mit denen Jerry zu tun haben könnte, und die meisten von ihnen hatte die Polizei bereits erreicht.

Seit über zwölf Stunden hatte niemand Jerry Lehmusoja gesehen oder mit ihm in Verbindung gestanden. Es war jetzt die erste Priorität der Polizei, den Jungen zu finden.

Die Pressekonferenz war abgesagt worden, stattdessen hatte die Polizei in einer kurzen Pressemitteilung zum Mord an Rauha Kalondo die Fakten bestätigt, über die das Abendblatt schon am Morgen berichtet hatte. In der ruhigen Straße, an der die Lehmusojas wohnten, war es schlagartig lebendig geworden, immer wieder fuhren Leute langsam am Haus vorbei. Ab und zu hielt auch ein Auto an, ein Fenster wurde geöffnet und ein Foto geschossen.

Die Audiodatei, die Elina bekommen hatte, wurde untersucht, doch bisher hatte man keinen Hinweis auf den Absender gefunden.

Nicht alle waren davon überzeugt, dass die Audiodatei als Beweis für Jerrys Entführung gewertet werden konnte. Es handle sich um einen Teenagerstreich, hatte Hartikainen erklärt, bevor er nach Hause gegangen war, um seinen versäumten Schlaf nachzuholen. Paula hielt es jedoch für angebracht, vom ungünstigsten Szenario auszugehen.

Die schlimmste Alternative war, dass Rauha Kalondos Mörder den Jungen ebenfalls in einen Container gesperrt hatte. In diesem Fall war Jerry in Lebensgefahr – oder bereits tot.

Alle Streifenwagen im gesamten Hauptstadtgebiet hatten die Anweisung erhalten, jeden verdächtigen oder an einem ungewöhnlichen Ort abgestellten Container zu überprüfen.

Renko und Karhu durchsuchten Jerrys Zimmer. Als Paula an der Zimmertür vorbeiging, hörte sie Renkos endlosen Monolog.

Juhana Lehmusoja saß am Küchentisch. Sein Gesicht war aschgrau. Als er Paula bemerkte, sprang er auf, fragte, ob sie Kaffee wolle, und machte sich sofort daran, ihn zuzubereiten, obwohl sie ablehnte. Die Espressomaschine sah genauso aus wie die, die immer noch unbenutzt in Paulas Küchenschrank herumstand. Das Gerät machte einen derartigen Lärm, dass

Paula sich fragte, warum irgendjemand es benutzen wollte. Sie ließ sich von Juhana eine Tasse servieren, denn sie spürte, dass es ihn beruhigte, etwas zu tun zu haben.

»Also«, sagte sie, nachdem sie den Kaffee probiert hatte, der für ihren Geschmack viel zu stark war. »Fällt Ihnen noch etwas ein, egal was, das uns bei der Suche nach Jerry helfen könnte?«

»Darüber habe ich pausenlos nachgedacht. Aber ehrlich gesagt, ich … Es kann sein, dass ich nicht alle kenne, mit denen Jerry seine Zeit verbringt.«

In dieser Hinsicht zählte Paula tatsächlich mehr auf Elina, die jedoch nach all den Fragen, die sie im ersten Schock hatte beantworten müssen, restlos erschöpft war.

»Sie haben vor einiger Zeit gesagt, Jerry sei für Sie wie ein eigener Sohn.«

»Ja. Wieso?«

»Ihrer Meinung nach ist ein Adoptivkind also kein eigenes Kind, sondern wie ein eigenes Kind.«

»Aber es ist ja nicht das eigene«, sagte Juhana schroff. »Ein Adoptivkind wird adoptiert, weil seine eigenen Eltern es nicht behalten wollen.«

»Vielleicht wollen sie es doch behalten«, antwortete Paula ebenso schroff. »Für eine Adoption kann es viele Gründe geben. Welchen Grund könnte Rauha Kalondo gehabt haben, was meinen Sie?«

»Woher soll ich das wissen?«

Paula glaubte, dass Juhana es sehr wohl wusste. Bevor sie ihm widersprechen konnte, klingelte irgendwo ein Telefon. Juhana sprang auf.

»Ist das Ihr Handy?«, fragte Paula.

»Ja. Ich muss es in der Diele gelassen haben.«

Während Juhana sein Telefon holte, versuchte Paula den Gedanken aufzugreifen, der ihr durch den Kopf geschossen war. Sie bekam ihn jedoch nicht mehr zu fassen.

»Im Containerlager gibt es irgendein Problem, offenbar im Datensystem«, stieß Juhana atemlos hervor, als er in die Küche zurückkehrte. »Ich habe nicht genau verstanden, worum es geht, aber Kaakko möchte, dass ich sofort hinkomme.«
»War schon eine Polizeistreife da?«
Juhana schüttelte den Kopf. Paula hätte sich am liebsten selbst geohrfeigt. Warum hatte sie nicht gleich als Erstes Kollegen dahin geschickt, wo das Unternehmen die meisten Container lagerte?
»Wir fahren mit meinem Wagen«, sagte sie und rief in die obere Etage, Renko solle herunterkommen. Karhu konnte inzwischen Elina Gesellschaft leisten.
Paulas Wagen stand vor der Tür. Sie stiegen schnell ein, ohne auf den Fotografen zu achten, der auf der anderen Straßenseite sein Stativ aufgebaut hatte. Als Paula den Wagen auf die Straße zurücksetzte, fluchte Juhana, der auf dem Beifahrersitz saß, und begann das Fenster herunterzudrehen.
»Lassen Sie nur. Das bringt nichts«, sagte Paula.
Juhana schnaubte, kurbelte das Fenster aber gehorsam wieder hoch und wandte das Gesicht ab, als sie an dem Fotografen vorbeifuhren.
Auf der Hauptstraße, die sich am Ufer entlangwand, gab Paula kräftig Gas und fuhr mit überhöhter Geschwindigkeit auf das Hafengebiet zu.
»Da ist wieder einer«, rief Renko von hinten.
Am Straßenrand stand ein einsamer Container. Schon auf der Fahrt vom Polizeigebäude zum Haus der Lehmusojas hatte sich bei Paula und ihren Kollegen der Blick speziell für Container geschärft, und auf einmal schienen sie überall zu sein, wohin man auch schaute.
Mehrere kamen ihnen auch entgegen, teils in Kranwagen, teils auf der Ladefläche eines Lasters.
Tatsächlich wurden es immer mehr, je näher sie dem Contai-

nerlager der Lehmus-Unternehmensgruppe kamen: identische blaue Container. Als sie nur noch einige Blocks entfernt waren, beschlich Paula eine böse Vorahnung. Ohne es zu merken, fuhr sie langsamer, obwohl mehr und mehr darauf hinwies, dass sie es eilig hatten.

Juhana saß wie erstarrt da, seine Hand umklammerte den Türgriff. Auch Renko war verstummt.

Um die Ecke bog ein Laster mit einem blauen Container. Paula brachte ihren Wagen fast zum Stehen, damit sie die Markierung an der Seite des Containers entziffern konnte.

»Das ist unserer«, flüsterte Juhana Lehmusoja und sah Paula entsetzt an.

Im selben Moment bog ein zweites Fahrzeug mit einem Container der gleichen Art um die Ecke.

3

Die Logistikchefin Ritva Kaakko stand neben einem Kranwagen, der am Tor hielt, und sprach mit weit ausgebreiteten Armen mit dem Mann in der Fahrerkabine. Als sie Juhanas Ankunft bemerkte, trat sie zurück und hob theatralisch die Schultern. Der Kranwagen setzte sich in Bewegung. Er hatte einen blauen Container geladen.

Paula sprang aus ihrem Saab und baute sich vor dem Kranwagen auf. Gleichzeitig hupte jemand hinter ihr. Dort stand wieder ein neuer Laster. Paula bedeutete Renko, sich um ihn zu kümmern.

Im Fahrerhaus des Kranwagens, der gerade durch das Tor gekommen war, saß ein breitschultriger Mann mit Schirmmütze, der vor sich hin schimpfte. Man brauchte keine besondere Erfahrung im Lippenlesen, um seine Worte zu erraten. Er öffnete das Seitenfenster erst, als Paula ihren Dienstausweis an die Scheibe hielt.

»Ich muss Sie leider bitten, den Container auf das Lagergelände zurückzubringen.«

»Was soll das, verdammt!«, brüllte der Mann. »Wir brauchen das Ding in unserer Firma, und zwar schnellstens!«

»Hier geht heute kein einziger Container mehr raus.«

»Wo sollen wir denn dann einen hernehmen?«

»Setzen Sie sofort zurück auf den Hof«, befahl Paula.

Der Mann kapitulierte, als er sah, dass auch der Fahrer, der gehupt hatte und auf das Gelände wollte, zurücksetzte. Er schloss das Fenster. Seinen Mundbewegungen nach motzte er weiter, tat aber wie geheißen.

»Warte, bis das Arschloch weggefahren ist, dann schließt du das Tor. Und setz von mir aus mein Auto quer davor. Keiner fährt mehr auf den Hof oder hinaus«, wies Paula Renko in übertrieben herrischem Ton an.

Sie war nun noch wütender auf sich selbst, weil sie nicht auf die Idee gekommen war, sofort Streifenwagen zum Containerlager zu schicken, nachdem sie die Aufnahme auf Elina Lehmusojas Handy gehört hatte.

Ritva Kaakko wirkte entsetzt, was vermutlich daran lag, dass Paula ihre geliebten Container daran hinderte, ihre wichtigste oder eigentlich einzige Aufgabe zu erfüllen: sich von einem Ort zum anderen zu bewegen. Sie wusste ja noch nichts von Jerrys Verschwinden.

Ritva sah wieder so aus, als hätte sie sich nicht entscheiden können, ob sie auf eine Party oder in eine Autowerkstatt gehen sollte. Zu einem Seidenrock trug sie ein T-Shirt mit dem Logo der Firma, um den Hals eine schwere Perlenkette. Der Duft ihres Parfüms waberte meterweit um sie herum.

Paula wartete ab, bis Juhana die Logistikchefin ins Bild gesetzt hatte. Er zwang sich, in neutralem Ton zu sprechen, was sein Entsetzen noch unterstrich. Kaakko wirkte erschüttert, schloss kurz die Augen und fasste Juhana dann am Arm.

»Er wird bestimmt gefunden«, sagte sie und wandte sich anschließend an Paula: »Aber hier wird er ja wohl nicht sein.«

»Wir haben Grund zu der Annahme, dass Jerry gegen seinen Willen in einen Container gesperrt wurde«, antwortete Paula.

Eigentlich hätte sie zu diesem Zeitpunkt lieber keine Außenstehenden darüber informiert, doch bei Ritva Kaakko musste sie eine Ausnahme machen, denn wenn irgendjemand alles über Container wusste, dann sie.

»Um Himmels willen«, hauchte Kaakko und schlug dramatisch wie in einem alten Film die Hände vors Gesicht. Jetzt merkte Paula, dass sich in den Duft des Parfüms ein leichter Alkoholgeruch mischte.

Schnaps, dachte Paula, kein Leichtbier.

»Werden hier immer so viele Container abgeholt?«, fragte sie.

»Nein, deshalb habe ich Juhana ja angerufen«, antwortete Kaakko. »Ist Jerry in Gefahr? Warum glauben Sie, dass er …«

»Wann haben Sie gemerkt, dass ungewöhnlich viele Container unterwegs sind?«, unterbrach Paula ihr Gestammel.

»Bald nachdem ich heute Morgen hergekommen bin.«

»Am Morgen? Warum haben Sie erst jetzt angerufen?«

»Na ja, es war wohl schon gegen Mittag, ich habe es nicht pünktlich zur Arbeit geschafft. Gestern Abend wurde es ein bisschen spät.«

»Wieso?«

»Ich habe den Abend mit einem Freund verbracht.«

»Wie heißt dieser Freund?«

»Also, eigentlich nicht mit einem Freund, sondern mit dem Künstler Paavali Kassinen. Er hat mich in sein Atelier gebeten, weil er mir die Skulptur zeigen wollte, die er zum Andenken an Hansku … an Hannes Lehmusoja gemacht hat. Haben Sie die schon gesehen? Sie ist fantastisch.«

»Woran haben Sie gemerkt, dass hier etwas nicht stimmt?«

»Der Mitarbeiter am Tor hat es mir gleich gesagt, als ich kam. Anfangs habe ich es nicht ganz ernst genommen, aber als ich dann am Computer saß und ein paar Tassen Kaffee getrunken hatte … Ich muss zugeben, dass es eine Weile gedauert hat, bevor ich mich darangemacht habe, die Sache zu checken. Da habe ich gemerkt, dass über Nacht dutzendweise neue Bestellungen im System aufgetaucht sind.«

Kaakko hatte vermutet, dass irgendein Virus in das Datensystem des Unternehmens eingedrungen war, und daraufhin Juhana angerufen. Da sie von Jerrys Verschwinden nichts gewusst hatte, waren ihr die Containerbestellungen darüber hinaus nicht verdächtig erschienen.

»Ich dachte, dass durch das Virus irgendwelche alten Bestellungen aktiviert worden waren. Aber dann hat einer unserer eigenen Fahrer aus Salo angerufen. Er hatte früh am Morgen einen Container auf Bestellung auf den Acker von irgendeinem Bauernhof gebracht. Der Landwirt war zufällig dort und hat behauptet, er hätte keinen Container bestellt, obwohl sein Name auf der Bestellung stand.«

Gleich danach war ein wütender Anruf aus dem Stadtteil Punavuori gekommen, wo ein Container vor dem Eingang eines Restaurants abgestellt worden war.

Juhana sah aus, als wäre ihm schlecht, und seine Übelkeit schien zuzunehmen, je weiter Kaakko mit ihrem Bericht kam. Offenbar begriff er dasselbe wie Paula: Jerrys Entführer hatte es geschafft, Container des Lehmus-Unternehmens in alle Winkel der Stadt zu ordern und, wie der Fall des Bauern aus Salo vermuten ließ, auch in entferntere Gegenden. Nun mussten alle diese Container überprüft werden, obwohl die Bestellungen höchstwahrscheinlich nur ein Täuschungsmanöver waren, das die Ermittlungen behindern sollte.

Der Mann, der am Tor arbeitete, steckte den Kopf zum Fenster des Kontrollraums heraus und rief, dass das Handy und das Festnetztelefon der Firma jetzt gleichzeitig klingelten. Paula bat Kaakko, ihm zu helfen und alle Anrufe exakt zu notieren. Sie brauchten eine Liste aller Adressen, an die seit der Öffnung des Tores um acht Uhr früh Container geliefert worden waren. Außerdem mussten alle Container im Lager untersucht werden.

Paula ließ den Blick über das weitläufige Gelände wandern, hinter dem die Baustelle für den neuen Hauptsitz der Lehmus-Unternehmensgruppe lag – ebenfalls voller Container. Ihr war schwindlig. Am besten fingen sie sofort an, noch bevor die Verstärkung eintraf. Die Baustelle musste stillgelegt werden, und was noch ...

»Paula«, sagte Juhana Lehmusoja.

Sein Tonfall und die Tatsache, dass er sie beim Vornamen nannte, ließen Paula aufhorchen. Sein Gesicht war blass, es hatte jede angelernte Getragenheit verloren.

»Gehen Sie nach drinnen, ich komme gleich nach«, sagte sie und zeigte auf die Tür zum Bürogebäude.

Renko hatte das Handy schon parat, und Paula brauchte ihm nicht viel zu erklären. Sie vereinbarten schnell, wen er herbitten und an welcher Stelle er beginnen sollte, mit Kaakkos Hilfe die Container zu öffnen.

»Ruf auch Lauri Aro an und sag ihm, er soll die Baustelle räumen lassen.«

»Soll ich ihm von Jerry erzählen?«, fragte Renko.

»Nur, wenn es nicht zu vermeiden ist«, antwortete Paula. Ohne ausreichende Begründung würde Lauri Aro die Anordnung, die Baustelle zu schließen, sicher nicht akzeptieren, auch wenn sie von der Polizei kam.

Erst recht nicht nach den Ereignissen des vorigen Tages.

Juhana Lehmusoja stand an der Glastür des Bürogebäudes, eine Hand am Türgriff, als wüsste er schon jetzt, dass er nicht die Kraft hätte, die Tür aufzuziehen. Paula schob sich an ihm vorbei, öffnete die Tür und betrat die halbdunkle, kühle Eingangshalle. Sie ging zu der Sitzgruppe neben der Tür und nahm Platz.

»Wir haben keine Zeit zu verlieren«, sagte sie barsch.

Juhana setzte sich in einen Sessel, der für fast jeden zu klein war. Er hielt die Wasserflasche, die er aus seiner Küche mitgenommen hatte, mit beiden Händen umklammert.

»Entschuldigung, es ist so schwierig«, stieß er mühsam hervor.

»Brauchen Sie Hilfe?«, fragte Paula.

Juhana wand sich auf seinem Sitz, als würde er verzweifelt nach der einzigen Haltung suchen, in der es möglich war, zu sprechen.

»Sie müssen Jerry finden«, schnaubte er schließlich.

»Wir tun natürlich alles, was wir können«, erwiderte Paula.

»Aber tun Sie das auch?«

Die Frage war wie ein Schlag, unter dem Juhana erzitterte. Er atmete schwer, als bekäme er nicht genug Sauerstoff.

»Vielleicht sollte ich Ihnen ein bisschen nachhelfen«, sagte Paula in ganz und gar nicht hilfsbereitem Ton. »Sie hatten vor fünfzehn Jahren ein Verhältnis mit Rauha Kalondo, und Jerry ist Ihr gemeinsamer Sohn.«

Juhana legte die Hände vor die Augen und holte tief Luft.

»Wir hatten damals eine ganz kurze Beziehung«, erklärte er ungewollt komisch.

»Wie kurz?«

»Ungefähr zwei Monate. Nur während dieser einen Reise nach Namibia. Ich bin nach Hause zurückgekehrt und habe nie mehr etwas von Rauha gehört. Das nächste Mal habe ich sie gesehen, als Sie mir das Foto von ihrer Leiche gezeigt haben. Ich schwöre es!«

»Aber Sie haben Jerry doch adoptiert. Das müssen Sie entweder mit Rauha Kalondos Einverständnis getan haben, oder indem Sie sie irgendwie unter Druck gesetzt haben.«

»Nein«, widersprach Juhana nachdrücklich. »Jetzt verstehen Sie etwas falsch.«

»Angeblich haben Sie Rauha nicht einmal dann gesehen, als Sie Jerry aus Namibia nach Finnland geholt haben. Wie kann das sein?«

»Ich habe sie nicht gesehen. Es gibt etwas, das Sie nicht wissen und das auch ich nicht begreifen kann, ums Verrecken nicht. Ich habe versucht, es zu verstehen, seit Sie mir Rauhas Foto gezeigt haben.«

»Erklären Sie es mir.«

»Also«, begann Juhana Lehmusoja und sah Paula direkt in die Augen, wie um sich zu vergewissern, dass sie sich den Höhepunkt seiner Geschichte aufmerksam anhörte.

»Schon am Freitag hatte ich so eine seltsame Vorahnung. Ich habe Jerry all die Jahre großgezogen, aber ich wusste nicht, dass er Rauhas Sohn ist.«

»Was soll das heißen?«

»Ich dachte, Jerrys Eltern wären tot. Wie mein Vater es uns gesagt hatte. Er mochte Elina und wusste, wie sehr sie sich ein zweites Kind wünschte. Aber es wollte einfach keins mehr kommen.«

Paula starrte Juhana an und überlegte, ob sie ihm glauben sollte.

»Ich weiß, das klingt ... Ich kann nicht einmal sagen, wie es klingt. Aber Hannes war damals mehrere Jahre lang ohne Unterbrechung in Namibia, und Rauha blieb auf dem Landgut der Firma, als ich nach Finnland zurückkehrte. Das nächste Mal war ich dort, um das Kind abzuholen, dessen Adoption Hannes in die Wege geleitet hatte. Alle Papiere waren in Ordnung. Rauha war nicht mehr auf dem Landgut, und ich habe, ehrlich gesagt, kaum noch an sie gedacht. Es war halt so eine Geschichte.«

»Was für eine?«

»Das Übliche. Eine kurze Beziehung, an die man später nicht mehr zurückdenkt.«

»Aha«, sagte Paula. Sie vermutete, dass Juhanas Partnerinnen seine Einschätzung ihrer Beziehungen nicht unbedingt geteilt hätten. »Aber Sie haben ihr trotzdem ein Schmuckstück geschenkt, auf dem dasselbe Motiv zu sehen ist wie auf dem Schmuck Ihrer Frau.«

»Kann sein. Ich erinnere mich nicht.«

»Ist ein derartiges Verhalten so normal für Sie?«

»Nicht normaler als für andere auch. Hören Sie, ich gebe ja zu, dass ich in jungen Jahren kein mustergültiger Ehemann war. Aber ich schwöre, dass ich Ihnen die Wahrheit gesagt habe. Ich hatte keine Ahnung, dass Jerry vielleicht … Er kann ja mein Sohn sein.«

Beim letzten Satz wurde Juhanas Stimme weich, als hätte er seine Bedeutung in diesem Moment erst erfasst. Seine Augen glänzten und er sah an Paula vorbei, irgendwohin, wohin der Blick nicht reicht.

Paula dachte über das Gehörte nach. Juhana wirkte aufrichtig, bei aller Widerwärtigkeit. Aber in seiner Geschichte gab es einen schwachen Punkt.

»Wenn Hannes wusste, wer Jerry wirklich ist, warum hat er es Ihnen dann verschwiegen?«, fragte sie. »Und wieso war Rauha Kalondo mit dem Arrangement einverstanden?«

»Ich versuche ja gerade zu erklären, dass ich es nicht verstehe. Und andererseits verstehe ich es irgendwie doch.«

»Wieso?«

»Sie haben meinen Vater nicht gekannt«, sagte Juhana leise. Nun verriet seine Stimme keinerlei Gefühle mehr. »Er war der furchterregendste Mensch, der mir je begegnet ist. Er zwang jedem seinen Willen auf, aber nicht durch Drohungen oder Einschüchterung, und gerade das war das Schrecklichste. Er war ein böser Mensch, der in den Augen der anderen ein guter Mensch sein wollte. Das wusste ich schon länger. Aber ich hätte nicht geglaubt, dass sie sich auch auf mich erstreckt. Die Finsternis.«

»Jetzt sehen Sie das anders?«

»Genau.«

Juhana faltete die Hände und wiederholte:

»Ich habe Jerry großgezogen, ohne zu wissen, dass er möglicherweise mein eigener Sohn ist. Haben Sie jemals etwas so Krankhaftes gehört?«

Paula schüttelte den Kopf. Aber auch wenn Juhana selbst

nicht geahnt hatte, dass er eventuell Jerrys biologischer Vater war, hatte es doch jemand gewusst. Noch jemand außer Hannes.

Jemand, der vor fünfzehn Jahren in Namibia gewesen war.

»Sie müssen ihn finden«, sagte Juhana und ließ den Tränen, die sich schon seit Tagen angestaut hatten, freien Lauf.

Renko pochte an die Glastür und winkte Paula heraus. Sie klopfte Juhana kurz auf die Schulter, bevor sie zur Tür eilte.

Am Tor des Lagergeländes standen zwei Streifenwagen, die noch nicht hereingelassen worden waren. Renko war außer Atem.

»Der Container, der für Kassinen umgebaut wurde, ist verschwunden«, sagte er. »Kaakko zufolge sollte er immer noch hier sein und erst morgen zur Ausstellung gebracht werden.«

»Ist er unter den Bestellungen?«

»Ja, er wurde heute früh abgeholt. Aber ursprünglich war er erst für morgen früh bestellt. Jemand hat den Termin vorverlegt.«

»Lass dich von dem einen Streifenwagen zum Haus der Lehmusojas fahren. Dann nimmst du dir Karhu als Partner, er hat sein Auto dabei. Ich leite die Operation von hier aus. Nimm Juhana mit, ihr bringt ihn nach Hause. Die Streife soll vorläufig dortbleiben. Ruf unterwegs Rinne und Kassinen an. Nach dem Container muss sofort gesucht werden. Ich sage Hartikainen Bescheid, dass er sich doch wieder an seinen Arbeitsplatz bequemen soll.«

Plötzlich hatte auch Paula das Gefühl, außer Atem zu sein, obwohl sie stillstand. Sie brauchte dringend etwas zu trinken. Also ging sie wieder hinein, bat Juhana, sich Renko anzuschließen, und suchte die Toilette. Nachdem sie kaltes Wasser direkt aus der Leitung getrunken hatte, hielt sie den Kopf kurz unter den Hahn, richtete sich auf und ließ das Wasser aus ihren Haaren über den Rücken laufen.

Als sie wieder draußen war, sah sie sich suchend nach Kaakko um, konnte sie aber nirgendwo entdecken. Sie ging zu dem Streifenwagen, der noch am Tor wartete. Die zweite Streife war bereits mit Renko und Juhana davongefahren. Paula bat die Polizisten, noch eine Weile zu warten, da mindestens zwei weitere Streifen dazukommen würden. Es war einfacher, allen Männern gleichzeitig Anweisungen zu erteilen.

»Wo ist Ritva Kaakko?«, rief sie durch die offene Tür in den Kontrollraum, wo der Torwächter das Telefon zwischen Schulter und Ohr geklemmt hatte und gleichzeitig am Computer herumtippte.

»Ist sie nicht ins Büro gegangen?«, fragte er und deckte den Hörer mit der Hand ab. »Sie war gerade noch mit dem anderen Polizisten hier.«

Paula betrachtete das Bürogebäude. Es war immer noch dunkel. Wenn Kaakko ins Büro gegangen wäre, als sie selbst sich auf der Toilette abkühlte, hätte sie ihr begegnen oder mindestens etwas hören müssen.

Sie ging zum Hauptweg des Lagers, zu dessen beiden Seiten der größte Teil der Container des Lehmus-Unternehmens aufgestapelt waren, jeweils zwei oder drei übereinander. Sie bildeten ein gewaltiges Labyrinth.

Hier konnte man sich gut verstecken.

Wieder beschlich Paula ein ungutes Gefühl. Sie lief den Weg entlang, wobei sie an jeder Kreuzung das Tempo verlangsamte und den Kopf nach links und rechts drehte, um zu sehen, ob Ritva Kaakko sich irgendwo zwischen den Containerreihen befand. Vielleicht war ihr etwas eingefallen, und sie war losgezogen, um die Sache zu überprüfen.

Der Weg endete an einem Maschendrahtzaun, hinter dem die ruhige Hafenstraße verlief. Paula blieb stehen und drehte sich um. Niemand war zu sehen. Aber von irgendwoher kam das Geräusch eines Autos.

Weit hinter dem Lagergelände blitzte zwischen den Containern ein kleiner roter Pkw auf. Paula zog sich instinktiv in den Schatten des nächsten Containers zurück und wartete darauf, dass das Auto auf der Straße hinter dem Zaun auftauchte.

Der Fahrer beschleunigte rasant, der – nach dem Geräusch zu schließen – kleine Motor heulte auf, und der Wagen schoss so schnell an Paula vorbei, dass sie nur einen kurzen Blick auf die Gestalt am Lenkrad erhaschte.

Doch das reichte. Am Steuer saß Ritva Kaakko.

4

Elina Lehmusoja öffnete die Tür. Als sie Juhana erblickte, fiel sie ihm geradezu in die Arme. Juhana umarmte seine Frau, schob sie gleichzeitig aber behutsam in die Eingangshalle zurück, damit Renko ihm folgen und die Tür schließen konnte.

»Gibt es … etwas?«, fragte Elina mit erstickter Stimme, ohne den Kopf von Juhanas Brust zu heben.

»Nein, Liebes«, sagte Juhana sanft. »Aber die Polizei tut ihr Bestes.«

Elina wimmerte. Das Paar blieb in enger Umarmung mitten in der halbdunklen Eingangshalle stehen wie ein Denkmal.

Renko hörte etwas klirren und folgte dem Geräusch in die Küche, wo Karhu gerade Kaffeetassen spülte.

»Sehr lobenswert«, sagte Renko. »Aber wir hätten Polizeiarbeit zu leisten.«

Karhu trocknete sich in aller Ruhe die Hände ab, bevor er Renko wortlos in die Diele folgte. Er legte Elina, die immer noch ihren Mann umarmte, eine Hand auf die Schulter und murmelte etwas Beruhigendes.

»Der Streifenwagen kann eine Weile vor dem Haus bleiben und Wache halten«, sagte Renko.

»Nicht nötig«, erwiderte Juhana. »Wir kommen schon zurecht. Die Polizisten werden sicher anderswo gebraucht.«

»Na gut. Wir melden uns, sobald es etwas Neues gibt.«

Draußen vergewisserte Renko sich, dass die Tür ordnungsgemäß ins Schloss gefallen war. Neugierige Besucher konnten die Lehmusojas jetzt nicht brauchen. Er wechselte ein paar Worte mit den Streifenpolizisten, während Karhu seinen blauen Sportwagen vom Grundstück auf die Straße lenkte.

»Wow«, rief Renko beim Einsteigen bewundernd. »Kann man das Verdeck abnehmen?«

Karhu drückte auf einen Knopf am Armaturenbrett, und das Verdeck glitt über den Vordersitzen zurück. Renko setzte seine Sonnenbrille auf und drehte das Seitenfenster herunter. Dann besann er sich darauf, dass er im Dienst war.

»Fahren wir als Erstes zur Galerie. Kennst du den Weg?«

Karhu gab keine Antwort, sondern zeigte nur auf das GPS-Gerät, in das er die Adresse eingegeben hatte. Renko begann, ihn über die jüngsten Ereignisse ins Bild zu setzen, angefangen mit der Tatsache, dass im Lauf des Tages Dutzende Container des Lehmus-Unternehmens an Adressen transportiert worden waren, an die sie in Wahrheit niemand bestellt hatte.

Paavali Kassinen hatte auf Renkos Anrufe nicht reagiert. Mai Rinne wiederum wusste zumindest ihren eigenen Worten nach nichts davon, dass der Ausstellungscontainer schon an diesem Morgen zur Galerie geliefert worden war. Sie hatte gesagt, sie werde möglichst bald hinkommen.

»Hoffentlich ist er wirklich dort«, meinte Renko. »Also in der Galerie. Wenn ausgerechnet dieser Container verschwunden ist, suchen wir eine Leiche. Ohne den Kunstkontext fällt mir nur ein Verwendungszweck ein, und der wurde ja schon mal getestet. Guck mal, da wird gerade einer inspiziert.«

Auf dem Bürgersteig vor einem Hochhaus stand ein blauer Container, doch man sah schon von Weitem, dass er oben offen und voller Gerümpel war. Trotzdem versuchten zwei uniformierte Polizisten, ihn an der Stirnseite zu öffnen.

»Ein Müllanhänger«, schnaubte Renko. »Im Einsatzbefehl steht anscheinend nicht, dass man seinen Verstand benutzen darf.«

Karhu schwieg und gab heftig Gas.

»War nicht bös gemeint, die Jungs tun nur ihre Arbeit«, sagte Renko. »Hast du mit Frau Lehmusoja gesprochen?«

»Mmmh.«

»Was hat sie gesagt?«

»Sie hätte immer schon gewusst, dass irgendetwas nicht stimmt.«

»Womit?«

»Mit der Adoption. Aber sie wollte nicht darüber nachdenken.«

»Weil sie das Kind behalten wollte?«

»Ja.«

»So sind die Frauen«, sagte Renko.

»Pah«, machte Karhu und gab wieder Gas.

Renko ließ sich seinen Kommentar noch einmal durch den Kopf gehen und stellte fest, dass Karhu recht hatte, also schwieg er.

Als sie die Straße erreichten, an der die Galerie lag, sahen sie sofort, dass der Container an die richtige Adresse gebracht worden war. Renko atmete erleichtert auf, als aus näherer Entfernung deutlich zu erkennen war, dass dort niemand eingesperrt worden war. Die Tür des Containers war geöffnet, und davor saß Paavali Kassinen mit geschlossenen Augen im Lotussitz auf dem Asphalt. Er öffnete die Augen nicht, obwohl er hören musste, dass ein Wagen anhielt und Schritte näher kamen. Karhu gab einen Laut von sich, den Renko als mühsam unterdrückte Verachtung deutete.

»Hallo, Kassinen«, sagte Renko locker.

Kassinen antwortete nicht und hielt die Augen weiterhin geschlossen. Karhu sah aus, als hätte er ihm am liebsten einen Tritt versetzt.

»Ist da drinnen wohl jemand?«, fragte Renko und zeigte auf den offenen Eingang der Galerie. Karhu machte sich sofort auf den Weg. Wahrscheinlich war er froh, den meditierenden Künstler nicht länger ansehen zu müssen.

Kassinens Container sah genauso aus wie der, in dem Rauha Kalondo ertränkt worden war. Das Ventil befand sich an derselben Stelle links unten in der Tür. Renko ließ Kassinen seine Performance fortsetzen und spähte in den Container. Er war leer, bis auf die Pumpe und den sauber aufgerollten Schlauch auf dem Boden – beide von derselben Art wie die, die im Wasser vor der Villa der Stiftung gefunden worden waren.

Renko trat ein und ging in die Mitte des Containers, wo er beinahe über etwas gestolpert wäre.

Es war eine Matratze. Sie sah so ähnlich aus wie die im Mordcontainer. Von der Tür aus hatte Renko sie nicht bemerkt, weil seine Augen sich noch nicht an das Halbdunkel gewöhnt hatten.

»Warum liegt da eine Matratze?«, fragte Renko in einem Ton, der endlich ein wenig Bewegung in Paavali Kassinen brachte. Der Künstler beeilte sich allerdings nicht, sondern dehnte in aller Ruhe seine Arme, bevor er sich auf die Knie wälzte und aufstand.

»Guten Tag, Kriminalhauptmeister Renko«, sagte Kassinen und legte eine Hand über die Augen, als er in den halbdunklen Container schaute. »Ich habe darum gebeten. Um die Matratze. Ich möchte im Container übernachten.«

»Warum?«

»Warum«, wiederholte Kassinen, als hätte er es mit einem Schwachsinnigen zu tun. »Das fragt man nicht, man tut es.«

»So. Wissen Sie denn, woher diese Matratze kommt?«

»Nein. Wahrscheinlich aus irgendeinem Lager der Lehmus-Unternehmen. Was spielt eine Matratze schon für eine Rolle, wenn das schwarze Schaf des Lehmusoja-Clans unauffindbar ist?«

»Sie wissen also, dass Jerry verschwunden ist.«

»Natürlich. Das habe ich in der letzten Nacht im Traum gesehen.«

»Tatsächlich?«, fragte Renko interessiert.

»Natürlich nicht. Mai hat mich angerufen.«

Paavali Kassinen schien großen Gefallen an seinem eigenen Scherz zu finden. Er dehnte den Rücken, indem er sich mit den Handflächen an der Containerwand abstützte.

»Sie sind also wählerisch bei Anrufen. Ich habe vorhin versucht, Sie zu erreichen.«

»Ach, Sie waren das.« Kassinen ließ den Kopf zwischen seinen Armen hängen. »Meistens melde ich mich nicht, wenn mir die Nummer unbekannt ist. Entschuldigung. Ich werde sie jetzt speichern.«

»Warum haben Sie Jerry als schwarzes Schaf bezeichnet?«

Kassinen richtete sich auf und holte tief Luft. Dann schüttelte er die Arme aus und stemmte sie in die Hüften wie eine Schönheitskönigin.

»Das war eine ironische Bemerkung, die sich gegen mich selbst als Vertreter der dominierenden weißen Kultur richtet. Ich weiß, dass man Ironie vermeiden sollte, die Menschen verstehen sie nicht. Jedenfalls die Polizisten nicht«, sagte Kassinen scherzhaft. »Damit meine ich natürlich nicht Sie.«

»Wann haben Sie Jerry Lehmusoja zuletzt gesehen?«

»Daran erinnere ich mich nicht mehr. Ich habe ihn überhaupt nur ein paar Mal gesehen. Kann sogar sein, dass das letzte Mal bei der Feier zur Veröffentlichung des Mitgefühl-Projekts war. Im Winter, vor Hannes' Tod. Mit der Familie des neuen Geschäftsführers habe ich fast nichts zu tun. Aber dass der Junge verschwunden ist, tut mir natürlich leid. Hoffentlich wird er gefunden«, sagte Kassinen empathisch.

Renko betrachtete die Matratze, über die er gestolpert war, und fotografierte sie mit dem Handy. Das Blitzlicht hinterließ einen Fleck auf seiner Netzhaut, der erst verschwand, als er Kassinen nach draußen ins Sonnenlicht folgte.

»Einen Moment noch«, sagte er zu dem Künstler, der auf

die Tür zur Galerie zusteuerte. »Warum ist der Container schon jetzt hier? War er nicht erst für morgen bestellt?«

»Stimmt«, antwortete Kassinen, drehte sich um und gähnte. »Aber gestern Abend ist mir klargeworden, dass ich vor der Eröffnung in dem Ding übernachten will. Das heißt, eigentlich war das Ritus Idee.«

»Wer ist Ritu?«

»Na, die Herrscherin über die Container. Ritva Kaakko.«

5

Ritva Kaakko wohnte in Ost-Helsinki, und ein Streifenwagen hatte ihr Auto auf dem Ostring gesehen, kurz nachdem Paula sie zur Fahndung ausgeschrieben hatte.

Der junge Polizist fuhr wie in einem amerikanischen Actionfilm. Paula bereute es, dass sie nicht die andere Streife gewählt hatte, die inzwischen beim Lager angekommen war und deren Besatzung deutlich mehr Erfahrung besaß. Andererseits wurde diese Erfahrung jetzt auf dem Lagergelände gebraucht, da die Streife allein dort zurückblieb.

Und vielleicht hatten sie es gerade jetzt so eilig, dass die Fahrweise des jungen Streifenbeamten ihre Berechtigung hatte.

Ritva Kaakko hatte sich am Telefon nicht gemeldet. Ihr plötzlicher Aufbruch hatte Paula komplett überrascht. Wenn Kaakko die Schuldige oder auch nur irgendwie in die Sache verwickelt war, warum hatte sie dann selbst darauf hingewiesen, dass mit dem Bestellsystem der Container etwas nicht stimmte?

Andererseits schien es zum Plan des Täters zu gehören, dass die Polizei Unmengen an Ressourcen einsetzen musste, um alle abtransportierten Container zu suchen und zu überprüfen. Insofern wäre es aus Tätersicht nur logisch, die Sache zur Sprache zu bringen. Hatte Kaakko plötzlich begriffen, dass sie bald überführt werden würde, und war deshalb in Panik geraten?

Im Hinblick auf Jerry war das eine gefährliche Alternative.

Die Eigenheimsiedlung begann hinter den städtischen Hochhäusern, dazwischen hatte man einen Grünstreifen belassen wie eine Art Grenzlinie zwischen denen, die zur Miete wohnten, und den Hauseigentümern. Paula wies den Fahrer an, das Tempo zu drosseln und das Blaulicht auszuschalten, als sie in eine Nebenstraße einbogen. Sie passierten eine Kreuzung, an deren Ecke ein älterer Mann nur mit einer Badehose bekleidet den Rasen mähte. Er unterbrach seine Arbeit und sah dem Streifenwagen nach.

»Es ist die nächste Straße rechts. Aber bieg nicht ab, halt hier an.«

Paula überlegte einen Moment, bevor sie ausstieg.

»Ich seh mal nach, wie die Lage ist«, sagte sie zu den Streifenbeamten, die sich sichtlich wunderten, warum sie nicht auf die Einsatzgruppe wartete, die sie selbst angefordert hatte.

»Ich sehe nur nach«, wiederholte sie und schloss die Tür so leise wie möglich.

Wenn Jerry sich in unmittelbarer Lebensgefahr befand, blieb keine Zeit, auf Unterstützung zu warten. Und wenn ihm jetzt etwas zustieße, dann deshalb, weil Paula einen Fehler gemacht hatte. Sie hatte Ritva Kaakko aus den Augen gelassen, als Renko gekommen war und berichtet hatte, Kassinens Kunstcontainer sei verschwunden.

Allerdings war sie sich nicht sicher, ob es sinnvoll war, diesen Fehler durch einen zweiten Fehler auszugleichen. Sie schob den Gedanken beiseite, als sie im Schutz der Hecke am Eckgrundstück zur Kreuzung ging.

Am Ende der Seitenstraße stand das kleine rote Auto, dahinter ein blauer Seecontainer. Kaakko war nicht zu sehen.

Paula zog den Kopf wieder hinter die Hecke zurück und formte mit den Lippen einen lautlosen Fluch, erinnerte sich dann aber an die Kollegen im Streifenwagen. Der junge Polizist hatte die Hände auf das Lenkrad gelegt und beobachtete sie, der ältere schien ins Funkgerät zu sprechen. Paula signalisierte ihnen mit der Hand, dass sie im Auto bleiben sollten, dann ging sie schnell über die Kreuzung und bis zur nächsten Abzweigung, bog nach rechts ab und lief auf das Ende der Straße zu.

Ihr Telefon vibrierte in der Tasche. Sie kümmerte sich nicht darum, sondern rannte weiter, erreichte das letzte Haus an der Straße und umrundete es am Waldrand entlang, bis Ritva Kaakkos flaches rotes Haus in Sicht kam. Dann machte sie Halt. Durch die lichte Hecke sah sie, dass die Haustür sperrangelweit offen stand. Der Container versperrte die Zufahrt zum Haus, Kaakko hatte ihr Auto dicht an ihn herangefahren.

Paula lief zu dem Container und blieb in seinem Schutz auf der Straße stehen. Das rote Auto war leer, der Motor ausgeschaltet. Vorsichtig klopfte Paula mit den Fingerknöcheln an die Wand des Containers und legte ihr Ohr daran. Von drinnen war nichts zu hören. Sie klopfte etwas lauter.

Tum tum tum.

Paula hatte nicht mit einer Reaktion gerechnet, daher erschrak sie dermaßen, dass sie mitten auf die Straße sprang.

TUM.

TUM.

TUM.

6

»Eine Einsatzgruppe ist auf dem Weg dahin«, sagte Karhu, als er das Telefonat beendet hatte. »Ich konnte Paula nicht erreichen, ich habe den Chef gefragt.«

»Die *Karhu*-Gruppe«, flüsterte Renko ungläubig und warf einen Blick auf Kassinen, um zu sehen, ob der den Wortwechsel gehört hatte. Der Künstler befand sich jedoch wieder in seiner eigenen Welt – jedenfalls versuchte er, diesen Eindruck zu erwecken.

Karhu marschierte zurück in die Galerie. Renko folgte ihm, nachdem er eine Weile den Buddha-Kassinen betrachtet hatte, der sein Lächeln verbarg.

Drinnen war außer Karhu nur Ella, die Scheinwerfer um irgendein zylinderförmiges Metallgebilde von Kassinen platzierte.

»Ist Mai Rinne hier?«, fragte Karhu.

»Ich glaube, sie ist auf den Hinterhof gegangen«, sagte Ella.

Karhu gab Renko durch eine Kopfbewegung zu verstehen, er werde Mai Rinne suchen. Ella ging in die Hocke, um die Scheinwerfer neu auszurichten. Irgendetwas an ihrer Erscheinung und ihren Bewegungen weckte Renkos Aufmerksamkeit. Etwas kam ihm bekannt vor.

Und plötzlich begriff er, warum.

Ella antwortete zuerst fröhlich auf Renkos Gruß, wurde dann aber schlagartig ernst und sah aus, als würde sie gleich in Tränen ausbrechen.

»Ich kann mich auf nichts konzentrieren. Meine Gedanken sind bei Jerry«, schniefte sie und stützte sich auf dem Boden ab.

»Bestimmt kommt alles in Ordnung. Jerry wird gefunden«, erwiderte Renko beruhigend.

»Ja«, stimmte Ella seufzend zu. Sie wandte sich wieder dem Metallgebilde zu und schob einen Scheinwerfer zehn Zentimeter nach rechts.

»Das waren Sie, auf dem Video der Überwachungskamera vor der Galerie«, sagte Renko so freundlich wie möglich.

Ella hielt in ihrer Bewegung inne.

»Ich habe Sie erkannt«, fügte Renko hinzu und wartete auf Ellas Reaktion.

Schließlich stand Ella langsam auf. Ihre Schultern begannen gekünstelt zu beben.

»Warum haben Sie das gemacht?«, fragte Renko.

Ella drehte sich zu ihm um und stemmte die Hände in die Seiten. Ihre Augen waren trocken, und sie schien erkannt zu haben, dass sie trotz Renkos Freundlichkeit mit ihrem Theater kein Mitgefühl bei ihm wecken würde.

»Das war ein blöder Einfall«, sagte sie. »Ich dachte, es würde uns Publicity verschaffen. Wo jetzt auch die Polizei die ganze Zeit hier rumläuft.«

Sie sprach nun ganz ruhig, als gehöre es zu einer normalen Marketingstrategie, Fenster einzuschlagen und zu beschmieren.

»Haben Sie auch diese anderen Sachen gemacht, die früheren?«

»Nein. Wir wurden von Anfang an richtiggehend terrorisiert. Deshalb dachte ich, warum sollen wir das nicht zu unserem Vorteil verwenden. Die kostenlose Publicity nutzen, die diese Arschlöcher uns bieten«, erklärte Ella trotzig. Dann wurde ihre Stimme ängstlicher. »Hat das irgendwelche Folgen für mich?«

»Das hängt wohl von Ihrem Vater ab. Oder von Kassinen.

Aber der sieht die Aktion bestimmt als Performance, die er quasi selbst inszeniert hat«, schmunzelte Renko.

Ella schluchzte auf. Renko merkte, dass ihr diesmal wirklich Tränen in die Augen traten. Tränen der Erleichterung.

Mai Rinne stürmte herein und nahm Ella in die Arme, als sie ihr Gesicht sah; vermutlich glaubte sie, dass Ella wegen Jerry weinte. Ella blickte Renko flehend an, er führte die Finger über seinen Mund, als würde er einen Reißverschluss zuziehen. Über Ellas dummen Streich konnten sie später noch reden.

»Eine schreckliche Nachricht«, sagte Mai, nachdem sie Ella losgelassen und ihr noch einmal kräftig die Schultern gedrückt hatte. »Aber wir versuchen trotzdem, unsere Arbeit zu erledigen, wir können ja nichts anderes tun.«

»Natürlich«, erwiderte Renko. »Alle Helsinkier Polizisten suchen nach Jerry.«

Ella hockte sich wieder neben den Scheinwerfer. Mai bedeutete Renko, ihr nach draußen zu folgen.

»In Ellas Beisein wollte ich nicht danach fragen. Wie ist die Lage denn wirklich?«, erkundigte sich Mai, als sie auf der anderen Seite des Schaufensters angekommen waren.

»Genau so, wie ich gerade gesagt habe. Alle Helsinkier Polizisten suchen nach Jerry.«

»Alle außer Ihnen«, sagte Mai schneidend.

»Ich suche ihn auch. Wann haben Sie Jerry zuletzt gesehen?«

»Ich? Das weiß ich nicht genau, vielleicht vor ein paar Wochen, als ich Elina besucht habe.«

»Wie gut kennen Sie Ritva Kaakko?«

»Ritu? Wir kennen uns schon ewig. Wieso?«

»Ihr liegen diese Container ja sehr am Herzen.«

Mai lachte und betrachtete Kassinen, der sich inzwischen so ausgestreckt hatte, dass sein Kopf im Container und der Rest seines Körpers auf dem Asphalt lag.

»Da ist noch einer von der Sorte. Nun steh schon auf, Paavali.«

Erstaunlicherweise erhob Kassinen sich sofort.

»Der ist perfekt«, verkündete er. »Besser als der erste. Obwohl ich den natürlich lieber nehmen würde, weil er ein Teil des Ereignisses war.«

»Des Mordes, meinen Sie«, präzisierte Renko.

Kassinen brummte zustimmend, aber unzufrieden, als hätte Renko aus reiner Dummheit die Aufmerksamkeit auf etwas Nebensächliches gelenkt. Er trat ein paar Schritte zurück und betrachtete den Container mit zur Seite geneigtem Kopf.

»Ich muss immer wieder daran denken, was für eine Installation das war, gewissermaßen«, sagte er. »Ich verstehe, dass es in Ihren Ohren entsetzlich klingen mag, aber allein der Gedanke, dass ein Mensch, ein zarter lebender Organismus, in der maritimen Umarmung des Containers geschwommen ist wie … wie irgendein …«

»Wie ein Fötus«, schlug Renko vor.

»Hol mich der Teufel!«, rief Kassinen und sah Renko aus weit aufgerissenen Augen an. »Genau das!«

»Beruhige dich«, sagte Mai.

»Wie ein Fötus«, wiederholte Kassinen langsam. »Und das«, fuhr er fort, sprang in den Container und kam mit der Schlauchrolle zurück, »das ist natürlich die Nabelschnur!«

»Zum Glück sind Sie nicht von der Presse«, murmelte Mai, an Renko gewandt.

»Eine ziemlich lange Nabelschnur, hundert Meter«, sagte Renko.

»So lang ist der nicht«, widersprach Kassinen und maß den Schlauch mit den Augen.

»Bei der Villa waren es neunzig Meter«, erklärte Renko.

»So lang?«, wunderte sich Kassinen.

»Renko!«

Es war Karhu, dessen Stimme aus den Tiefen der Galerie kam. Renko ging hinein, dicht gefolgt von Mai. In der Galerie schloss sich auch Ella an.

Karhu stand vor der Fotocollage im letzten Saal, den Zeigefinger ausgestreckt wie ein Museumsführer.

Der Finger wies auf das Foto, auf dem die junge Rauha Kalondo ein Baby im Arm hielt. Auf den oberen Rand des Bildes waren mit schwarzem Filzstift zwei Worte geschrieben worden: GO HOME.

Renko sah Ella an. Sie schüttelte entsetzt den Kopf.

»Das war ich nicht. Ehrlich nicht.«

7

Paula ging vorsichtig an die Stirnseite des Containers. Die Tür war einen Spaltbreit geöffnet. Das Klopfen war verstummt, nun hörte man ein leises, gequältes Fluchen.

Es war Ritva Kaakkos Stimme.

»Polizei!«, rief Paula. »Kommen Sie raus!«

Sie suchte hinter der Ecke Schutz und wartete, bis die schleppenden Schritte die Tür erreichten und Ritva Kaakko ihren Kopf durch den Spalt schob.

»Ich ergebe mich«, sagte sie kläglich.

»Sind Sie allein? Ist Jerry hier?«

»Ich wünschte, er wäre hier«, antwortete Ritva Kaakko und verschwand erneut im Container.

Paula riss die Tür auf.

Kaakko hockte auf dem Boden. Ihre mit Haarspray fixierte, hochtoupierte Frisur war aus der Form geraten, und an der Stirn hatte sie eine blutende Wunde.

Paula fluchte und begab sich wieder nach draußen. Nachdem sie die Einsatzgruppe abbestellt hatte, rief sie Karhu zurück, der versucht hatte, sie zu erreichen.

»Auf dem Foto steht was?«, stöhnte sie, nachdem sie Karhus Bericht gehört hatte. »Ich melde mich bald wieder. Hier hat sich die Lage beruhigt.«

Sie beendete das Gespräch, befahl Kaakko, aus dem Container zu kommen, und führte sie ins Haus. Im Flur bestätigte sich, was Paula bereits vermutet hatte: Ritva Kaakko war Alkoholikerin. Die großen blauen Ikea-Taschen auf dem Fußboden waren mit leeren Weinflaschen gefüllt.

»Ich werde gefeuert«, wimmerte Kaakko, als Paula sie auf das helle Ledersofa im Wohnzimmer drückte. »Juhana hat mich nie gemocht, im Gegensatz zu Hanski.«

»Haben Sie irgendwo Verbandszeug?«, fragte Paula.

Kaakko bat sie, im Badezimmerschrank nachzusehen. Paula fand das Gesuchte schnell, blieb aber noch eine Weile vor dem Schrank stehen und las die Etiketten der Medikamente, die Ritva Kaakko verschrieben worden waren: gegen Angstzustände, Schlaflosigkeit, Stimmungsschwankungen.

Die Wohnung war trotz allem sauber und ordentlich. Ritva Kaakko gehörte zu dem Typ von Alkoholabhängigen, die ihr Problem lange verbergen können.

Im Wohnzimmer desinfizierte Paula Kaakkos Stirn. Die Wunde war klein, ein Pflaster hätte genügt, aber Paula klebte ein Stück Verbandmull darüber. Kaakko murmelte einen Dank.

»So. Würden Sie mir jetzt erzählen, warum Sie Hals über Kopf nach Hause gefahren sind, ohne uns Bescheid zu geben«, forderte Paula sie auf, zog einen Hocker unter dem gläsernen Couchtisch hervor und setzte sich.

Kaakko stieß einen langen, alkoholgeschwängerten Atemzug aus und begann ihre Geschichte am vorigen Abend, als Paavali Kassinen sie in sein Atelier eingeladen hatte.

»Paavali hatte Whisky, den ich auf keinen Fall trinken dürfte. Aber als er mir einschenkte ... Ich hatte einen Filmriss, heute früh wusste ich nicht, wie ich nach Hause gekommen war. Deshalb bin ich so spät zur Arbeit gegangen.«

Zuerst hatte Kaakko sich nichts dabei gedacht, als der Mitarbeiter im Kontrollraum sich über die Menge der bestellten Container wunderte. Aber dann war ihre Erinnerung stückweise zurückgekehrt. Als Renko sie fragte, wo der für Kassinen umgebaute Container war, hatte sie sich zu ihrem Entsetzen erinnert, dass sie selbst am Abend, als sie schon stark betrunken war, den Liefertermin geändert hatte.

»Und dann habe ich gemerkt, dass ein Container hierher bestellt worden war, an meine eigene Adresse. Ich habe einen Schreck gekriegt: Womöglich ist Jerry hier, auf meinem Grundstück, und das ist irgendwie meine Schuld. Deshalb bin ich hergefahren.«

Nach ihrer Ankunft war Kaakko in den Container gegangen und hatte voller Wut die Stirn gegen die Wand geschlagen. Die Wut habe sich gegen sie selbst gerichtet, betonte sie.

»Sie haben also den Liefertermin für Kassinens Container geändert. Sind Sie sicher?«

»Ziemlich sicher.«

»Und die ganzen anderen Container, haben Sie die auch bestellt?«

»Warum in aller Welt hätte ich das tun sollen?«, fragte Kaakko mit kläglicher Miene.

Paula antwortete nicht. Sie dachte nach. Wenn Kaakko sich sturzbetrunken in das System der Firma eingeloggt hatte, konnte auch Kassinen und praktisch jeder, der anwesend war, Zugang bekommen haben.

»Waren Sie den ganzen Abend nur zu zweit im Atelier?«

»Soweit ich mich erinnere.«

»Wir werden das überprüfen.«

Paulas Handy klingelte, Hartikainen rief an. Paula entschuldigte sich und ging nach draußen, bevor sie das Gespräch annahm.

»Wieder zum Leben erwacht«, schoss Hartikainen los, sobald sie sich gemeldet hatte.

»Wer?«

»Jerrys Handy. Es wurde in Vuosaari geortet.«

»In Vuosaari? Moment mal«, sagte Paula und ging wieder ins

Haus. »Haben Sie von hier aus Zugang zum Datensystem der Firma?«, fragte sie Kaakko.

»Natürlich.«

»Können Sie bitte nachsehen, ob Container nach Vuosaari geliefert wurden?«

»In den Hafen?«

»Zum Beispiel. Oder irgendwo in die Nähe.«

Paula folgte Kaakko in deren Arbeitszimmer. Es dauerte quälend lange, den Rechner hochzufahren.

»Unsere Container sind oft dort, ganz regulär, auf dem Weg in alle Welt«, erklärte Kaakko, während sie sich einloggte. Das Gefühl, sich nützlich machen zu können, schien sie schlagartig aus ihrer Lethargie gerissen zu haben.

»Mich interessieren die letzten vierundzwanzig Stunden. Ganz besonders die Container, die heute früh abgeholt wurden«, sagte Paula.

Kaakko überflog die Daten, schüttelte den Kopf und brummte verneinend.

»Heute ist aus dem Lager nichts in die Richtung gegangen. Aber aus dem Hafen fahren heute zwei unserer Container ab. Im selben Laster, über Travemünde in die Welt. Der eine geht weiter nach Frankreich, der andere über Hamburg nach … Moment … nach Namibia.«

Paula beugte sich vor und blickte über Kaakkos Schulter auf den Bildschirm.

Was hatte Karhus Bericht nach auf dem Foto von Rauha und Jerry gestanden?

Go home.

»Hast du das gehört, Hartikainen?«, rief Paula ins Telefon, das sie auf Lautsprecher geschaltet hatte.

»Wann fährt das Schiff ab?«, fragte Hartikainen mit gepresster Stimme.

Kaakko tippte an ihrem Computer herum, rückte ihre Brille

zurecht, die sie bei dem kleinen Tobsuchtsanfall im Container verbogen hatte, und schob das Gesicht näher an den Bildschirm heran.

»Wenn sie pünktlich sind, hat das Schiff vor einer Viertelstunde abgelegt.«

8

Der Traum hatte keine Bilder, er war nichts als tiefe Dunkelheit. Als Jerry die Augen aufschlug, lichtete sich die Finsternis nicht.

Er war von der Matratze gerollt, aber nicht tief gefallen. Die Bettdecke um ihn herum war nicht seine eigene, sondern eine dünne Steppdecke. Das spürte er, auch wenn er nichts sah.

Die Dunkelheit verschwand nicht, obwohl er mit den Augen zwinkerte. In seinem benebelten, halb wachen Zustand empfand er sie anfangs als angenehm. Allmählich begriff er jedoch, wie seltsam sie war – mitten im Sommer, wo man auch in der Nacht dem Licht nicht entkam, nicht einmal mit Verdunklungsvorhängen.

Die Schwärze wirkte grenzenlos, gerade so, als schwebte er im sternenlosen All. Ihm schwamm der Kopf.

»He!«, rief er, und das Echo kam ganz aus der Nähe. Es sprang um ihn herum.

Er rief noch einmal. Der Höreindruck zeichnete in seinem Kopf einen Würfel, in dessen Innerem er sich befand.

Nun erinnerte er sich, dass er auf einem Ledersofa gesessen und ein Glas in die Hand gedrückt bekommen hatte, in dem Whisky und Eiswürfel waren. Drei Würfel in braungoldener Flüssigkeit.

»Das ist Bourbon. Der beruhigt. Erzähl deinen Eltern nicht, dass ich ihn dir gegeben habe«, hatte eine weiche Stimme gesagt.

Jerry hatte vorsichtig probiert. Der Geschmack war nicht so scharf gewesen, wie er erwartet hatte. Eher warm. Er hatte versucht, so auszusehen, wie ein Whisky trinkender Mann seiner Meinung nach auszusehen hatte. Er hatte die Beine übereinandergeschlagen, sich zurückgelehnt und den linken Arm auf die Rücklehne des Sofas gelegt. Nach dem Whisky hatte er sich erleichtert gefühlt.

Er hatte eine zweite Portion bekommen. Der Whisky war über dieselben, schon ein wenig geschmolzenen Eiswürfel gegossen worden.

Die weiche Stimme hatte ihm Dinge erzählt, die er nicht glauben konnte.

Den Schock, den diese Geschichten auslösten, hatte selbst der Whisky nicht mildern können.

Dann verzerrte sich die Erinnerung, drehte sich zu einer Spirale und löste sich in dem Nebel auf, der in der Dunkelheit schwebte.

Jerry stand auf und spürte, dass er schwankte. Er dachte, das käme von der Verworrenheit, von dem Nebel in seinem Kopf. Aber als der Nebel sich langsam auflöste, schwankte er immer noch.

Was daran lag, dass der ganze Raum schaukelte.

9

Die einsame Seemöwe, die von der Müllhalde in Ämmässuo zurückkehrte, wurde von gegenläufigen Luftströmen getragen, mal höher hinauf, dann wieder hinunter. Ihre riesigen Flügel zitterten leicht. Der Vogel hatte es eilig, er wusste, dass sich eine Sturmfront näherte. Im Südosten sammelten sich bereits dunkle Wolken am Horizont.

Unter der Möwe erstreckte sich die Halbinsel Porkkala, die im Licht der sinkenden Sonne merkwürdig tiefgrün aussah. Weiter weg schimmerte das Meer, das rund um die Halbinsel noch windstill dalag, im Osten aber große, schaumgekrönte Wellen warf, mit denen die Schatten der düsteren Wolken vorwärts rollten.

Der Luftstrom trug die Möwe gerade wieder nach unten, als sie einen Hubschrauber sah, der in geringer Höhe der Uferlinie folgte. Die Möwe wich ihm schräg nach oben aus, denn sie ahnte, dass sein Rotor die Luftströme durcheinanderwirbelte.

In dem Hubschrauber saßen vier Menschen, drei davon mit dunklen Pilotenbrillen. Der vierte, ein Sanitäter, schützte seine Augen mit einer weißen Schirmmütze.

Paula betrachtete die Uferfelsen und die niedrigen Krüppelkiefern. Bei ihrer letzten Wanderung auf der Halbinsel war der Himmel grau gewesen, und in den Windböen vom Meer hatte der Regen sie fast waagerecht getroffen.

Nun sah sie die Möwe und schob die Brille ein wenig nach unten. Blinzelnd bewunderte sie den großen Vogel, der am blauen Himmel schwebte. Die Möwe befand sich gerade über der felsigen Spitze der Halbinsel.

Der Hubschrauber veränderte leicht die Richtung und nahm Kurs auf das offene Meer. Paulas Blick folgte immer noch der Möwe, sie flog jetzt auf den Leuchtturm Rönnskär zu, der im Sonnenschein strahlend weiß leuchtete. Dann setzte sie zum Sinkflug an, war bald unmittelbar über den Wellen und verschwand hinter einer Klippe.

Hartikainen stupste Paulas Schulter an und zeigte auf das Meer westlich der Halbinsel. Paula blickte in die Richtung, in die sein Finger wies, und sah ein Segelboot, das durch die Wellen zum Hafen eilte. Sie schob den Gehörschutz über dem rechten Ohr beiseite und hörte über das Getöse des Hubschraubers hinweg, wie Hartikainen rief:

»… Schwiegerva… das glei… Segelbo…«

Paula nickte ihm zu und überlegte, ob er seinen Schwiegervater und dessen Segelboot vermisste oder ob die gemeinsamen Segeltörns eine einzige Qual gewesen waren.

Links am Horizont zeichnete sich die Küste Estlands ab. Der Pilot teilte mit, er habe Verbindung zu dem Frachter bekommen. Den Informationen nach, die Paula erhalten hatte, war dort alles ganz normal. Nach der Kontaktaufnahme der Polizei waren an Bord Überprüfungen vorgenommen worden, aber man hatte nichts Außergewöhnliches, wie zum Beispiel überzählige Personen, entdeckt.

Sie würden in zehn Minuten am Ziel sein. Das Schiff war auf dem Meer bereits zu sehen.

Paula trank einen Schluck aus ihrer Wasserflasche. Sie überlegte, wie lang diese Minuten für Jerry sein mochten, der durstig im Container hockte. Wie lange würde der schmächtige Teenager bei dieser Hitze ohne Wasser durchhalten?

Jerrys Handy war immer noch eingeschaltet, und die letzte Ortung stimmte mit der Route des Frachters überein. Man hatte versucht, Jerry anzurufen, und ihm auch eine Nachricht über WhatsApp geschickt. Das Symbol, das anzeigte, dass der Empfänger die Nachricht gesehen hatte, war jedoch ausgeblieben. Das beunruhigte Paula. Wenn Jerry es geschafft hatte, sein Handy einzuschalten, warum hatte er es nicht sofort benutzt?

Paula rechnete in Gedanken nach, wie viele Stunden Jerry schon im Container verbracht haben musste. Die Panik war sicher eine unendliche Lawine, falls der Junge wach und bei Bewusstsein war. Jerry wusste ja, was Rauha Kalondo im Container zugestoßen war.

Hartikainen wirkte besorgt und trommelte mit den Fingerspitzen auf seine Beine. Das Schiff stand fast still. Der Hubschrauber verringerte seine Geschwindigkeit und schwebte einen Moment lang über ihm. Auf dem Achterdeck hatten sich Leute versammelt, die ihnen entgegenblickten. Paula sah auf dem Oberdeck einen Kreis, in den ein großes H gemalt war. Sie sanken langsam auf den Kreis zu.

10

Helsinki, das gerade noch im Licht der Abendsonne gebadet hatte, verdüsterte sich schlagartig, als die schwarze Wolkenmasse sich langsam, aber unaufhaltsam vorwärtsschob. Als hätte jemand einen Teppich über der Stadt ausgerollt.

Eine fette Fliege war an der Windschutzscheibe zerquetscht worden. Nur ein gelber Fleck war von ihr übrig geblieben. Renko bemerkte ihn, als er im Wagen saß und auf Paavali Kassinen wartete. Er schaltete die Scheibenwischer ein. Sie knirschten laut, als sie über das trockene Glas fuhren, und zogen den Fleck nur in die Länge. Dann klatschten die ersten Regentropfen auf die Scheibe.

Kassinen hatte sich nicht gemeldet, als Renko ihn angerufen hatte. Vorher hatte der Künstler ihn in einer Textnachricht gebeten, in die Galerie zu kommen, wo er seiner Ausstellung den letzten Schliff gab.

In seiner Nachricht hatte Kassinen behauptet, ihm sei etwas eingefallen. Es passte zu seiner theatralischen Art, dass er nicht erwähnt hatte, worum es sich handelte.

Die Galerie sah jedoch dunkel aus. Der Container stand stumm davor.

Renko verwünschte sich in Gedanken, weil er sich die Wettervorhersage nicht angeschaut hatte. Er stieg aus und lief zur Tür der Galerie. Sie war verschlossen. Erneut versuchte er, Kassinen anzurufen, aber der Künstler hatte sein Handy ausgeschaltet. Vielleicht war er im Container.

Renko ging zu seinem Wagen zurück und holte die Taschenlampe aus dem Handschuhfach. Er hatte es gerade bis zum Container geschafft, als sich das Getröpfel in Platzregen verwandelte. Wasser stürzte aus den Wolken, als hätte ihr Boden nachgegeben, und Renko war im Nu klatschnass. Er griff nach dem Riegel des Containers, hob ihn an und drehte ihn zur Seite. Im Prasseln des Regens hörte er die Angeln leise quietschen. Als die Tür aufging, schien der Container sich in einen großen Schallkörper verwandelt zu haben und die Regentropfen in Tausende von Fingern, die an die Außenseite klopften.

Renko ging ins Innere der Trommel, wo er vor dem Regen geschützt war. Er schaltete seine Taschenlampe ein. Die Ränder der Tür waren mit Gummi abgedichtet. Die Matratze lag an ihrem Platz auf dem Boden.

Renko fuhr mit der Taschenlampe durch die Dunkelheit. Das Einzige, was den Container füllte, war das dumpfe, gleichmäßige Prasseln des Regens.

Der Lichtstrahl war gerade über die Rückwand gestreift, da verharrte Renko mitten in der Bewegung. Irgendetwas war anders als vorhin, als er den Container zum ersten Mal betreten hatte. Er ließ den Lichtkegel langsam rückwärts über die Wand streichen. Da!

An die Wand war etwas gemalt worden. Worte, Bilder.

Renko schlich sich näher heran und hockte sich vor die mit schwarzem Filzstift angefertigte Zeichnung. Drei kleine Affenköpfe, wie von einem Kind gemalt. Renko erinnerte sich, dass in irgendeiner alten Glaubensvorstellung ein Affe sich die Augen zuhielt, der zweite die Ohren und der dritte den Mund.

Diese Affen hielten sich allesamt die Augen zu, und unter ihnen stand ein Wort.

ÄTSCH.

Renko richtete sich langsam auf und hielt den Atem an. Immer noch hörte er nur den Regen, der auf das Blechdach des Containers trommelte.

Es war wie ein Stich mit einer Stecknadel. Oder wie eine Impfung beim Kinderarzt. Sein Körper wurde taub und gehorchte ihm nicht mehr. Er sackte zu Boden. Von irgendwoher kam eine Hand, die die Lampe nahm und ausschaltete.

Die Dunkelheit griff nach seinen schlaffen Gliedern. Er spürte, wie sein rechter Arm hinter seinen Rücken wanderte; gleich darauf hob sich sein linker Arm und vereinte sich mit dem rechten. Die Dunkelheit wischte den Speichel aus seinen Mundwinkeln. Dann stopfte sie ihm ein Stück Stoff in den Mund und zog ein Klebeband über seine Augen.

Er wurde der vierte Affe. Auch er sah nichts mehr.

War er bisher auch so blind gewesen?

Einen Augenblick lang glaubte Renko zu ersticken, doch dann sog sein Organismus durch die Nase Sauerstoff ein. Er glaubte die Leere des Containers zu sehen, bevor auch dieser Eindruck in Dunkelheit versank.

Als Letztes hörte er im Rauschen des Regens, wie die Tür sich knirschend schloss.

11

Kapitän Heinkell setzte die Mütze wieder auf. Er hatte sie abgenommen, damit der Wirbel, den der Hubschrauber verursachte, sie nicht aufs Meer wehte. Instinktiv hielt er seine Kopfbedeckung immer noch fest, als er die rechte Hand zum Gruß ausstreckte.

Der Matrose, der den Kapitän begleitete, öffnete die Tür. Hartikainen wäre beinahe die Metalltreppe hinuntergefallen, die unmittelbar hinter der Schwelle begann. Er fluchte vernehmlich.

Am unteren Ende ging es auf einem schmalen Flur weiter, an dem sich der Personalaufzug befand. Davor standen zwei Seeleute und zwischen ihnen ein großer Zivilist im weißen T-Shirt, den man auch ohne Vorkenntnis als Lkw-Fahrer erkannt hätte.

Paula hielt dem Fahrer ihren Dienstausweis hin. Der Mann blickte an ihr vorbei und sagte etwas auf Polnisch. Es war nicht nötig, die Sprache zu beherrschen, um zu verstehen, dass er seine Unwissenheit beteuerte. Der Kapitän gab den Seeleuten Anweisungen, und sie zogen ab. Alle anderen zwängten sich in den Aufzug, der rappelnd nach unten fuhr.

Die blauen Container auf dem Lastzug stachen ihnen ins Auge, sobald sie das Autodeck betraten. Hartikainen überprüfte die Kopie des Frachtbriefes.

»Namibia«, sagte er in fragendem Ton zu dem Fahrer.

Der schüttelte den Kopf und zuckte die Schultern.

»Hamburg. Hamburg harbour«, antwortete er schließlich und gestikulierte mit den Händen, um zu zeigen, dass er nicht wusste, wohin der Container von dort weiterreisen würde.

»Das ist er. Der andere ist auf dem Weg nach Frankreich«, sagte Hartikainen zu Paula.

Dann vergewisserte er sich noch bei dem Fahrer.

»France?«

Der Fahrer nickte.

»Lyon«, präzisierte er.

Hartikainen bedeutete ihm, den anderen Container zu öffnen. Der Fahrer zögerte kurz, schritt dann aber zur Tat.

»Scheiße«, stöhnte Hartikainen enttäuscht, als die Tür offen war.

Der Container enthielt gelbe Metallbehälter voller Elektronikschrott. Handys, Laptops, Tastaturen, Monitore und Fernseher. Hartikainen zwängte sich zwischen die Behälter und ging in den Container hinein.

»Hier ist sonst nichts.«

»Recyclingkram«, stellte Paula fest.

»Genau, auf dem Weg zu den Müllhalden in Ghana oder sonst wo. Wie viel von dem Zeug funktioniert wohl nach einer Woche noch«, schnaubte Hartikainen. »Die Fernseher vielleicht, die werden ja weggeschmissen, obwohl sie noch in Ordnung sind, weil die Leute unbedingt einen größeren wollen.«

»Sind in Handys nicht irgendwelche seltenen Metalle? Warum werden die nicht wiederverwertet?«, fragte Paula.

»Zu teuer. Es ist leichter, sie als Entwicklungshilfe in den Golf von Guinea zu verfrachten. Da wühlen dann die Kinder in dem Zeug herum, obwohl es nichts anderes ist als Sonderabfall.«

»Sehen wir uns den anderen Container an«, sagte Paula zuerst auf Finnisch und dann auf Englisch.

Hartikainen fasste den Fahrer am Ärmel und zog ihn zwischen die Container. Er sprang auf die Deichsel des Anhängers und hämmerte mit der Faust gegen die linke Tür, während der Fahrer die rechte öffnete. Vielleicht hegte er die Hoffnung, Jerry würde hören, dass Hilfe im Anmarsch war. Hartikainens Schläge bescherten Paula eine unangenehme Erkenntnis. Sie hallten nicht nach, was sie tun müssten, wenn der Container leer wäre – wie auf der Audiodatei, die Elina Lehmusoja bekommen hatte.

Endlich schaffte der Fahrer es, die Tür zu öffnen, und Paula sah eine Wand von Kartons. Hartikainen stützte sich an einem von ihnen ab und versuchte, von der Deichsel in den Container zu springen. Der Karton war jedoch leichter als erwartet. Hartikainen verlor das Gleichgewicht und fiel von der Stange. Der Karton folgte ihm.

Hartikainen landete unsanft auf dem Hintern. Der Karton krachte neben ihm auf den Boden und öffnete sich beim Aufprall. Ein Menschenarm rollte heraus.

»Verdammt!«, brüllte Hartikainen.

Er riss den Deckel ganz auf. Weitere Arme fielen auf den Boden. Ihr Geklapper hallte auf dem Autodeck wider.

»Schaufensterpuppen«, stellte Paula fest.

Sie sprang auf die Deichsel und von dort in den Container, kam allerdings nicht weit. Der Container war voll von gleichartigen Kartons.

»Er muss doch auf diesem Schiff sein. Das ist bestimmt der falsche Laster«, schimpfte Hartikainen.

Paula nahm ihr Telefon zur Hand und suchte auf der Anrufliste nach der richtigen Nummer. Jerrys Handy war immer noch eingeschaltet.

Sie schob den Kopf weiter in den Container hinein und lauschte. Hartikainen lief zu dem Container mit dem Elektronikschrott zurück. Bald darauf hörte Paula einen Fluch, der jeden Zweifel ausräumte.

Jerry Lehmusoja war nicht auf diesem Schiff, aber sein Handy hatte sich gefunden.

Sie waren absichtlich hergelockt worden.

Auf dem ganzen Weg zum Oberdeck murmelte Hartikainen pausenlos vor sich hin, wobei er jeden Fluch verwendete, den die finnische Sprache kannte.

Auf dem Oberdeck wählte Paula Karhus Nummer. Der Hubschrauberpilot hatte erklärt, dass sie nicht nach Helsinki zurückfliegen konnten, ohne in die Sturmfront zu geraten. Sie würden es noch nach Raasepori schaffen, von dort müssten sie mit dem Auto weiterfahren.

Während das Freizeichen ertönte, betrachtete Paula den Horizont, wo die Sonne in die Wellen zu gleiten schien. Als Karhu sich meldete, drehte sie sich um und sah auf der anderen Seite die dunklen Wolken am Himmel, deren Unterseite das Licht der sinkenden Sonne in ein düster-festliches Rot kleidete.

Nachdem Paula Karhu über die Situation informiert hatte, versuchte sie, Renko zu erreichen. Er meldete sich nicht.

Das Baby, dachte Paula. In Gedanken sah sie Renko vor sich, wie er einen kleinen drallen, weinenden Jungen beruhigte. Na, wenigstens tat auch in diesem Moment jemand etwas Nützliches.

Paula spürte den unwiderstehlichen Drang zu weinen. Sie hatte seit Jahren nicht mehr geweint. Die Tränen kamen einfach nicht, obwohl sie sich nach ihnen sehnte.

Eine Schuldige darf nicht weinen, sie hatte kein Recht auf die Erleichterung, die die Tränen ihr verschafft hätten.

Sie würden Jerry Lehmusoja heute nicht finden, und das konnte bedeuten, dass er nicht rechtzeitig gefunden wurde. Paula hatte das Gefühl, versagt zu haben. Sie dachte an Elina, die Karhu zufolge den ganzen Tag im Bett geblieben war, und an Juhana, der vielleicht auch jetzt überlegte, ob Jerry doch sein eigener Sohn war.

Paula durfte nicht aufgeben. Sie sah auf die Uhr des Handys, es war Mitternacht. Sie würde nach Hause gehen, aber nur für ein kurzes Nickerchen, um die schlimmste Müdigkeit zu vertreiben.

Hartikainen stieg in den Hubschrauber, finster wie das am Horizont wartende Wetter. Sie vermieden es, sich in die Augen zu sehen, als der Hubschrauber abhob und die Küste ansteuerte.

Paula versuchte, ihre Gedanken zu ordnen. Sicher hatte sie etwas übersehen.

Rauha Kalondo, die ein Verhältnis mit Juhana Lehmusoja gehabt hatte.

Jerry Lehmusoja, dessen leiblicher Vater nicht mit Sicherheit bekannt war.

Hannes Lehmusoja, der unberechtigterweise das Landgut als Erbe versprochen hatte.

Lauri Aro, der von Rauha Kalondo eine Nachricht bekommen hatte.

Der Container, der ein Kunstwerk werden sollte, aber zur Todesfalle geworden war.

Das Dröhnen des Hubschraubers versetzte Paula in eine Art Trance. Sie ließ ihren Gedanken freien Lauf, sodass sie zwischendurch verschwanden und dann von anderswo, aus einer anderen Richtung, wieder in Erscheinung traten.

Irgendwo an der Grenze zwischen dem Bewussten und dem Unbewussten lauerte auch der Gedanke, der ihr am Morgen entwischt war und den sie nicht mehr zu fassen bekommen hatte. Jetzt leuchtete er klarer als alle anderen.

Sein Licht war anfangs gedämpft, doch je heller es wurde, desto besser ordneten sich auch die übrigen Gedanken.

Paula schlug die Augen auf. Sie war überhaupt nicht mehr müde.

Sie holte ihr Handy aus der Tasche, schrieb ein paar Worte

und schickte sie an Lauri Aro. Der Jurist musste endlich Auskunft darüber geben, was unter dem Bild in Rauha Kalondos Nachricht gestanden hatte.

12

Der Westwind weht Hannes beinahe den breitkrempigen, weißen Hut vom Kopf. Er hält ihn mit einer Hand fest, im Stoff bildet sich eine Delle. Ich mache ihn nicht darauf aufmerksam.

Am Himmel hängt eine dünne Wolkendecke, aber wenn ich auf das Meer vor dem Hafen von Walvis Bay schaue, muss ich die Hand als Schirm an die Stirn legen, obwohl ich eine Sonnenbrille trage. Hier ist die Sonne tagsüber immer da, selbst wenn man sie nicht sieht.

Weit draußen über der offenen See kreist ein großer Vogel vor dem Dunstschleier am Himmel. Ist es ein Albatros? Wohl kaum. Aber als Albatros werde ich ihn sehen, wenn ich später an diesen Moment zurückdenke. Man muss sich bedeutsame Dinge für seine Erinnerungen vorstellen. So werden sie lebendiger. Und ich habe mir in letzter Zeit viel vorgestellt.

Auch jetzt stelle ich mir vor, dass Juhana bald seine Hände liebevoll auf meine Schultern legt. Dass dies der Moment vor der Berührung ist. Aber Juhanas Hände bleiben auf seinen Hüften. Er betrachtet die großen, blaugelben Kräne, die Container von einem Schiff abladen, blaue und rote.

Das ist unserer, sagt er schließlich, als einer der Kräne nach drei roten einen blauen Container vom Schiff hebt. An der Wand steht in großen weißen Buchstaben ein Wort, das ich nicht entziffern kann.

Hannes schickt Juhana ins Hafenamt. Ich will mitgehen, aber Hannes packt mich am Arm. Er befiehlt mir, ihn zu begleiten. Ich betrachte Juhanas Rücken, der sich immer weiter entfernt, und es überläuft mich kalt.

Ich spüre den Blick der Hyäne in meinem Nacken, nehme ihren nach Aas stinkenden Atem wahr. Ich bin allein mit ihr, schutzlos.

Mir bleibt keine Wahl, als ihr zu folgen. Lieber würde ich Juhana nachlaufen, aber wir gehen in die falsche Richtung. Ich sehe Hannes' Gesicht nicht, als er spricht. Er spricht flüsternd, oder eher fauchend.

Ich müsse es weggeben.

Das ist das Opfer, das die große Hyäne fordert, wenn ich an dem festhalten will, woran mir liegt.

An meinem Glück, an meiner Liebe.

Man muss seinen Platz in der Hierarchie des Rudels kennen. Sich damit abfinden, dass die leitende Hyäne als Erste wählt, welchen Teil vom Aas sie will.

13

Auf dem Hof vor Paavali Kassinens Atelier stieg Paula aus ihrem Wagen. Nach dem Regen war der Morgen frisch und klar. Die Sonne schien wieder, aber nicht mehr so gnadenlos wie bisher.

Paula war zuerst zur Galerie gefahren, doch die war verlassen gewesen; von Kassinen keine Spur, weder drinnen noch bei dem Container vor der Galerie. Allerdings war es noch nicht einmal acht Uhr.

Die Fenster in der kleineren Tür in dem großen Rolltor waren von innen mit Sprühfarbe geschwärzt worden. Das sah man schon von außen. Allem Anschein nach brannte in der Halle kein Licht. Als Paula die Klinke hinunterdrückte, ging die kleine Tür auf.

Wenn Piraten im Kampfgetümmel vom sonnenbeschienenen Schiffsdeck in den dunklen Laderaum gingen, nahmen sie die Augenklappe ab. Das bisher verdeckte Auge stellte sich schnell auf die Nachtsichtigkeit ein. Daran erinnerte Paula sich, als sie die Atelierhalle betrat.

Hinter ihr fiel die Tür zu. In der alten Fabrikhalle war es schlagartig dunkel. Die Pupillen weiteten sich, sie versuchten, die kleinen Lichtreste in der Finsternis aufzusaugen und mit ihrer Hilfe Formen in der Leere zu konstruieren. In dem Licht, das beim Eintreten durch die Tür gefallen war, hatte Paula noch kurz die Vergrößerung des Grabdenkmals für Hannes Lehmusoja gesehen.

Sie rief nach Kassinen. Dann schickte sie probeweise Renkos

Namen in die Dunkelheit. Dessen Handy war auch am Morgen noch ausgeschaltet gewesen.

Paula tastete im Dunkeln die Wand neben der Tür ab. Sie fand einen Schalter und drückte darauf. Dann auf den zweiten daneben. Es war, als hätte der Druck auf den Schalter eine riesige Menge Zikaden hereingelassen, deren lautes Sirren die ganze Halle ausfüllte. Die Stromleitung knackte, als die alten Neonröhren versuchten, richtig anzugehen, was ihnen jedoch nicht gelang. Sie flackerten, und der ganze Raum erinnerte an eine Disco. Die Spirale des Grabdenkmals warf einen vielfachen Schatten an die Wand, der bei jedem Flackern zu wachsen schien.

Irgendein Gerät sprang dröhnend an. Paula ortete das Geräusch irgendwo in der hinteren Ecke des Ateliers, die sie nicht sehen konnte. Dann wurde das Dröhnen von Knirschen und Pfeifen übertönt.

»Polizei!«, rief Paula und fluchte innerlich, weil sie die Taschenlampe im Auto gelassen hatte.

Die Lampen flackerten immer schneller. Im hinteren Winkel, dicht unter der Decke, bewegte sich etwas. Es näherte sich, zog pfeifend an der Wand entlang und kam dann direkt auf Paula zu, bis es plötzlich Halt machte.

Paula blinzelte, um in dem blauen Licht besser sehen zu können. Irgendetwas war an den Schienen befestigt, die an der Decke verliefen. Dann rasselten Ketten. Der Klumpen sank tiefer. Oder jemand ließ ihn tiefer herab, begriff Paula, irgendwo war jemand, der das Gerät steuerte, aber weiter kam sie nicht, denn an der Decke ging ein Punktstrahler an, der den Klumpen von vorn anleuchtete.

Es war Paavali Kassinens nackte Leiche.

Sein Kopf hing ihm auf die Brust. Der Künstler glich eher einer Skulptur als einem Menschen. Unter seinen Achseln verlief ein Tuch, mit dem der Körper an einem Haken befestigt war.

Paula lief instinktiv ein paar Schritte auf Kassinen zu, als hätte man ihn noch vorsichtig auf den Boden legen und wiederbeleben können. Gleichzeitig nahm sie ihr Handy aus der Tasche, um einen Krankenwagen zu rufen. Genau in dem Moment wurde es wieder dunkel.

Die Zikaden verstummten. Paulas rechter Arm wurde schlaff und gefühllos, das Handy fiel zu Boden.

Sie hätte die Waffe ziehen müssen, doch ihre Hand wollte ihr nicht gehorchen.

Die Hand rührte sich nicht, obwohl Paula ihr wütend Befehle gab.

Paula erstarrte und stellte sich die Stadt vor, die sie umgab, erhob sich über sie und sah aus der Vogelperspektive, wie sie selbst mittendrin in einem kleinen dunklen Würfel stand.

Erneut versuchte sie, die Hand zu heben, die ihr immer noch nicht gehorchte. Dann blitzte ein Licht in der Dunkelheit auf, doch es war nicht blau.

Es leuchtete in ihrem Kopf.

14

Karhu parkte auf der anderen Straßenseite bei der Galerie, die die Lehmus-Stiftung gemietet hatte. Der blaue Seecontainer vor der Galerie glänzte wie geleckt nach dem nächtlichen Regen.

Irgendetwas war faul, oder aber Karhu hatte sich nur eingebildet, zum inneren Kreis des Ermittlerteams zu gehören, der umgehend auf dem Laufenden gehalten wurde.

Die zweite Möglichkeit schien leider die wahrscheinlichere zu sein. Aber es war trotzdem seltsam, dass er Paula nicht erreichte, obwohl es schon nach neun Uhr war. Hartikainen hatte sich verschlafen am Telefon gemeldet, und Renkos Handy war ausgeschaltet.

Im Vorraum der Galerie betrachteten Mai Rinne und Ella Lehmusoja konzentriert ein großes Foto, das auf dem Boden lag. Beim Eintreten spähte Karhu verstohlen in die anderen Räume, doch dort war niemand zu sehen. Er wollte nicht zugeben, dass er seine Ermittlungsleiterin verloren hatte.

»Haben Sie Jerry gefunden?«, fragte Ella aufgeregt, sobald sie Karhu erblickte. Sie wäre beinahe auf das Foto getreten, aber Mai hielt sie in letzter Sekunde zurück.

»Leider haben wir nichts Neues zu berichten«, sagte Karhu mit sanfter Stimme und begriff im selben Moment, dass er sich keine glaubhafte Ausrede für seinen Besuch in der Galerie zurechtgelegt hatte.

»Wird die Eröffnung heute stattfinden?« Immerhin diese Frage fiel ihm ein.

Ella verzog das Gesicht, und Karhu wurde bewusst, wie plump seine Worte klangen.

»Natürlich nicht«, antwortete Mai aufgebracht. »Es gibt keine Feier, solange Jerry nicht gefunden ist.«

»Ach so, natürlich.«

»Paavali, also der Künstler Kassinen, möchte aber, dass wir alles fertig herrichten«, erklärte Mai.

»Es ist leichter, hier zu sein als zu Hause«, fügte Ella leise hinzu.

Karhu blickte durch das Schaufenster auf den Container. Neben dem Ventil an der unteren Ecke stand eine Schlauchrolle.

»Paavali hat uns gebeten, den Container schon heute zu füllen«, sagte Mai zu Karhu, der gedankenverloren nach draußen starrte. »Wir müssen den Schlauch durch die Galerie zur Hintertür und von da ins Wasser ziehen.«

»Das Meer ist ja wirklich ganz in der Nähe«, antwortete Karhu.

Auch er hatte am Vorabend in den Container geschaut und wusste, dass Jerry Lehmusoja nicht dort war. Dennoch fand er die Vorstellung, dass der Container mit Wasser gefüllt wurde, abstoßend. Sie rief ihm Rauha Kalondos Gesicht in Erinnerung.

»Ich gebe Ihnen sofort Bescheid, wenn wir etwas entdecken«, sagte er zu Ella und nickte Mai im Weggehen zu.

Draußen rief er wieder bei Paula an, die sich jedoch nicht meldete. Er setzte sich in sein Auto und betrachtete den Kombi, der davorstand. Er war direkt von der Gegenspur in die Parkbucht gelenkt worden, sodass seine Kühlerhaube zu Karhus Kühlerhaube zeigte.

Durch die Windschutzscheibe sah Karhu eine Sonnenbrille am Rückspiegel hängen. Sie kam ihm bekannt vor.

Er reckte sich auf seinem Sitz, bis er das Nummernschild des anderen Wagens sehen konnte. Dann nahm er sein Handy und gab das Kennzeichen ein.

Fahrzeughalter: Aki Renko.

Warum stand Renkos Auto hier?

Karhu rief Renko an, doch dessen Handy war immer noch ausgeschaltet. Er ließ den Motor an und fuhr langsam los. Auf der anderen Straßenseite befestigte Ella Lehmusoja den kurzen Ausströmungsschlauch der Pumpe am Ventil des Containers.

Karhu winkte ihr zu und fuhr ans Ende der Straße, wo man nur nach rechts abbiegen konnte. Er bog um die Ecke und hielt an.

Hier war wirklich etwas faul.

15

Paula öffnete die Augen einen Spaltbreit. Sie spürte, dass ihr Kopf herabhing. In ihrem Hinterkopf wütete ein pochender Schmerz.

Sie bewegte ihre Beine. Sie schwebten im Leeren. Als sie den Kopf hob, erkannte sie, dass unter ihren Achseln ein Tuch verlief, das sie einschnürte und an dem sie mit ihrem ganzen Gewicht hing. Ihr Waffengurt war weg. Ihre Handgelenke waren im Rücken gefesselt, wahrscheinlich mit einem Kabelbinder, der ihr in die Haut schnitt.

Ihre Augen wollten sich nicht weiter öffnen. Etwas verklebte sie, es musste Blut sein. Paula zwinkerte angestrengt mit den verkrusteten Wimpern, ihre Augen begannen zu brennen und füllten sich mit Tränen.

Verschwommen sah sie Paavali Kassinens immer noch angestrahlten nackten Körper ein paar Meter höher, schräg links über ihr. Weiter vorn war ein bläuliches Viereck zu sehen, ein an die Wand projiziertes Bild, auf dem Paula nur undeutliche Formen ausmachen konnte.

Sie holte tief Luft und versuchte sich zu beruhigen. Unten auf dem Fußboden flackerte ein Licht auf, das Display ihres Handys. Nun hörte sie auch das Vibrieren, das einen Anruf anzeigte.

Das Telefon war ihr aus der Hand gefallen, erinnerte sie sich. Ihre Hand war gefühllos geworden, und das Handy war ihr aus den Fingern geglitten wie bei einer Toten. Paula bewegte die Hände. Sie schienen trotz der Fesseln in Ordnung zu sein.

Die Hauptsache war, dass jemand sie anrief. Paula klammerte sich an diesem Gedanken fest. Man versuchte sie zu erreichen, und bald würde man nach ihr suchen.

Sie konzentrierte sich darauf, ruhig zu atmen. Bei jedem Atemzug taten ihr die Rippen weh.

Als ihr Atem wieder gleichmäßig ging, versuchte sie, ihre Umgebung genauer zu erkennen. Sie warf erneut einen Blick auf Paavali Kassinens Leiche, bevor sie mühselig den Kopf zur Tür der Halle drehte. Bis dahin reichte das Licht jedoch nicht. Das Display des Handys wurde dunkel. Die einzigen Lichtquellen außer dem Punktstrahler waren ein an der Decke angebrachter Projektor und das Bild, das er an die Rückwand warf.

Paula presste die Lider mehrmals fest zusammen, damit sich die Tränenflüssigkeit wieder in Bewegung setzte und die Augen reinigte. Dann richtete sie ihren Blick erneut auf die Wand.

Auf dem Bild war nicht viel mehr zu sehen als eine dunkle Gestalt in der Mitte. Auch sie schien irgendwie beleuchtet zu sein, zwar nur schwach, aber dennoch. Das Licht war auf den Kopf der Gestalt ausgerichtet, der der Kamera am nächsten war. Die Person lag auf dem Boden, und allem Anschein nach waren ihre Arme auf dem Rücken gefesselt.

War das Jerry Lehmusoja?

Das Bild war so unscharf, dass Paula es nicht sagen konnte. Sie gab sich alle Mühe, um mehr zu erkennen, doch das Einzige, was sie außer dem Kopf und den nach hinten gedrehten Armen wahrnahm, war das Muster oder eigentlich der Text auf dem Rücken der Gestalt.

Paula war sich sicher, dass sie ihn irgendwo schon einmal gesehen hatte, und zwar vor gar nicht langer Zeit. Die Buchstaben waren nicht zu entziffern, aber die oberste Zeile umgab eine Art Kranz.

Paula konzentrierte sich auf ihr emotionales Gedächtnis. Was hatte sie empfunden, als sie diesen Text gesehen hatte?

Sie spürte Ärger aufsteigen. Und im selben Moment erinnerte sie sich.

System of a Down. Ein T-Shirt von der Tournee 2017. In Finnland war die Band nicht aufgetreten, aber in Schweden.

Und zu dem Konzert war auch Aki Renko gereist.

Von der Wortflut, die Renko in den letzten Tagen über Paula ausgegossen hatte, war ihr seltsamerweise gerade dieses Detail im Gedächtnis geblieben.

Am Abend hatte Renko sich nicht gemeldet, und am Morgen war sein Handy ausgeschaltet gewesen. Paula wagte kaum daran zu denken, was das bedeutete. Sie verspürte jedoch ein wenig Erleichterung, als sie merkte, dass die Aufnahme offenbar ein Live-Video war. Vielleicht wurde es von da, wo Renko bewusstlos lag, auf den Beamer in Paavali Kassinens Atelier übertragen. Paula wandte die Augen nicht von der verschwommenen Gestalt ab, als könnte ihr Blick sie wecken.

Je länger Paula auf das Video starrte, desto mehr war sie davon überzeugt, dass Renko in einem Container lag. Und sie hatte das Gefühl, dass er in größerer Gefahr schwebte als Jerry Lehmusoja, sofern der Junge noch lebte.

Kassinen, der nichts mehr sah, hing neben dem Grabdenkmal für Hannes Lehmusoja wie ein Schutzengel, der seine Kutte abgeworfen hatte.

Diese Vorstellung war einzig und allein für Paula bestimmt. Ihr drehte sich der Magen um. Sie musste irgendwie nach unten kommen.

Bevor sie versuchte, sich zu befreien, musste sie sich die richtige Methode zurechtlegen. Sie durfte ihre Kräfte nicht für sinnloses Gezappel verschwenden.

Kassinen war mit einem schmalen Tuch an einen Haken gebunden, der seinerseits an einer von der Decke hängenden Kette befestigt war. Das Tuch unter Paulas Achseln war von der gleichen Art. Kassinens Tuch hatte eine Schlinge, die am Haken hing. Allem Anschein nach war die Schlinge nicht an dem Haken festgeknotet, sondern nur darüber geschoben worden. Wenn Paula die Hände frei hätte, könnte sie die Schlinge leicht vom Haken nehmen.

Sie stellte jedoch bald fest, dass sie ihre Arme nicht ausreichend bewegen konnte, um den Kabelbinder zu lösen.

Die einzige Alternative bestand darin, die Beine irgendwo abzustützen, aber dafür war nichts nahe genug. Sie schaukelte vor und zurück und bemühte sich, ihre Beine so weit wie möglich auszustrecken, doch sie stießen nirgendwo an.

Das Display leuchtete wieder auf. Jemand versuchte, sie zu erreichen. Wie lange hing sie schon hier?

Schräg hinter ihr krachte etwas, dann war es einen Augenblick lang ganz hell in der Halle, bevor es nach einem weiteren Knall wieder dunkel wurde, vom Lichtkegel des Punktstrahlers abgesehen. Von der Tür her näherten sich langsame, leise Schritte.

Paula schloss die Augen und überlegte, ob es ratsam war, so zu tun, als wäre sie immer noch bewusstlos. Die Schritte kamen auf sie zu. Dann spürte sie einen leichten Stoß am Bauch, anschließend klapperte etwas auf dem Boden.

Paula begriff, dass sie mit irgendetwas beworfen worden war. Sie riss die Augen auf.

16

Der Herr Doktor ist ein an den Schläfen charmant ergrauter Gentleman. Sein deutscher Name rauscht an mir vorbei. In meinem Kopf ist eine Dunstwolke, sie schwebt über dem tiefen, dunklen Meer in meinem Inneren. Ich habe nicht verstanden, ob Fritz sein Vorname oder der erste Teil seines Nachnamens ist. Fragen mochte ich nicht, eigentlich ist es mir egal, ob er Dr. Meier oder Dr. Fritzmeier heißt. Er spielt nur eine Nebenrolle.

Jetzt leistet er Hannes auf der Terrasse Gesellschaft. Immerhin hat er den angebotenen Whisky abgelehnt.

Das Zimmer wurde extra für mich neu möbliert. Ich betrachte die Türöffnung und fürchte mich vor dem, was mir bevorsteht. In dem Licht, das durch die Spalten in der Jalousie fällt, leuchtet das Zimmer weiß.

Ich höre Motorengeräusche und laufe zur Tür. Juhana steigt aus dem Jeep, eine junge Frau ist bei ihm. Sie plaudern fröhlich. Als ginge das Ganze Juhana überhaupt nichts an.

Juhana eilt nicht zu mir ins Haus, was mich verletzt. Er bleibt zum Rauchen auf dem Hof.

Die Frau legt die Finger an seinen Brustkorb, stupst ihn an und lacht, als Juhana etwas sagt. Als würde sie sich einbilden, sie wäre Juhanas Freundin!

Aber diese Frau ahnt nicht, was die Liebe fordert. Ich bin bereit, der Liebe das größte Opfer zu bringen, das man jemals von einem Menschen verlangen kann. Ich streichle meinen Bauch.

Für Juhana bin ich bereit, auf dich zu verzichten.

Sie bemerken mich. Offenbar bin ich schon auf die Treppe getreten, ohne es zu merken. Juhana winkt mir zu. Dann kommen sie zu mir. Ich gehe ihnen nicht entgegen.

Das ist also die Frau, die dich herausholen wird.

Juhana stellt mich vor. Die Frau setzt die ernste und teilnahmsvolle Miene auf, die der Situation angemessen ist. Sie streckt mir die Hand hin.

Ich ergreife sie, und die Frau stellt sich vor.

Sie heißt Rauha Kalondo.

17

Mai Rinne stand mit verschränkten Armen im Atelier.
Sie trug denselben, ungezwungen eleganten Overall mit kurzen Hosenbeinen, den Paula in der Galerie bewundert hatte. Das Licht des Spots fiel seitlich auf ihr Gesicht und beleuchtete das kräftige, von tiefrotem Lippenstift gekrönte Make-up.
Die roten Lippen verzogen sich zu einem Lächeln, das nicht bis zu den Augen reichte.
»Es tut mir leid, dass Sie die Übertragung in einer so unbequemen Stellung ansehen müssen«, sagte Mai.
»Wohl kaum.«
»Bitte?«
»Es dürfte Ihnen kaum leidtun«, erwiderte Paula so gelassen, wie es ihr in ihrer hängenden Position möglich war.
Mai lachte nur. Dann ging sie um Paula herum und verschwand aus ihrem Blickfeld. Gleich darauf tauchte sie auf der anderen Seite wieder auf und blieb am Rand des Lichtkegels stehen, in dem Paavali Kassinen hing. Paula sah nicht sie an, sondern die Videoaufnahme an der Wand, auf der Aki Renko leblos dalag.
»Ich habe immer überlegt, was für ein Gefühl es wäre, groß und stämmig zu sein«, sagte Mai. »Eine Frau, die es mit einem Mann aufnehmen könnte.«
Paula sah sie leicht überrascht an. Sie hatte Mais zierlichen Körper bewundert, einen Körper, wie sie ihn sich in jüngeren Jahren gewünscht hatte. Das Licht des Strahlers traf von oben

auf Mais Oberarm, den der aufgekrempelte Ärmel entblößt hatte. Erst jetzt fiel ihr auf, wie muskulös er war. Mai war so klein und zierlich, dass sie gar nicht auf die Muskeln geachtet hatte, die ebenfalls Miniaturformat hatten.

»Und ich habe mich immer gefragt, was es für ein Gefühl wäre, zierlich zu sein«, entgegnete Paula. Es schien ihr sinnvoll, sich auf das Spiel einzulassen. »Wer macht hier außer Ihnen noch mit?«

»Wieso?«

»Nicht einmal ich würde es schaffen, Paavali Kassinen hochzuheben.«

»Ich musste ihn nicht hochheben«, sagte Mai.

Dann verschwand sie wieder aus dem Blickfeld, ging den Geräuschen nach ins Hinterzimmer. Als sie in Kassinens Lichtkegel zurückkehrte, hielt sie eine Fernbedienung in der Hand. Sie sah zuerst Paula, dann Kassinen an und drückte auf einen Knopf.

Kassinens Leiche begann zu sinken. Mai ließ sie so weit herunter, dass der nackte Kassinen schließlich vor ihr auf dem Boden zu stehen schien.

»Ich brauchte nur zu warten, bis Paavali an der richtigen Stelle stand, genau wie bei Ihnen. Ich habe schon viel schwerere Werke bewegt als euch beide«, erklärte sie.

»Warum ist er nackt?«, fragte Paula. Als Werk bezeichnet zu werden, ließ sie schaudern.

»Warum nicht?«, gab Mai zurück und betrachtete Kassinens Leiche. »Der Körper eines Mannes in mittleren Jahren ist schön. Aber ich schwöre, dass ich ihn nicht sexuell missbraucht habe.«

Mai lachte gekünstelt über ihren dummen Witz. Dann trat sie so nah an Kassinen heran, dass sie den Mann, der doppelt so groß war wie sie, hätte umarmen können.

»Du wärst besser dabei geblieben, Kunst zu schaffen, statt Schläuche zu messen. Das hast du nun davon. Du bist tot, deine Kunst ist immer noch Scheiße, und ich muss auch noch die junge Polizistin umbringen.«

»Das müssen Sie nicht«, sagte Paula schnell. »Wenn Sie jetzt aufhören, können wir die Dinge klären.«

»Ich will nichts klären. Dafür ist es fünfzehn Jahre zu spät«, entgegnete Mai und drückte auf eine andere Taste der Fernbedienung. Kassinen wurde wieder nach oben gezogen.

»Es ist nie zu spät«, beharrte Paula. Ihre Worte richteten wahrscheinlich nichts aus, aber sie musste es versuchen. »Polizistenmörder werden härter bestraft als andere. Hören Sie jetzt auf, dann ...«

»Das ist Intuition«, fauchte Mai und sah Paula verächtlich an. »Ich glaube nicht, dass Sie das verstehen können, aber dies ist das bedeutendste Kunstwerk, das ich je kuratiert habe, und ich selbst habe es geschaffen.«

Mai stieß einen zischenden Laut aus und warf die Fernbedienung in die Ecke. In der Dunkelheit krachte es. Paula warf einen Blick auf Kassinens Leiche, die Mai wieder höher gezogen hatte, die aber immer noch viel tiefer hing als zuvor.

»Seit wann haben Sie ein Verhältnis mit Juhana Lehmusoja?«, fragte Paula. Sie versuchte, ihrer Stimme Festigkeit zu verleihen, als wäre es ganz normal für sie, Menschen zu vernehmen, während sie an der Decke hing.

Mai betrachtete ihre lackierten Fingernägel und lachte.

»Ich hätte Juhana bitten sollen, seinen Klingelton zu ändern.«

»Juhana war also im Schlafzimmer, als ich am Samstag mit Renko bei Ihnen war?«

»Allerdings.«

»Ich dachte, Sie wären mit Lauri Aro liiert.«

»Natürlich. Ich wollte ja, dass Sie das denken.«

»Und Elina? Sind Sie beide gar keine Freudinnen?«

Wieder sah Mai Paula verächtlich an.

»Finden Sie, dass wir uns so ähnlich sind?«

»So war das nicht gemeint.«

»Ich habe großes Mitgefühl für Elina.«

»Weil Juhana sie betrügt?«

»Pah, Sie sind noch dümmer, als ich dachte«, sagte Mai. »Man könnte glauben, Sie wären Elina nie begegnet. Halten Sie sie beispielsweise für einen vielschichtigen und freien Menschen?«

»Das weiß ich nicht. Vielleicht wären das nicht die ersten Worte, mit denen ich sie beschreiben würde.«

»Elina lebt auf einer bestimmten Ebene.«

»Aha«, sagte Paula. »Und Sie leben auf irgendeiner anderen Ebene?«

Mai hob das Kinn und lächelte.

Ein solches Lächeln hatte Paula auch früher schon gesehen. Es war ein typisches Merkmal der Bienenköniginnen – Frauen, die wussten, dass sie sich jeden nehmen konnten, und es auch taten, selbst wenn es sich um den Ehemann ihrer Freundin handelte.

»Auf welcher Ebene hat Rauha Kalondo wohl gelebt?«, fragte sie.

Mai lächelte weiterhin, aber der Glanz in ihren Augen erlosch.

»Wo ist Jerry?«, fuhr Paula fort. »Was haben Sie mit ihm vor?«

Mai antwortete nicht, sondern ging näher an die Wand mit dem Video heran, blieb stehen und holte das Handy aus der Tasche. Sie tippte darauf herum, sah dann Renko an und murmelte etwas vor sich hin.

»Sie haben keine Kinder«, sagte sie plötzlich scharf und drehte sich so zu Paula um, dass ihr Gesicht im Dunkeln blieb.

»Soweit ich weiß, haben Sie keine Kinder. Warum nicht?«

Paula wusste nicht, was sie antworten sollte. Sie betrachtete wieder Kassinen, der leblos an seinem Haken hing. Es war unwahrscheinlich, dass sie sich durch Reden aus der Schlinge ziehen konnte. Aber aus irgendeinem Grund wollte Mai über Kinder sprechen.

»Ich weiß nicht«, sagte Paula schließlich. »Wahrscheinlich ist nie der richtige Zeitpunkt gekommen. Und kein passender Partner.«

Das stimmte allerdings nicht. Die richtige Antwort wäre gewesen, dass sie keine Kinder mehr wollte, nachdem sie das eine hatte weggeben müssen.

Müssen, unter Druck.

Erst viel später hatte sie verstanden, wie ihr Vater sie unter Druck gesetzt hatte: Er hatte ihr eingeredet, sie sei zu jung, um Mutter zu werden, und würde mit dem Kind nicht zurechtkommen.

Mai war sichtlich unzufrieden mit Paulas Antwort. Sie starrte wieder auf das Video. Renko lag reglos da.

»Ich finde es fair zu warten, bis er aufwacht«, sagte sie. »Sonst wäre er ja nicht an dem Werk beteiligt.«

Sie will Renko ertränken, begriff Paula. So wie sie Rauha Kalondo ertränkt hat.

Irgendwer assistierte ihr also doch.

Nun kamen Paula die Tränen, die sie so lange herbeigesehnt hatte.

Wenn die Gestalt auf dem Video den Kopf hob, würde Wasser in den Container strömen, und dann würde Kriminalhauptmeister Aki Renko vor Paulas Augen ertrinken.

Der Vater des kleinen Heikki würde in dem Container treiben. Allein in der dunklen, mit Wasser gefüllten Kammer.

»Er ist wie eine Gebärmutter«, meinte Paula.

Mai drehte sich zu ihr um. Ihre Augen sprühten vor Begeisterung.

»Das hat Renko auch gesagt. Eine fantastische Erkenntnis.

Dabei hatte ich schon befürchtet, erst spätere Generationen würden die Erklärung finden.«

»Ich weiß, was Ihnen passiert ist«, sagte Paula langsam. Sie sprach den Gedanken aus, der sich gerade erst in ihrem Kopf formte. »Bei Ihnen wurde eine Abtreibung gemacht.«

Sie warf einen Blick an die Wand. Auf dem Video bewegte Renko den Kopf. Sie wollte nicht, dass Mai es sah.

»Hat man Sie mit Gewalt dazu gezwungen?«, fragte sie und blickte Mai fest in die Augen. Die lachte höhnisch auf.

»Wie war es denn bei Ihnen, als Sie jung waren? Musste man Sie mit Gewalt zu etwas zwingen, das Sie eigentlich nicht tun wollten? Ich glaube nicht. Sie haben getan, was man von Ihnen erwartete, oder? Was die Männer erwarteten und zu verstehen gaben.«

Mai drehte sich zur Wand hin. Renko hob wieder den Kopf.

»Na endlich!«, rief Mai erfreut. Sie drückte auf das Display und hob das Handy ans Ohr.

»Hallo, ich bin's. Jetzt kannst du anfangen.«

Im Container erhob Renko sich auf die Knie. Anscheinend konnte er sich nur mühsam aufrecht halten. Seine Hände blieben im Rücken, wahrscheinlich waren sie ebenso gefesselt wie Paulas. Er hatte irgendetwas im Mund und versuchte vergeblich, es auszuspucken.

Wasser strömte in den Container.

18

Das Ende des Schlauchs war durch die Hintertür der Galerie nach draußen gezogen und ins Meer getaucht worden. Karhu ging näher heran. Der Schlauch war angeschwollen, die Pumpe arbeitete bereits.

Renkos Frau hatte sich bei Karhus zweitem Anruf gemeldet und sich entschuldigt, dass sie beim ersten Mal nicht ans Telefon gegangen war, weil sie gerade ihr Baby gefüttert hatte. Erst danach hatte sie sich verwundert erkundigt, wieso Renkos Kollege sie anrief. Sie war geradezu in Panik geraten und hatte sich erst beruhigt, als Karhu ihr mit der Stimme eines Märchenonkels versicherte, es handle sich um ein Versehen und alles sei in Ordnung.

Dabei war absolut nichts in Ordnung.

Die Frau hatte nämlich erzählt, dass Renko die ganze Nacht nicht nach Hause gekommen war. Sie glaubte, er habe durcharbeiten müssen.

Da Renko praktisch verschwunden war und Paula sich nicht meldete, hatte Karhu Hartikainen angerufen und ihn gebeten, in die Galerie zu kommen.

»Irgendwas geht da vor«, hatte er gesagt und dann aufgelegt, ohne auf Rückfragen zu warten.

Wie er Hartikainen kannte, würde der blitzschnell und wütend wie eine von der Hitze geplagte Wespe auftauchen.

Karhu folgte dem Schlauch vom Ufer zur Hintertür der Galerie. Dort lauschte er einen Moment, ehe er den kleinen Flur betrat. Der Schlauch lag straffgezogen, schnurgerade und prall auf dem Boden. Karhu vermied es, auf ihn zu treten, als er zur nächsten Tür ging.

Sie war nur so weit geöffnet, dass der Schlauch durch den Spalt passte. Vorsichtig schob Karhu die Tür weiter auf. Im hintersten Ausstellungsraum der Galerie war niemand, aber irgendwo erklang ein Geräusch. Karhu eilte durch den mittleren Raum in den vorderen Teil der Galerie, die im hellen Sonnenlicht badete. Das große Foto war zur Seite geschoben worden. Der Schlauch führte weiter zum Eingang und von dort zu der Pumpe, neben der mit verschränkten Armen Ella Lehmusoja stand.

Sie erschrak, als sie Karhu aus der Galerie kommen sah. Dann leuchtete Hoffnung in ihren Augen auf.

»Haben Sie Jerry gefunden?«, fragte sie.

Karhu gab keine Antwort. Ein Auto bog um die Ecke, Hartikainen saß am Steuer. Er lenkte den Wagen an den Straßenrand, an dieselbe Stelle, wo Karhu beim letzten Mal geparkt hatte. Die nächste Parkbucht war leer.

Aki Renkos Auto war verschwunden.

Karhu sah Ella Lehmusoja an, die immer noch hoffnungsvoll auf Neuigkeiten über ihren Bruder wartete. Dann betrachtete er die Pumpe, deren Motor leise brummte. Neben ihr hatte heraustropfendes Wasser einen dunklen Fleck gebildet.

Er fasste Ella Lehmusoja an den Schultern, beruhigend, aber fest, und fragte:

»Wo ist Mai Rinne?«

19

Paula schloss die Augen, zwang sich aber gleich darauf, sie wieder zu öffnen.

Das Wasser bildete einen Wirbel, der im Lichtkegel einer Lampe, die irgendwo in der Nähe der Kamera angebracht sein musste, durch den Container kreiste. Der Pegel stieg langsam, aber beständig. Das Wasser bedeckte schon jetzt Renkos Knie. Bald würde es ihm bis zur Taille reichen, wenn er es nicht schaffte, aufzustehen.

Renko wirkte wie gelähmt. Es zerriss Paula fast das Herz, als sie sich vorstellte, was ihm in diesem Moment durch den Kopf ging.

Mai Rinne war so nah an die Wand getreten, dass das Licht des Projektors ihren Schatten scharf auf das Video zeichnete. Sie spielte mit ihrem Schatten, hob die Hand dicht an Renkos Gesicht, als wollte sie ihn streicheln. Paula schluckte und zwang sich, den Blick von dem hilflosen Renko abzuwenden, den sie nicht retten konnte, wenn sie nicht jetzt sofort nach unten kam.

Wieder schätzte sie die Entfernung zwischen sich und Paavali Kassinens Leiche ab, die nun mindestens einen Meter tiefer hing als zuvor. Vielleicht würde sie es schaffen, sich so nah heran zu schwingen, dass sie sich mit den Beinen an ihr festklammern konnte. Aber wie schnell würde das gelingen? Die Drahtseile knarrten bei jeder Bewegung. Mai würde sofort merken, was sie tat. Aber irgendetwas musste sie unternehmen.

Paula presste die Beine zusammen und begann sie gezielt zu

bewegen, schräg vor und zurück, wie als Kind auf der Schaukel. Das Drahtseil knarrte nur leise. Mai trat nun langsam von der Videoaufnahme zurück – wie im Museum, wenn man ein Kunstwerk aus der Entfernung bewundern möchte.

Paula hob ihre Beine höher, als sie sie nach vorn streckte. Sie würde es relativ leicht schaffen, sie unter Kassinens Achseln zu schieben. Doch das reichte nicht aus. Sie musste die Beine mit einem Schwung über Kassinens Schultern bringen.

Sie schwang die Beine so weit nach hinten, wie sie konnte, und stieß sie dann mit aller Kraft wieder nach vorn. Dabei bewegte sich das Drahtseil in seiner Schiene zur Seite. Das grelle Klirren hallte in der fast leeren Halle wider, und Mai drehte sich um. Paula begann zu zappeln, als würde sie verzweifelt versuchen, von dem Haken loszukommen. Sie verzog ihr Gesicht zu einer entsetzten, weinerlichen Grimasse. Gleichzeitig warf sie einen verstohlenen Blick auf das Video. Renko hatte sich aufgerichtet und kämpfte sich gegen den Wasserstrudel näher an die Wand des Containers heran. Paula stieß ein leises Wimmern aus, über das Mai sich richtiggehend zu freuen schien.

»Der Sieg des Geistes über den Körper«, sagte Mai und sah abwechselnd Paula und Paavali Kassinen an.

Paula wimmerte weiter. Renko hatte die Wand erreicht, drehte sich um und presste die Stirn dagegen. Das Wasser reichte ihm jetzt knapp an die Oberschenkel. Allem Anschein nach trat er unter Wasser wie wild gegen die Wand.

Paula wusste nicht, ob sie Mais Aufmerksamkeit weiterhin auf sich ziehen sollte, damit Mai nicht auf Renkos Aktion reagieren konnte. Vielleicht hatte sie einen Komplizen, der verhindern würde, dass Renko gerettet wurde, selbst wenn irgendwer seine Tritte hörte. Andererseits konnte Paula nicht versuchen, sich selbst zu befreien, solange Mai sie beobachtete.

Die Entscheidung blieb ihr erspart. Mai trat dicht vor sie

und hob die Hand zum Zeichen, dass Paula mit ihrem Gewimmer aufhören solle.

»Wir werden uns nicht mehr wiedersehen«, sagte Mai. »Genießen Sie das Schauspiel.«

Sie drehte sich um und blickte gerade in dem Moment auf das Video, als Renko fiel und im Wasser verschwand. Dann machte sie sich auf den Weg zum Ausgang.

Paula wartete, bis sie die Tür ins Schloss fallen hörte, ehe sie begann, sich kraftvoll vor- und zurückzuschwingen. Das Drahtseil bewegte sich klirrend. Gleichzeitig behielt sie Renko im Blick, der jetzt als dunkler Klumpen im hinteren Teil des Containers zu sehen war. Wenigstens hatte er es geschafft, den Kopf aus dem Wasser zu heben. Paula schwenkte ihre Beine nach hinten, dann nach vorn, immer wieder, bis sie sich mit der ganzen Kraft ihres Körpers so weit wie nur möglich schräg nach oben hievte und die Beine spreizte. Ihre Waden landeten auf Kassinens Schultern, und sie verschränkte die Füße in seinem Nacken.

Als sie sich näher an Kassinen heranzog, spürte sie, wie ihre Bauchmuskeln sich spannten und das Tuch unter ihren Achseln sich lockerte. Schon ein kleiner Schwung würde genügen, die Schlinge vom Haken zu lösen. Paula drückte die Fersen an Kassinens Rücken, zog ihren Hintern an seine Brust und nahm ihre ganze Kraft zusammen, um ihren Oberkörper blitzschnell nach oben zu bewegen.

Die Schlinge löste sich. Gleichzeitig löste sich auch der Griff ihrer Beine um Paavali Kassinens Leiche, als die aufs Äußerste angespannten Muskeln unaufhaltsam nachgaben.

Paula fiel mit dem rechten Arm voran auf den Boden und schrie vor Schmerz. Weit weg auf dem Fußboden leuchtete das Licht ihres Handys auf. Sie zwang sich auf die Knie und schleppte sich auf das Telefon zu; ihre rechte Schulter war offenbar ausgerenkt. Auf dem Display erschien Karhus Name. Paula reckte sich, sodass sie den grünen Hörer auf dem Display drücken konnte.

»Renko ist in einem Container, in den Wasser läuft«, schrie sie.

»Was?«

Sie drehte sich um, beugte sich über das Handy und zwang sich zur Ruhe, bevor sie mit klarer Stimme wiederholte: »Renko ist in irgendeinem Container, der gerade mit Wasser gefüllt wird.«

Karhu stellte keine Fragen, sondern brüllte seinerseits etwas, und Sekunden später wurde das Video an der Wand fast weiß. Die Aufnahme wurde deutlicher, das Wasser im Container sank, und am unteren Rand des Bildes erschien ein Kopf, den Paula überall als Hartikainens Halbglatze erkannt hätte.

Paula schluchzte vor Erleichterung. Dann stand sie schnell auf, wäre beinahe gestürzt, fing sich aber gerade noch und wankte in das Hinterzimmer, in dem Paavali Kassinen abgestandenen Kaffee in Pappbechern serviert hatte. Mit dem Ellbogen schaltete sie das Licht an und stellte fest, dass sie sich richtig erinnert hatte: Auf dem Fußboden stand ein Werkzeugkasten.

Paula trat gegen den Kasten, sodass er umkippte und der Inhalt sich auf den Boden ergoss. Dann setzte sie sich hin, tastete mühsam nach dem Seitenschneider, kämpfte eine Weile, um ihn in die richtige Position zu bringen und den Kabelbinder zwischen die Klingen zu bekommen. Die Plastikfessel sprang auf.

Paula versuchte, die Schmerzen zu ignorieren, und holte ihr Handy, das immer noch Verbindung zu Karhu hatte.

»Hallo, hallo«, rief sie, während sie nach draußen ging. Ihr Wagen stand vor der Halle, Mai Rinne war nirgendwo zu sehen.

»Renko lebt«, hörte sie Karhu sagen. »Er hat sich am Kopf verletzt, aber ...«

»Hör zu«, unterbrach Paula ihn und setzte sich in ihr Auto.

»Die Tatverdächtige ist Mai Rinne. Ich wiederhole, wir suchen Mai Rinne. Lass sofort nach ihr fahnden. Außerdem muss sie einen Komplizen haben, der auf ihren Befehl Wasser in den Container gepumpt hat.«

»Das war Ella, aber sie ist wohl keine Komplizin. Sie weint und schwört, sie hätte nicht gewusst, dass Renko im Container war. Mai ist wahrscheinlich mit Renkos Wagen unterwegs. Wo bist du?«, fragte Karhu.

»Vor Paavali Kassinens Atelier. Drinnen ist Kassinens Leiche. Ich fahre jetzt Mai Rinne nach«, antwortete Paula, während sie auf die Straße zurücksetzte.

»In welche Richtung ist sie gefahren?«

Paula antwortete nicht, sondern fuhr zu der T-Kreuzung am Ende der stillen Hafenstraße und hielt an. Sie hatte das Handy auf den Beifahrersitz gelegt, Karhus Stimme war nur gedämpft zu hören. Paula hätte seine Frage beantworten und zugeben müssen, dass sie keine Ahnung hatte, welchen Weg Mai Rinne eingeschlagen hatte.

Was hatte Mai noch gesagt?

Dabei hatte ich schon befürchtet, erst spätere Generationen würden die Erklärung finden.

Wir werden uns nicht mehr wiedersehen.

Mai Rinne hatte nicht vor, am Leben zu bleiben.

Sie würde Jerry mit in den Tod nehmen – oder mindestens die Information über seinen Aufenthaltsort.

Paula holte tief Luft und blickte in beide Richtungen. Rechts führte die Straße zum Containerlager der Lehmus-Unternehmensgruppe. Dorthin würde Mai sicher nicht fahren, das Gelände war abgesperrt und vermutlich befand sich auch jetzt noch eine Polizeistreife dort.

Zwischen zwei Hochhäusern war ein Kran zu sehen. Er musste zu der Baustelle gehören, auf der die neue Hauptgeschäftsstelle des Lehmus-Konzerns entstand.

Die Baustelle war immer noch stillgelegt, die dortigen Container waren seit dem gestrigen Tag kontrolliert worden. Noch vor ein paar Tagen hatte Paula gesehen, wie der Kran Betonelemente bewegte wie ein Storch, der ein Baby im Schnabel trägt.

In der Luft blitzte etwas auf. Paula blinzelte.

Der Kran war auch jetzt nicht leer. Die Sonnenstrahlen waren auf seine Last gefallen, deren Seite himmelblau glänzte.

20

Ich trage das tote Junge an den Rand der Wüste.
In den Schatten der letzten Tamariske.
Am Rand der Wüste knie ich nieder. Auf der fernen Savanne ist das fuchsienrote Blütenmeer verwelkt, aber über der Wüste erscheint es wieder wie eine Fata Morgana.
Du hast keinen Namen, und ich versuche nicht einmal, mir einen auszudenken. Du sollst namenlos bleiben. Du warst erst eine Ansammlung von Zellen, aus der alles Mögliche hätte werden können.
Ein süßes Menschenkind – oder eine Hyäne.
Nun wirst du der Schutzgeist dieses Ortes.
Ich habe dir ein Amulett mitgegeben, das dich schützen soll, wenn du diesen Boden in Besitz nimmst. Der Schmuck ist ein Geschenk von deinem Vater. Mich hat er nicht beschützt.
Wie in eine Schlucht blicke ich hinab auf den Grund der Grube, die der bucklige Gärtner am Fuß des Baums ausgehoben hat. Unter demselben Baum, an dem ich nach der Regenzeit das Vogeljunge begraben habe. Er steht an der letzten Grenze, da, wo die Wüste beginnt.
Das Grab, das der Gärtner ausgehoben hat, ist tief. So tief hätte ich nicht graben können. Als ich zu ihm ging, um einen Spaten zu holen, brachte er ihn aus dem Schuppen, gab ihn mir aber nicht, sondern umklammerte ihn fest und ging, ohne mich anzusehen, zum Rand der Wüste. Dann drehte er sich um und gab mir durch seinen Blick zu verstehen, dass ich ihn zu der Stelle führen soll, an der ich dich beerdigen will. Er würde die Grube ausheben.

So gingen wir hintereinander zu der Tamariske. Ich trug den Schuhkarton, den kleinen Sarg. Der alte Gärtner folgte mir, den Spaten hoch erhoben wie eine Fahnenstange.

Ich opfere dich für etwas Größeres. Oder begrabe ich damit zugleich meine eitlen Hoffnungen?

Der Wind trägt feinen Sand aus der Wüste herbei, er gerät in meine Augen, sie röten sich und tränen. Ich bin leer, der Wüstenwind fegt in mir herum.

Ich bette dich ins Grab und spreche in Gedanken ein Gebet für die Kleinsten, als ich dich mit Sand bedecke.

Ein Kreuz lege ich nicht auf das Grab. Ich erinnere mich auch so an die Stelle.

Ich erinnere mich an den Baum, ich erinnere mich an den Wind und all den Sand.

21

Als Paula die Leiter etwa zehn Meter hinaufgeklettert war, machte sie auf einem Absatz halt und warf einen Blick nach unten. Sie hatte irgendwann einmal gehört, wenn man älter würde, bekäme man in der Höhe Schwindelanfälle. Das stimmte offenbar.

Sie biss die Zähne zusammen und blickte nach oben. Sie musste weiterklettern, eine andere Option gab es nicht.

Aki Renkos Wagen hatte am Tor des Baugeländes gestanden. Da Paula keine Zugangskarte besaß, hatte sie über das Tor klettern müssen.

Sie hörte bereits die Sirenen, und wenn Karhu und Hartikainen alle Anweisungen, die sie ins Handy gebrüllt hatte, verstanden und befolgt hatten, kam das leise Rattern in der Ferne von einem Polizeihubschrauber.

Mai Rinne würde sich nicht ergeben, das war klar. Sie würde auch nicht mehr zögern. Sie musste gestoppt werden – notfalls mit bloßen Händen.

Während Paula weiterkletterte, blickte sie wieder kurz nach unten. Nun war sie fast auf halber Höhe. Als sie das Gesicht wieder nach oben wandte, sah sie eine Bewegung. Eine kleine schwarze Gestalt näherte sich auf dem Ausleger des Krans dem Container, der ungefähr in der Mitte hing.

Es war Mai Rinne. Paula wusste nicht mit Sicherheit, ob Jerry Lehmusoja tatsächlich in dem Container steckte, der rund fünfzig Meter über dem Boden schaukelte. Sie versuchte, schneller zu klettern, und hielt den Blick nach oben gerichtet.

Unten war das Heulen des ersten eintreffenden Polizeifahrzeugs zu hören. Bald würde alles vorbei sein, so oder so, aber von unten konnte man Jerry Lehmusoja nicht helfen.

Paula kam schnell voran, sie spürte keinen Schmerz und geriet nicht außer Atem. Sie war schon in der Nähe der Kabine, vom nächsten Absatz aus würde sie die Oberseite des Containers sehen können.

Mai Rinnes Kopf tauchte über dem Rand des Containers auf und verschwand gleich wieder.

»Mai!«, brüllte Paula und kämpfte sich weiter hinauf. »Mai!«

Hier oben war der Wind kräftiger, er trocknete den Schweiß, verstärkte aber auch das Schwindelgefühl. Paula machte auf dem Absatz Halt, vermied es, nach unten zu sehen, und legte einen Arm um die Leiter, bevor sie sich zu dem Container umdrehte.

Mai Rinne stand mit dem Rücken zu Paula auf dem Container. Sie hatte die Arme ausgebreitet, als genieße sie den Wind, der Paula zittern ließ.

Zu ihren Füßen stand ein roter Kanister. Paula spürte einen Stein im Magen.

Mai hatte vor, irgendetwas anzuzünden. Vielleicht sich selbst. Aber war Jerry Lehmusoja in dem Container?

Mais Schweigeminute war vorbei. Der Hubschrauber kam in Sicht, hielt aber noch Distanz. Er schien Mai nicht zu erschrecken, sie wirkte ruhig und gefasst. Sie kniete sich hin, und nun bemerkte Paula ein kleines Ventil oben auf dem Container. Mai schraubte es auf. Dann nahm sie den Kanister, öffnete den Verschluss und goss eine Flüssigkeit in den Container.

»Mai, hören Sie! Ich hatte auch ein Kind«, rief Paula.

»Das ist die Wahrheit«, fuhr sie fort, als Mai in ihrer Bewegung innehielt. »Ich habe es weggegeben. Weil mein Vater es so wollte!«

Sie sprach es zum ersten Mal aus, und es klang genau so

schrecklich, wie sie befürchtet hatte. Aber immerhin war Mais Interesse erwacht.

»Das haben Sie wohl nicht erfunden«, sagte Mai.

»Leider nicht«, antwortete Paula so ruhig, wie sie nur konnte, und bemühte sich, den Blickkontakt nicht zu verlieren.

»Es durfte aber leben.«

»Ist Jerry da drin?«, fragte Paula.

Mai antwortete nicht, sie lächelte nur.

»Lassen Sie ihn am Leben, er ist ein unschuldiges Kind.«

»Wir sind alle unschuldig«, sagte Mai. »Bis man uns die Unschuld nimmt.«

Paula hörte, wie unter ihr jemand die Leiter hinaufkletterte. Lass es Hartikainen sein, betete sie stumm, wenn irgendwer den Kran steuern kann, dann er, aber er könnte verdammt noch mal leiser klettern. Sie wagte nicht, nach unten zu blicken, Mai schien noch nichts gemerkt zu haben.

»Wer hat Ihnen die Unschuld genommen?«

Paula empfand ihre Frage selbst als linkisch, aber sie zeigte Wirkung. Mai stellte den Kanister ab und stand auf. Paula überlegte, wie schnell sie es auf den Container schaffen würde. Nicht schnell genug.

»Die Liebe ist die größte unter ihnen«, sagte Mai mit flacher Stimme.

»Sie haben Juhana geliebt«, rief Paula, um das Geräusch des Kletterns zu übertönen.

»Ich musste zustimmen, sonst hätte ich nicht bleiben dürfen. Das Kind hätte alles verdorben. Ich musste es tun, für die Liebe.«

»Verstehe«, sagte Paula, obwohl sie es nicht nachvollziehen konnte.

Plötzlich war Gepolter und Geschrei zu hören. Paula blickte nach unten und sah, dass die Person unter ihr tatsächlich Hartikainen war, doch das Geräusch kam nicht von ihm.

Es kam aus dem Container. Und es versetzte Mai in Wut.

»Sei still«, schrie sie. »Deine Mutter hat mein Kind weggemacht, aber du durftest leben!«

»Mai, hören Sie mir zu!«, rief Paula.

Doch Mai hörte ihr nicht zu, sondern nahm den Kanister und hob ihn über ihren Kopf. Paula stieg die letzten Sprossen zur Kabine hoch, und als sie sich hineinsetzte, sah sie, wie Mai den Kanister umdrehte. Das Benzin ergoss sich über sie. Dann stellte sie den leeren Kanister ab.

»Sag mir, was ich tun muss«, rief Paula Hartikainen zu, der jedoch noch zu weit weg war, um ihr zu helfen. Sie sah sich suchend nach dem Schalter um, der Benzingeruch drang bereits in die Kabine, Hartikainen brüllte etwas. Paula entdeckte links und rechts vor sich Steuerknüppel, griff nach ihnen und bewegte zuerst den einen, dann den anderen, doch nichts tat sich. Sie sah durch das Fenster der Kabine, wie die nasse Mai Rinne, die in der Sonne dampfte, in der Tasche ihres Overalls kramte. Hartikainen war schon ganz nah, Paula hörte ihn keuchen, und im selben Moment hob Mai die Hand. Sie hielt ein Feuerzeug, und Paula schrie, Hartikainen schrie, und plötzlich war Hartikainen da und fand den Schalter hinter dem Sitz. Als Paula den linken Steuerknüppel drehte, bewegte sich der Ausleger des Krans ein wenig. Mai schwankte, hielt sich aber auf den Beinen. Paula drehte den Knüppel in die andere Richtung und sofort wieder zurück, der Container schaukelte, Mai Rinne versuchte, sich an der Kette festzuhalten, doch ihre Hand rutschte ab, und sie fiel am Rand des Containers auf die Knie.

»Mai, hören Sie«, rief Paula erneut. »Juhana ist nicht Jerrys Vater!«

Mai blickte auf. Ein Hoffnungsschimmer mischte sich in die Verzweiflung, die in ihren Augen lag.

»Das Ergebnis des DNA-Tests ist vor einer Stunde gekommen. Juhana ist nicht Jerrys Vater, sondern sein Bruder«, fuhr Paula fort.

Das war nur eine Vermutung, aber die Worte zeigten Wirkung. Mai stand langsam auf. Hartikainen versuchte, nach den Steuerknüppeln zu greifen, offenbar in der Absicht, Mai abzuwerfen, aber Paula überließ sie ihm nicht.

Mai sah Paula an und lächelte strahlend.

Sie war wieder die Bienenkönigin.

Dann trat Mai Rinne zum letzten Mal in ihrem Leben zur Seite.

22

Jerry Lehmusoja saß mit seiner Mutter und seiner Schwester im Gartenhaus. Er hatte Kopfhörer auf und starrte auf sein Handy.
»Jerry«, mahnte Elina Lehmusoja.
»Lassen Sie ihn nur«, sagte Paula. »Geht es ihm gut?«
Elina nickte und lächelte.
»Danke für die Blumen. Sehr nett von Ihnen«, fuhr Paula fort.
Elina hatte ihr einen Strauß Sonnenblumen ins Polizeigebäude geschickt. Paula hatte ihn an Renko weitergereicht, der sich zu Hause von seiner Verletzung erholte. Du hättest wenigstens die Karte austauschen können, hatte Renko amüsiert gesagt.
Elina konnte ja nicht wissen, dass Sonnenblumen in Paulas Albträumen vorkamen: Sie blühten auf der Wiese, an der ihre Mutter zu schnell vorbeifuhr.
Paula wechselte noch ein paar höfliche Worte mit Ella. Die junge Frau hatte sich verändert, ihre Leichtigkeit und Rastlosigkeit waren verschwunden. Aber zum Abschied lächelte sie scheu, als hätte sie das Lächeln gerade erst gelernt.
Juhana Lehmusoja stand am Steg, wie vor zwei Wochen, als Paula zum ersten Mal in der Villa gewesen war.
»Ich denke, ich werde der Stiftung die Villa abkaufen«, sagte er, nachdem sie sich begrüßt hatten.
»Manch anderer würde sie unbedingt verkaufen wollen«, meinte Paula.

»Die Stiftung werde ich auf jeden Fall allmählich herunterfahren, ich pumpe kein Geld mehr hinein.«

»Ist diese Entscheidung nicht ein bisschen übereilt?«

»Die Stiftung war nie mein Ding.«

»Was haben Sie Ihrer Familie erzählt?«, fragte Paula.

Juhana drehte sich zum Gartenhaus um. Elina stand an der Tür und sah zu ihnen hinüber. Dann winkte sie und ging wieder hinein.

»Die Wahrheit. Dass Mai verrückt war.«

Diese Erklärung schien zumindest Elina zu genügen. Sie hatte Paula keine Fragen gestellt, seit Jerry wieder zu Hause war. Die Sonnenblumen sagten nach Paulas Ansicht nicht nur Danke, sondern auch Nein danke: Lassen wir die Angelegenheit auf sich beruhen. Auch Paula war der Meinung, Elina brauche nicht zu erfahren, dass Juhana all die Jahre hindurch ein Verhältnis mit Mai gehabt hatte. Jerry hatte schon genug gelitten, auch ohne dass seine Familie zerbrach.

»Ich begreife nicht, wieso Mai geglaubt hat, Jerry wäre mein Sohn«, sagte Juhana.

»Wahrscheinlich hat sie Rauhas Nachricht auf Lauri Aros Handy gelesen. Er erinnert sich, dass Mai sich einmal daran zu schaffen gemacht hat.«

»Was stand in der Nachricht?«

»›Mr. Lehmusoja is the father of my son.‹«

»Aber sie meinte Hannes und nicht mich.«

Als das Ergebnis der DNA-Untersuchung endlich vorlag, war bewiesen, dass Jerrys Vater tatsächlich Hannes Lehmusoja war. Mai hatte jedoch sofort angenommen, es wäre Juhana.

Das sagte einiges aus, nicht nur über Mai, sondern auch über Juhana.

Paula dachte an Mai, die mit einem Lächeln auf den Lippen gestorben war, weil sie glaubte, sie wäre doch Juhanas einzige, wahre Liebe.

»Hannes hat Rauha bestimmt vergewaltigt«, meinte Juhana.

Paula antwortete nicht. Ob es so gewesen war, würde man nicht mehr herausfinden können, aber vielleicht hatte Rauha Kalondo ihn aus genau diesem Grund dazu gebracht, das Erbschaftsdokument zu unterschreiben. Jedenfalls hatte Hannes offenbar die Entbindung in irgendeiner Privatklinik finanziert, denn bei Rauha war ein Kaiserschnitt gemacht worden.

»Ich habe Lauri gebeten, dafür zu sorgen, dass Rauhas Verwandte das verfluchte Landgut bekommen«, erklärte Juhana.

»Soweit ich weiß, hat sie außer ihrer Mutter keine nahen Angehörigen«, sagte Paula. Sie erinnerte sich an die Hoffnung, die in Hilma Kalondos Augen getreten war, als sie das Foto von Rauha und dem Baby gesehen hatte. »Sie ist Jerrys Großmutter.«

Juhana murmelte etwas Unverständliches und starrte in das sonnenbeschienene Wasser nahe dem Ufer, in dem zappelnde Jungfische schwammen.

»Warum hat Mai der Abtreibung zugestimmt?«, fragte Paula.

»Hat sie Ihnen davon erzählt? Sie hat sich selbst dafür entschieden.«

»Den Eindruck hatte ich nicht.«

»Wieso?«

»Was haben Sie ihr versprochen?«

»Gar nichts«, sagte Juhana schroff.

»Ich hatte den Eindruck, dass Mai glaubte, sie würde dadurch ihre Beziehung retten. Dass das Verhältnis andernfalls nicht hätte weitergehen können.«

»Das hätte es auch nicht.«

»Sie haben ihr also gesagt, wenn sie die Abtreibung machen lässt, könnten Sie die Beziehung fortsetzen?«

»Na ja, vielleicht habe ich etwas in der Art gesagt. Aber Herrgott noch mal, ich hätte nie gedacht, dass es so eine große Sache war.«

Paula musterte Juhanas Gesicht, das im grellen Sonnenschein lag. Sie sah es sich genau an und prägte sich die Miene des Mannes ein.

Da war es wieder: das Böse, vor dem es keinen Schutz gab.

Ohne ein weiteres Wort verließ sie das Ufer.

AUGUST

Paulas Bruder wich einer Straßenbahn aus und fuhr auf den Parkplatz am Westhafen.

Er hatte versprochen, Paulas Saab während ihrer Reise zur Wartung und zum Ölwechsel zu ihrem Vater zu bringen.

»Vater wird enttäuscht sein, wenn du das Auto nicht selbst hinbringst.«

»Dem ist es doch wichtiger, den Saab zu sehen als mich«, entgegnete Paula lachend.

Sie hätte ihren Wagen gern in einer offiziellen Werkstatt warten lassen, aber ihr Vater hatte von Anfang an darauf bestanden, die regelmäßige Wartung und den Ölwechsel selbst zu erledigen.

»Das ist seine Art, dir seine Zuneigung zu zeigen. Weil er sie nicht anders ausdrücken kann«, sagte ihr Bruder.

»Das kann er wirklich nicht. Am Telefon fragt er auch immer als Erstes, wie der Saab läuft.«

»In seiner Sprache heißt das, wie geht es dir, Paula, ist alles in Ordnung?«

Paula zuckte zusammen, obwohl ihr klar war, dass ihr Bruder nicht selbst gefragt hatte, ob alles in Ordnung war. Im Moment hätte sie die Frage nicht beantworten können.

Sie drehte sich um und betrachtete die Schornsteine der Fähre nach Tallinn, die hinter dem Terminal aufragten, und die Möwen, die über sie hinwegflogen. Dabei ballte sie die rechte Hand zur Faust, streckte dann die Finger aus und wiederholte die Bewegung ein paar Mal, wie um sich zu vergewissern, dass ihre Hand noch funktionierte.

»Menschlich seid ihr euch sehr ähnlich, Vater und du«, fuhr ihr Bruder im gleichen lockeren Ton fort.

»Kann sein«, räumte Paula ein.

»Warum fährst du übrigens nach Tallinn?«

»Urlaub«, sagte Paula rasch. »Ich habe eine preiswerte Unterkunft in der Altstadt gefunden. Im Fotografiska läuft eine interessante Ausstellung.«

Ihr Bruder gab sich damit zufrieden und erkundigte sich nicht näher nach der Ausstellung, zum Glück, denn Paula hatte keine Ahnung, was dort zu sehen war. Dagegen erinnerte sie sich genau an die Adresse und Telefonnummer einer Privatklinik in Tallinn und hatte sie auch schon auf dem Stadtplan gefunden.

Nachdem sie sich verabschiedet hatten, stieg Paula aus, drehte sich dann aber noch einmal zu ihrem Bruder um.

»Was war übrigens mit der Messerstecherei?«, fragte sie, als wäre ihr der Fall gerade erst wieder in den Sinn gekommen.

»Ach ja, die Protokolle. Das Übliche. Ein typischer Totschlag im Drogenmilieu.«

»Es war also nichts Seltsames daran«, sagte Paula leise.

»Nicht direkt. Aber eine Kleinigkeit hat mich ein bisschen irritiert. Der Tatort, genauer gesagt, die Lage der Wohnung. Sie ist in einer sogenannten besseren Gegend, da gibt es keine städtischen Mietwohnungen. Aber das Opfer war dort gemeldet.«

»Vielleicht gehört die Wohnung irgendeinem Verwandten?«

»Das habe ich überprüft«, sagte ihr Bruder ein wenig selbstgefällig. »Der Besitzer der Wohnung ist ein Kollege von mir. Also ein Jurist. Ich kenne ihn nicht persönlich, aber sein Name und sein Ruf sind mir bekannt. Ein Mann von seinem Kaliber vermietet seine Wohnung nicht an einen Mischkonsumenten, der sich alles Mögliche einwirft. Wenn ich irgendetwas an dem Fall genauer unter die Lupe nehmen würde, dann das.«

Paula dankte ihrem Bruder für die Information, schloss die Tür und winkte, als er aus der Parklücke zurücksetzte.

Wahrscheinlich würde sich eine plausible Erklärung für die Vermietung der Wohnung finden. Die offene Frage war jedoch ein Strohhalm, den Paula gerade jetzt dringend brauchte. Wieder ballte sie die rechte Hand zur Faust.

In der Eingangshalle des Terminals piepte Paulas Handy. Renko hatte ihr ein Foto geschickt, auf dem Heikki auf seinem Schoß saß. Beide trugen Sonnenbrillen mit leuchtend grünem Gestell. In den dunklen Gläsern spiegelte sich Renkos Frau, die das Foto gemacht hatte.

Auf diesem Familienfoto fehlte niemand.

JANUAR

Nach der langen dunklen und grauen Zeit stand die Sonne endlich wieder am Himmel. Ihr Licht war gnadenlos, ein Auge, das alles sah.

Der junge Mann lehnte den Kopf an die Betonwand und blies Rauchkringel in die eisige Luft. Seine grauen Augen suchten ein Detail in der Umgebung, an das sie sich heften konnten, vielleicht die Amsel, die oben auf der Mauer saß.

Er mochte Amseln. Sie waren Teilzieher, konnten im Süden überwintern oder in Finnland bleiben.

Das klang nach echter Freiheit.

Im Sommer hatte er viel Zeit in der Bibliothek verbracht, wo er als Erstes gelernt hatte, die Vögel und Insekten zu identifizieren, die er im Hof sah. Als er wusste, welcher Käfer jeweils über den Kiesboden kroch, hatte er sich als Nächstes mit den Schichten der Atmosphäre beschäftigt. Inzwischen konnte er die Wolkenformationen schon einigermaßen deuten.

Von Zeit zu Zeit sehnte sich sein Körper noch danach, im Chaos zu treiben, aber sein Geist wollte nicht mehr dorthin. Von anderen Menschen hielt er sich fern.

Er betrachtete die durchsichtige, bernsteinfarbene Flüssigkeit in dem Porzellanbecher mit dem Logo der Eishockeymannschaft IFK, das durch häufiges Spülen verblasst war. Der Tee war kalt geworden, während er durch die Umgebung geirrt war, um seinen düstersten Gedanken zu entfliehen. Davon ließ er sich aber nicht stören, sondern trank einen Schluck.

Das Schuldgefühl war erschöpft und hatte für eine Weile aufgehört, ihn zu verfolgen. Er hatte einen Waffenstillstand mit seinen Gespenstern erreicht. Ob es mit den Lebenden ebenso leicht sein würde, wusste er nicht. Eines Tages würde er auch ihnen gegenübertreten müssen.

Die Gespenster hatten vielleicht nicht die Kraft, ihm böse zu sein, sie hatten die Spielregeln immer geahnt. Den Lebenden waren die Regeln jedoch fremd, und er hatte sie ihnen nicht erklären können, weil er sie selbst nicht ganz verstanden hatte. Bis es zu spät gewesen war und er nicht mehr hatte umkehren können.

Es gab nur die Tat, die er nicht rückgängig machen konnte und für die er nun Vergebung finden musste.

Er atmete so heftig durch die Nase ein, dass die Kälte auf seinen Schleimhäuten brannte. Sie vertrieb alle bewussten Gedanken. Einen zeitlosen Moment lang spürte er, wie er außerhalb der Materie in einer Ideenwelt vibrierte. Dann war der Moment vorbei.

Er ging durch den Flur und versuchte, mit der grau gestrichenen Betonwand zu verschmelzen. Dann reihte er sich in die Schlange ein, nahm den Metallteller, den man ihm reichte, suchte sich einen Platz im Speiseraum und aß hingebungsvoll seine Mahlzeit, über deren Geschmacklosigkeit er sich nie wunderte.

Nach dem Essen lag er auf seiner Pritsche. Auf dem Tisch, neben der Zigarettenschachtel, wartete der Karton, der am Morgen angekommen war. Er war voller Briefe. Er hatte sie nicht in aller Eile lesen wollen, denn hier hatte er nichts als Zeit.

Er hatte keine Post erwartet. Erst recht keinen Schuhkarton voller Briefe, deren Umschläge in einer Handschrift beschrieben waren, die er nicht kannte.

Es waren insgesamt 63. Sie waren nummeriert, aber er hatte sie trotzdem zwei Mal gezählt, da er sich noch nicht traute, auch nur einen zu öffnen. Wer hatte ihm so viel zu sagen?

Er wusste, dass die schlimmsten Mörder Fanpost von Frauen bekamen. Doch es erschien ihm undenkbar, dass jemand ihm Liebesbriefe schickte.

Schließlich konnte er seine Neugier nicht mehr zügeln, und er öffnete den ersten Umschlag, so ungeschickt, dass er ihn beinahe zerrissen hätte.

Im Umschlag steckten drei sorgsam gefaltete Papierbögen. Er faltete sie auseinander und warf einen Blick auf die erste, mit Tinte geschriebene Zeile des obersten Bogens.

Mein lieber Sohn Pauli.

So hieß er nicht, aber auf dem Karton stand sein richtiger Name.

Er erkannte die Handschrift immer noch nicht. Sie war gleichmäßig, irgendwie ruhig. Die Buchstaben wiederholten sich in derselben Form, anders als bei seiner Mutter, deren Buchstaben sich mal nach vorn, mal nach hinten neigten, als wäre der Text bei Wind geschrieben worden, der ständig die Richtung wechselte.

Er überflog den Text, der sich auf der Rückseite des Bogens fortsetzte und dann auf dem zweiten Bogen, immer in den gleichen engen und ebenmäßigen Zeilen.

Er drehte alle Blätter zugleich um. Der Brief endete auf der Rückseite des dritten Bogens.

Die Unterschrift bestand aus einem einzigen Wort.

Mutter.

Die Community für alle, die Bücher lieben

★ In der Lesejury kannst du Bücher lesen und rezensieren, die noch nicht erschienen sind

★ Gemeinsam mit anderen buchbegeisterten Menschen in Leserunden diskutieren

★ Autoren persönlich kennenlernen

★ An exklusiven Gewinnspielen und Aktionen teilnehmen

★ Bonuspunkte sammeln und diese gegen tolle Prämien eintauschen

Jetzt kostenlos registrieren: www.lesejury.de

Folge uns auf Instagram & Facebook:
www.instagram.com/lesejury
www.facebook.com/lesejury